DE ROOF

ANDER WERK VAN DANIEL SILVA

De Engelse Spion

Het zwarte gif

De andere vrouw

Het huis der spionnen

Het nieuwe meisje

DANIEL SILVA

DE ROOF

Vertaling Angela Knotter

HarperCollins

MIX
Paper from responsible sources
FSC® C021394

Voor dit boek is papier gebruikt dat onafhankelijk is gecertificeerd door FSC™
ten behoeve van verantwoord bosbeheer.
Kijk voor meer informatie op www.harpercollins.co.uk/green

Oorspronkelijke titel: *The Heist*

Vertaling: Angela Knotter
Omslagbeeld: © Givaga-GettyImages-878419212; © guvendemir-GettyImages-506906742;
© plastic_buddha-GettyImages-182897064; © themacx-GettyImages-510171370
Foto auteur: Marco Grob
Zetwerk: Mat-Zet B.V., Huizen
Druk: ScandBook UAB, Lithuania

ISBN 978 94 027 0192 0
ISBN 978 94 027 0879 6 (e-book)

NUR 330
Eerste druk mei 2015
Derde druk mei 2020

Originele uitgave verschenen bij HarperCollins Publishers LLC, New York, U.S.A.
Deze uitgave is uitgegeven in samenwerking met HarperCollins Publishers LLC
HarperCollins Holland is een divisie van Harlequin Enterprises Limited

www.harpercollins.nl

Zoals altijd voor mijn vrouw, Jamie, en

mijn kinderen Nicholas en Lily.

Kunst die wordt gestolen, is meestal voor altijd verloren... Het enige goede nieuws is dat hoe beter een schilderij is, hoe groter de kans is dat het ooit wordt teruggevonden.

EDWARD DOLNICK, THE RESCUE ARTIST

Wie een kuil graaft, zal daarin vallen; en wie een muur doorbreekt, een slang zal hem bijten.

PREDIKER 10:8

PROLOOG

Op 18 oktober 1969 verdween Caravaggio's geboorte van Christus met de heiligen Laurentius en Franciscus van Assisi uit het Oratorio di San Lorenzo in Palermo, op Sicilië. Deze 'Natività' was een van Caravaggio's laatste grote meesterwerken, geschilderd in 1609 terwijl hij op de vlucht was voor de pauselijke autoriteiten in Rome omdat hij tijdens een zwaardgevecht een man had gedood. Meer dan vier decennia lang is het altaarstuk het meest gezochte gestolen schilderij ter wereld geweest, en toch is het altijd een mysterie gebleven waar het was, of wat ermee was gebeurd. Tot nu toe…

DEEL EEN

CHIAROSCURO

1

ST. JAMES'S, LONDEN

HET BEGON MET EEN ONGELUKKIG toeval, maar eigenlijk was dat ook onvermijdelijk wanneer Julian Isherwood ergens bij betrokken was. Om precies te zijn had hij zo'n reputatie op het gebied van ongelukkig toeval en rampspoed opgebouwd, dat de kunstwereld van Londen, als die al op de hoogte was geweest van de affaire, wat niet het geval was, niet anders zou hebben verwacht. Isherwood was, in de woorden van een gevatte medewerker van de afdeling Oude meesters van Sotheby's, de beschermheilige van hopeloze zaken, een koorddanser met een neiging tot zorgvuldig beraamde plannen die, meestal buiten zijn schuld, in duigen vielen. Dientengevolge werd hij zowel bewonderd als beklaagd, een zeldzaam verschijnsel voor een man in zijn positie. Julian Isherwood maakte het leven een beetje minder saai. En daarom was de Londense chic dol op hem.

Zijn galerie bevond zich op een hoek van een vierkant, met keien bestraat plein, Mason's Yard genaamd, en besloeg drie verdiepingen van een enigszins verzakt victoriaans pakhuis, dat ooit eigendom was geweest van Fortnum & Mason. Zijn buren waren aan de ene kant het Londense kantoor van een kleine Griekse scheepvaartmaatschappij, en aan de andere kant een café dat werd bezocht door knappe kantoormeisjes op scooters. Vele jaren geleden, voordat de vastgoedmarkt van Londen werd overspoeld door respectievelijk Arabisch en Russisch kapitaal, was de galerie gevestigd geweest aan de chique New Bond Street, of de New Bondstrasse zoals de straat door insiders werd genoemd. De komst van zaken als Hermès, Burberry, Chanel en Cartier had Isherwood en anderen zoals hij – onafhankelijke handelaren die gespecialiseerd waren in oude meesters van museumkwaliteit – geen andere keus gelaten dan hun toevlucht te zoeken in St. James's.

Het was niet de eerste keer geweest dat Isherwood was verbannen. Als enig kind van vermaard kunsthandelaar Samuel Isakowitz, niet lang voor de Tweede Wereldoorlog geboren in Parijs, was hij na de Duitse invasie de Pyreneeën over gebracht en naar Groot-Brittannië gesmokkeld. Zijn kinderjaren in Parijs en zijn Joodse afkomst waren nog maar twee van de facetten van zijn gecompliceerde verleden die Isherwood verborgen hield voor de om roddel en achterklap bekendstaande Londense kunstwereld. Voor zover iedereen wist, was hij een Engelsman in hart en nieren: zo Engels als high tea en een slecht gebit, zoals hij zelf graag verkondigde. Hij was de onvolprezen Julian Isherwood, Julie voor zijn vrienden, Juicy Julian voor de mensen met wie hij regelmatig een borrel dronk, en Zijne Heiligheid voor de kunsthistorici en curatoren die maar al te vaak een beroep deden op zijn feilloze blik. Hij was zo loyaal als een mens maar kon zijn, bijna overdreven goed van vertrouwen, had onberispelijke manieren, en had geen echte vijanden – een uitzonderlijke prestatie voor iemand die al bijna twee mensenlevens lang door de verraderlijke wateren van de kunstwereld navigeerde. Bovenal was Isherwood een fatsoenlijk mens, iets wat je niet vaak meer tegenkwam, in Londen of waar dan ook.

Isherwood Fine Arts had verschillende afdelingen op verschillende verdiepingen van het gebouw: beneden lagen de uitpuilende magazijnen, daarboven het kantoor, en op de tweede verdieping de tentoonstellingsruimte. De tentoonstellingsruimte, door velen beschouwd als de luisterrijkste van heel Londen, was een exacte kopie van de beroemde galerie van Paul Rosenberg in Parijs, waar Isherwood als kind heel wat aangename uren had doorgebracht, vaak in het gezelschap van Picasso himself. Het enigszins dickensiaans aandoende kantoor stond vol vergeelde catalogi en monografieën. Om er te komen, moesten bezoekers twee deuren van veiligheidsglas door, de eerste aan Mason's Yard, de tweede boven aan de smalle, met smoezelige, bruine vloerbedekking beklede trap. Vervolgens kwamen ze Maggie tegen, een nogal sloom uit haar ogen kijkende blondine die een Titiaan nog niet van wc-papier kon onderscheiden. Ooit had Isherwood zich onsterfelijk belachelijk gemaakt met een versierpoging aan haar adres, waarna hij geen andere uitweg had gezien dan haar in te huren als zijn receptioniste. Op dat moment zat ze haar nagels te vijlen, terwijl de telefoon op haar bureau onophoudelijk overging.

'Neem je even op, Mags?' vroeg Isherwood op welwillende toon.

'Waarom?' In haar stem was geen spoor van ironie te bekennen.

'Misschien is het iets belangrijks.'

Ze rolde met haar ogen voor ze de telefoon met frisse tegenzin naar haar oor bracht en kirde: 'Isherwood Fine Arts.' Een paar seconden later verbrak ze de verbinding zonder nog een woord te hebben gezegd en wijdde zich weer aan haar nagels.

'En?' vroeg Isherwood.

'Er was niemand.'

'Zou je zo lief willen zijn het nummer even te controleren?'

'Ze bellen wel terug.'

Met gefronste wenkbrauwen richtte Isherwood zijn aandacht weer op het schilderij dat op de met vilt bedekte ezel in het midden van de ruimte stond: een afbeelding van Christus die aan Maria Magdalena verschijnt – waarschijnlijk van een navolger van Francesco Albani – die hij onlangs voor een schijntje in een landhuis in Berkshire op de kop had getikt. Het schilderij verkeerde, net als Isherwood zelf, in lichtelijk vervallen staat. Hij had, zoals dat zo mooi werd genoemd, de herfst van zijn leven bereikt. Van mooie herfstkleuren was echter geen sprake meer, dacht hij somber. Het was al laat in de herfst, met een snijdende wind, en volop kerstverlichting. In zijn op maat gemaakte pak en met zijn weelderige grijze lokken maakte hij echter nog een elegante, zij het fragiele indruk, door hemzelf omschreven als waardig bederf. Meer kon hij in dit stadium van zijn leven niet nastreven.

'Ik dacht dat er om vier uur een of andere vreselijke Rus zou komen om naar een schilderij te kijken,' zei hij plotseling, zijn blik nog op het versleten doek.

'De vreselijke Rus heeft afgezegd.'

'Wanneer?'

'Vanochtend.'

'Waarom?'

'Heeft hij niet gezegd.'

'Waarom heb je me dat niet verteld?'

'Heb ik wel gedaan.'

'Onzin.'

'Je bent het vast vergeten, Julian. Dat gebeurt wel vaker, tegenwoordig.'

Isherwood zond Maggie een vernietigende blik, zich afvragend hoe hij zich in vredesnaam ooit aangetrokken kon hebben gevoeld tot zo'n weerzinwekkend schepsel. Aangezien er geen andere afspraken in zijn agenda stonden en hij niets beters te doen had, hees hij zich in zijn jas en liep naar Green's Restaurant en Oesterbar, daarmee een reeks gebeurtenissen in gang zettend die hem weer eens, buiten zijn schuld, in de problemen zou brengen.

Het was tien voor half vijf. Het was nog te vroeg voor de dagelijkse drukte, en de enige gast in de bar was Simon Mendenhall, de altijd gebronsde hoofdveilingmeester van Christie's. Mendenhall had ooit, zonder dat hij dat wist, een rol gespeeld in een gezamenlijke operatie van de Israëlische en Amerikaanse geheime diensten, met als doel een jihadistisch terroristisch netwerk binnen te dringen dat de ene na de andere bom in West-Europa had geplaatst. Isherwood wist dit, omdat hij zelf ook een kleine rol in die operatie had gespeeld. Hij was geen spion. Hij hielp spionnen, en één spion in het bijzonder.

'Julie!' riep Mendenhall. Om er vervolgens op de verleidelijk zachte toon waarmee hij gewoonlijk weifelende bieders probeerde over te halen aan toe te voegen: 'Je ziet er echt fantastisch uit. Afgevallen? Een duur kuuroord bezocht? Een nieuwe vriendin? Wat is je geheim?'

'Sancerre,' antwoordde Isherwood, terwijl hij aan zijn gebruikelijke tafeltje aan het raam met uitzicht op Duke Street plaatsnam en een fles bestelde. Aan een glas had hij niet genoeg. Mendenhall vertrok al snel, zijn afscheid net zo zwierig als zijn begroeting, en Isherwood bleef alleen achter met zijn gedachten en zijn drank, een gevaarlijke combinatie voor een man op leeftijd met een achteruithollende carrière.

Uiteindelijk zwaaide de deur echter weer open en braakte de natte, donker wordende straat een paar curatoren van de National Gallery naar binnen. Na hen kwam iemand die iets belangrijks was bij Tate, op zijn beurt weer gevolgd door een delegatie van Bonhams, aangevoerd door Jeremy Crabbe, het in tweed gehulde hoofd van de afdeling Oude meesters van het veilinghuis. Bijna onmiddellijk daarna volgde Roddy Hutchinson, algemeen bekend als de meest gewetenloze handelaar van heel Londen. Zijn binnenkomst was een slecht teken, want als Roddy ergens was, was de corpulente Oliver Dimbleby meestal niet ver weg. Zoals verwacht kwam hij een paar minuten later de bar binnen waggelen, zo onopvallend als een vrachttrein om middernacht.

Isherwood graaide onmiddellijk naar zijn mobiel en deed alsof hij druk in gesprek was, maar daar trapte Oliver niet in. Hij liep recht op het tafeltje af – als een hond die een vos ruikt, zou Isherwood later zeggen – en installeerde zijn royale achterwerk op de lege stoel. 'Domaine Daniel Chotard,' zei hij goedkeurend, de fles uit de ijsemmer trekkend. 'Vooruit, omdat je zo aandringt.'

Hij droeg een blauw pak, dat om hem heen sloot als een vel om een worst, en gouden manchetknopen zo groot als dukaten. Zijn wangen waren rond en roze, en zijn lichtblauwe ogen glansden alsof hij 's nachts uitstekend sliep. Oliver Dimbleby was een schurk van de hoogste orde, maar last van zijn geweten had hij nooit.

'Vat dit vooral niet verkeerd op, Julie,' zei hij, zich een stevig glas van Isherwoods wijn inschenkend, 'maar je ziet eruit als een baal vuile was.'

'Simon Mendenhall zei iets heel anders.'

'Simon verdient de kost door mensen het geld uit de zak te praten. Ik, daarentegen, ben een bron van naakte waarheid, hoe pijnlijk die soms ook is.' Dimbleby keek hem met oprecht bezorgde blik aan.

'O, kijk niet zo naar me, Oliver.'

'Hoe?'

'Alsof je je hersens pijnigt over wat je nog voor aardigs kunt zeggen voordat de dokter de stekker eruit trekt.'

'Heb je de laatste tijd nog in de spiegel gekeken?'

'Tegenwoordig ontloop ik spiegels zo veel mogelijk.'

'Dat begrijp ik.' Dimblebly schonk nog wat wijn in zijn glas.

'Kan ik nog iets voor je laten komen, Oliver? Kaviaar misschien?'

'Ik trakteer jou toch ook altijd?'

'Nee, Oliver, dat doe je niet. Om precies te zijn zou je me, als ik het had bijgehouden, wat niet het geval is, duizenden dollars schuldig zijn.'

Dimbleby negeerde zijn opmerking. 'Wat is er, Julian? Wat zit je nu weer dwars?'

'Op dit moment, Oliver, zit jij me dwars.'

'Het is die vrouw hè, Julie? Daarom ben je zo somber. Hoe heette ze ook alweer?'

'Cassandra,' zei Isherwood tegen het raam.

'Ze heeft je hart gebroken, zo is het toch?'

'Dat doen ze altijd.'

Dimbleby glimlachte. 'Ik blijf me verbazen over jouw vermogen lief te hebben. Ik zou er heel wat voor over hebben één keer verliefd te zijn.'

'Je bent de grootste rokkenjager die ik ken, Oliver.'

'Dat heeft niets met verliefd zijn te maken. Ik hou van vrouwen, van álle vrouwen. Dat is het probleem.'

Isherwood staarde naar buiten. Het begon weer te regenen, net op tijd voor de avondspits.

'Onlangs nog schilderijen verkocht?' vroeg Dimbleby.

'Verschillende.'

'Daarover heb ik anders niets gehoord.'

'Omdat die verkopen privé waren.'

'Lulkoek.' Oliver snoof. 'Je hebt in geen maanden iets verkocht. Maar dat heeft je er niet van weerhouden nieuwe spullen te kopen, toch? Hoeveel schilderijen heb je inmiddels in die opslagruimte van je staan? Genoeg om een museum te vullen, en dan hou je er nog een paar duizend over. En allemaal zo stoffig als wat, zo dood als de spreekwoordelijke pier.'

Isherwood reageerde niet. Hij wreef slechts over zijn onderrug. Daar zat zijn nieuwste kwaal, die voor de blaffende hoest in de plaats was gekomen. Naar hij aannam was het een verbetering. Van een pijnlijke rug hadden de buren in ieder geval geen last.

'Mijn aanbod staat nog steeds,' zei Dimbleby.

'Welk aanbod?'

'Kom op, Julie. Laat me het nu niet hardop hoeven zeggen.'

Isherwood draaide zijn hoofd een stukje en keek recht in Dimbleby's vlezige, kinderlijke gezicht. 'Je hebt het toch niet weer over de overname van mijn galerie, of wel?'

'Ik zal meer dan royaal zijn. Ik geef je een eerlijke prijs voor het kleine deel van je collectie dat verkoopbaar is en gebruik de rest om het gebouw te verwarmen.'

'Heel edelmoedig van je,' zei Isherwood op sarcastische toon, 'maar ik heb andere plannen met de galerie.'

'Realistische plannen?'

Isherwood zweeg.

'Ook goed,' zei Dimbleby. 'Als ik niet aan die kansloze galerie van je mag komen, laat me dan tenminste iets doen om je uit je huidige Donkere Periode te helpen.'

'Ik hoef je meisjes niet, Oliver.'

'Ik heb het niet over een meisje. Ik heb het over een leuk reisje om je zinnen wat te verzetten.'

'Waarnaartoe?'

'Het Comomeer. Alle onkosten vergoed. Alles eersteklas. Twee nachten in een luxe suite in de Villa d'Este.'

'En wat moet ik daarvoor doen?'

'Me een kleine dienst bewijzen.'

'Hoe klein?'

Dimbleby schonk zijn glas nog eens vol en vertelde Isherwood de rest.

Oliver Dimbleby bleek onlangs een in Italië wonende Engelsman te hebben leren kennen die altijd gretig kunst had verzameld, zij het zonder de hulp van een deskundig adviseur. Aangezien de man er op dat moment financieel niet zo goed voorstond, wilde hij zo snel mogelijk een deel van zijn collectie verkopen. Dimbleby had toegezegd een blik op de kunstwerken te werpen, maar nu het zover was, zag hij ertegenop weer in een vliegtuig te stappen. Althans, dat beweerde hij. Isherwood vermoedde dat er aan zijn weerzin de reis zelf te ondernemen heel andere redenen ten grondslag lagen, omdat Oliver Dimbleby nu eenmaal van verborgen motieven aan elkaar hing.

Toch stond het vooruitzicht van een onverwachte reis Isherwood om de een of andere reden wel aan, en tegen beter weten in ging hij onmiddellijk op het aanbod in. Die avond pakte hij wat spullen in, en de volgende ochtend om negen uur installeerde hij zich in zijn eersteklas stoel van vlucht 576 van British Airways, met non-stop service tot aan luchthaven Malpensa in Milaan. Tijdens de vlucht dronk hij slechts één glas wijn – goed voor zijn hart, hield hij zich voor – en toen hij om halfeen in zijn gehuurde Mercedes stapte, had hij dan ook alles volledig onder controle. Zonder gebruik te maken van een kaart of een navigatiesysteem reed hij naar het noorden, naar het Comomeer. Als gerenommeerd kunsthistoricus gespecialiseerd in de schilders van Venetië was Isherwood al talloze keren in Italië geweest om rond te snuffelen in kerken en musea. Toch greep hij iedere kans om nog eens terug te gaan met beide handen aan, vooral als iemand anders betaalde. Julian Isherwood was geboren als Fransman en als Engelsman opgevoed, maar in zijn borst klopte het romantische, losbandige hart van een Italiaan.

Om twee uur werd hij bij de geëmigreerde Engelsman met financiële problemen verwacht. Volgens het haastig opgestelde mailtje van Dimbleby woonde de man in stijl, aan de zuidwestelijke uitloper van het meer, vlak bij het stadje Laglio. Toen Isherwood een paar minuten te vroeg aankwam, stond het hek al voor hem open. Daarachter strekte zich een onlangs vernieuwde oprijlaan uit, die naar een met grind bedekt voorplein leidde. Hij parkeerde de auto aan het water en liep langs een reeks gegoten beelden naar de voordeur. Hij belde aan, maar een reactie bleef uit. Na een blik op zijn horloge drukte hij nog een keer op de bel. Met hetzelfde resultaat.

Op dat moment had Isherwood zo verstandig moeten zijn weer in zijn huurauto te stappen en het Comomeer zo snel mogelijk achter zich te laten. In plaats daarvan pakte hij de deurknop en kwam tot de ontdekking dat de deur niet op slot was. Hij duwde de deur een stukje open, riep een begroeting en deed een paar aarzelende stappen de grote hal in. Onmiddellijk zag hij de enorme plas bloed op de marmeren vloer, de twee bungelende blote voeten, en het opgezwollen blauwzwarte gezicht dat van boven op hem neerkeek. Isherwood voelde dat zijn benen het begaven en zag de vloer op zich afkomen. Even liet hij zich op zijn knieën zakken, wachtend tot de golf van misselijkheid een beetje was weggeëbd. Toen krabbelde hij overeind en strompelde de villa weer uit, naar zijn auto, zijn hand voor zijn mond geslagen. En hoewel hij zich daarvan op dat moment niet bewust was, vervloekte hij die vadsige Oliver Dimbleby bij iedere stap die hij deed.

2

VENETIË

De volgende ochtend vroeg verloor Venetië de zoveelste schermutseling in de eeuwigdurende strijd met de zee. De overstroming spoelde zeewezens van elke soort de lobby van Hotel Cipriani binnen en zette Harry's Bar onder water. Deense toeristen namen een ochtendduik op de Piazza San Marco, en tafels en stoelen van Caffè Florian dobberden tegen de treden van de basiliek, als de overblijfselen van een gezonken cruiseschip. Voor één keer waren er geen duiven te bekennen. Die waren zo verstandig geweest de ondergelopen stad te ontvluchten en een droger plekje te zoeken.

Er waren echter ook delen van Venetië waar het *acqua alta* eerder vervelend was dan rampzalig. De restaurateur had zelfs een redelijk droge route weten te vinden van de deur van zijn appartement in het *sestiere* Cannaregio, naar Dorsoduro, aan de zuidkant van de stad. De restaurateur kwam oorspronkelijk niet uit Venetië, maar hij kende de steegjes en pleinen van de stad beter dan de meeste mensen die er waren geboren. Hij had zijn ambacht in Venetië geleerd, hij had liefde en verdriet gekend in Venetië, en ooit, toen hij onder een andere naam bekendstond, was hij door zijn vijanden uit Venetië verjaagd. Nu, na een lange afwezigheid, was hij teruggekeerd in zijn geliefde stad van water en schilderijen, de enige stad waarin hij ooit iets van tevredenheid had ervaren. Niet te verwarren met vrede. Voor de restaurateur was vrede niet meer dan de periode tussen de laatste oorlog en de volgende. Iets van voorbijgaande aard, een leugen. Dichters en weduwen droomden ervan, maar mannen zoals de restaurateur lieten zich nooit verleiden door het idee dat vrede een reële optie was.

Bij een kiosk bleef hij even staan om te controleren of hij werd gevolgd, waarna hij verder liep in dezelfde richting. Hij was niet zo groot, hooguit één meter drieënzeventig, en hij had de tengere bouw van een wielrenner. Zijn gezicht was lang en smal bij de kin, met brede jukbeenderen en een scherpe neus die wel uit hout gesneden leek. De ogen die onder de rand van de werkmanspet uit keken, waren onnatuurlijk groen, en het haar op zijn slapen had een askleur. Hij droeg een oliejas en rubberlaarzen, maar had geen paraplu bij zich om zich tegen de gestage regen te beschermen. Uit gewoonte nam hij in het openbaar nooit iets mee dat een snelle actie met zijn handen zou kunnen belemmeren.

Hij liep de wijk Dorsoduro in, het hoogste punt van de stad, en zette koers naar de San Sebastiano-kerk. De hoofdingang was hermetisch afgesloten, en er hing een officieel ogende mededeling dat het gebouw tot het volgende najaar niet toegankelijk was voor publiek. De restaurateur liep naar een kleinere deur aan de rechterkant van de kerk en opende deze met behulp van een grote, zware sleutel. Van binnen kwam een koele vlaag die langs zijn wang streek. De geur van kaarsen, wierook, schimmel: iets aan de lucht deed de restaurateur aan de dood denken. Hij draaide de deur weer achter zich op slot, deed een stap opzij om een wijwaterbakje te ontwijken en ging verder naar binnen.

Het middenschip van de kerk was in duisternis gehuld, en er stonden geen banken. Geruisloos liep de restaurateur over de gladde, versleten stenen en glipte door het openstaande poortje van het altaarhek. Het rijkversierde altaar zelf was weggehaald om schoongemaakt te worden. In plaats daarvan stond er een aluminium steiger van zo'n negen meter hoog. Lenig als een kat klom de restaurateur omhoog, en hij kroop onder een stuk zeildoek door zijn werkplatform op. Al zijn spullen lagen en stonden er nog precies zo bij als hij ze de vorige avond had achtergelaten: flessen chemicaliën, een grote prop watten, een bosje houten staafjes, een vergrootbril, twee sterke halogeenlampen, een met verf besmeurde draagbare stereo. Het altaarstuk – Maria en Christuskind verheven in glorie met heiligen – was ook nog precies zoals hij het had achtergelaten. Het was een van de vele opmerkelijke schilderijen die Veronese tussen 1556 en 1565 voor de kerk had gemaakt. Op dit soort momenten, wanneer de kerk leeg en donker was, kon de restaurateur bijna voelen dat de geest van Veronese naar hem keek terwijl hij aan het werk was.

De restaurateur deed de lampen aan en bleef lange tijd bewegingloos voor het altaarstuk staan. Bovenin waren Maria en het Christuskind afgebeeld, gezeten op stralende wolken, en omringd door musicerende engelen. Onder hen, in aanbidding omhoog starend, bevond zich een aantal heiligen, onder wie de beschermheilige van de kerk, Sebastiaan, die door Veronese als martelaar was neergezet. De afgelopen drie weken was de restaurateur bezig geweest de gebarsten en vergeelde vernislaag nauwgezet te verwijderen met een zorgvuldig samengesteld mengsel van aceton, methylproxitol, en petroleumether. Het verwijderen van vernis van een schilderij uit die tijd, zo vertelde hij graag, leek in niets op het afkrabben van een meubelstuk. Het had meer weg van het schrobben van een vliegdekschip met een tandenborstel. Eerst moest hij een wattenstaafje maken van wat watten en een houten stokje. Dit doopte hij in het oplosmiddel, en vervolgens bewoog hij het met een draaiende beweging over het doek, heel voorzichtig, om te zorgen dat er niet onnodig verf afschilferde. Met zo'n wattenstaafje kon hij hooguit een stukje van tweeënhalve centimeter bij tweeënhalve centimeter doen, daarna was het te vies om het nog te kunnen gebruiken. 's Nachts, wanneer hij niet droomde van bloed en vlammen, had hij het vaak heel druk met het verwijderen van vernis van een doek zo groot als de Piazza San Marco.

Nog een week, dacht hij, en dan zou hij kunnen beginnen met de tweede fase van de restauratie: het retoucheren van de plekken waar de originele verf van Veronese was afgeschilferd. De afbeeldingen van Maria en het Christuskind waren nog geheel intact, maar de restaurateur had aanzienlijke schade aan de boven- en onderkant van het doek geconstateerd. Als alles volgens plan verliep, zou hij klaar zijn met de restauratie wanneer zijn vrouw de laatste weken van haar zwangerschap in ging. Als alles volgens plan verliep, dacht hij nogmaals.

Hij deed een cd van La Bohème in de stereo, en even later vulden de openingsklanken van *Non sono in vena* de ruimte. Terwijl Rodolfo en Mimi verliefd werden in een piepkleine zolderstudio in Parijs, stond de restaurateur in zijn eentje met zorg het vuil en de vergeelde vernis van het oppervlak van het doek van Veronese te verwijderen. Hij werkte gestaag, en in een ontspannen ritme – dopen, draaien, weggooien... dopen, draaien, weggooien – totdat het platform bezaaid was met vieze, bijtende propjes watten. Veronese had de samenstelling van zijn verf zodanig verbeterd dat deze niet verkleurde met het verstrijken der jaren. Onder ieder stukje bruinige vernis dat de restaurateur verwijderde, kwamen warme, intense kleuren tevoorschijn. Het was bijna alsof de meester de verf pas gisteren op het doek had aangebracht, in plaats van vierenhalve eeuw geleden.

De restaurateur had de kerk nog twee uur voor zich alleen. Toen, om tien uur, hoorde hij een paar laarzen klikklakken over de stenen vloer van het middenschip. De laarzen behoorden toe aan Adrianna Zinetti, altaarschoonmaakster en mannenverslindster. Daarna kwam Lorenzo Vasari, een begenadigd restaurateur van fresco's, die bijna in zijn eentje Het Laatste Avondmaal van Leonardo da Vinci weer tot leven had gewekt. De laatste die kwam binnenschuifelen was Antonio Politi, die, tot zijn grote ergernis, de plafondpanelen toegewezen had gekregen in plaats van het altaarstuk. En dus lag hij nu de hele dag op zijn rug, als een hedendaagse Michelangelo, ontstemde blikken werpend op het met zeildoek omgeven platform van de restaurateur, hoog boven het koor.

Het was niet de eerste keer dat de restaurateur en de andere leden van het team samenwerkten. Een paar jaar eerder hadden ze samen uitgebreide restauratiewerkzaamheden gedaan in de San Giovanni Crisostomo-kerk in Cannaregio, en daarvoor in de San Zaccaria-kerk in Castello. Destijds hadden de anderen de restaurateur gekend als de briljante, maar bijzonder op zijn privacy gestelde Mario Delvecchio. Later waren ze er, samen met de rest van de wereld, achter gekomen dat hij een legendarisch agent van de Israëlische geheime dienst en professioneel moordenaar was, en dat hij Gabriel Allon heette. Adrianna Zinetti en Lorenzo Vasari hadden besloten hem zijn bedrog te vergeven, maar Antonio Politi niet. Ooit had hij Mario Delvecchio ervan beschuldigd een terrorist te zijn, en hij beschouwde Gabriel Allon ook als zodanig. Stiekem gaf hij Gabriel er de schuld van dat hij zijn dagen hoog in het middenschip moest slijten, waar hij zich op zijn rug liggend in allerlei bochten moest wringen, afgesneden van ieder menselijk contact, terwijl oplosmiddelen en verf in zijn gezicht drupten. De panelen vertelden het verhaal van koningin Esther. Dat kon geen toeval zijn, zei Politi tegen iedereen die het maar wilde horen.

In werkelijkheid had Gabriel niets met de beslissing te maken gehad. Die was genomen door Francesco Tiepolo, eigenaar van het meest vooraanstaande restauratiebedrijf in Veneto, en leider van het San Sebastiano-project. Tiepolo was een beer van een vent, met een warrige grijszwarte baard, een man van ongekende lusten en hartstochten. Zijn woede kon immens zijn, zijn liefde nog immenser. Op dat moment kwam hij aan lopen door het middenschip, gekleed, zoals gewoonlijk, in een loshangend, tuniekachtig overhemd, een zijden sjaal om zijn hals geknoopt. Door zijn kleding zou je eerder denken dat hij toezicht hield op de bouw van de kerk dan op de restauratie ervan.

Heel even bleef Tiepolo staan om een bewonderende blik te werpen op Adrianna Zinetti, met wie hij ooit een verhouding had gehad die tot de slechtst bewaarde geheimen van Venetië behoorde. Toen beklom hij de steiger van Gabriel en wrong zich door de opening in het zeildoek. Het platform leek door te buigen door zijn aanzienlijke gewicht.

'Voorzichtig, Francesco.' Gabriel fronste zijn wenkbrauwen. 'De vloer is van keihard marmer, en het is nog een heel eind, naar beneden.'

'Wat wil je daarmee zeggen?'

'Dat het misschien verstandig zou zijn een paar kilo af te vallen. Bij jou gaat de zwaartekracht een heel eigen leven leiden.'

'Wat heeft dat voor zin? Als ik twintig kilo kwijtraak, ben ik nog steeds dik.' De Italiaan deed een stap naar voren en bestudeerde het altaarstuk over Gabriels schouder. 'Heel goed,' zei hij, met een spottende ondertoon. 'Als je in dit tempo doorgaat, zul je voor de eerste verjaardag van je kinderen wel klaar zijn.'

'Ik kan het snel doen,' zei Gabriel, 'of ik kan het goed doen.'

'Het een hoeft het ander niet uit te sluiten, hoor. Hier in Italië werken de restaurateurs snel. Maar jij niet,' voegde Tiepolo eraan toe. 'Zelfs toen je deed alsof je een van ons was, was je altijd heel langzaam.'

Gabriel maakte een nieuw wattenstokje, doopte het in het oplosmiddel en liet het over de met een pijl doorboorde torso van Sebastiaan rollen.

Even bleef Tiepolo aandachtig staan toekijken, toen maakte hij zelf een wattenstokje, en ging daarmee over de schouder van de heilige. Onmiddellijk verdween de vergeelde vernis en kwam de oorspronkelijke verf van Veronese tevoorschijn. 'Je oplosmiddel is perfect,' zei hij.

'Dat is het altijd,' verklaarde Gabriel.

'Wat is de samenstelling?'

'Die is geheim.'

'Moet alles bij jou altijd geheim zijn?' Aangezien Gabriel niet reageerde, wierp Tiepolo een blik op de flessen met chemicaliën. 'Hoeveel methylproxitol heb je gebruikt?'

'Precies genoeg.'

Tiepolo zond hem een donkere blik. 'Heb ik geen werk voor je geregeld, toen je vrouw besloot dat ze haar zwangerschapstijd in Venetië wilde doorbrengen?'

'Dat heb je inderdaad gedaan, Francesco.'

'En betaal ik jou niet veel meer dan de anderen,' fluisterde hij, 'ondanks het feit dat je me iedere keer dat je meerderen een beroep op je doen, onmiddellijk in de steek laat?'

'Je bent altijd heel royaal geweest.'

'Waarom wil je me dan de samenstelling van je oplosmiddel niet vertellen?'

'Omdat Veronese zijn geheime recept had, en ik ook.'

Tiepolo maakte een afwijzend gebaar met zijn enorme hand. Toen gooide hij zijn vieze wattenstokje weg en maakte een nieuwe. 'Ik werd gisteravond laat gebeld door de chef redactie van de New York Times in Rome,' vertelde hij als terloops. 'Ze wil misschien een artikel over de restauratie in de zondagse kunstbijlage. Ze komt vrijdag even kijken.'

'Als je het niet erg vindt, Francesco, denk ik dat ik vrijdag vrij neem.'

'Ik dacht al dat je dat zou zeggen.' Tiepolo wierp Gabriel een zijdelingse blik toe. 'Je komt zelfs niet in de verleiding?'

'Om wat te doen?'

'Om de wereld de wáre Gabriel Allon te laten zien. De Gabriel Allon wie de werken van de grote meesters na aan het hart liggen. De Gabriel Allon die kan schilderen als een engel.'

'Ik praat alleen met journalisten wanneer het echt niet anders kan. En ik zou zéker niets over mezelf vertellen.'

'Je hebt een interessant leven achter de rug.'

'Dat is nog zacht uitgedrukt.'

'Misschien wordt het tijd achter je beschermende omheining vandaan te komen.'

'En dan?'

'Dan kun je de rest van je dagen hier bij ons in Venetië slijten. In je hart ben je altijd een Venetiaan geweest, Gabriel.'

'Heel verleidelijk.'

'Maar?'

De uitdrukking op Gabriels gezicht maakte duidelijk dat hij er verder niet over wilde praten. Zijn blik weer op het doek richtend vroeg hij: 'Nog meer telefoontjes waarvan ik iets zou moeten weten?'

'Eentje maar,' antwoordde Tiepolo. 'Generaal Ferrari van de carabinieri is later vanochtend in de stad. Hij wil je graag onder vier ogen spreken.'

Abrupt draaide Gabriel zich om. 'Waarover?'

'Dat heeft hij niet gezegd. De generaal is een stuk beter in het stellen van vragen dan in het beantwoorden ervan.' Tiepolo keek Gabriel onderzoekend aan. 'Ik wist niet dat de generaal en jij vrienden waren.'

'Dat zijn we ook niet.'

'Waar ken je hem van?'

'Hij heeft me ooit gevraagd hem een dienst te bewijzen, en weigeren was geen optie.'

Tiepolo deed alsof hij diep nadacht. 'Dat was vast met die toestand in het Vaticaan een paar jaar geleden, met dat meisje dat vanuit de koepel van de basiliek naar beneden was gevallen. Als ik het goed heb, was jij op dat moment hun Caravaggio aan het restaureren.'

'O, ja?'

'Dat gerucht deed de ronde.'

'Je moet niet naar geruchten luisteren, Francesco. Vaak zijn ze niet waar.'

'Tenzij ze over jou gaan.' Francesco glimlachte.

Die opmerking negeerde Gabriel. Hij ging weer verder met zijn werk. Even daarvoor had hij zijn rechterhand gebruikt. Nu gebruikte hij, net zo handig, zijn linker.

'Je bent net Titiaan,' zei Tiepolo, naar hem kijkend. 'Een zon te midden van kleine sterren.'

'Als je me nu niet met rust laat, krijgt de zon dit schilderij nooit af.'

Tiepolo verroerde zich niet. 'Weet je zeker dat je hem niet bent?'

'Wie?'

'Mario Delvecchio.'

'Mario is dood, Francesco. Mario heeft nooit bestaan.'

3

VENETIË

HET REGIONALE HOOFDKWARTIER VAN DE carabinieri, de Italiaanse nationale militaire politie, was gevestigd in het *sestiere* Castello, niet ver van de Campo San Zaccaria. Exact om één uur kwam generaal Cesare Ferrari het gebouw uit lopen. In plaats van zijn blauwe uniform met de talloze medailles en insignes droeg hij een gewoon kostuum. In zijn ene hand had hij een roestvrijstalen koffertje. De ander, de hand waaraan twee vingers ontbraken, zat in de zak van een elegante overjas. Hij haalde de hand er net lang genoeg uit om die van Gabriel te drukken. Zijn glimlach was kort en vormelijk, en zoals gewoonlijk deed zijn rechteroog, het kunstoog, niet mee. Zelfs Gabriel vond de levenloze, starre blik moeilijk te verdragen. Het was alsof je werd aangestaard door het alziende oog van een weinig vergevingsgezinde God.

'Je ziet er prima uit,' zei generaal Ferrari. 'Het doet je zichtbaar goed terug te zijn in Venetië.'

'Hoe wist u dat ik hier was?'

De tweede glimlach van de generaal duurde nauwelijks langer dan de eerste. 'Er gebeurt niet veel in Italië zonder dat ik er iets vanaf weet, vooral niet wanneer het jou betreft.'

'Hoe wist u het?' vroeg Gabriel nogmaals.

'Toen jij onze geheime dienst toestemming vroeg naar Venetië terug te keren, is die informatie doorgestuurd naar alle relevante ministeries en autoriteiten. Ook naar het palazzo.'

Het palazzo waarop de generaal doelde, lag aan de Piazza di Sant'Ignazio in het oude centrum van Rome. Daarin was het Bureau Bescherming Cultureel Erfgoed gevestigd, beter bekend als Bureau Kunstzaken, met aan het hoofd generaal Ferrari. En in één ding had hij gelijk, dacht Gabriel, er gebeurde weinig in Italië zonder dat de generaal daar weet van had.

Ferrari, afkomstig uit een onderwijzersgezin uit het verarmde Campania, werd lange tijd beschouwd als een van de meest bekwame en toegewijde wetshandhavers van Italië. In de jaren zeventig, een tijd van terroristische bomaanslagen in Italië, had hij geholpen de communistische Rode Brigades onschadelijk te maken. Daarna, tijdens de maffiaoorlogen van de tachtiger jaren, had hij een leidende functie gehad in de door de camorra geteisterde regio van Napels. Die aanstelling was zo gevaarlijk geweest dat zijn vrouw en drie dochters onder voortdurende bescherming hadden moeten leven. Ferrari zelf was het doelwit geweest van talloze moordaanslagen, waaronder de aanslag met een bombrief die hem een oog en twee vingers had gekost.

De benoeming bij Kunstzaken was bedoeld geweest als een beloning voor een lange, roemrijke carrière. Aangenomen werd dat Ferrari in de voetstappen zou treden van zijn uitgebluste voorganger, dat hij wat met papieren zou rommelen, veel en lang zou gaan lunchen, en zo nu en dan één of twee van de schilderijen zou vinden van de vele die ieder jaar in Italië werden gestolen en waarmee je een klein museum zou kunnen vullen. In plaats daarvan was hij onmiddellijk begonnen met het reorganiseren van de ooit goed functionerende eenheid, die door ouderdom en verwaarlozing in verval was geraakt. In de eerste dagen in zijn nieuwe functie ontsloeg hij de helft van het personeel en verving dit door jonge, strijdlustige agenten, die ook echt iets van kunst af wisten. Hij gaf ze een eenvoudige opdracht. De criminelen van de straat die wat in de kunstdiefstal scharrelden, interesseerden hem niet; hij wilde de grote jongens, de kopstukken die de gestolen waar op de markt brachten. Binnen de kortste keren wierp Ferrari's nieuwe aanpak vruchten af. Een stuk of vijftien belangrijke dieven zat inmiddels achter de tralies, en de cijfers met betrekking tot kunstdiefstallen, die nog steeds schrikbarend hoog waren, begonnen een daling te vertonen.

'Wat brengt u naar Venetië?' vroeg Gabriel, terwijl hij de generaal tussen de spontaan ontstane vijvers op de Campo San Zaccaria door loodste.

'Ik moest in het noorden zijn, bij het Comomeer om precies te zijn.'

'Is er iets gestolen?'

'Nee,' antwoordde de generaal. 'Er is iemand vermoord.'

'Sinds wanneer is Kunstzaken geïnteresseerd in lijken?'

'Wanneer het lijk iets met de kunstwereld te maken heeft, altijd.'

Gabriel bleef staan en draaide zich om om de generaal aan te kijken. 'U hebt nog geen antwoord gegeven op mijn vraag,' zei hij. 'Waarom bent u in Venetië?'

'Ik ben hier voor jou, natuurlijk.'

'Wat is het verband tussen mij en een lijk in Como?'

'Degene die het lijk heeft gevonden.'

Weer glimlachte de generaal, maar het kunstoog staarde nietsziend in de verte. Het was het oog van een man die alles wist, dacht Gabriel, en die geen tegenspraak zou dulden.

Ze gingen door de hoofdingang van de San Zaccaria-kerk naar binnen, en liepen op Bellini's befaamde altaarstuk af. Er stond een groep toeristen, luisterend naar een gids die met sonore stem vertelde over de meest recente restauratie van het schilderij, zich niet bewust van het feit dat de man die die restauratie had uitgevoerd zich op dat moment onder zijn gehoor bevond.

Zelfs generaal Ferrari leek het grappig te vinden, alhoewel zijn eenogige blik na een tijdje wel de kerk door begon te dwalen. De Bellini was het belangrijkste stuk van de San Zaccaria, maar daarnaast beschikte de kerk nog over verschillende andere bijzondere schilderijen, waaronder werken van Tintoretto, Palma Vecchio, en Van Dyck. Een van de vele redenen waarom de carabinieri er een speciaal team van kunstrechercheurs op na hielden. Italië was met twee dingen in overvloed gezegend: kunst, en professionele criminelen. Veel van de kunst, zoals de kunst in deze kerk, was slecht beveiligd. En veel van de criminelen waren vastbesloten er zo veel mogelijk van te stelen.

Een kleine kapel die aan het middenschip grensde, bevatte het graf van de beschermheilige en een doek van een minder bekende Venetiaanse schilder dat al minstens een eeuw niet was schoongemaakt. In die kapel liet generaal Ferrari zich op een van de banken zakken, deed zijn metalen attachékoffertje open, en haalde er een dossiermap uit. Uit de map kwam één grote foto tevoorschijn, die hij aan Gabriel gaf. De foto toonde een man van middelbare leeftijd, die aan zijn polsen aan een kroonluchter hing. De doodsoorzaak was niet op het eerste gezicht te zien, maar het was wel duidelijk dat hij gruwelijk was gemarteld. Zijn gezicht was een bloederige, gezwollen bende, en van zijn borst waren grote stukken huid en vlees verdwenen.

'Wie was hij?' vroeg Gabriel.

'Zijn naam was James Bradshaw, beter bekend als Jack. Hij was een Brits onderdaan, maar het grootste deel van zijn tijd bracht hij aan het Comomeer door, net als een paar duizend landgenoten.' De generaal zweeg even nadenkend. 'Die Britten zijn tegenwoordig niet graag meer in hun eigen land, hè?'

'Nee, dat klopt.'

'Waarom is dat?'

'Dat zou u hun moeten vragen.' Gabriel keek nog eens naar de foto, en voelde een lichte huivering. 'Was hij getrouwd?'

'Nee.'

'Gescheiden?'

'Nee.'

'Een geliefde?'

'Daar lijkt het niet op.'

Gabriel gaf de foto aan de generaal terug, en vroeg waarmee Jack Bradshaw zijn brood had verdiend.

'Hij noemde zich consultant.'

'Waarin?'

'Hij heeft een aantal jaar als diplomaat in het Midden-Oosten gewerkt. Daarna is hij vroeg met pensioen gegaan, en voor zichzelf begonnen. Het schijnt dat hij Britse bedrijven adviseerde die zaken wilden doen in de Arabische wereld. Hij moet behoorlijk goed zijn geweest in zijn werk,' voegde de generaal eraan toe, 'aangezien zijn villa een van de duurste was aan dat stuk van het meer. Bovendien bezat hij een indrukwekkende collectie Italiaanse kunst en oudheden.'

'Vandaar de belangstelling van Kunstzaken voor zijn dood.'

'Deels,' zei de generaal. 'Het is per slot van rekening geen misdaad een mooie verzameling aan te leggen.'

'Tenzij die verzameling is verkregen op een manier die niet helemaal strookt met de Italiaanse wet.'

'Jij bent iedereen altijd een stap voor, hè, Allon?' De generaal keek op naar het donker geworden schilderij dat aan de muur van de kapel hing. 'Waarom is dat bij de laatste restauratie niet schoongemaakt?'

'Daar was geen geld meer voor.'

'De vernis is bijna ondoorzichtig geworden.' Na een korte stilte voegde de generaal eraan toe: 'Net als Jack Bradshaw.'

'Moge hij rusten in vrede.'

'Dat is niet erg waarschijnlijk, na zo'n dood.' Ferrari keek Gabriel aan en vroeg: 'Ooit de gelegenheid gehad over je eigen dood na te denken?'

'Verschillende keren, helaas. Maar als u het niet erg vindt, heb ik het liever over het verzamelgedrag van Jack Bradshaw.'

'Wijlen Mr. Bradshaw lijkt een voorkeur te hebben gehad voor schilderijen die niet echt te koop waren.'

'Gestolen schilderijen?'

'Jouw woorden, vriend. Niet de mijne.'

'Hielden jullie hem in de gaten?'

'Laten we zeggen dat Kunstzaken zijn activiteiten zo goed mogelijk probeerde te volgen.'

'Hoe?'

'Op de gebruikelijke manieren,' antwoorddde de generaal, zich op de vlakte houdend.

'Ik neem aan dat uw mensen zijn verzameling aan een grondige inventarisatie onderwerpen?'

'Daar zijn ze op dit moment mee bezig, ja.'

'En?'

'Tot nu toe hebben ze nog niets uit onze database van vermiste en gestolen werken gevonden.'

'Dan neem ik aan dat u al die nare dingen die u over Jack Bradshaw hebt gezegd, zult moeten terugnemen?'

'Dat er geen bewijs is, wil nog niet zeggen dat het niet zo is.'

'Hier spreekt de ware Italiaanse politieman.'

De uitdrukking op het gezicht van generaal Ferrari maakte duidelijk dat hij Gabriels opmerking als een compliment opvatte. Na een tijdje zei hij: 'Er werden ook nog andere dingen over Jack Bradshaw gezegd.'

'Wat voor dingen?'

'Dat hij niet gewoon een particuliere verzamelaar was, dat hij betrokken was bij de illegale export van schilderijen en andere kunstwerken van Italiaanse bodem.' Op zachtere toon ging de generaal verder: 'Daarom zit je vriend Julian Isherwood ook diep in de problemen.'

'Julian Isherwood handelt niet in gesmokkelde kunst.'

Daar reageerde de generaal niet eens op. In zijn ogen waren alle kunsthandelaren wel érgens schuldig aan.

'Waar is hij?' vroeg Gabriel.

'Ik heb hem in hechtenis genomen.'

'Voor de Italiaanse wet mag je iemand niet langer dan achtenveertig uur vasthouden zonder hem voor een rechter te brengen.'

'Hij werd aangetroffen bij een lijk. Ik bedenk wel iets.'

'U weet dat Julian niets met de moord op Bradshaw te maken heeft.'

‘Maak je geen zorgen,’ zei de generaal, ‘op dit moment ben ik ook niet van plan hem dat ten laste te laten leggen. Als echter bekend zou worden dat je vriend een afspraak had met iemand die als smokkelaar bekendstond, zou zijn carrière ten einde zijn. Want weet je, Allon, in de kunstwereld is wat je ziet de werkelijkheid.’

‘Wat moet ik doen om Julians naam uit de publiciteit te houden?’

De generaal gaf niet onmiddellijk antwoord. In plaats daarvan bekeek hij de foto van Jack Bradshaws lijk nog eens aandachtig. ‘Waarom denk je dat ze hem hebben gemarteld alvorens hem te vermoorden?’ vroeg hij uiteindelijk.

‘Misschien was hij hun geld schuldig.’

‘Misschien,’ beaamde de generaal. ‘Of misschien had hij iets wat de moordenaars wilden hebben, iets wat nog meer waard was.’

‘U ging me vertellen wat ik moest doen om mijn vriend te redden.’

‘Erachter komen wie Jack Bradshaw heeft vermoord. En erachter komen waarnaar ze op zoek waren.’

‘En als ik dat niet doe?’

‘Dan zal de Londense kunstwereld al snel gonzen van de nare geruchten.’

‘U bent een goedkope chanteur, generaal Ferrari.’

‘Chantage is een lelijk woord.’

‘Ja,’ zei Gabriel. ‘Maar in de kunstwereld is wat je ziet de werkelijkheid.’

4

VENETIË

Gabriel wist een goed restaurant, niet ver van de kerk, in een rustig deel van Castello waar weinig toeristen kwamen. Generaal Ferrari bestelde royaal, maar Gabriel speelde maar een beetje met zijn eten en nipte van zijn mineraalwater met citroen.

'Heb je geen honger?' vroeg de generaal.

'Ik hoopte vanmiddag nog een paar uur met mijn Veronese te kunnen doorbrengen.'

'Dan moet je juist iets eten. Je hebt toch energie nodig?'

'Zo werkt het niet.'

'Eet je niet als je aan het restaureren bent?'

'Ik drink koffie en eet wat brood.'

'Wat is dat nu voor dieet?'

'Een dieet waarop ik me goed kan concentreren.'

'Geen wonder dat je zo mager bent.' Generaal Ferrari liep naar de trolley met antipasti om zijn bord nog eens vol te scheppen.

Er was verder niemand in het restaurant, behalve de eigenaar en zijn dochter, een knap meisje van twaalf, dertien jaar met donker haar. Het kind vertoonde een bijna griezelige gelijkenis met de dochter van Abu Jihad, de tweede man van de PLO, die Gabriel op een warme lenteavond in 1988 had gedood in zijn villa in Tunis. De moord had plaatsgevonden in de werkkamer op de eerste verdieping, waar Abu Jihad video's van de Palestijnse intifada had zitten kijken. Het meisje had alles gezien: twee schoten in de borst om hem uit te schakelen, twee schoten in het hoofd om het af te maken, en dat alles met de Arabische opstand als achtergrondmuziek. Het gezicht van de dode Abu Jihad kon Gabriel zich niet meer voor de geest halen, maar dat van het meisje, sereen maar ziedend van een stille razernij, hing op een prominente plaats in de portrettengalerij van zijn geheugen. Terwijl de generaal weer ging zitten, bedekte Gabriel haar gezicht met een dikke laag denkbeeldige verf. Vervolgens boog hij zich over de tafel en vroeg: 'Waarom ik?'

'Waarom jij níét?'

'Zal ik beginnen met de voor de hand liggende redenen?'

'Als je dat prettig vindt.'

'Ik ben geen Italiaans politieman. Sterker nog, ik ben eerder het tegenovergestelde.'

'Je hebt een lange geschiedenis hier in Italië.'

'Niet allemaal even aangenaam.'

'Inderdaad,' beaamde de generaal. 'Maar gaandeweg heb je belangrijke contacten gelegd. Je hebt hooggeplaatste vrienden, onder andere in het Vaticaan. En wat misschien nog wel belangrijker is, je hebt ook vrienden in de lagere regionen. Je kent het land door en door, je spreekt onze taal alsof je hier bent geboren, en je bent getrouwd met een Italiaanse. Je bent praktisch een van ons.'

'Mijn vrouw is geen Italiaanse meer.'

'Wat spreken jullie thuis?'

'Italiaans,' moest Gabriel toegeven.

'Zelfs wanneer jullie in Israël zijn?'

Gabriel knikte.

'Ik zeg niets meer.' De generaal dacht een moment zwijgend na. 'Dit zal je misschien verbazen,' zei hij uiteindelijk, 'maar wanneer er een schilderij verdwijnt of iemand gewond raakt, heb ik meestal wel een idee wie daarachter zit. We hebben meer dan honderd informanten op de loonlijst staan, en we hebben meer telefoons en e-mailaccounts afgetapt dan de NSA. Wanneer er iets gebeurt aan de criminele kant van de kunstwereld, gaan er altijd wel geruchten. Zoals men in de terrorismebestrijding zegt: afwijkingen lichten op.'

'En nu?'

'De stilte is oorverdovend.'

'Wat denkt u dat dat betekent?'

'Dat betekent naar alle waarschijnlijkheid dat degenen die Jack Bradshaw hebben gedood niet uit Italië komen.'

'Enig idee waarvandaan dan wel?'

'Nee.' Langzaam schudde de generaal zijn hoofd. 'Maar ik vind de ernst van het gebruikte geweld verontrustend. Ik heb in mijn carrière al heel wat doden gezien, maar deze was anders. De dingen die ze met Jack Bradshaw hebben gedaan, waren...' Hij maakte zijn zin niet af, zei toen alsnog: '...middeleeuws.'

'En met zulke types moet ik me gaan bemoeien?'

'Volgens mij ben jij wel iemand die goed op zichzelf kan passen.'

Die opmerking negeerde Gabriel. 'Mijn vrouw is zwanger. Ik kan haar onmogelijk alleen laten.'

'We zullen haar goed in de gaten houden.' Op zachtere toon zei de generaal: 'Dat doen we nu al.'

'Goed om te weten dat de Italiaanse overheid ons bespiedt.'

'Je had toch niet anders verwacht, of wel soms?'

'Natuurlijk niet.'

'Dat dacht ik al. Bovendien is het voor je eigen bestwil, Allon. Je hebt nogal wat vijanden.'

'En daar moeten er nu dus nog meer bij komen?'

De generaal legde zijn vork neer en staarde peinzend uit het raam, in een imitatie van Bellini's Doge Leonardo Loredan. 'Wel ironisch,' zei hij na een tijdje.

'Wat?'

'Dat een man als jij ervoor kiest in een getto te wonen.'

'Ik woon niet echt in het getto.'

'Het scheelt niet veel,' zei de generaal.

'Het is een leuke buurt... de leukste van Venetië, als je het mij vraagt.'

'Het zit er vol met geesten.'

Gabriel wierp een blik op het meisje. 'Ik geloof niet in geesten.'

Met een sceptisch gebaar depte de generaal zijn mondhoeken met zijn servet.

'Hoe zou het in zijn werk moeten gaan?' vroeg Gabriel.

'Stel je maar voor dat je een van mijn informanten bent.'

'Dat wil zeggen?'

'Begeef je in de duistere regionen van de kunstwereld, en zoek uit wie Jack Bradshaw heeft vermoord. Dan zorg ik voor de rest.'

'En als ik niks vind?'

'Ik heb er alle vertrouwen in dat je wel iets vindt.'

'Dat klinkt als een dreigement.'

'O, ja?'

De generaal deed er verder het zwijgen toe, en Gabriel slaakte een zucht. 'Ik heb het een en ander nodig.'

'Zoals?'

'De gebruikelijke dingen,' antwoordde Gabriel. 'Telefoongegevens, creditcards, e-mails, browsergeschiedenis van internet, en een kopie van de harde schijf van zijn computer.'

De generaal knikte naar zijn koffertje. 'Zit allemaal daarin,' zei hij, 'samen met ieder smerig gerucht dat we ooit over hem hebben gehoord.'

'Ik wil ook in zijn villa en zijn collectie rondkijken.'

'Ik zal je een kopie van de inventarislijst geven zodra die gereed is.'

'Ik wil geen inventarislijst. Ik wil de schilderijen zien.'

'Komt in orde,' zei de generaal. 'Verder nog iets?'

'Iemand moet Francesco Tiepolo vertellen dat ik Venetië een paar dagen ga verlaten.'

'En je vrouw, natuurlijk.'

'Ja,' zei Gabriel op terughoudende toon.

'Misschien moeten we de taken verdelen. Ik zeg het tegen Francesco, jij tegen je vrouw.'

'Zouden we dat misschien ook kunnen omdraaien?'

'Ik ben bang van niet.' De generaal hief zijn rechterhand, de hand waaraan twee vingers ontbraken. 'Ik heb al genoeg geleden.'

Toen was er alleen nog de kwestie Julian Isherwood. Die bleek te worden vastgehouden op het regionale hoofdkwartier van de carabinieri, in een kamer zonder ramen die niet echt een cel was, maar ook niet echt een wachtkamer. De overdracht vond plaats op de Ponte della Paglia, in het zicht van de Brug der Zuchten.

De generaal leek het niet erg te vinden van zijn gevangene af te zijn. Hij bleef op de brug staan, met zijn beschadigde hand in de zak van zijn jas, zijn kunstoog op Gabriel en Isherwood gericht, die de Molo San Marco over liepen, naar Harry's Bar.

Isherwood dronk in hoog tempo twee Bellini's, terwijl Gabriel intussen rustig zijn reis regelde. Er vertrok die avond om zes uur een vlucht van British Airways vanuit Venetië, die om een paar minuten over zeven op Heathrow landde.

'Dan heb ik nog genoeg tijd,' zei Isherwood op donkere toon, 'om Oliver Dimbleby te vermoorden en nog voor het nieuws van tien uur in bed te liggen.'

'Als je officieuze vertegenwoordiger in deze zaak,' zei Gabriel, 'zou ik je dat ernstig afraden.'

'Denk je dat ik beter tot morgenochtend kan wachten met hem te vermoorden?'

Onwillekeurig moest Gabriel glimlachen. 'De generaal is zo grootmoedig geweest erin toe te stemmen jouw naam hierbuiten te houden,' zei hij. 'Als ik jou was, zou ik in Londen maar niets vertellen over je kortstondige aanvaring met de Italiaanse wet.'

'Niet kortstondig genoeg,' zei Isherwood. 'Ik ben niet zoals jij, lieverd. Ik breng de nacht doorgaans niet in de gevangenis door. En ik stuit doorgaans al helemaal niet op lijken. Mijn God, je had hem moeten zien. Ze hadden hem zo goed als gefileerd.'

'Des te meer reden je mond te houden wanneer je thuis bent,' zei Gabriel. 'Je zit er toch niet op te wachten dat de moordenaars van Jack Bradshaw je naam in de krant tegenkomen?'

Isherwood beet op zijn lip en schudde toen traag zijn hoofd. 'De generaal dacht blijkbaar dat Bradshaw in gestolen schilderijen handelde,' zei hij na een korte stilte. 'Hij dacht blijkbaar ook dat ik met hem samenwerkte. Hij heeft me behoorlijk aan de tand gevoeld.'

'En? Was dat zo, Julian?'

'Dat ik samenwerkte met Jack Bradshaw?'

Gabriel knikte.

'Daar geef ik niet eens antwoord op.'

'Ik moest het vragen.'

'Ik heb in mijn carrière heel wat linke dingen gedaan, meestal op jouw verzoek. Maar ik heb nog nooit, en dan bedoel ik echt nog nóóit, een schilderij verkocht waarvan ik wist dat het gestolen was.'

'En een gesmokkeld schilderij?'

'Wat versta je onder smokkelen?' vroeg Isherwood met een scheve grijns.

'En hoe zit het met Oliver?'

'Vraag je nu of Oliver Dimbleby gestolen schilderijen aan de man brengt?'

'Ik denk het.'

Daarover moest Isherwood even nadenken. 'Ik zie Oliver Dimbleby overal voor aan,' zei hij uiteindelijk. 'Maar nee, ik geloof niet dat hij in gestolen schilderijen handelt. Het was gewoon domme pech en verkeerde timing.'

Isherwood gebaarde naar de ober en bestelde nog een Bellini. Hij begon eindelijk een beetje te ontspannen. 'Ik moet bekennen,' zei hij, 'dat jij wel de laatste was die ik had verwacht te zien vandaag.'

'Dat is wederzijds, Julian.'

'Ik begrijp dat de generaal en jij elkaar kennen.'

‘We hebben visitekaartjes uitgewisseld.’

‘Hij is een van de onaangenaamste wezens die ik ooit heb ontmoet.’

‘Zodra je hem een beetje leert kennen, valt hij wel mee.’

‘Wat weet hij van onze relatie?’

‘Hij weet dat we vrienden zijn, en dat ik een aantal schilderijen voor jou heb schoongemaakt. En ik vermoed,’ voegde Gabriel eraan toe, ‘dat hij waarschijnlijk ook wel op de hoogte is van jouw link met King Saul Boulevard.’

King Saul Boulevard was het adres van de Israëlische geheime dienst, die een lange, opzettelijk misleidende naam had gekregen die erg weinig met de ware aard van de activiteiten te maken had. Degenen die er werkten, hadden het altijd kortweg over het Bureau. Julian Isherwood ook, al was hij niet echt in dienst van het Bureau. Hij was lid van de *sayanim*, het wereldwijde netwerk van vrijwillige helpers. Daartoe behoorden bankiers die agenten van het Bureau in noodgevallen van geld voorzagen, artsen die hen in het geheim behandelden wanneer ze gewond waren geraakt, hoteleigenaars die hun een kamer gaven onder een valse naam, en autoverhuurders die voor auto's zorgden die niet te traceren waren. Isherwood was halverwege de jaren zeventig ingelijfd, ten tijde van een golf van aanvallen op Israëlische doelen in Europa door Palestijnse terroristen. Hij had slechts één opdracht gehad: helpen bij het creëren en in stand houden van de dekmantel van een jonge kunstrestaurateur en huurmoordenaar, Gabriel Allon genaamd.

‘Ik neem aan dat er aan mijn vrijlating een prijskaartje hing?’ vroeg Isherwood.

‘Een stevig prijskaartje, ja,’ antwoordde Gabriel.

‘Hoe stevig?’

Gabriel vertelde het hem.

‘Daar gaat je sabbatical in Venetië,’ zei Isherwood. ‘Het lijkt erop dat ik het grondig voor je heb verpest.’

‘Het is het minste wat ik voor je kan doen, Julian. Ik sta nog altijd bij je in het krijt.’

Isherwood glimlachte melancholiek. 'Hoelang is het geleden?'

'Honderd jaar.'

'En nu word je weer vader, twee keer zelfs. Nooit gedacht dat ik dat nog zou meemaken.'

'Ik ook niet.'

Isherwood keek Gabriel aandachtig aan. 'Je klinkt niet al te enthousiast bij het vooruitzicht kinderen te krijgen.'

'Dat is natuurlijk onzin.'

'Maar?'

'Ik ben oud, Julian.' Gabriel zweeg even en voegde er toen aan toe: 'Misschien wel té oud om een nieuw gezin te beginnen.'

'Het leven is je niet bepaald vriendelijk gezind geweest, jongen. Je hebt alle recht op nog een beetje geluk op je oude dag. Ik moet zeggen dat ik je wel benijd. Je bent getrouwd met een prachtige jonge vrouw, die je twee prachtige kinderen gaat schenken. Ik zou willen dat ik in jouw schoenen stond.'

'Kijk maar uit wat je wenst.'

Langzaam nam Isherwood een slok van zijn Bellini, maar hij zei niets.

'Weet je, het is nog niet te laat.'

'Om kinderen te krijgen?' vroeg Isherwood op ongelovige toon.

'Om iemand te vinden met wie je de rest van je leven wilt doorbrengen.'

'Ik ben bang dat mijn houdbaarheidsdatum al is verstreken,' verklaarde Isherwood. 'Tegenwoordig ben ik getrouwd met mijn galerie.'

'Verkoop de galerie,' zei Gabriel. 'Neem je intrek in een villa in Zuid-Frankrijk.'

'Ik zou binnen een week gek worden.'

Ze verlieten de bar en waren in een paar stappen bij het Canal Grande. Aan het uiteinde van een volle steiger lag een glanzende houten watertaxi. Isherwood maakte niet al te veel haast aan boord te komen.

'Als ik jou was,' zei Gabriel, 'zou ik maken dat ik de stad uit kwam, voordat de generaal zich bedenkt.'

'Een goede raad,' zei Isherwood. 'Mag ik jou er ook een geven?'

Gabriel zei niets.

'Zeg tegen de generaal dat hij iemand anders moet zoeken.'

'Ik ben bang dat het daarvoor al te laat is.'

'Wees dan vooral heel voorzichtig. Ga niet de held uithangen. Je hebt heel wat om voor te leven.'

'Straks mis je je vlucht nog, Julian.'

Enigszins wankelend ging Isherwood aan boord van de watertaxi. Toen de boot van de steiger wegvoer, draaide hij zich om naar Gabriel en riep: 'Wat moet ik tegen Oliver zeggen?'

'Je bedenkt vast wel iets.'

'Ja,' zei Isherwood. 'Zoals gewoonlijk.' Het volgende moment dook hij naar binnen en was verdwenen.

5

VENETIË

GABRIEL WERKTE AAN DE VERONESE totdat het donker begon te worden achter de ramen van het middenschip. Toen belde hij Francesco Tiepolo op zijn *telefonino* om hem te vertellen dat hij een bijzonder vertrouwelijk klusje moest doen voor generaal Cesare Ferrari van de carabinieri. Verdere details gaf hij niet.

'Hoelang blijf je weg?'

'Een dag of twee,' antwoordde Gabriel. 'Misschien een maand.'

'Wat moet ik tegen de anderen zeggen?'

'Zeg maar dat ik dood ben. Daar zal Antonio wel blij van worden.'

Zorgvuldiger dan normaal ruimde Gabriel zijn werkplatform op, waarna hij de koude avond in liep. Hij volgde zijn gebruikelijke route noordwaarts, door San Polo en Cannaregio, tot hij bij een ijzeren brug kwam, de enige ijzeren brug in heel Venetië. In de middeleeuwen was er midden op de brug een hek geweest, waar 's nachts een christelijke wachter had gestaan die ervoor moest zorgen dat diegenen die aan de andere kant vastzaten niet konden ontsnappen. Nu was de brug leeg, op één enkele meeuw na, die Gabriel een boosaardige blik toewierp, terwijl hij langzaam passeerde.

Hij betrad een donkere *sottoportego*, die uitkwam op een groot plein, de Campo di Ghetto Nuovo, het hart van het oude getto van Venetië. Na het plein te zijn overgestoken bleef hij staan voor de deur van nummer 2899. Op een kleine koperen plaat stond *communitá ebraica di venezia:* JOODSE GEMEENSCHAP VAN VENETIË. Hij belde aan, instinctief zijn gezicht afwendend van de beveiligingscamera.

'Wat kan ik voor u doen?' vroeg een vertrouwde vrouwenstem in het Italiaans.

'Ik ben het.'

'Wie is ik?'

'Doe de deur open, Chiara.'

Er klonk een zoemend geluid, en het slot van de deur sprong open.

Door een smalle gang liep Gabriel naar een volgende deur, die automatisch openging toen hij ervoor stond. Die deur gaf toegang tot een klein kantoor, waar Chiara rechtop achter een opgeruimd bureau zat. Ze droeg een winterwitte trui, een reebruine legging en leren laarzen. Haar weelderige kastanjebruine haar viel over haar schouders op een zijden sjaal die Gabriel op Corsica had gekocht. Hij weerstond de aanvechting haar brede mond te kussen, want hij vond het niet gepast lichamelijke affectie te tonen jegens de receptioniste van de opperrabbijn van Venetië, ook al was de receptioniste toevallig tevens de geliefde dochter van de rabbijn.

Chiara wilde net iets tegen hem gaan zeggen, toen de telefoon ging.

Terwijl hij op de rand van haar bureau ging zitten, hoorde hij hoe ze een kleine crisis afhandelde, die te maken had met een kleiner wordende geloofsgemeenschap. Ze leek nog verbazingwekkend veel op de mooie, jonge vrouw die hij tien jaar geleden voor het eerst had gezien, toen hij bij rabbi Jacob Zolli was gekomen voor informatie over het lot van de Italiaanse Joden in de Tweede Wereldoorlog. Op dat moment had Gabriel niet geweten dat Chiara een agent van de Israëlische geheime dienst was, of dat ze van King Saul Boulevard de opdracht had gekregen over hem te waken gedurende de restauratie van het altaarstuk van de San Zaccaria. Korte tijd later had ze hem in Rome haar ware identiteit onthuld, na een incident waarbij wapens en de Italiaanse politie betrokken waren geweest. Terwijl hij met haar samen op een veilige plek ondergedoken had gezeten, had hij haar wanhopig graag willen aanraken. Hij had echter gewacht tot de zaak was opgelost en ze waren teruggekeerd naar Venetië. Daar, in een huis aan een van de kanalen van Cannaregio, hadden ze voor het eerst de liefde bedreven, tussen fris linnengoed. Het was alsof hij de liefde had bedreven met een door Veronese geschilderde vrouw.

Op de dag van hun eerste ontmoeting had Chiara hem koffie aangeboden. Nu dronk ze geen koffie meer, alleen water en vruchtensap. Ze had voortdurend een plastic fles bij zich staan, waaruit ze regelmatig een slokje nam. Dat was het enige waaraan je kon zien dat ze, na een moeizame strijd, eindelijk zwanger was, van een tweeling. Ze had gezworen de onvermijdelijke gewichtstoename niet te bestrijden met een dieet of heel veel sporten, volgens haar een van de vele obsessies die de Amerikanen de wereld hadden opgedrongen. Chiara was een Venetiaanse in hart en nieren, en Venetianen beulden zich niet af met cardiotoestanden en tilden geen zware dingen om spiermassa te kweken. Ze aten en dronken goed, ze bedreven de liefde, en wanneer ze behoefte hadden aan een beetje lichaamsbeweging, wandelden ze over het zand van het Lido, of liepen ze naar de Zattere voor een ijsje.

Nadat ze het telefoongesprek had beëindigd, keek ze hem met een speelse blik aan. Haar ogen waren caramelkleurig met gouden vlekjes, een combinatie die Gabriel nog nooit goed op het doek had weten te krijgen. Op dit moment hadden ze een heldere glans. Ze was gelukkig, dacht hij, gelukkiger dan hij haar ooit had gezien. Plotseling had hij het hart niet haar te vertellen dat generaal Ferrari, net zo plotseling als het hoge water, was opgedoken om roet in het eten te gooien.

'Hoe voel je je?' vroeg hij.

Ze rolde met haar ogen en nam een slokje water.

'Heb ik iets verkeerds gezegd?'

'Je hoeft niet de hele tijd te vragen hoe ik me voel.'

'Ik wil dat je weet dat ik bezorgd ben om je.'

'Ik weet dat je bezorgd bent, lieverd. Maar ik ben niet ernstig ziek. Ik ben alleen maar zwanger.'

'Wat moet ik je dan vragen?'

'Je moet vragen wat ik wil eten.'

'Ik ben uitgehongerd,' zei hij.

'Ik ben voortdurend uitgehongerd.'

'Wil je ergens gáán eten?'

'Eerlijk gezegd heb ik wel zin om te koken.'

'Kun je dat wel aan?'

'Gabriel!'

Ze begon de dingen op haar opgeruimde bureau volkomen onnodig recht te leggen. Geen goed teken. Dat duidde erop dat ze geïrriteerd was.

'Hoe was het op je werk?'

'Héél opwindend.'

'Je gaat me toch niet vertellen dat je al genoeg hebt van die Veronese?'

'Het verwijderen van vieze vernis is niet het dankbaarste klusje van een restauratie.'

'Geen rare dingen?'

'Met het schilderij?'

'In het algemeen.'

Wat een vreemde vraag. 'Adrianna Zinetti verscheen vanochtend op het werk verkleed als Groucho Marx,' antwoordde Gabriel, 'maar verder was het een dag als alle andere in de kerk van San Sebastiano.'

Chiara fronste haar wenkbrauwen. Toen trok ze met de punt van haar laars een la open en stopte afwezig een paar papieren in een dossiermap.

Het zou Gabriel niets verbazen als die papieren niets te maken hadden met wat er al in die map zat. 'Zit je ergens mee?' vroeg hij.

'Je gaat me toch niet nóg een keer vragen hoe ik me voel, hè?'

'Ik zou niet durven.'

Harder dan noodzakelijk schoof ze de la weer dicht. 'Ik ben rond lunchtijd bij de kerk langsgegaan om je te verrassen,' zei ze na een tijdje, 'maar je was er niet. Francesco zei dat er iemand voor je was gekomen. Hij zei ook dat hij niet wist wie het was.'

'En jij wist uiteraard dat Francesco loog.'

'Daarvoor hoef je geen opleiding binnen de geheime dienst te hebben gehad.'

'Ga verder,' zei Gabriel.

'Ik heb de afdeling Operaties gebeld om te vragen of er iemand van King Saul Boulevard in de stad was, maar ze zeiden dat er niemand naar jou op zoek was.'

'Voor de verandering.'

'Wie is je vandaag komen opzoeken, Gabriel?'

'Dit begint op een verhoor te lijken.'

'Wie was het?' vroeg ze nogmaals.

Gabriel stak zijn rechterhand op, en vouwde twee vingers naar binnen.

'Generaal Ferrari?'

Gabriel knikte.

Chiara staarde naar haar bureau, alsof ze nog iets zocht wat niet op zijn plaats lag.

'Hoe voel je je?' vroeg Gabriel zacht.

'Prima,' antwoordde ze zonder op te kijken. 'Maar als je me dat nog één keer vraagt...'

Gabriel en Chiara woonden inderdaad niet echt in het oude getto van Venetië. Hun huurappartement bevond zich op de eerste verdieping van een oud palazzo in een rustige buurt van Cannaregio die nooit verboden was geweest voor Joden. Aan de ene kant was een rustig pleintje, aan de andere kant een kanaal, waar King Saul Boulevard een kleine, snelle boot had neergelegd, voor het geval Gabriel Venetië voor de tweede keer in zijn legendarische carrière zou moeten ontvluchten. Tel Aviv had alle reden zich om zijn veiligheid te bekommeren: na jaren weerstand bieden had hij er eindelijk in toegestemd het volgende hoofd van het Bureau te worden. Het duurde nog een jaar voordat zijn ambtsperiode zou beginnen. Vanaf dat moment zou hij al zijn tijd moeten wijden aan de bescherming van de Staat Israël tegen iedereen die die Staat kapot wilde maken.

Van restauratiewerk of een langdurig verblijf in Venetië met zijn mooie jonge vrouw zou geen sprake meer kunnen zijn, in ieder geval niet zonder een legertje lijfwachten om hen te beschermen.

Het appartement was voorzien van een geavanceerd beveiligingssysteem, dat welwillend piepte toen Gabriel de deur openduwde. Eenmaal binnen ontkurkte hij een fles Bardolino en ging in de keuken naar het nieuws op de BBC zitten luisteren terwijl Chiara een schaal bruschetta klaarmaakte. Een VN-panel had een catastrofale opwarming van de aarde voorspeld, een autobom had veertig mensen gedood in een sjiitische wijk van Bagdad, en de Syrische president, de Slager van Damascus, had alwéér chemische wapens ingezet tegen zijn eigen volk.

Chiara fronste haar voorhoofd en zette de radio uit. Vervolgens wierp ze een verlangende blik op de fles wijn.

Gabriel had met haar te doen. Ze was dol op een glas Bardolino in het voorjaar. 'Ze krijgen er echt niets van, wanneer je een slokje neemt.'

'Mijn moeder heeft geen druppel gedronken toen ze zwanger was van mij.'

'En moet je kijken hoe dat heeft uitgepakt.'

'In alle opzichten perfect.' Glimlachend zette ze de bruschetta voor Gabriel neer.

Hij koos er twee – een met fijngehakte olijven, en een met witte bonen en rozemarijn – en schonk wat Bardolino in een glas.

Chiara pelde een ui en veranderde die met een paar snelle bewegingen van haar mes in een hoopje keurige witte blokjes.

'Kijk maar uit,' zei Gabriel, haar gadeslaand. 'Anders zie je er straks net zo uit als de generaal.'

'Laten we het niet over hém hebben.'

'Wat had ik dan tegen hem moeten zeggen, Chiara?'

'Je had hem de waarheid kunnen vertellen.'

'Welke versie van de waarheid?'

'Je hebt nog één jaar voordat je de eed aflegt, lieverd. Daarna zul je moeten opspringen op iedere kik van de premier en zal de veiligheid van de staat jouw verantwoordelijkheid zijn. Je leven zal één lange vergadering zijn, afgewisseld met zo nu en dan een crisis.'

'Daarom heb ik de functie ook eerst een paar keer afgewezen, voordat ik hem eindelijk accepteerde.'

'Maar nu is die functie onherroepelijk voor jou. En dit is je laatste kans wat welverdiende tijd vrij te nemen voordat we naar Israël teruggaan.'

'Dat heb ik de generaal ook proberen uit te leggen, zonder al te veel in detail te treden. En toen dreigde hij dat hij Julian zou laten wegrotten in een Italiaanse cel.'

'Hij had helemaal geen bewijzen tegen Julian. Hij blufte gewoon.'

'Misschien,' moest Gabriel toegeven. 'Maar wat nu als een of andere voortvarende Britse journalist had besloten een beetje te gaan wroeten in Julians achtergrond? En wat nu als diezelfde voortvarende journalist op de een of andere manier zijn link met het Bureau had ontdekt? Ik zou het mezelf nooit hebben vergeven als ik hem door het slijk had laten halen. Hij stond altijd voor me klaar als ik hem nodig had.'

'Weet je nog die keer dat je hem had gevraagd voor de kat van die Russische overloper te zorgen?'

'Hoe zou ik dat nu kunnen vergeten? Ik wist helemaal niet dat Julian allergisch was voor katten. Die uitslag heeft wel een maand geduurd.'

Chiara glimlachte. Ze deed de ui met olijfolie en boter in een zware braadpan, sneed snel een wortel in kleine stukjes, en deed die erbij.

'Wat maak je?'

'Een vleesschotel van hier: calandraca.'

'Waar heb je dat leren maken?'

Chiara sloeg haar ogen ten hemel, alsof ze wilde zeggen dat zulke dingen in Italië in de lucht en in het water zaten. Erg ver bezijden de waarheid was dat niet.

'Hoe kan ik je helpen?'

'Door me niet zo op mijn lip te zitten.'

Gabriel nam het bord met bruschetta's en de wijn mee naar de kleine, aan de keuken grenzende zitkamer. Voordat hij zich op de bank liet zakken, pakte hij zijn wapen, dat op zijn rug achter zijn broekband zat, en legde het voorzichtig op tafel, boven op een stapel vrolijk gekleurde tijdschriften over zwangerschap en bevalling. Het was een 9mm Beretta, waarvan de notenhouten kolf onder de verfvlekken zat: een veeg Titiaan, een beetje Bellini, een druppel Raphael en Tintoretto. Over niet al te lange tijd zou hij geen wapen meer dragen, dan zouden anderen dat voor hem doen. Hij vroeg zich af hoe het zou voelen ongewapend rond te lopen. Alsof je 's ochtends van huis was gegaan zonder een broek aan te trekken, stelde hij zich voor. Sommige mannen droegen een stropdas wanneer ze naar kantoor gingen, Gabriel Allon droeg een wapen.

'Ik begrijp nog steeds niet waarom de generaal jóú nodig heeft om erachter te komen wie Jack Bradshaw heeft vermoord,' riep Chiara uit de keuken.

'Hij denkt dat ze naar iets op zoek waren,' verklaarde Gabriel, door een van de tijdschriften bladerend. 'En hij wil dat ik dat vind voordat zij dat doen.'

'Op zoek naar wát?'

'Dat heeft hij niet gezegd, maar ik vermoed dat hij meer weet dan hij heeft verteld.'

'Zoals gewoonlijk.'

Chiara deed stukjes kalfsvlees, die ze licht door de bloem had gehaald, in de pan, en weldra was het appartement gevuld met de geur van het dichtschroeiende vlees. Even later voegde ze tomatensaus en witte wijn toe, en verse kruiden, waarvan ze de hoeveelheid in de palm van haar hand afmat.

Gabriel keek naar de lichtjes van een boot die zich langzaam door het kanaal voortbewoog. Toen vertelde hij Chiara voorzichtig dat hij van plan was de volgende ochtend vroeg naar het Comomeer te vertrekken.

'Wanneer ben je weer terug?' vroeg ze.

'Dat hangt ervan af.'

'Waarvan?'

'Van wat ik in Jack Bradshaws villa aantref.'

Omdat ze aardappels stond te snijden op een houten plank, was haar mededeling dat ze van plan was met hem mee te gaan nauwelijks verstaanbaar.

Gabriel draaide zich om, om een verwijtende blik in haar richting te werpen.

'Wat is er?' vroeg ze na een tijdje.

'Jij gaat helemaal nergens heen,' verklaarde hij op vlakke toon.

'Het is het Comomeer. Wat kan dáár nu gebeuren?'

'Zal ik je een paar voorbeelden geven?'

Daarop zweeg ze, en Gabriel richtte zijn blik weer op de boot in het kanaal. Voor zijn geestesoog verschenen echter beelden uit zijn lange, turbulente carrière. Een carrière die zich vreemd genoeg had afgespeeld op de chicste en mooiste plekken van Europa. Hij had mensen gedood in Cannes en Saint-Tropez, en voor zijn leven gevochten in de straten van Rome en in de Zwitserse bergen. En ooit, vele jaren geleden, had hij een vrouw en een zoon verloren als gevolg van een autobom in een schilderachtige straat in de elegante oude binnenstad van Wenen.

Nee, dacht hij nu, Chiara ging niet met hem mee naar het Comomeer. Hij zou haar hier in Venetië achterlaten, onder de hoede van haar familie, én van de Italiaanse politie. En wee de generaal wanneer haar iets zou overkomen.

Op dat moment stond ze zachtjes een van die Italiaanse popliedjes te zingen waar ze zo dol op was. Ze deed de aardappelen ook in de braadpan, zette het vuur laag, en voegde zich toen bij Gabriel in de zitkamer. Het dossier van generaal Ferrari over Jack Bradshaw lag op de lage tafel, naast het wapen. Toen ze het wilde pakken, hield Gabriel haar tegen; hij wilde niet dat ze zou zien wat een bende de moordenaars van Jack Bradshaws lichaam hadden gemaakt. Ze liet haar hoofd tegen zijn schouder zakken. Haar haar rook naar vanille.

‘Hoelang nog voor de calandraca klaar is?’ vroeg Gabriel.

‘Een uurtje.’

‘Zolang kan ik niet wachten.’

‘Neem nog een bruschetta.’

Dat deed hij. Chiara ook. Vervolgens bracht ze het glas Bardolino naar haar neus, maar ze dronk er niet van.

‘Ze krijgen er echt niets van, als je een klein slokje neemt.’

Ze zette het glas weer op tafel, en legde haar hand op haar buik.

Gabriel legde zijn eigen hand naast de hare, en heel even dacht hij het lichte gefladder van twee piepkleine hartjes te kunnen voelen. Ze zijn van mij, dacht hij, zijn hand nog wat steviger op Chiara’s buik drukkend. En wee de man die ooit zal proberen hun iets aan te doen.

6

HET COMOMEER, ITALIË

De volgende ochtend werden de inwoners van het Verenigd Koninkrijk opgeschrikt door het nieuws dat een van hun landgenoten, de in Italië woonachtige zakenman James 'Jack' Bradshaw op brute wijze was vermoord in zijn villa aan het Comomeer. De Italiaanse autoriteiten dachten aan een overval, hoewel ze geen enkel bewijs hadden dat er ook daadwerkelijk iets was gestolen. De naam van generaal Ferrari werd nergens genoemd, en ook kwam nergens ter sprake dat het dode lichaam was gevonden door Julian Isherwood, de bekende Londense kunsthandelaar. De kranten hadden de grootst mogelijke moeite gehad iemand te vinden die iets aardigs over Bradshaw kon zeggen. De Times had een oud-collega van Buitenlandse Zaken weten op te graven, die hem als een 'prima ambtenaar' beschreef, maar verder leek het leven van Bradshaw niet echt een grafrede waard. De foto die ze bij de BBC lieten zien wekte de indruk op zijn minst twintig jaar oud te zijn. Een afbeelding van een man die het duidelijk niet prettig vond gefotografeerd te worden.

Er ontbrak nóg iets cruciaals in de berichten over Jack Bradshaw: dat Gabriel Allon, een even legendarisch als eigenzinnig lid van de Israëlische geheime dienst, in alle stilte door Kunstzaken was gevraagd zijn licht over de zaak te laten schijnen.

Zijn onderzoek begon om halfacht, toen hij een flashdrive die hij van generaal Ferrari had gekregen, in zijn laptop stak. Daarop stond de inhoud van Jack Bradshaws computer. De meeste documenten hadden met zijn bedrijf te maken, de Meridian Global Consulting Group – een vreemde naam voor een bedrijf dat geen andere medewerkers dan Bradshaw zelf leek te hebben, dacht Gabriel. Naast de meer dan twintigduizend documenten op de flashdrive, waren er ook nog een paar duizend telefoonnummers en e-mailadressen die nagetrokken en met elkaar vergeleken moesten worden. Veel te veel voor Gabriel alleen. Hij had een assistent nodig, een ervaren onderzoeker die iets van criminele zaken af wist, en bij voorkeur ook van Italiaanse kunst.

'Ik?' vroeg Chiara op ongelovige toon.

'Heb jij een beter idee?'

'Weet je zeker dat je daar een antwoord op wilt?'

Gabriel negeerde haar vraag. Hij zag dat ze het ergens wel een aantrekkelijk plan vond. Ze had een natuurlijke aanleg voor het oplossen van puzzels en problemen.

'Het zou een stuk makkelijker zijn als ik die telefoonnummers en e-mailadressen door de computers van King Saul Boulevard zou kunnen halen,' zei ze, nadat ze er even over had nagedacht.

'Inderdaad,' beaamde Gabriel. 'Maar het Bureau vertellen dat ik een zaak voor de Italianen onderzoek, is wel het laatste wat ik wil.'

'Uiteindelijk komen ze er toch wel achter. Ze komen er altijd achter.'

Gabriel kopieerde de bestanden van Bradshaw naar de harde schijf van de laptop, en hield de flashdrive zelf. Daarna pakte hij een kleine tas in, met twee sets kleren en twee sets identiteitsbewijzen, terwijl Chiara een douche nam en zich aankleedde om naar haar werk te gaan. Hij liep met haar mee naar het getto, en voor de deur van het gemeenschapscentrum legde hij nog één keer zijn hand op haar buik. Tijdens het weglopen viel zijn oog onwillekeurig op de jonge, knappe Italiaan die koffie zat te drinken bij het koosjere café. Hij belde generaal Ferrari in het palazzo in Rome. De generaal bevestigde dat de jonge Italiaan een agent van de carabinieri was, gespecialiseerd in persoonsbeveiliging.

'Had u niet iemand kunnen vinden om op mijn vrouw te passen die níét op een filmster lijkt?'

'Je gaat me toch niet vertellen dat de grote Gabriel Allon jaloers is.'

'Zorgt u nu maar dat haar niets overkomt. Hebt u dat goed gehoord?'

'Ik heb maar één oog,' antwoordde de generaal, 'maar mijn oren heb ik allebei nog, en die functioneren prima.'

Net als veel Venetianen, of ze nu tijdelijk in de stad waren of niet, had Gabriel een auto, een Volkswagen sedan, in een garage vlak bij de Piazzale Roma staan. Hij reed over de brug naar het vasteland, en vervolgens naar de *autostrada*. Zodra het wat minder druk werd op de weg, drukte hij het gaspedaal een stukje verder in en zag de wijzer van de kilometerteller omhoog kruipen. Wekenlang was hij met een slakkengang door het leven gewandeld en gedobberd, en nu voelde het brullen van een motor ineens als een guilty pleasure. Het pedaal zo ver mogelijk indrukkend zag hij het vlakke land van Veneto in een bevredigend groen-bruin waas aan zich voorbij schieten.

Hij vloog naar het westen, langs Padua, Verona en Bergamo, en bereikte de buitenwijken van Milaan een halfuur eerder dan hij had verwacht. Daarvandaan zette hij koers naar het noorden, naar Como, waar hij de kronkelende oever van het meer volgde tot hij bij het hek van de villa van Jack Bradshaw was. Tussen de tralies van het hek door kon hij een onopvallende auto van de carabinieri zien staan. Hij belde de generaal in Rome, vertelde waar hij was, en verbrak toen snel de verbinding. Dertig seconden later zwaaide het hek open.

Langzaam reed Gabriel de steile oprit af, naar het huis van de man wiens leven in één holle frase was samengevat: een prima ambtenaar... Het enige wat hij zeker wist, was dat Jack Bradshaw, gepensioneerd diplomaat, consultant voor bedrijven met zakelijke relaties in het Midden-Oosten, verzamelaar van Italiaanse kunst, een beroepsleugenaar was geweest. Dat wist hij omdat hij zelf ook een leugenaar was. Daarom voelde hij, terwijl hij uit zijn auto stapte, een zekere verwantschap met deze man wiens leven hij overhoop ging halen. Hij kwam niet als vijand, maar als vriend, de volmaakte ingang voor een onaangename klus. De dood kende geen geheimen, dacht hij terwijl hij over het voorplein op het huis af liep. En als er al een geheim verborgen lag in de villa aan het meer, zou hij dat vinden.

Een agent van de carabinieri in burger wachtte hem op in de deuropening. Hij stelde zich voor als Lucca – geen achternaam of rang, alleen maar Lucca – en hij gaf Gabriel rubberhandschoenen en plastic schoenhoesjes.

Die trok Gabriel maar al te graag aan. Het laatste waaraan hij in deze fase van zijn leven behoefte had, was zijn DNA achterlaten op alwéér een Italiaanse plaats delict.

'Je hebt één uur,' zei de carabinieri-man. 'En ik blijf bij je.'

'Ik neem alle tijd die ik nodig heb,' verklaarde Gabriel. 'En jij blijft hier.'

Toen de agent daarop niet reageerde, trok Gabriel de handschoenen en de schoenhoesjes aan, en liep de villa in. Het eerste wat hij zag, was het bloed. Daar kon je ook moeilijk omheen: de stenen vloer van de hal was er bijna volledig mee bedekt. Hij vroeg zich af waarom de moord hier had plaatsgevonden in plaats van in een beschutter deel van het huis. Mogelijkerwijs had Bradshaw zijn moordenaars betrapt terwijl ze in het huis inbraken, maar noch de deur, noch het hek vertoonde sporen van braak. Een logischer verklaring was dat Bradshaw zijn aanvallers zelf had binnengelaten. Hij had ze gekend, dacht Gabriel. En hij was zo dwaas geweest ze genoeg te vertrouwen om ze in zijn huis te verwelkomen.

Vanuit de hal liep hij de salon in, die elegant was ingericht met met zijde beklede banken en stoelen, aangevuld met dure tafeltjes, lampen, en allerlei snuisterijen. Eén wand bestond voornamelijk uit grote ramen, die uitzicht boden over het meer, de andere waren behangen met schilderijen uit de tijd van de Italiaanse oude meesters. Voor het grootste deel waren dit minder belangrijke religieuze taferelen of portretten, geproduceerd door leerlingen of volgelingen van bekende schilders uit Venetië en Florence. Een van de werken was echter een capriccio van Rome, onmiskenbaar van de hand van Giovanni Paolo Panini. Gabriel likte even aan een van zijn in een handschoen gestoken vingertoppen, en ging daarmee over het schilderij. De Panini was, net als alle andere schilderijen in de ruimte, hard aan een goede schoonmaakbeurt toe.

Het vuil afvegend aan zijn spijkerbroek liep hij naar het antieke schrijfbureau. Daarop stonden twee zilveren lijstjes met foto's van Jack Bradshaw in gelukkiger tijden. Op de ene foto poseerde hij voor de Grote Piramide van Gizeh, met een jongensachtige lok over zijn gezicht, dat nog vol hoop en belofte was. De andere foto had de oude stad Petra in Jordanië als achtergrond. Die was gemaakt, nam Gabriel aan, in de tijd dat Bradshaw op de Britse ambassade in Amman werkte. Hij zag er ouder en harder uit, wijzer misschien ook wel. Zo was het Midden-Oosten. Hoop veranderde er in wanhoop, idealisten in machiavellisten.

Gabriel trok de la van de schrijftafel open, vond daarin niets interessants, en scrolde toen door de gemiste oproepen op de telefoon. Eén nummer, 6215845, dook zeven keer op, vijf keer vóór de dood van Bradshaw, en twee keer erna. Gabriel drukte op terugbellen, en hoorde na een paar keer overgaan wat geruis en een paar klikken, die erop wezen dat de persoon aan de andere kant van de lijn had opgenomen en de verbinding onmiddellijk weer had verbroken. Hij belde het nummer nog een keer, met hetzelfde resultaat. Toen hij het een derde keer probeerde, zei een mannenstem in het Italiaans: 'Pastor Marco. Wat kan ik voor u doen?'

Nu was het Gabriel die zonder iets te zeggen ophing. Naast de telefoon lag een notitieblokje. Hij scheurde het bovenste blaadje eraf, krabbelde snel het nummer op het volgende blaadje, en stak ze toen allebei in zijn zak. Daarna ging hij naar boven.

Zowel de muren van de brede gang als die van twee slaapkamers die verder leeg waren, hingen vol schilderijen. Een derde slaapkamer had Bradshaw als opslagruimte gebruikt. Tientallen schilderijen, sommige ingelijst, sommige op hun spanraam, stonden tegen de muren, als klapstoelen na afloop van een evenement. De meeste schilderijen waren van

Italiaanse origine, maar hij herkende ook verschillende werken van Duitse, Vlaamse en Hollandse kunstenaars. Een daarvan, een genretafereel van Hollandse wasvrouwen aan het werk op een binnenplaats, waarschijnlijk van een imitator van Willem Kalf, zag eruit alsof het onlangs was gerestaureerd. Gabriel vroeg zich af waarom Bradshaw dit schilderij had laten schoonmaken, terwijl zoveel andere stukken in zijn collectie – waardevollere stukken ook – wegkwijnden onder lagen vergeelde vernis. En waarom hij het vervolgens in een opslagruimte tegen de muur had laten staan.

Aan de andere kant van de gang bevonden zich Bradshaws slaap- en werkkamer. Gabriel doorzocht ze snel, met de grondigheid van iemand die wist hoe je iets moest verstoppen. In de slaapkamer, onder een stapel woest gekleurde, flamboyante overhemden, vond hij een gekreukte manilla envelop waarin een paar duizend euro zat gepropt. Blijkbaar was die aan de aandacht van de mannen van generaal Ferrari ontsnapt. In de werkkamer trof hij, naast uitpuilende dossiermappen, een indrukwekkende collectie monografieën en catalogi. Ook stuitte hij op documenten waaruit bleek dat Meridian Global Consulting een kluis had gehuurd in de Ports Francs, de vrijhaven van Genève. Hij vroeg zich af of de mannen van de generaal die ook over het hoofd hadden gezien.

Gabriel stopte de documenten in zijn jaszak en ging vervolgens nogmaals naar de kamer die Bradshaw als opslagruimte had gebruikt. De drie Hollandse wasvrouwen stonden nog steeds te zwoegen op hun binnenplaats, zich niet bewust van zijn aanwezigheid. Hij liet zich voor het schilderij op zijn hurken zakken om de penseelvoering te bestuderen. Het was duidelijk het werk van een imitator, aangezien zelfverzekerdheid en spontaniteit volledig leken te ontbreken. Sterker nog, voor Gabriels geoefende oog leek het verdacht veel op iets wat op nummer was geschilderd, alsof de blik van de schilder tijdens het werken voortdurend op het origineel gericht was geweest. Misschien was dat ook wel zo.

Hij ging naar beneden om – onder het waakzame oog van de man van de carabinieri – een uv-lamp uit zijn tas te halen. Wanneer je het licht van die lamp in een verduisterde kamer over het doek van een oude meester liet gaan, werden de laatste restauraties zichtbaar als zwarte vlekken. Een Hollandse oude meester uit die periode zou normaal gesproken maar weinig schade hebben opgelopen, wat betekende dat de retouches niet meer dan zwarte stipjes zouden zijn.

Terug in de kamer op de eerste verdieping sloot Gabriel de deur en draaide de jaloezieën zo ver mogelijk dicht. Hij deed de uv-lamp aan en richtte hem op het schilderij. De drie Hollandse wasvrouwen waren niet meer te zien. Het hele doek was pikzwart.

7

HET COMOMEER, ITALIË

Bij een bedrijf in chemische artikelen op een industrieterrein van Como kocht Gabriel aceton, alcohol, gedestilleerd water, een veiligheidsbril, een maatbeker en een mondkapje. Daarna schafte hij bij een kunstnijverheidswinkel in het centrum nog houten staafjes en een pak watten aan. Toen hij terugkwam bij de villa aan het meer, stond de man van de carabinieri hem al op te wachten met verse handschoenen en schoenhoesjes. Deze keer begon de Italiaan niet over een limiet van één uur. Hij zag zo wel dat Gabriel een tijdje bezig zou zijn.

'Je gaat toch niks verpesten, hè?'

'Alleen mijn longen,' antwoordde Gabriel.

Boven haalde hij het doek uit de lijst, zette het op een stoel zonder armleuningen, en richtte er zo veel mogelijk licht op. Vervolgens mengde hij gelijke delen aceton, alcohol en gedestilleerd water in de maatbeker, en maakte een wattenstokje van een houten staafje en een plukje watten. Met snelle bewegingen verwijderde hij de verse vernis en verf van een klein rechthoekig stukje – zo'n vijf bij tweeënhalve centimeter – in de linkeronderhoek van het doek. Hij 'opende een raampje', zoals restaurateurs dat noemden. Meestal werd dat gedaan om de sterkte en doeltreffendheid van een oplosmiddel te testen. In dit geval maakte Gabriel zo'n 'raampje' om te kijken wat er onder de bovenste lagen zat. Wat hij ontdekte waren de weelderige plooien van een karmozijnrood kledingstuk. Blijkbaar zat er een intact schilderij onder de drie Hollandse vrouwen, een schilderij dat, naar Gabriels mening, was gemaakt door een echte, behoorlijk begaafde, oude meester.

Snel maakte hij nog drie stukjes schoon, één rechtsonder, en twee aan de bovenkant. Rechtsonder vond hij nog meer stof, alleen donkerder en minder duidelijk, maar rechtsboven was het doek bijna zwart. Linksboven verscheen een stuk van een geelbruine, Romeinse boog, die deel leek uit te maken van een bouwwerk op de achtergrond. De vier openingen gaven hem een globaal idee van hoe de personages over het doek waren verdeeld. Belangrijker nog, ze maakten duidelijk dat het schilderij hoogstwaarschijnlijk het werk was van een Italiaan, in plaats van een schilder van de Hollandse of Vlaamse School.

Gabriel maakte nog een stukje schoon, een paar centimeter onder de Romeinse boog, en ontdekte een kalend mannenhoofd. Hij ging nog iets verder, en legde de bovenkant van een neus bloot, en een oog dat hem recht aankeek. Een stukje naar rechts kwam het bleke, glanzende voorhoofd van een jonge vrouw tevoorschijn. Ook daar maakte hij de opening groter, en hij zag een paar neergeslagen ogen, gevolgd door een lange neus, een paar kleine rode lippen en een tere kin. Toen, na nog een minuutje verder werken, was daar de uitgestrekte hand van een kind. Een man, een vrouw, een kind... Aandachtig bestudeerde Gabriel de kinderhand, en dan vooral de manier waarop de duim en wijsvinger de kin van de vrouw raakten. Hij herkende het beeld, evenals de penseelvoering.

Hij stak de gang over naar de werkkamer van Jack Bradshaw, zette de computer aan, en ging naar de website van het Art Loss Register, 's werelds grootste particuliere database van gestolen, verdwenen en geroofde kunst. Na een paar aanslagen op het toetsenbord verscheen een foto van een schilderij op het scherm: het schilderij dat op dat moment op een stoel in de kamer aan de andere kant van de gang stond. Onder de foto stond een korte beschrijving:

De Heilige Familie, olie op doek, Parmigianino (1503-1540), gestolen uit een restauratielaboratorium van het historische Santo Spirito-ziekenhuis in Rome, 31 juli 2004.

Kunstzaken zocht al meer dan tien jaar naar dit verdwenen schilderij. En nu had Gabriel het gevonden, in de villa van een dode Engelsman, verstopt onder een kopie van een Hollands schilderij van Willem Kalf. Hij begon het nummer van generaal Ferrari al in te toetsen, maar bedacht zich. Waar er één was, dacht hij, waren er vast nog meer. Hij stond op vanachter het bureau van de dode man en begon te zoeken.

In de opslagruimte ontdekte Gabriel nog twee schilderijen die bij uv-licht volledig zwart werden. De een was een kusttafereel uit de Hollandse School dat deed denken aan het werk van Simon de Vlieger; de ander was een vaas bloemen en leek een kopie van een schilderij van de Weense schilder Johann Baptist Drechsler.

Hij begon raampjes te openen. Dopen, draaien, weggooien…

Een volle boom tegen een lucht waaraan wolken voorbijtrekken, de plooien van een rok, op een grasveld gevlijd, de naakte zijde van een gezette vrouw…

Dopen, draaien, weggooien…

Een stukje blauwgroene achtergrond, een gebloemde blouse, een groot, slaperig oog boven een rozige wang…

Gabriel herkende beide schilderijen. Hij ging weer achter de computer zitten, en keerde terug naar de website van het Art Loss Register. Na nog een paar aanslagen stond er weer een foto van een schilderij op het scherm:

> Jonge vrouwen op het platteland, olieverf op doek, Pierre-Auguste Renoir (1841-1919), 41,7 x 50,8 cm, verdwenen sinds 13 maart 1981, uit het Musée de Bagnols-sur-Cèze, Gard, Frankrijk. Geschatte huidige waarde: onbekend.

Weer een paar aanslagen, nog een schilderij, nog een verhaal:

Portret van een vrouw, olieverf op doek, Gustav Klimt (1862-1918), 82,8 x 54,9 cm, verdwenen sinds 18 februari 1997, uit de Galleria Ricci Oddi, Piacenza, Italië. Geschatte huidige waarde: 4 miljoen dollar.

Nadat hij de Renoir en de Klimt naast de Parmigianino had gezet, maakte hij een foto met zijn mobiele telefoon en verzond die naar het palazzo. Een halve minuut later belde generaal Ferrari. Hulptroepen waren onderweg.

Gabriel droeg de drie schilderijen naar beneden en zette ze op een van de banken in de salon. Parmigianino, Renoir, Klimt... Drie verdwenen schilderijen, van drie vooraanstaande kunstenaars, allemaal verstopt onder kopieën van werken van minder kaliber. De kwaliteit van de kopieën was echter wel buitengewoon hoog geweest. Het werk van een meestervervalser, dacht Gabriel. Of misschien wel van een restaurateur. Maar waarom zou je een kopie laten maken om een gestolen werk te verbergen? Het was wel duidelijk dat Jack Bradshaw connecties had gehad met een geraffineerd netwerk dat handelde in gestolen en gesmokkelde kunst. En waar er drie waren, dacht Gabriel, naar de schilderijen kijkend, zouden er méér zijn. Veel meer.

Hij pakte een van de foto's van een jonge Jack Bradshaw. Zijn cv liet zich lezen als iets uit lang vervlogen tijden. Als oud-student van Eton en Oxford die vloeiend Arabisch en Perzisch sprak, was hij de wereld ingestuurd in dienst van een ooit oppermachtig maar onherroepelijk in verval geraakt rijk. Misschien was hij een doorsnee diplomaat geweest, een visumafgever, een paspoortstempelaar, een schrijver van weldoordachte telegrammen die niemand las. Of misschien was hij wel iets totaal anders geweest. Gabriel kende iemand in Londen die Jack Bradshaws verdacht magere cv wat meer body zou kunnen geven. Aan de waarheid zou echter wel een prijskaartje hangen. Dat was in de spionagewereld bijna altijd het geval.

Nadat Gabriel de foto weer had neergezet, boekte hij met zijn mobiel een plaats op de ochtendvlucht naar Heathrow. Toen pakte hij het velletje papier waarop hij het nummer had geschreven dat hij uit Bradshaws telefoon had gehaald.

6215845...

Pastor Marco. Wat kan ik voor u doen?

Nogmaals toetste hij het nummer in, maar er werd niet opgenomen. Met enige tegenzin stuurde hij het via een beveiligde route naar de operationele afdeling van King Saul Boulevard en vroeg om een routinecontrole. Tien minuten later had hij een reactie: 6215845 was een geheim telefoonnummer, dat bleek toe te behoren aan de pastorie van de San Giovanni Evangelista-kerk in Brienno, een paar kilometer verderop aan het meer.

Gabriel pakte het blaadje dat boven op het notitieblokje naast Jack Bradshaws telefoon had gezeten op de nacht dat hij werd vermoord. Hij hield het tegen het licht om de afdrukken te bestuderen die Bradshaws pen daarop had achtergelaten. Vervolgens haalde hij een potlood uit de bovenste la van het bureau, en ging daarmee voorzichtig over het oppervlak heen en weer, tot er een wirwar van lijntjes verscheen, waarin hij slechts de cijfers 4 en 8, en de letters C, V en O wist te onderscheiden. Aan de onderkant van het stuk papier stond echter één enkel woord dat duidelijk te lezen was.

Samir...

8

STOCKWELL, LONDEN

'PARADISE' HEETTE DE STRAAT, MAAR het was er allesbehalve paradijselijk: haveloze bakstenen socialewoningbouwflats, een vertrapt stukje gras, een speeltuin zonder kinderen waar een draaimolen zachtjes draaide in de wind. Gabriel bleef er alleen maar lang genoeg hangen om er zeker van te zijn dat hij niet werd gevolgd. Huiverend trok hij de kraag van zijn jas op, tot over zijn oren. De lente had Londen nog niet bereikt.

Achter de speeltuin lag een smerig steegje, dat naar Clapham Road leidde. Daar ging hij linksaf. Half verblind door de lichten van het tegemoetkomende verkeer, liep hij in de richting van metrostation Stockwell. Weer ging hij een hoek om. Nu kwam hij in een rustige straat terecht met grauwe naoorlogse rijtjeshuizen. Nummer 8 had een scheef zwart gietijzeren hek, en een kaal betonnen tuintje, met als enige decoratie een koningsblauwe vuilnisbak. Gabriel tilde het deksel even op, zag dat de bak leeg was, en ging toen de drie treden naar de voordeur op. Een bordje maakte duidelijk dat er aan de deur niet werd gekocht. Hij drukte op de bel: twee keer kort, één keer langer, precies zoals hem was verteld.

'Mr. Baker,' zei de man die in de deuropening verscheen. 'Fijn dat u er bent. Ik ben Davies. Ik ben hier voor u.'

Gabriel liep naar binnen, wachtte tot de deur dicht was, en wendde zich toen tot de man die hem had binnengelaten. Hij had zacht, flets haar, en het onschuldige gezicht van een plattelandsdominee. Hij heette geen Davies, maar Nigel Whitcombe.

'Vanwaar al dat mysterieuze gedoe?' vroeg Gabriel. 'Ik ben niet aan het overlopen. Ik wil alleen de baas even spreken.'

'De dienst keurt het gebruik van echte namen in safehouses af. Davies is mijn werknaam.'

'Flitsend,' zei Gabriel.

'Zelf gekozen. Ik ben altijd al dol geweest op de Kinks.'

'Wie is Baker?'

'Jij bent Baker,' antwoordde Whitcombe, zonder ook maar een spoortje ironie in zijn stem.

Gabriel liep de kleine zitkamer in, die de gezelligheid van de vertrekhal van een luchthaven uitstraalde. 'Had je geen safehouse in Mayfair of Chelsea kunnen uitzoeken?'

'Alles in het West End was bezet. Bovendien is dit dichter bij Vauxhall Cross.'

Vauxhall Cross was het hoofdkwartier van de Britse geheime dienst, ook wel bekend als MI6. Er was een tijd geweest dat de dienst vanuit een armoedig gebouw in Broadway opereerde, en dat de chef slechts werd aangeduid met 'C'. Nu werkten de spionnen op een van de opvallendste plekken van Londen, en verscheen de naam van hun baas regelmatig voluit in de media. De oude situatie was beter, vond Gabriel. Net als in de kunst was hij ook bij dit soort zaken traditioneel ingesteld.

'Mag er van de dienst tegenwoordig nog koffie worden gedronken in een safehouse?' vroeg hij.

'Geen echte koffie.' Whitcombe glimlachte. 'Maar misschien staat er nog een pot Nescafé in de keuken.'

Gabriel haalde zijn schouders op, alsof hij wilde zeggen dat er wel ergere dingen waren dan oploskoffie, en hij volgde Whitcombe de keuken in, die veel weghad van de keuken van een pas gescheiden man die op een spoedige verzoening hoopte. Er stond inderdaad een pot Nescafé, naast een blik thee dat eruitzag alsof het daar al had gestaan toen Edward Heath nog premier was. Terwijl Whitcombe de waterkoker vulde, zocht Gabriel in de kastjes naar een beker. Hij vond er twee: een met het logo van de Olympische Spelen in Londen, de ander met het gezicht van de koningin erop.

Toen Gabriel die met de koningin koos, moest Whitcombe glimlachen. 'Nooit geweten dat jij zo'n fan van de koningin was.'

'Ze heeft een goede smaak wat kunst betreft.'

'Dat kan ze zich ook veroorloven.'

Het klonk als de constatering van een feit, niet als kritiek. Zo was Whitcombe: behoedzaam, pienter en zo doorzichtig als een betonnen muur. Hij was zijn carrière begonnen bij MI5, waar hij samen met Gabriel operationele praktijkervaring had opgedaan in een zaak tegen een Russische oligarch en wapendealer, Ivan Kharkov genaamd. Niet lang daarna was hij aide de camp en loopjongen buiten de officiële kanalen geworden van Graham Seymour, de plaatsvervangend chef van MI5. Onlangs had Seymour de leiding gekregen over MI6, een overstap die iedereen in de inlichtingenwereld had verbaasd, behalve Gabriel. Whitcombe was zijn baas gevolgd en stond hem nog steeds bij in dezelfde hoedanigheid, wat ook zijn aanwezigheid in het safehouse in Stockwell verklaarde. Hij schepte oploskoffie in de beker, en keek naar het water dat begon te koken.

'Hoe is het bij Six?' vroeg Gabriel.

'In het begin heerste er nogal wat wantrouwen in de gelederen. Dat was waarschijnlijk ook niet meer dan normaal. Per slot van rekening kwamen we van de andere kant van de rivier, van de concurrerende dienst.'

'Graham was niet echt een complete buitenstaander. Zijn vader was een MI6-legende. Hij is er zo ongeveer opgegroeid.'

'Dat was ook een van de redenen dat de argwaan niet lang standhield.' Whitcombe viste een mobiel uit het borstzakje van zijn jasje, en keek op het scherm. 'Ik moet naar hem toe. Red jij het met die koffie?'

'Water erbij en roeren, toch?'

Nadat Whitcombe was vertrokken, maakte Gabriel de koffie af en nam die mee naar de zitkamer. Toen hij binnenkwam, zag hij een lange man staan in een perfect zittend, antracietgrijs kostuum, een gestreepte blauwe stropdas om zijn nek. Zijn gezicht had fijne, regelmatige trekken, en over zijn haar lag een warme, zilveren glans, waardoor hij eruitzag als zo'n man die in advertenties kostbare maar nutteloze snuisterijen aanprees. Met zijn linkerhand hield hij een mobiele telefoon tegen zijn oor. Zijn rechterhand stak hij afwezig naar Gabriel uit. Zijn handdruk was stevig, zelfverzekerd, en duurde precies lang genoeg. Een oneerlijk wapen om te gebruiken tegenover iemand uit mindere regionen. Een wapen dat onthulde dat hij de beste scholen had bezocht, lid was geweest van de beste clubs, en goed was in herensporten als tennis en golf. En dat was ook allemaal zo. Graham Seymour was een reliek van het glorieuze verleden van Groot-Brittannië, een kind van de klassen waarin je werd geboren, opgeleid, en geprogrammeerd voor leiderschap. Een paar maanden eerder had hij, moe van al die jaren waarin hij had geprobeerd zijn land te beschermen tegen de uitwassen van islamitisch extremisme, Gabriel onder vier ogen verteld over zijn plannen de geheime dienst te verlaten en zich terug te trekken in zijn villa in Portugal. En nu had hij dus onverwacht de sleutels gekregen van zijn vaders oude dienst. Plotseling voelde Gabriel zich schuldig over het feit dat hij naar Londen was gekomen. Omdat hij mogelijk op het punt stond Seymour zijn eerste crisis bij MI6 te bezorgen.

Seymour mompelde nog een paar woorden, verbrak de verbinding, en gaf de telefoon aan Nigel Whitcombe. Toen draaide hij zich om naar Gabriel, en keek hem een ogenblik lang nieuwsgierig aan. 'De lange geschiedenis die we samen hebben in aanmerking genomen,' zei hij uiteindelijk, 'aarzel ik enigszins je te vragen wat je hierheen brengt. Maar ik neem aan dat ik geen keus heb.'

Gabriel vertelde Seymour een klein gedeelte van de waarheid: dat hij naar Londen was gekomen omdat hij de moord op een in Italië wonende Engelsman onderzocht.

'Heeft die in Italië wonende Engelsman ook een naam?' vroeg Seymour.

'James Bradshaw,' antwoordde Gabriel. Na een korte pauze voegde hij eraan toe: 'Maar zijn vrienden noemden hem Jack.'

Op Seymours gezicht stond niets te lezen. 'Ik geloof dat ik daarover iets in de krant gelezen heb, ja,' zei hij. 'Hij had voor Buitenlandse Zaken gewerkt, toch? Deed inmiddels consultingwerk in het Midden-Oosten. Hij is vermoord in zijn villa aan het Comomeer. Een nogal onsmakelijke aangelegenheid, blijkbaar.'

'Nogal,' beaamde Gabriel.

'Wat heeft dit met mij te maken?'

'Jack Bradshaw was geen diplomaat, hè, Graham? Hij was van MI6. Hij was een spion.'

Heel even nog bleef Seymour hem uitdrukkingsloos aankijken. Toen kneep hij zijn ogen een stukje dicht en vroeg: 'Wat heb je nog meer?'

'Drie gestolen schilderijen, een kluis in de Ports Francs van Genève, en iemand die Samir heet.'

'Is dat alles?' Langzaam schudde Seymour zijn hoofd, zich intussen naar Whitcombe omdraaiend. 'Nigel, zeg al mijn afspraken voor vanmiddag maar af. En regel iets te drinken voor ons. Dit gaat wel even duren.'

9

STOCKWELL, LONDEN

Terwijl Whitcombe de benodigdheden voor gin-tonic ging halen, installeerden Gabriel en Graham Seymour zich in de ongezellige, kleine zitkamer. Gabriel vroeg zich af welke schimmige figuren hier vóór hem de revue waren gepasseerd. Een KGB-overloper, bereid zijn ziel te verkopen voor klinkende westerse munt? Een Iraakse atoomwetenschapper met een koffertje vol leugens? Een jihadistische dubbelagent die beweerde tijd en plaats te weten van het volgende al-Qaida-spektakel? Hij keek naar de muur boven de elektrische kachel en zag twee ruiters in rode jasjes die hun paarden over een groene Engelse weide leidden. Vervolgens keek hij naar buiten en zag een mollige engel eenzaam de wacht houden over de donker wordende tuin.

Graham Seymour leek zich totaal niet van zijn omgeving bewust. Hij staarde nadenkend naar zijn handen, alsof hij overwoog waar te beginnen. De basisregels kon hij achterwege laten. Gabriel en Seymour kenden elkaar zo goed als voor twee spionnen van concurrerende diensten maar mogelijk was, wat wilde zeggen dat ze elkaar maar een klein beetje wantrouwden.

'Weten de Italianen dat je hier bent?' vroeg Seymour uiteindelijk.

Gabriel schudde zijn hoofd.

'En het Bureau?'

'Ik heb niet verteld dat ik hierheen ging, maar dat wil nog niet zeggen dat ze me niet in de gaten houden.'

'Ik waardeer je eerlijkheid.'

'Ik ben altijd eerlijk tegen jou, Graham.'

'In ieder geval als dat jou goed uitkomt.'

Daar reageerde Gabriel niet op. In plaats daarvan luisterde hij aandachtig naar Seymour die, met de vermoeide stem van een man die het liever over iets anders zou hebben, een beknopte samenvatting gaf van het leven en de carrière van James 'Jack' Bradshaw. Bekend terrein voor iemand als Seymour, aangezien hij een soortgelijk leven had geleid. Bradshaw en hij waren allebei afkomstig uit een gematigd gelukkig gezin uit de middenklasse, allebei waren ze naar een dure, maar kille particuliere kostschool gestuurd, en allebei waren ze toegelaten op een elitaire universiteit, al was Seymour naar Cambridge gegaan, terwijl Bradshaw op Oxford was beland. Daar was hij, terwijl hij nog studeerde, opgevallen bij een professor van de faculteit Oriëntaalse Talen en Culturen. Een professor die, om precies te zijn, talentscout was voor MI6. Graham Seymour kende hem ook.

'Die talentscout was je vader?' vroeg Gabriel.

Seymour knikte. 'Het was in de nadagen van zijn carrière. Voor het veldwerk was hij niet langer geschikt, maar van een baan op het hoofdkwartier moest hij niets weten. Dus hebben ze hem naar Oxford gestuurd met de opdracht zijn ogen goed open te houden voor potentieel nieuw bloed. Een van de eerste studenten die hem opviel, was Jack Bradshaw. Je kon sowieso moeilijk om Jack Bradshaw heen,' verklaarde Seymour. 'Hij trok altijd onmiddellijk de aandacht. Belangrijker was echter dat hij van nature onweerstaanbaar en sluw was, en dat hij geen scrupules of moraal kende.'

'Met andere woorden, hij had alles in zich om een volmaakte spion te worden.'

'Naar goed Engels gebruik,' voegde Seymour er met een wrang glimlachje aan toe.

En dus, ging hij verder, had Jack Bradshaw de weg afgelegd die zovelen reeds vóór hem hadden afgelegd: de weg die van de rustige binnenplaatsen van Cambridge en Oxford naar de zwaarbeveiligde deur van de Secret Intelligence Service leidde. Het was 1985 toen hij werd ingelijfd. De Koude Oorlog liep op zijn eind, en MI6 was voortdurend hard op zoek naar een bestaansreden, sinds Kim Philby en de andere leden van de

Cambridge Five de organisatie van binnenuit kapot hadden gemaakt. Na een opleidingsprogramma van twee jaar werd Bradshaw voor een stage naar Cairo gestuurd. Hij werd een expert op het gebied van islamitisch extremisme en wist de opkomst van een internationaal jihadistisch terreurnetwerk, geleid door veteranen uit de oorlog in Afghanistan, exact te voorspellen. Vervolgens ging hij naar Amman, waar hij nauwe banden smeedde met het hoofd van de GID, de oppermachtige inlichtingendienst van Jordanië. Binnen niet al te lange tijd werd Jack Bradshaw beschouwd als de topagent van MI6 in het Midden-Oosten. Hij ging er dan ook van uit dat hij hoofd van de afdeling zou worden, maar die functie ging naar een concurrent, die Bradshaw onmiddellijk naar Beiroet stuurde, een van de gevaarlijkste en ondankbaarste posten van de regio.

'En toen,' zei Seymour, 'begonnen de problemen.'

'Wat voor problemen?'

'De gebruikelijke,' antwoordde Seymour. 'Hij begon te veel te drinken, en te weinig te werken. Bovendien kreeg hij een nogal hoge dunk van zichzelf. Hij begon te geloven dat hij overal waar hij binnenkwam onmiddellijk de intelligentste man in de ruimte was en dat zijn superieuren in Londen volkomen onbekwaam waren. Hoe viel het anders te verklaren dat hij gepasseerd was bij die promotie, terwijl hij toch overduidelijk de beste kandidaat was geweest voor de functie? Vervolgens ontmoette hij een vrouw, Nicole Devereaux genaamd, en ging het van kwaad tot erger.'

'Wie was zij?'

'Een fotograaf van AFP, het Franse nieuwsagentschap. Ze kende Beiroet beter dan de meeste van haar collega's, omdat ze was getrouwd met een Libanese zakenman, Ali Rashid.'

'Hoe heeft Bradshaw haar ontmoet?' vroeg Gabriel.

'Tijdens een vrijdagavondborrel op de Britse ambassade: broodschrijvers, diplomaten, en spionnen die roddels en horrorverhalen over Beiroet uitwisselen, onder het genot van warm bier en muffe hapjes.'

'En ze zijn een verhouding begonnen?'

'Een behoorlijk heftige, om precies te zijn. Het schijnt dat Bradshaw verliefd op haar was. Uiteraard gingen er al snel geruchten, en die bereikten ook de oren van de KGB-*rezident* op de Sovjet-ambassade. Hij wist een paar foto's te maken van Nicole in Bradshaws slaapkamer. En toen sloeg hij zijn slag.'

'Hij werd ingelijfd?'

'Zo zou je het kunnen noemen,' zei Seymour. 'In werkelijkheid was het ouderwetse chantage.'

'De specialiteit van de KGB.'

'En van jou.'

Die opmerking negerend vroeg Gabriel hoe het was gegaan.

'De *rezident* stelde hem voor een simpele keus,' verklaarde Seymour. 'Hij kon als betaald agent voor de KGB gaan werken, óf de Russen zouden ervoor zorgen dat de foto's van een op heterdaad betrapte Nicole Deveraux bij haar man terecht zouden komen.'

'Ik neem aan dat Ali Rashid het nieuws dat zijn vrouw een affaire had met een Britse spion niet al te goed zou hebben opgenomen?'

'Rashid was een gevaarlijk man.' Na een korte stilte voegde Seymour eraan toe: 'Met connecties.'

'Wat voor connecties?'

'Syrische geheime dienst.'

'Bradshaw was bang dat Rashid haar zou vermoorden?'

'Terecht. Je snapt dat hij erin toestemde mee te werken.'

'Wat heeft hij ze gegeven?'

'Namen van MI6-personeel, operaties die aan de gang waren, inzicht in het Britse beleid in de regio. Kortom, ons hele draaiboek in het Midden-Oosten.'

'Hoe hebben jullie dat ontdekt?'

'Wíj hebben het niet ontdekt,' vertelde Seymour. 'De Amerikanen kwamen erachter dat Bradshaw een bankrekening in Zwitserland had met daarop een half miljoen dollar. Dat onthulden ze met een hoop tamtam, tijdens een nogal onaangename bijeenkomst in Langley.'

'Waarom is Bradshaw niet gearresteerd?'

'Jij bent een man van de wereld,' zei Seymour. 'Zeg het maar.'

'Omdat het tot een schandaal zou hebben geleid dat MI6 zich destijds niet kon veroorloven.'

Seymour wreef over zijn neus. 'Ze hebben zelfs dat geld op die Zwitserse bankrekening laten staan, omdat ze geen kans zagen het daar weg te halen zonder ergens alarmbellen te laten afgaan. Het was waarschijnlijk de lucratiefste gouden handdruk in de geschiedenis van MI6.' Traag schudde Seymour zijn hoofd. 'Niet echt een hoogtepunt.'

'Wat is er met Bradshaw gebeurd, nadat hij MI6 had verlaten?'

'Hij is nog een tijdje in Beiroet blijven hangen om zijn wonden te likken voordat hij naar Europa terugkeerde, waar hij een adviesbureau is begonnen. Voor alle duidelijkheid,' ging Seymour verder, 'de Britse geheime dienst heeft nooit een hoge pet op gehad van de Meridian Global Consulting Group.'

'Wisten jullie dat Bradshaw in gestolen kunst handelde?'

'We vermoedden dat hij in zaken verwikkeld was die niet echt legaal waren, maar we lieten hem begaan en hoopten er het beste van.'

'En toen jullie hoorden dat hij vermoord was, in Italië?'

'We hebben de schijn opgehouden dat hij diplomaat was. Buitenlandse Zaken heeft echter heel duidelijk gemaakt dat ze hun handen van hem af trekken zodra er narigheid aan het licht komt.' Seymour zweeg even. 'Ben ik nog iets vergeten?'

'Hoe is het met Nicole Devereaux afgelopen?'

'Het schijnt dat iemand haar man toch over de affaire heeft ingelicht. Op een avond is ze, nadat ze bij het AFP-kantoor was vertrokken, verdwenen. Ze hebben haar lichaam een paar dagen later in de Bekaa-vallei gevonden.'

'Heeft Rashid haar zelf gedood?'

'Nee,' antwoordde Seymour. 'Dat heeft hij de Syriërs laten doen. Ze hebben zich eerst nog een beetje met haar vermaakt, voordat ze haar aan een lantaarnpaal hebben opgehangen en haar keel hebben doorgesneden. Behoorlijk gruwelijk allemaal. Maar dat was natuurlijk ook wel te verwachten, van die Syriërs.'

'Ik vraag me af of het toeval is,' zei Gabriel.

'Wat?'

'Dat iemand Jack Bradshaw op precies dezelfde manier heeft vermoord.'

Als enige reactie keek Seymour nadenkend op zijn horloge, als een man die bang was te laat te komen op een afspraak waar hij eigenlijk liever niet naartoe ging. 'Helen verwacht me voor het eten,' zei hij met een diepgaand gebrek aan enthousiasme. 'Ik vrees dat ze op het moment een Afrikaanse bevlieging heeft. Ik weet het niet zeker, maar het zou kunnen dat ik afgelopen week geit heb gegeten.'

'Jij boft maar, Graham.'

'Dat zegt Helen ook. Mijn huisarts is daar nog niet zo zeker van.' Seymour zette zijn glas neer, en kwam overeind.

Gabriel maakte geen aanstalten ook op te staan.

'Ik begrijp dat je nog een vraag hebt?' zei Seymour.

'Twee, om precies te zijn.'

'Ik luister.'

'Is er enige kans dat ik Bradshaws dossier zou kunnen inzien?'

'Volgende vraag.'

'Wie is Samir?'

'Achternaam?'

'Daar ben ik nog mee bezig.'

Seymour richtte zijn blik op het plafond. 'Er is een Samir die een kruidenierswinkeltje runt bij mij om de hoek. Hij is een vurig aanhanger van de Moslimbroederschap, die vindt dat in Groot-Brittannië de sharia zou moeten gelden.' Hij keek Gabriel weer aan en glimlachte. 'Verder is het best een aardige kerel.'

De Israëlische ambassade zat aan de andere kant van de Theems, in een rustig stukje van Kensington, net achter de High Street. Via een onopvallende deur aan de achterkant glipte Gabriel het gebouw binnen, waarna hij naar beneden liep, naar de kamers met de met lood beklede wanden die voor het Bureau bestemd waren. De chef was er niet, alleen een jonge assistent, Noah genaamd, die onmiddellijk opsprong toen zijn toekomstige directeur onaangekondigd binnen kwam wandelen.

Gabriel ging de beveiligde communicatiecabine in – het Heiligste Heilige in Bureaujargon – en stuurde een bericht naar King Saul Boulevard waarin hij toegang vroeg tot alle dossiers die met de Libanese zakenman Ali Rashid te maken hadden. De reden van zijn verzoek vermeldde hij niet. Zijn toekomstige rang had zo zijn voordelen.

Het duurde twintig minuten voordat hij de gegevens via de beveiligde verbinding ontving. Lang genoeg om de goedkeuring te hebben gekregen van het huidige hoofd van het Bureau. Het was een kort document, hooguit duizend woorden, opgesteld in de bondige stijl die van analisten van het Bureau werd geëist. Erin stond dat Ali Rashid voor de Syrische geheime dienst had gewerkt, dat hij als betaalmeester had gefungeerd voor een groot Syrisch netwerk in Libanon, en dat hij was gedood bij een aanslag met een autobom van onbekende herkomst in de Libanese hoofdstad in 2011. Onder aan het document stond de zescijferige code van de analist die de informatie had gestuurd. Gabriel herkende de code. Deze analist was ooit de topexpert van het Bureau geweest op het gebied van Syrië en de Ba'ath-partij. Tegenwoordig was ze om een andere reden bekend. Ze was de vrouw van de chef die binnenkort zou aftreden.

Zoals vele buitenposten van het Bureau, beschikte ook Londen over een kleine slaapkamer voor noodgevallen. Gabriel kende de kamer goed, want hij had er al heel wat keren overnacht. Hij strekte zich uit op het niet al te comfortabele eenpersoonsbed, en probeerde te slapen, maar dat werd niets. De zaak bleef maar door zijn hoofd spoken. Een veelbelovende Britse spion die ontspoorde, een medewerker van de Syrische geheime dienst die aan stukken werd gereten door een autobom, drie gestolen schilderijen verborgen onder eersteklas vervalsingen, een kluis in de Ports Francs van Genève... De mogelijkheden, dacht Gabriel, waren eindeloos. Het had geen enkele zin nu te proberen de stukken in elkaar te puzzelen. Hij moest eerst nog een raam openen – een raam dat zicht gaf op de wereldwijde handel in gestolen schilderijen – en daarvoor had hij de hulp nodig van een meester-kunstdief.

Zo lag hij daar, klaarwakker op dat harde, kleine bed, worstelend met herinneringen en met gedachten aan de toekomst, tot zes uur de volgende ochtend. Nadat hij een douche had genomen en schone kleren had aangetrokken, verliet hij de ambassade, nog in het donker, en nam de metro naar St. Pancras Station. Om halfacht vertrok er een Eurostar naar Parijs. Voordat hij instapte, kocht hij een stapel kranten, die hij net uit had tegen de tijd dat de trein het Gare du Nord binnen reed. Buiten stond een rij natte taxi's te wachten onder een loodgrijze hemel. Gabriel bleef echter nog een uur in de drukke straten in de buurt van het station rondlopen, totdat hij er zeker van was dat hij niet werd gevolgd. Toen zette hij koers naar het achtste arrondissement, naar de Rue de Miromesnil.

10

RUE DE MIROMESNIL, PARIJS

In de wereld van de geheime dienst was het, net als in het leven, soms nodig mensen in te schakelen die niet echt schone handen hadden. De beste manier om een terrorist te vangen was een andere terrorist als bron te gebruiken. Datzelfde gold, veronderstelde Gabriel, voor het vangen van een dief. Daarom zat hij om vijf voor tien aan een tafeltje bij het raam in een redelijk goede brasserie aan de Rue de Miromesnil, met een exemplaar van Le Monde opengeslagen voor zich en een dampende kop koffie bij zijn elleboog. Om twee minuten voor tien zag hij een in overjas gehulde figuur, een hoed op zijn hoofd, met kwieke passen aan komen lopen vanuit de richting van het Palais de l'Elysée. Klokslag tien uur ging de figuur een kleine winkel, Antiquités Scientifiques genaamd, binnen, deed het licht aan, en draaide het bordje in de etalage van FERMÉ naar OUVERT. Wat je verder ook van Maurice Durand mocht denken, dacht Gabriel met een glimlach, je kon de klok op hem gelijkzetten. Hij dronk zijn koffie op, stak de lege straat over, en drukte op het knopje van de intercom van de winkel, wat een geluid opleverde als het gejammer van een ontroostbaar kind. Twintig seconden gingen voorbij zonder dat er iets gebeurde. Toen sprong de deur met een ongastvrije klik open, en glipte Gabriel naar binnen.

De kleine showroom was, net als Durand zelf, een toonbeeld van orde en netheid. Antieke microscopen en barometers stonden keurig in het gelid op de planken, alle koperen onderdelen blinkend als de knopen van het gala-uniform van een soldaat. Camera's en telescopen tuurden nietsziend in het verleden. Midden in de ruimte bevond zich een negentiende-eeuwse Italiaanse staande globe, prijs op aanvraag. Durands rechterhand rustte op Klein-Azië. Hij droeg een donker pak en een glimmend gouden das, en Gabriel had nog nooit iemand zo onoprecht zien glimlachen. Zijn kale hoofd glansde in het lamplicht, zijn kleine ogen staarden recht vooruit met de alertheid van een terriër.

'Hoe gaan de zaken?' vroeg Gabriel op joviale toon.

Durand liep naar de camera's en pakte er een uit het begin van de twintigste eeuw met een koperen lens van het Parijse bedrijf Poulenc. 'Deze gaat naar een verzamelaar in Australië,' zei hij. 'Zeshonderd euro. Niet zoveel als ik had gehoopt, maar hij heeft keihard onderhandeld.'

'Niet die zaken, Maurice.'

Durand reageerde niet.

'Dat was een knap staaltje van jou en je mannen in München vorige maand,' zei Gabriel. 'Een El Greco-portret verdwijnt uit de Alte Pinakothek, en niemand die er ooit nog iets over hoort. Geen losgeldeisen. Geen enkele hint van de Duitse politie dat ze de zaak bijna hebben opgelost. Alleen maar stilte, en een lege plek op de muur van een museum waar ooit een meesterwerk hing.'

'Jij vraagt mij niet naar mijn zaken,' zei Durand, 'en ik jou niet naar de jouwe. Dat zijn de regels van onze relatie.'

'Waar is de El Greco, Maurice?'

'In Buenos Aires, in handen van een van mijn beste klanten. Hij heeft een zwakke plek,' voegde Durand eraan toe. 'Een onverzadigbaar verlangen dat alleen ik kan stillen.'

'En dat is?'

'Hij wil bezitten wat je eigenlijk niet kunt bezitten.' Durand zette de camera terug op de plank. 'Ik neem aan dat je niet voor de gezelligheid komt?'

Gabriel schudde zijn hoofd.

'Wat wil je nu weer?'

'Informatie.'

'Waarover?'

'Een dode Engelsman die Jack Bradshaw heet.'

Durands gezicht vertoonde geen enkele uitdrukking.

'Ik neem aan dat je hem kende?' vroeg Gabriel.

'Alleen van reputatie.'

'Enig idee wie hem heeft toegetakeld?'

'Nee.' Traag schudde Durand zijn hoofd. 'Maar ik kan je misschien wel een zetje in de goede richting geven.'

Gabriel liep naar de etalage om het bordje van OUVERT naar FERMÉ te draaien.

Zuchtend trok Durand zijn jas weer aan.

Een onwaarschijnlijker duo dan de kunstdief en de man van de geheime dienst liep er die kille lenteochtend waarschijnlijk niet door Parijs. Maurice Durand, altijd even overdreven precies, begon met een korte inleiding over de handel in gestolen kunst. Ieder jaar verdwenen er duizenden schilderijen en andere kunstvoorwerpen uit musea, galeries, openbare instellingen, en particuliere huizen, met een geschatte waarde tot wel zes miljard dollar. Daarmee was kunstcriminaliteit de op drie na lucratiefste illegale activiteit ter wereld, na drugshandel, het witwassen van geld, en wapenhandel. En Maurice Durand was verantwoordelijk voor een groot deel van die kunstcriminaliteit. Samen met een vast team van professionele, uit Marseille afkomstige dieven had hij een paar van de grootste kunstroven uit de geschiedenis op zijn naam weten te zetten. Hij beschouwde zichzelf ook niet langer als een gewone kunstdief. Hij was een internationaal zakenman, een soort makelaar, gespecialiseerd in het in alle stilte verwerven van schilderijen die eigenlijk niet te koop waren.

'Naar mijn nederige mening,' vervolgde hij, zonder ook maar een spoortje nederigheid in zijn stem, 'zijn er vier soorten kunstdieven te onderscheiden. De eerste is de thrillseeker, de kunstliefhebber die steelt om iets te krijgen wat hij zich nooit zou kunnen veroorloven. Ik denk aan Stéphane Breitwieser.' Hij wierp Gabriel een zijdelingse blik toe. 'Ken je die naam?'

'Breitwieser was de ober die voor meer dan een miljard aan kunst heeft gestolen voor zijn privécollectie.'

'Inclusief de Sybille van Kleef, van Lucas Cranach de Oudere. Na zijn arrestatie heeft zijn moeder de schilderijen in kleine stukjes gesneden en met haar keukenafval weggegooid.' Afkeurend schudde de Fransman zijn hoofd. 'Ik ben allesbehalve perfect, maar ik heb nog nooit een schilderij vernietigd.' Hij wierp Gabriel nog een blik toe. 'Zelfs niet wanneer ik dat beter wel had kunnen doen.'

'En de tweede categorie?'

'De onbekwame loser. Hij steelt een schilderij, weet niet wat hij ermee aan moet, en raakt in paniek. Soms weet hij een beetje losgeld of een beloning in de wacht te slepen. Vaak wordt hij gepakt. Eerlijk gezegd,' voegde Durand eraan toe, 'heb ik een hekel aan die types. Ze bezorgen mensen als ik een slechte naam.'

'Professionals die in opdracht stelen?'

Durand knikte. Ze waren inmiddels op de Avenue Matignon beland. Ze liepen langs de Parijse vestiging van Christie's en gingen vervolgens de hoek om, naar de Champs-Elysées. De takken van de kastanjebomen tekenden zich nog kaal af tegen de grijze lucht.

'Er zijn gerechtsdienaren die mijn bestaan ontkennen,' ging Durand verder. 'Die denken dat ik een fantasiebeeld ben, *wishful thinking*. Ze begrijpen niet dat er extreem rijke mensen bestaan die een groot kunstwerk per se willen hebben, of het nu gestolen is of niet. Sterker nog, er zijn ook mensen die zo'n meesterwerk juist willen hebben omdát het gestolen is.'

'Wat is de vierde categorie?'

'Georganiseerde misdaad. Die zijn erg goed in het stelen van schilderijen, maar minder goed in het op de markt brengen ervan.' Na een korte pauze voegde Durand eraan toe: 'Daar hadden ze Jack Bradshaw voor. Hij fungeerde als tussenpersoon tussen de dieven en de kopers: een chique heler, zou je kunnen zeggen. En hij was goed in zijn werk.'

'Wat voor kopers?'

'Zo nu en dan verkocht hij iets rechtstreeks aan een verzamelaar,' antwoordde Durand. 'Maar het grootste deel van de gestolen werken sluisde hij door naar een netwerk van handelaren, hier in Europa.'

'Waar?'

'Parijs, Brussel en Amsterdam zijn prima dumpplaatsen voor gestolen kunst. Maar dankzij de eigendoms- en privacywetten is Zwitserland nog steeds een eldorado om linke spullen op de markt te brengen.'

Ze staken de Place de la Concorde over, en liepen de Jardin des Tuileries in. Links van hen lag het Jeu de Paume, het kleine museum dat de nazi's hadden gebruikt om de van Frankrijk geroofde kunst te sorteren. Durand leek er expres niet naar te kijken.

'Je vriend Jack Bradshaw bevond zich in een gevaarlijke werkomgeving,' zei hij. 'Hij had te maken met mensen die al snel hun toevlucht nemen tot geweld als ze hun zin niet krijgen. Servische bendes zijn bijzonder actief in West-Europa. De Russen ook. Mogelijk is Bradshaw vermoord omdat een deal niet goed is uitgepakt. Of...' Durand maakte zijn zin niet af.

'Of wat?'

Hij aarzelde even. 'Er gingen geruchten,' zei hij uiteindelijk. 'Niets concreets, hoor. Alleen speculaties met enige grond.'

'Wat voor speculaties?"

'Dat Bradshaw betrokken zou zijn bij het verwerven van een groot aantal schilderijen op de zwarte markt voor één persoon.'

'Weet je ook de naam van die persoon?'

'Nee.'

'Vertel je me nu de waarheid, Maurice?'

'Dit verbaast je misschien,' antwoordde Durand, 'maar iemand die bezig is een verzameling gestolen schilderijen samen te stellen loopt daarmee meestal niet te koop.'

'Ga verder.'

'Er ging nóg een gerucht over Bradshaw: dat hij als tussenpersoon fungeerde in een deal die een bepaald meesterwerk betrof.' Onopvallend keek Durand om zich heen om zijn omgeving te controleren, alvorens verder te gaan. Een professionele spion zou het hem niet verbeteren, dacht Gabriel onwillekeurig.

'Een meesterwerk dat al een paar decennia zoek is.'

'Weet je ook om welk schilderij het ging?'

'Uiteraard. En jij ook.' Durand bleef staan, en draaide zich om om Gabriel aan te kijken. 'Het is een Geboorte van Christus, geschilderd door een barok kunstenaar, aan het eind van zijn carrière. Zijn naam was Michelangelo Merisi, maar de meeste mensen kennen hem onder de naam van het dorpje bij Milaan waar zijn familie vandaan kwam.'

Gabriel dacht aan de drie letters die hij op het notitieblok van Bradshaw had aangetroffen: C... V... O...

Dat waren geen willekeurige letters.

Het waren de letters van Caravaggio.

11

JARDIN DES TUILERIES, PARIJS

Twee eeuwen na zijn dood was hij zo goed als vergeten. Zijn schilderijen stonden te verstoffen in de opslagruimtes van musea en galeries, vele toegeschreven aan de verkeerde kunstenaar, en het dramatische contrast tussen licht en donker verdween langzaam in algeheel duister. Uiteindelijk, in 1951, verzamelde de bekende Italiaanse kunsthistoricus Roberto Longhi de werken waarvan zeker was dat ze van hem waren, en stelde ze tentoon voor het oog van de wereld in het Palazzo Reale in Milaan. Een groot aantal van de mensen die de opvallende tentoonstelling bezochten had de naam Caravaggio nog nooit gehoord.

De details van zijn vroege jaren zijn op zijn zachtst gezegd schetsmatig, wat vage houtskoolstreken op een verder leeg doek. Hij werd geboren op de negenentwintigste dag van september in 1571, waarschijnlijk in Milaan, waar zijn vader een succesvol metselaar en architect was. In de zomer van 1576 was er een nieuwe uitbraak van de pest in de stad. Tegen de tijd dat de plaag weer een beetje onder controle was, was een vijfde van het bisdom Milaan aan de ziekte bezweken, waaronder de vader, grootvader, en oom van de jonge Caravaggio. In 1584, toen hij dertien was, kwam hij in de leer bij Simone Peterzano, een wat saaie maar vakbekwame maniërist, die zelf een leerling van Titiaan zou zijn. Volgens het contract, dat nog steeds bestaat, moest Caravaggio 'dag en nacht' oefenen, vier jaar lang. Het is niet bekend of hij dat ook inderdaad heeft gedaan en of hij zijn leertijd überhaupt heeft afgemaakt. Peterzano's matte, levenloze werk heeft in ieder geval weinig invloed op hem gehad.

De precieze omstandigheden van Caravaggio's vertrek uit Milaan zijn, zoals de meeste dingen die hem betreffen, in het verleden achtergebleven en in mysteriën gehuld. Er zijn stukken die aangeven dat zijn moeder in

1590 is gestorven, en dat hij uit haar bescheiden nalatenschap een erfenis kreeg gelijk aan zeshonderd gouden scudi. Binnen een jaar was het geld op. Er is niets te vinden, waar dan ook, wat erop wijst dat de wispelturige jongeman die tot schilder was opgeleid, gedurende zijn laatste jaren in Milaan ooit een penseel op het doek heeft gezet. Hij schijnt het te druk te hebben gehad met andere zaken. Giovanni Pietro Bellori, auteur van een vroege biografie, suggereert dat Caravaggio de stad moest ontvluchten, mogelijk na een incident waarbij een prostituee en een scheermes waren betrokken, mogelijk na de moord op een vriend. Hij trok oostwaarts, naar Venetië, schrijft Bellori, waar hij in de ban kwam van de schilderwijze van Giorgione. Vervolgens, in het najaar van 1592, reisde hij naar Rome.

Hier krijgt het leven van Caravaggio duidelijker vorm. Net als alle migranten uit het noorden kwam hij de stad binnen via de Porto del Popolo, vanwaar hij zich naar de kunstenaarswijk begaf, een doolhof van smerige straatjes rond de Campo Marzio. Volgens de schilder Baglione deelde hij een paar kamers met een kunstenaar van Sicilië, maar een andere vroege biograaf, een arts die Caravaggio in Rome heeft gekend, zegt dat hij onderdak vond bij een priester, die hem het huishouden liet doen en hem alleen maar groente te eten gaf. Caravaggio noemde de priester Monsignor Insalata en vertrok na een paar maanden weer. Tijdens zijn eerste jaren in Rome woonde hij op wel tien verschillende plekken, waaronder het atelier van Giuseppe Cesari, waar hij op een stromatras sliep. Hij zwierf over straat in een paar haveloze zwarte kousen, en een tot op de draad versleten zwarte mantel, zijn zwarte haar een warrige bos.

Van Cesari mocht Caravaggio alleen bloemen en fruit schilderen, het laagste wat je een leerling kon laten doen. Verveeld, en overtuigd van zijn superieure talent, begon hij zelf schilderijen te maken. Sommige verkocht hij in de steegjes rond de Piazza Navona. Eén schilderij, een helder geschilderde afbeelding van een welgestelde Romeinse jongen die bij het kaarten wordt bedrogen, verkocht hij echter aan een handelaar die een winkel had tegenover het palazzo waar kardinaal Francesco del Monte resideerde. Die transactie zou Caravaggio's levensloop drastisch veranderen, aangezien de kardinaal, een kenner en mecenas van kunst, het schilderij enorm bewonderde en het voor een paar scudi in zijn bezit kreeg. Niet lang daarna kocht hij een tweede schilderij van Caravaggio, waarop een glimlachende waarzegger stond afgebeeld die een Romeinse jongen onder het handlezen zijn ring afhandig maakt. Op een gegeven moment ontmoetten de twee mannen elkaar ook, al is het onduidelijk wie daartoe het initiatief nam. De kardinaal bood de jonge kunstenaar eten, kleren, onderdak, en een atelierruimte in zijn palazzo aan. Het enige wat hij van Caravaggio vroeg, was dat hij zou schilderen. Caravaggio, vierentwintig op dat moment, nam het aanbod van de kardinaal aan. Het was een van de weinige verstandige beslissingen die hij gedurende zijn leven heeft genomen.

Nadat hij zich in zijn kamers in het palazzo had geïnstalleerd, maakte Caravaggio verschillende werken voor de kardinaal en zijn rijke vriendenkring, waaronder De luitspeler, De muzikanten, Bacchus, Martha en Maria Magdalena, en Sint Franciscus van Assisi in extase. Daarna, in 1599, kreeg hij zijn eerste publieke opdracht: twee doeken met daarop taferelen uit het leven van Sint Mattheus, voor de Contarelli-kapel in de San Luigi dei Francesi-kerk. De schilderijen, controversieel als ze waren, maakten van Caravaggio onmiddellijk de meest gewilde kunstenaar van Rome. Andere opdrachten volgden al snel, waaronder De kruisiging van Petrus, en De bekering van Paulus voor de Cerasi-kapel van de Santa Maria del Popolo, Avondmaal in Emmaus, Johannes de Doper, Het verraad van Christus, Ongelovige Thomas, en Het offer van Isaak. Niet al zijn werken werden goedkeurend ontvangen. Madonna en kind met Sint Anna werd verwijderd uit de Sint Pieter, omdat Maria's royale decolleté voor de hoge geestelijken niet door de beugel kon. En haar afbeelding met blote benen op Dood van de maagd Maria werd als zo aanstootgevend beschouwd, dat de kerk waarvoor het schilderij was gemaakt, de

Santa Maria della Scala in Trastevere, het weigerde te accepteren. Rubens vond het een van Caravaggio's beste werken en hielp hem een koper te vinden.

Zijn succes als schilder bracht geen rust in Caravaggio's privéleven. Dat was nog net zo chaotisch en gewelddadig als altijd. Hij werd opgepakt omdat hij zonder vergunning een zwaard droeg op de Campo Marzio. Hij duwde een bord artisjokken in het gezicht van een ober bij de Osteria del Moro. Hij kwam in de gevangenis terecht omdat hij stenen had gegooid naar de *sbirri*, de pauselijke garde, in de Via dei Greci. Dat laatste incident vond plaats op een oktoberavond om half tien, in 1604. Op dat moment woonde Caravaggio weer in een gehuurd huis, met als enig gezelschap Cecco, zijn leerling, en zijn model als dat zo uitkwam. Zijn uiterlijk was weer hard achteruitgehold: opnieuw was hij de onverzorgde figuur in voddige, zwarte kleren, die zijn schilderijen op straat verkocht. Hoewel hij veel opdrachten had, werkte hij nogal ongeregeld. Op de een of andere manier slaagde hij erin een monumentaal altaarstuk af te leveren, De kruisafneming van Christus genaamd. Het werd algemeen beschouwd als zijn beste werk.

Er waren méér botsingen met de autoriteiten – alleen al in 1605 komt zijn naam vijf keer voor in de politiearchieven van Rome – maar geen daarvan was zo ernstig als het incident dat op 28 mei 1606 plaatsvond. Het was zondag, en zoals gewoonlijk ging Caravaggio naar de banen aan de Via della Pallacorda voor een spelletje tennis. Daar kwam hij Ranuccio Tomassoni tegen, een straatvechter, en een rivaal in de strijd om de affecties van een mooie, jonge courtisane die voor verschillende van Caravaggio's schilderijen had geposeerd. Woorden werden gewisseld, zwaarden getrokken. Wat er precies is gebeurd, is onduidelijk, maar uiteindelijk lag Tomassoni op de grond, met een diepe wond tot aan zijn bovenbeen. Hij overleed korte tijd later, en vanaf dat moment vormde Caravaggio het doelwit van een klopjacht door de hele stad. Aangezien hij gezocht werd voor moord, een misdaad die maar op één manier kon worden bestraft, vluchtte hij de Albaanse heuvels in. Rome zou hij nooit meer terugzien.

Hij ging naar het zuiden, naar Napels, waar zijn reputatie van groot schilder hem al was voorgegaan, ondanks die moord. Hij liet er De zeven werken van barmhartigheid achter, voordat hij naar Malta voer. Daar werd hij toegelaten tot de Orde van Malta, een dure eer waarvoor hij met schilderijen betaalde. Korte tijd leefde hij als een edelman, tot hij na een gevecht met een ander lid van de orde weer in de gevangenis terechtkwam. Hij slaagde erin te ontsnappen en vluchtte naar Sicilië, waar hij, naar verluidt, leefde als een krankzinnige, gestoorde ziel, die met een zwaard naast zich sliep. Toch slaagde hij er wel in te schilderen. Syracuse liet hij De begrafenis van Sint Lucy na. In Messina produceerde hij twee monumentale schilderijen: De opwekking van Lazarus, en de ontroerende Aanbidding der herders. En voor het Oratorio di San Lorenzo in Palermo schilderde hij De geboorte van Christus met de Heiligen Laurentius en Franciscus van Assisi. Driehonderdnegenenvijftig jaar later, in de nacht van 18 oktober 1969, drongen twee mannen de kapel via een raam binnen, en sneden het doek uit de lijst. Een reproductie van dat schilderij hing achter het bureau van generaal Cesare Ferrari in het palazzo in Rome. Bij Kunstzaken stond het boven aan de lijst.

'Ik vermoed dat de generaal al op de hoogte was van de connectie tussen de Caravaggio en Jack Bradshaw,' zei Maurice Durand. 'Dat zou ook verklaren waarom hij erop stond dat jij deze zaak zou doen.'

'Je kent de generaal blijkbaar goed,' zei Gabriel.

'Niet echt,' verklaarde de Fransman. 'Maar ik heb hem ooit ontmoet.'

'Waar?'

'Hier in Parijs, bij een symposium over kunstcriminaliteit. De generaal zat in een van de panels.'

'En jij?'

'Ik bezocht het symposium.'

‘In welke hoedanigheid?’

‘Als handelaar in kostbare antiquiteiten, uiteraard.’ Durand glimlachte. ‘De generaal kwam op me over als een serieuze kerel, uiterst bekwaam. Het is lang geleden dat ik een schilderij in Italië heb gestolen.’

Ze liepen over het grindpad in het midden. De loodgrijze lucht leek de tuinen van alle kleur te hebben ontdaan. Het was eerder Sisley dan Monet.

‘Zou het mogelijk zijn?’ vroeg Gabriel.

‘Dat het echt om de Caravaggio gaat?’

Gabriel knikte.

Durand leek serieus over de vraag na te denken alvorens antwoord te geven. ‘Ik heb alle verhalen gehoord,’ zei hij uiteindelijk. ‘Dat de verzamelaar die de opdracht had gegeven het schilderij te stelen, het weigerde te accepteren omdat het te zeer beschadigd was geraakt toen het uit de lijst werd gesneden. Dat de maffiabazen van Sicilië het bij bijeenkomsten tevoorschijn halen als een soort trofee. Dat het verloren is gegaan bij een overstroming. Dat het is opgevreten door de ratten. Maar ik heb ook geruchten gehoord,’ voegde hij eraan toe, ‘dat het al eerder inzet van handel is geweest.’

‘Hoeveel zou het waard zijn op de zwarte markt?’

‘De schilderijen die Caravaggio heeft gemaakt toen hij op de vlucht was, hebben niet de diepgang van zijn grote Romeinse werk. Maar toch... een Caravaggio blijft natuurlijk een Caravaggio.’

‘Hoeveel, Maurice?’

‘De vuistregel is dat een gestolen schilderij op de zwarte markt tien procent van zijn waarde opbrengt. Als de Caravaggio op de normale markt vijftig miljoen waard zou zijn, zou je er illegaal dus vijf miljoen voor krijgen.’

‘Er is geen normale markt voor een Caravaggio.’

‘Wat dus wil zeggen dat die echt uniek is. Er zijn een paar mensen op deze wereld die er alles voor zouden willen betalen.’

'Zou jij hem kwijt kunnen?'

'Met één telefoontje.'

Ze waren bij de bootjesvijver aangekomen, waar verschillende miniatuurzeilboten zich over de woeste baren voortbewogen. Bij de rand van de vijver bleef Gabriel staan, en hij vertelde dat hij in de villa van Jack Bradshaw aan het Comomeer drie gestolen schilderijen had gevonden – een Parmigianino, een Renoir, en een Klimt – verborgen onder kopieën van werken die beduidend minder waard waren.

Durand knikte bedachtzaam, zijn blik op de bootjes gericht. 'Zo te horen werden ze klaargemaakt voor transport en verkoop.'

'Waarom zou je er iets anders overheen schilderen?'

'Om ze als legale werken te kunnen verkopen.' Durand zweeg even. 'Legale werken die veel minder waard zijn, uiteraard.'

'En als ze dan eenmaal zijn verkocht?'

'Dan wordt er iemand als jij ingehuurd om de verhullende verf te verwijderen, en te zorgen dat de schilderijen weer kunnen worden opgehangen.'

Een paar toeristen, jonge meisjes, poseerden voor een foto aan de andere kant van de vijver. Gabriel pakte Durand bij de elleboog en stuurde hem in de richting van de piramide van het Louvre.

'Degene die die kopieën heeft geschilderd was goed,' zei hij. 'Goed genoeg om iemand als ik bij een eerste blik voor de gek te houden.'

'Er lopen heel wat getalenteerde kunstenaars rond die bereid zijn hun diensten te verkopen aan diegenen onder ons die zich aan de duistere kant van het vak bewegen.' De Fransman wierp Gabriel een zijdelingse blik toe en vroeg: 'Ben jij ooit in de gelegenheid geweest een schilderij te vervalsen?'

'Het zou kunnen dat ik ooit een Cassatt heb vervalst.'

'Voor een nobele zaak, ongetwijfeld.'

Ze liepen verder, het grind knarsend onder hun voeten.

'En jij, Maurice? Heb jij ooit gebruikgemaakt van de diensten van een vervalser?'

‘Nu begeven we ons op gevoelig terrein,’ waarschuwde Maurice.

‘Die grens zijn wij allang gepasseerd, jij en ik.’

Ze kwamen bij de Place du Carrousel, gingen naar rechts, en zetten koers naar de rivier.

‘Wanneer dat maar enigszins mogelijk is,’ zei Durand, ‘creëer ik graag de illusie dat een gestolen schilderij niet echt gestolen is.’

‘Je laat een kopie achter.’

‘Vervangingsklussen noemen wij dat.’

‘Hoeveel van die dingen hangen er al in musea en huizen in Europa?’

‘Dat zeg ik liever niet.’

‘Kom op, Maurice.’

‘Ik heb één man die al het werk voor me doet. Hij is snel, betrouwbaar, en behoorlijk goed.’

‘Heeft de man ook een naam?’

Durand aarzelde even, maar gaf toen toch antwoord. De vervalser heette Yves Morel.

‘Waar heeft hij zijn opleiding gehad?’

‘Aan de École Nationale des Beaux-Arts in Lyon.’

‘Bijzonder prestigieus,’ zei Gabriel. ‘Waarom is hij geen kunstenaar geworden?’

‘Dat heeft hij geprobeerd. Het ging niet zoals hij had gepland.’

‘En dus heeft hij wraak genomen op de kunstwereld door vervalser te worden?’

‘Zoiets.’

‘Hoe nobel.’

‘Wie zonder zonde is…’

‘Werkt hij exclusief voor jou?’

‘Dat zou ik wel willen, maar ik kan hem niet genoeg werk geven. Dus neemt hij af en toe ook opdrachten aan van andere klanten. Een van die klanten was een inmiddels overleden heler, Jack Bradshaw genaamd.’

Gabriel bleef abrupt staan en draaide zich naar Durand om. ‘Daarom weet je ook zoveel van wat Bradshaw deed,' zei hij. 'Jullie deelden een vervalser.'

'Een beetje in de geest van Caravaggio,' zei Durand, en hij knikte.

'Waar deed Morel dat werk voor Bradshaw?'

'In een ruimte in de Ports Francs van Genève. Bradshaw had daar een vrij unieke galerie. De galerie van al wat verdwenen is, noemde Yves het.'

'Waar is hij nu?'

'Hier, in Parijs.'

'Waar, Maurice?'

Durand haalde zijn hand uit zijn zak en gebaarde dat de vervalser ergens in de buurt van de Sacré-Coeur te vinden was. Ze liepen een metrostation in, de kunstdief en de man van de geheime dienst, en gingen richting Montmartre.

12

MONTMARTRE, PARIJS

YVES MOREL WOONDE IN EEN appartementengebouw aan de Rue Ravignon. Toen Durand op de intercombel drukte, kwam er geen reactie. 'Hij is waarschijnlijk op de Place du Tertre.'

'Wat doet hij daar?'

'Reproducties van beroemde impressionistische schilderijen verkopen aan toeristen, zodat de Franse belastingdienst denkt dat hij een legaal inkomen heeft.'

Ze liepen naar het plein met de vele terrasjes en straatartiesten, vlak bij de basiliek, maar Morel stond niet op zijn gebruikelijke plek. Vervolgens gingen ze naar zijn favoriete bar aan de Rue Norvins, maar daar was evenmin een spoor van hem te bekennen. Ook zijn mobiele telefoon nam hij niet op.

'Merde,' zei Durand zacht, zijn telefoon weer in zijn zak stoppend.

'Wat nu?'

'Ik heb een sleutel van zijn appartement.'

'Waarom?'

'Soms laat hij iets voor me in zijn atelier staan, wat ik dan ophaal.'

'Klinkt nogal goed van vertrouwen.'

'In tegenstelling tot wat algemeen wordt aangenomen,' zei Durand, 'is er onder dieven wel degelijk sprake van eergevoel.'

Ze liepen terug naar het appartementengebouw, en belden nogmaals aan. Toen er wederom geen reactie kwam, viste Durand een bos sleutels uit zijn zak, en gebruikte een daarvan om de deur open te maken. Met dezelfde sleutel opende hij de deur van Morels appartement. Duisternis kwam hen tegemoet. Durand drukte op een lichtknopje, zodat de grote open ruimte, die tegelijkertijd dienstdeed als woonruimte en als atelier, werd verlicht.

Gabriel liep naar een ezel waarop een onafgemaakte kopie van een landschap van Pierre Bonnard stond.

'Wil hij deze ook verkopen aan de toeristen op de Place du Tertre?'

'Die is voor mij.'

'Wat ga je ermee doen?'

'Gebruik je verbeelding.'

Gabriel bestudeerde het schilderij nog iets aandachtiger. 'Ik vermoed,' zei hij toen, 'dat je van plan bent die op te hangen in het Musée des Beaux-Arts in Nice.'

'Je hebt er oog voor.'

Gabriel wendde zich weer van de ezel af en liep naar de grote, rechthoekige werktafel die midden in het atelier stond. Eroverheen lag een met verf besmeurd stuk zeildoek. Onder het doek lag iets van ruim één meter tachtig lang, en zo'n zestig centimeter breed. 'Is Morel ook beeldhouwer?'

'Nee.'

'Wat ligt er dan onder dat doek?'

'Geen idee, maar misschien kun je beter even kijken.'

Gabriel tilde de rand van het doek op en gluurde eronder.

'En?' vroeg Durand.

'Ik ben bang dat je iemand anders zult moeten zoeken om die Bonnard af te maken, Maurice.'

'Laat hem eens zien.'

Gabriel trok de bovenkant van het doek naar beneden.

'Merde,' zei Durand zacht.

DEEL TWEE

ZONNEBLOEMEN

13

SAN REMO, ITALIË

De volgende middag om halftwee stond generaal Ferrari te wachten bij de oude vestingmuren van San Remo. Hij droeg een net kostuum, een wollen overjas, en een donkere zonnebril die zijn immer starende kunstoog aan het zicht onttrok.

Gabriel, in denim en leer gehuld, zag eruit als de jongere broer met problemen, degene die alle verkeerde keuzes in het leven had gemaakt en die weer eens om geld verlegen zat. Terwijl ze langs het niet al te schone water liepen, bracht hij de generaal op de hoogte van wat hij had ontdekt, al zorgde hij er wel voor zijn bronnen niet te onthullen.

De generaal leek niet in het minst verbaasd over wat hij hoorde. 'Je bent één ding vergeten,' zei hij.

'Wat dan?'

'Jack Bradshaw was geen diplomaat. Hij was een spion.'

'Hoe weet u dat?'

'Iedereen in het vak wist van Bradshaws verleden. Het was een van de redenen dat hij zo goed was in wat hij deed. Maar maak je geen zorgen,' voegde de generaal eraan toe. 'Ik zal je niet in de problemen brengen bij je vrienden in Londen. Ik wil alleen mijn Caravaggio.'

Ze liepen weg van het water, de heuvel op naar het stadscentrum. Gabriel vroeg zich af waarom iemand hier ooit vakantie zou willen vieren. De stad deed hem denken aan een vrouw die ooit mooi was geweest, en die het beste van zichzelf probeerde te maken om haar portret te laten schilderen.

'U hebt me misleid.'

'Absoluut niet,' verklaarde de generaal.

'Hoe zou u het dan willen noemen?'

'Ik heb bepaalde feiten achtergehouden om je onderzoek niet te beïnvloeden.'

'Wist u dat de Caravaggio in het spel was toen u me vroeg de dood van Bradshaw te onderzoeken?'

'Ik had wat geruchten gehoord, ja.'

'Had u ook geruchten gehoord over een verzamelaar die wel heel graag gestolen kunst wilde kopen?'

De generaal knikte.

'Wie is het?'

'Ik heb geen idee.'

'Vertelt u me deze keer de waarheid?'

De generaal legde zijn goede hand op zijn hart. 'Ik heb geen idee wie degene is die ieder gestolen kunstwerk koopt dat hij maar in handen kan krijgen. En ik weet ook niet wie er achter de moord op Jack Bradshaw zit.' Na een korte stilte voegde hij eraan toe: 'Al vermoed ik dat dat een en dezelfde persoon is.'

'Waarom is Bradshaw vermoord?'

'Ik neem aan dat hij niet langer nuttig was.'

'Omdat hij de Caravaggio had geleverd?'

De generaal knikte vaag.

'Waarom is hij dan eerst gemarteld?'

'Misschien wilden zijn moordenaars een naam horen.'

'Yves Morel?'

'Bradshaw heeft het schilderij vast door Morel laten opkalefateren voor de verkoop.' Gabriel ernstig aankijkend vroeg hij: 'Hoe hebben ze hem gedood?'

'Ze hebben zijn nek gebroken. Zijn ruggengraat leek volledig doormidden.'

De generaal maakte een grimas. 'Geluidloos en zonder bloed.'

'En bijzonder professioneel.'

'Wat heb je met de arme drommel gedaan?'

'Er wordt voor hem gezorgd,' verklaarde Gabriel kalm.

'Door wie?'

'Het is beter dat u de details niet kent.'

Traag schudde de generaal zijn hoofd. Hij was nu betrokken bij een zwaar misdrijf. Dat was niet voor het eerst.

'Laten we hopen,' zei hij na een tijdje, 'dat de Franse politie er nooit achter komt dat jij in Morels appartement bent geweest. Gezien jouw staat van dienst zouden ze wel eens de verkeerde conclusies kunnen trekken.'

'Ja,' beaamde Gabriel somber. 'Laten we dat hopen.'

Ze sloegen de Via Roma in, die gonsde van het gebrom van wel honderd scooters. Gabriel moest zijn stem verheffen om nog verstaanbaar te zijn. 'Wie had hem het laatst?' vroeg hij.

'De Caravaggio?'

Gabriel knikte.

'Dat weet zelfs ik niet zeker,' moest de generaal bekennen. 'Telkens wanneer we een maffioso arresteren, hoe onbetekenend ook, biedt die ons informatie aan over de vindplaats van de Geboorte van Christus, in ruil voor een lagere gevangenisstraf. We noemen het de Caravaggiotroef. Je begrijpt dat we al heel wat manuren hebben verspild aan het natrekken van valse aanwijzingen.'

'Ik dacht dat jullie hem een paar jaar geleden een keer bijna hadden gevonden.'

'Dat dacht ik ook, ja, maar hij glipte tussen mijn vingers door. Ik begon al te denken dat ik nooit meer de gelegenheid zou krijgen hem terug te vinden.' Onwillekeurig glimlachte hij even. 'En nu dit.'

'Als het schilderij verkocht is, is het waarschijnlijk niet langer in Italië.'

'Mee eens. Maar mijn ervaring is,' voegde de generaal eraan toe, 'dat je de meeste kans hebt een gestolen schilderij te vinden op het moment dat het net van eigenaar is gewisseld. We moeten echter wel snel te werk gaan. Anders moeten we misschien weer vijfenveertig jaar wachten.'

'We?'

De generaal bleef staan, maar zei niets.

'Mijn betrokkenheid bij deze zaak,' zei Gabriel boven het geronk van het verkeer uit, 'is nu officieel ten einde.'

'Jij had beloofd uit te zoeken wie Jack Bradshaw had vermoord, dan zou de naam van je vriend niet in de krant komen. Volgens mij is je taak nog niet volbracht.'

'Ik heb u een belangrijke aanwijzing in de goede richting gegeven, om nog maar te zwijgen van die drie gestolen schilderijen.'

'Maar niet het schilderij dat ik hebben wil.' De generaal zette zijn zonnebril af, en vestigde zijn eenogige blik op Gabriel. 'Je betrokkenheid bij deze zaak is nog helemaal niet ten einde, Allon. Sterker nog, die begint nu pas.'

Ze liepen naar een kleine bar met uitzicht op de jachthaven. De enige andere bezoekers waren twee jongemannen die zaten te klagen over de beroerde economie. Dat was iets wat je in Italië tegenwoordig maar al te vaak tegenkwam. Er waren geen banen, geen vooruitzichten, geen toekomst, alleen de prachtige overblijfselen van het verleden die de generaal en zijn team van Kunstzaken plechtig hadden beloofd te beschermen. Hij bestelde koffie en een sandwich en ging Gabriel voor naar een tafeltje buiten, in het kille zonlicht.

'Eerlijk gezegd,' zei hij, zodra ze weer alleen waren, 'snap ik niet hoe je er ook maar aan kunt denken de zaak nu in de steek te laten. Dat zou net zoiets zijn als weglopen bij een onvoltooid schilderij.'

'Mijn onvoltooide schilderij is in Venetië,' verklaarde Gabriel, 'net als mijn zwangere vrouw.'

'Je Veronese is veilig. En je vrouw ook.'

Gabriel keek naar een overvolle vuilnisbak op de rand van de kade en schudde zijn hoofd. De oude Romeinen hadden centrale verwarming uitgevonden, maar ergens in de loop van de geschiedenis waren hun afstammelingen vergeten wat ze met hun afval moesten doen. 'Het kan wel maanden duren om dat schilderij te vinden,' zei hij.

'We hebben geen maanden. Hooguit een paar weken, zou ik zeggen.'

'Dan kunnen u en uw mannen maar beter aan de slag gaan.'

Langzaam schudde de generaal zijn hoofd. 'Wij zijn goed in het aftappen van telefoons en het sluiten van deals met maffiatuig. Maar undercoveroperaties zijn niet onze sterkste kant, zeker niet buiten Italië. Ik heb iemand nodig die aas in de gestolenkunstvijver gooit, en die kijkt of we Mr. Big tot nog een aankoop kunnen verleiden. Hij loopt daar ergens rond. Je moet alleen iets vinden om zijn belangstelling te wekken.'

'Een meesterwerk dat talloze miljoenen waard is, vínd je niet. Dat steel je.'

'Op spectaculaire wijze,' vulde de generaal aan. 'Niet iets uit een privéhuis of een particuliere galerie dus.'

'Beseft u wel wat u zegt?'

'Jazeker.' De generaal schonk hem een samenzweerderige glimlach. 'Bij de meeste undercoveroperaties wordt een fake koper ingezet. Jij krijgt echter een andere rol. Jij gaat je voordoen als een dief die een recent gestolen doek te koop aanbiedt. Het schilderij moet echt zijn.'

'Waarom laat u me niet iets moois lenen uit de Galleria Borghese?'

'Daarmee zal het museum nooit instemmen. Bovendien,' voegde de generaal eraan toe, 'mag het schilderij niet uit Italië afkomstig zijn. Anders zou de persoon die de Caravaggio in zijn bezit heeft weleens kunnen vermoeden dat ik ermee te maken heb.'

'Na zoiets zult u nooit meer iemand kunnen vervolgen.'

'Vervolgen staat absoluut niet boven aan mijn prioriteitenlijstje. Ik wil die Caravaggio terug.' Na die woorden hulde de generaal zich in stilzwijgen.

Gabriel moest bekennen dat hij het een intrigerend idee vond. 'Ik kan het onmogelijk zelf doen,' zei hij na een tijdje. 'Mijn gezicht is té bekend.'

'Dan moet je een goede acteur zien te vinden om die rol te spelen. En als ik jou was, zou ik ook maar wat krachtpatsers inhuren. Het kan er gevaarlijk aan toe gaan in de onderwereld.'

'U meent het.'

De generaal reageerde niet.

'Krachtpatsers zijn niet goedkoop,' zei Gabriel. 'En vakbekwame dieven ook niet.'

'Kun je niet wat lenen van die dienst van jou?'

'Krachtpatsers of dieven?'

'Allebei.'

'Geen denken aan.'

'Hoeveel geld heb je nodig?'

Gabriel deed alsof hij diep nadacht. 'Twee miljoen, op zijn minst.'

'Ik heb misschien nog wel een miljoen in het koffieblik onder mijn bureau.'

'Daar doe ik het voor.'

'Eerlijk gezegd,' zei de generaal, een glimlach op zijn gezicht, 'zit het geld in een attachékoffertje in de kofferbak van mijn auto. Samen met een kopie van het Caravaggio-dossier. Dan heb je iets te lezen terwijl je wacht totdat Mr. Big in het aas bijt.'

'En als hij nu niet toehapt?'

'Dan zul je iets anders moeten stelen, lijkt me.' De generaal haalde zijn schouders op. 'Dat is het mooie van het stelen van meesterwerken. Zo moeilijk is het eigenlijk niet.'

Het geld lag, zoals beloofd, in de kofferbak van de dienstauto van de generaal: een miljoen euro in veelgebruikte biljetten, waarvan hij de herkomst weigerde prijs te geven.

Gabriel legde het koffertje op de passagiersstoel van zijn eigen auto en reed weg, zonder nog iets te zeggen. Tegen de tijd dat hij de buitenwijken van San Remo had bereikt, had hij al een eerste opzet gemaakt van de operatie om de verdwenen Caravaggio terug te krijgen. Hij had geld en contacten met 's werelds succesvolste kunstdief. Nu had hij alleen nog iemand nodig die het gestolen schilderij op de markt zou kunnen brengen. Met een amateur ging hij het niet redden. Hij had een professional nodig, door de wol geverfd in de duistere kunsten van het bedrog. Iemand die zich op zijn gemak voelde in het gezelschap van criminelen. Iemand die zich wist te redden op momenten dat het er hard aan toe ging. En zo iemand kende Gabriel. Hij woonde aan de overkant van het water, op Corsica. Hij was net als Maurice een voormalige vijand die inmiddels een bondgenoot was geworden, maar daar hield de gelijkenis ook wel op.

14

CORSICA

Het liep tegen middernacht toen de veerboot de haven van Calvi binnenvoer. Geen tijdstip om nog bij iemand langs te gaan, dus nam Gabriel een kamer in een hotel in de buurt van de terminal en ging slapen. 's Ochtends ontbeet hij in een cafeetje aan het water. Daarna stapte hij in zijn auto en reed langs de ruige westkust naar beneden. De regen hield nog even aan, maar langzaam maar zeker losten de wolken op en veranderde de kleur van de zee van donkergrijs in turquoise. In Porto maakte hij een tussenstop om twee gekoelde flessen Corsicaanse rosé aan te schaffen, waarna hij landinwaarts ging, over een smalle weg die omzoomd was door olijfbosjes en groepjes zwarte dennen. Het rook naar de *macchia* – het dichte kreupelhout dat bestond uit rozemarijn, zonneroosjes en lavendel, en dat een groot deel van het eiland bedekte – en in de dorpen zag hij vele in het zwart gehulde vrouwen, weduwen die hun man aan de vendetta waren verloren. Ooit zouden die vrouwen hem op Corsicaanse wijze hebben nagewezen om de *occhju*, het boze oog, af te weren, maar nu vermeden ze het lang naar hem te kijken. Ze wisten dat hij een vriend van Don Anton Orsati was, en vrienden van de don konden heel Corsica over reizen zonder ergens bang voor te hoeven zijn.

Al meer dan twee eeuwen lang werd de familie Orsati op het eiland met twee dingen geassocieerd: olijfolie en de dood. De olie was afkomstig uit de boomgaarden die welig tierden op hun uitgestrekte landgoederen; de dood van de handen van hun moordenaars. De Orsati's doodden uit naam van diegenen die dat zelf niet konden: vooraanstaande personen die hun handen niet vuil durfden te maken, vrouwen die geen mannelijke familieleden hadden om het voor hen te doen. Niemand wist hoeveel Corsicanen er reeds ten prooi waren gevallen aan Orsati-moordenaars, de Orsati's zelf al helemaal niet, maar volgens de overlevering moesten dat er duizenden zijn. Het hadden er nog beduidend meer kunnen zijn als de clan niet altijd zo'n grondig vooronderzoek zou hebben gedaan. De Orsati's hadden altijd volgens een strikte code gewerkt. Ze weigerden een moord uit te voeren zolang ze er niet volledig van overtuigd waren dat de opdrachtgever onrecht was aangedaan en dat bloedwraak vereist was.

Dat alles veranderde met de komst van Don Anton Orsati. Tegen de tijd dat hij aan het hoofd van de familie stond, had de Franse overheid de vetes en vendetta's tot in nagenoeg de verste uithoeken van het eiland uitgeroeid, waardoor er onder Corsicanen nog maar weinig behoefte was aan de diensten van zijn *taddunaghiu*. Aangezien de plaatselijke vraag zo drastisch was afgenomen, had Orsati geen andere keus gehad dan mogelijkheden elders te gaan zoeken, en wel aan de andere kant van het water, op het vasteland van Europa. Inmiddels nam hij zo ongeveer iedere opdracht aan die op zijn pad kwam, hoe weerzinwekkend ook, en zijn huurmoordenaars werden beschouwd als de betrouwbaarste en professioneelste van het continent. Sterker nog, Gabriel was één van de slechts twee mensen die ooit een aan de familie Orsati gegeven opdracht tot moord hadden overleefd.

Don Anton Orsati woonde in de bergen in het midden van het eiland, omringd door hagen van kreupelhout en een regiment bodyguards. Twee daarvan stonden op wacht bij het hek. Zodra ze Gabriel zagen, deden ze een stap opzij om hem binnen te laten. Een onverharde weg voerde hem tussen Van Gogh-achtige olijfbosjes door en bracht hem uiteindelijk op het met grind bedekte plein voor de immense villa van de don, waar nog meer bodyguards stonden. Na een vluchtige blik op zijn bezittingen bracht een van hen, een donker moordenaarstype van een jaar of twintig met een mager gezicht, hem naar boven naar het kantoor van de don. Dat was een royale, rustiek Corsicaans gemeubileerde ruimte, met een terras dat uitkeek over het privédal van de don. In de stenen open haard knetterde *macchia*-hout, dat een geur van rozemarijn en salie verspreidde.

In het midden van de ruimte stond de grote, eikenhouten tafel waaraan de don werkte. Daarop bevonden zich een decoratieve fles Orsati-olijfolie, een telefoon die hij zelden gebruikte, en een in leer gebonden boek dat de geheimen van zijn bijzondere bedrijf bevatte. Zijn *taddunagghiu* waren allemaal werknemers van Orsati Olijfolie, en de moorden die ze pleegden, werden geboekt als bestellingen voor producten, wat wilde zeggen dat in de wereld van Orsati olie en bloed samenvloeiden in één bedrijf. Al zijn huurmoordenaars kwamen van Corsica, op één na. Die was zo goed getraind dat hij alleen de moeilijkste opdrachten deed. Tegelijkertijd fungeerde hij als directeur verkoop voor de lucratieve centraal-Europese markt.

De don was, naar Corsicaanse begrippen, een grote man: meer dan één meter vijfentachtig lang, met een brede rug en brede schouders. Hij droeg een comfortabel zittende broek, een paar stoffige sandalen, en een van de onberispelijk witte overhemden die zijn vrouw iedere dag vers voor hem streek. 's Ochtends, en na zijn middagdutje nog een keer. Zijn haar was zwart, net als zijn ogen. De hand die Gabriel drukte, voelde als uit steen gehouwen.

'Welkom terug op Corsica,' zei Orsati, de twee flessen rosé van Gabriel aannemend. 'Ik wist dat je niet lang kon wegblijven. Vat dit vooral niet verkeerd op Gabriel, maar ik heb altijd gedacht dat er wat Corsicaans bloed door je aderen vloeit.'

'Ik kan u verzekeren, Don Orsati, dat dat niet het geval is.'

'Dat doet er ook niet toe. Je bent inmiddels praktisch een van ons.' Op zachtere toon voegde de don eraan toe: 'Samen doden schept een band die niet meer te verbreken is.'

'Is dat weer zo'n Corsicaans spreekwoord van u?'

'Onze spreekwoorden zijn heilig en correct, wat een spreekwoord op zich is.' De don glimlachte. 'Ik dacht dat jij geacht werd met je vrouw in Venetië te zitten.'

'Daar zat ik ook,' verklaarde Gabriel.

‘Wat doe je dan op Corsica? Ben je hier voor zaken of voor je plezier?’

‘Voor zaken ben ik bang.’

‘Wat nu weer?’

‘Een gunst.’

‘Alweer?’

Gabriel knikte.

‘Hier op Corsica,’ zei de don, zijn voorhoofd afkeurend gefronst, ‘geloven we dat het lot van een man reeds bij zijn geboorte is bepaald. En jij, mijn vriend, lijkt voorbestemd de problemen van andere mensen te blijven oplossen.’

‘Er zijn erger dingen, Don Orsati.’

‘De hemel helpt diegenen die zichzelf helpen.’

‘Hoe menslievend,’ zei Gabriel.

‘Menslievendheid is voor priesters en dwazen.’ De Corsicaan keek naar het koffertje dat Gabriel bij zich had. ‘Wat zit daarin?’

‘Een miljoen euro in gebruikte biljetten.’

‘Hoe kom je daaraan?’

‘Van een vriend in Rome.’

‘Een Italiaan?’

Gabriel knikte.

‘Is er sprake van rampspoed,’ zei Don Orsati op donkere toon, ‘dan is er altijd wel een Italiaan in de buurt.’

‘Ik ben toevallig wel getrouwd met een Italiaanse.’

‘Daarom brand ik ook heel veel kaarsjes voor je.’

Tevergeefs probeerde Gabriel een glimlach te onderdrukken.

‘Hoe is het met haar?’ vroeg de don.

‘Ik lijk haar mateloos te irriteren. Verder gaat het goed met haar.’

‘Dat is de zwangerschap,’ verklaarde de don met een bedachtzaam knikje. ‘Als de kinderen eenmaal zijn geboren, wordt alles anders.’

‘Hoe dat zo?’

‘Dan zal het zijn alsof je niet meer bestaat.’ De blik van de Corsicaan ging weer naar het koffertje. 'Waarom loop je rond met een miljoen euro in gebruikte biljetten?'

'Er is mij gevraagd iets bijzonder waardevols terug te vinden, en dat zal een hoop geld gaan kosten.'

'Nog een vermist meisje?' vroeg de don.

'Nee,' antwoordde Gabriel. 'Dit.' Hij overhandigde Orsati een foto van een lege lijst boven het altaar van het Oratorio di San Lorenzo.

Een blik van herkenning gleed over het gezicht van de Corsicaan. 'De Geboorte van Christus?' vroeg hij.

'Ik had me nooit gerealiseerd dat u een kunstliefhebber bent, Don Orsati.'

'Dat ben ik ook niet,' gaf hij toe, 'maar deze zaak heb ik door de jaren heen nauwlettend gevolgd.'

'Met een bepaalde reden?'

'Toevallig was ik de nacht dat de Caravaggio werd gestolen in Palermo. Sterker nog,' voegde Don Orsati er met een glimlach aan toe, 'ik weet bijna zeker dat ik degene was die de verdwijning als eerste opmerkte.'

Op het terras met uitzicht over het dal vertelde Don Anton Orsati over de Siciliaanse zakenman Renato Francona, die aan het eind van de zomer van 1969 naar Corsica was gekomen. De Siciliaan had zijn mooie, jonge dochter willen wreken, die een paar weken daarvoor was vermoord door Sandro di Luca, een vooraanstaand lid van de Cosa Nostra. Don Carlu Orsati, het toenmalige hoofd van de familie Orsati, had er zijn handen niet aan willen vuilmaken, maar zijn zoon Anton, een begenadigd huurmoordenaar, had zijn vader uiteindelijk weten over te halen hem die opdracht persoonlijk te laten uitvoeren. Alles was die avond volgens plan verlopen, behalve het weer, dat het hem onmogelijk had gemaakt direct weer uit Palermo te vertrekken. Aangezien Anton niets beters te doen had gehad, was hij op zoek gegaan naar een kerk, om zijn zonden op te biechten. De kerk die hij was binnengegaan was het Oratorio di San Lorenzo geweest.

'En dit,' zei Orsati, de foto van de lege lijst omhooghoudend, 'is precies wat ik die avond ook heb gezien. Zoals je misschien wel kunt bedenken, heb ik de diefstal niet aan de politie gemeld.'

'Wat is er verder met Renato Francona gebeurd?'

'Die is een paar weken daarna door de Cosa Nostra vermoord.'

'Ze namen aan dat hij achter de moord op Di Luca zat?'

Orsati knikte ernstig. 'Maar hij is in ieder geval wel eervol gestorven.'

'Hoezo?'

'Omdat hij de moord op zijn dochter had gewroken.'

'En dan vraagt men zich af waarom Sicilië niet het economische en intellectuele middelpunt van het Middellandse Zeegebied is.'

'Zoals het spreekwoord zegt: zingen levert geen geld op,' zei de don.

'Wat wilt u daarmee zeggen?'

'De vendetta heeft deze familie generaties lang aan het werk gehouden,' antwoordde de don. 'En de moord op Sandro di Luca bewees dat we ook buiten Corsica actief konden zijn zonder ontmaskerd te worden. Mijn vader is er tot aan zijn dood aan toe tegen gebleven, maar zodra hij er niet meer was, ben ik met het familiebedrijf de internationale markt op gegaan.'

'Als je niet groeit, ga je dood.'

'Is dat een Joods spreekwoord?'

'Vast,' antwoordde Gabriel.

Op tafel stond een traditioneel Corsicaanse, naar *macchia* geurende en smakende lunch. Gabriel nam van de groenten en de kazen, maar liet de worst voor wat hij was.

'Het is koosjer,' zei de don, een paar stukken van het vlees op Gabriels bord leggend.

'Ik wist niet dat er op Corsica ook rabbi's waren.'

'Het wemelt ervan,' verzekerde de don hem.

Gabriel schoof de worst opzij en vroeg de don of hij nog steeds naar de kerk ging nadat hij iemand van het leven had beroofd.

'Als ik dat zou doen,' antwoordde de Corsicaan, 'zou ik meer tijd op mijn knieën doorbrengen dan een wasvrouw. Bovendien ben ik inmiddels al reddeloos verloren. God kan met me doen wat hij wil.'

'Ik zou graag getuige zijn van het gesprek tussen u en God.'

'Laat dat dan gevoerd mogen worden tijdens een Corsicaanse lunch.' Glimlachend schonk Orsati Gabriels glas nog eens vol. 'Ik zal je een geheim verklappen,' zei hij, de fles rosé weer op tafel zettend. 'De meeste mensen die wij doden, verdienen het ook te sterven. Op onze eigen bescheiden wijze hebben wij Orsati's de wereld een beetje beter gemaakt.'

'Zou u dat ook hebben gezegd als jullie mij hadden gedood?'

'Ben je gek,' zei de don. 'Jou laten leven was de beste beslissing die ik ooit heb genomen.'

'Als ik het me goed herinner, Don Orsati, had u helemaal niets te maken met het besluit mij te laten leven. Sterker nog,' voegde Gabriel er op nadrukkelijke toon aan toe, 'u was er faliekant op tegen.'

'Zelfs ik, de onfeilbare Don Anton Orsati, maak af en toe een foutje, al heb ik nooit zoiets dwaas gedaan als beloven een Caravaggio te vinden voor de Italianen.'

'Ik had eerlijk gezegd niet veel keus.'

'Het is een heilloze onderneming.'

'Mijn specialiteit.'

'De carabinieri zoeken al meer dan veertig jaar naar dat schilderij en hebben er nooit een spoor van gevonden. Als je het mij vraagt, is het waarschijnlijk lang geleden al vernietigd.'

'Er gaan andere geruchten.'

'Wat heb jij dan gehoord?'

Gabriel vertelde de don wat hij in San Remo ook aan generaal Ferrari had verteld. Vervolgens legde hij uit hoe hij van plan was het schilderij terug te krijgen.

De don was duidelijk geïntrigeerd. 'Wat heeft dit met de Orsati's te maken?' vroeg hij.

‘Ik wil graag een van uw mensen lenen.’

‘Iemand in het bijzonder?’

‘De directeur verkoop Centraal-Europa.’

‘Verrassend.’

Gabriel zei niets.

‘En als ik daarin toestem?’

‘De ene hand wast de andere,’ zei Gabriel, ‘en beide handen wassen het gezicht.’

De don glimlachte. ‘Misschien ben je toch wel een Corsicaan.’

Gabriel keek uit over het dal, en glimlachte toen ook. ‘Helaas, Don Orsati.’

15

CORSICA

De man die Gabriel nodig had om de Caravaggio terug te vinden bleek voor zaken elders te zijn. Don Orsati wilde niet zeggen waar hij zat, en of die zaken olie of bloed betroffen, alleen dat hij over twee, hooguit drie dagen wel weer terug zou zijn. Hij gaf Gabriel een pistool, een Tanfoglio, en de sleutels van een villa in het volgende dal, waar hij de wachttijd kon doorbrengen. Gabriel kende de villa goed. Hij had er met Chiara gelogeerd na hun laatste opdracht, en op het terras, in het gefilterde zonlicht, had ze hem verteld dat ze zwanger was van zijn kinderen. Er was echter één probleem met het huis: om er te komen moest Gabriel langs de drie oude olijfbomen waar die verdomde geit van Don Casabianca te allen tijde op wacht stond, iedereen uitdagend die het waagde haar territorium binnen te dringen. De oude geit was sowieso een onaangenaam beest, maar aan Gabriel leek ze nog eens een extra hekel te hebben. Menige confrontatie had reeds plaatsgevonden, met felle dreigementen over en weer.

Aan het eind van de lunch beloofde Don Orsati nog eens met Don Casabianca te gaan praten. 'Misschien kan hij het dier tot rede brengen,' voegde hij er op sceptische toon aan toe.

'Of misschien kan hij er een handtas en een paar schoenen van maken.'

'Haal je vooral niets in je hoofd,' waarschuwde de don. 'Als je ook maar één haar op de kop van die geit krenkt, hebben we een vete.'

'En als het beest nou gewoon ineens verdwenen is?'

'De *macchia* heeft geen ogen,' verklaarde de don, 'maar ziet alles.' Na die woorden liep hij met Gabriel mee naar beneden en naar buiten, naar zijn auto.

Gabriel volgde de weg, die op een gegeven moment overging in een onverharde weg, verder landinwaarts. Nadat hij een scherpe bocht naar links had gemaakt, zag hij de geit van Don Casabianca met een touw aan een van de oude olijfbomen vast staan, een vernederde uitdrukking op haar oude gezicht. Gabriel liet zijn raampje zakken, en slingerde het dier een reeks beledigingen naar de kop over uiterlijk, afkomst en de netelige situatie waarin het zich bevond. Vervolgens reed hij lachend de heuvel naar het huis op.

Dat was klein en netjes, met een rood pannendak en grote ramen die uitzicht boden op het dal. Bij binnenkomst constateerde Gabriel dat Chiara en hij blijkbaar de laatsten waren geweest die daar hadden gelogeerd. Zijn schetsblok lag nog op de salontafel, en in de koelkast stond een ongeopende fles Chablis, die hij had gekregen van de nu afwezige Europese verkoopdirecteur van Don Orsati. De planken van de voorraadkast waren leeg. Gabriel gooide de deuren open, en installeerde zich op het terras met het Caravaggio-dossier van de generaal, totdat de kou hem weer naar binnen dreef. Tegen die tijd was het een paar minuten over vier, en leek de zon op het randje van het dal te balanceren. Hij nam een snelle douche, trok andere kleren aan, en reed naar het dorp om wat boodschappen te doen voordat de winkels dichtgingen.

Er was hier in dit afgelegen stukje Corsica al een stadje geweest sinds de donkere dagen na de val van het Romeinse Rijk, toen de Vandalen de kusten zo meedogenloos hadden geplunderd, dat de doodsbange eilandbewoners geen andere keus hadden gehad dan de heuvels in te vluchten om te overleven. Eén enkele oude straat slingerde langs huizen en appartementengebouwen naar een groot plein op het hoogste punt van het dorp. Aan drie zijden van het plein waren winkels en cafés, aan de vierde stond de oude kerk. Nadat Gabriel een parkeerplaatsje had gevonden, zette hij koers naar de winkels, maar besloot toen dat hij eerst wat versterkende koffie nodig had. Hij vond een tafeltje bij een van de cafés en ging daar zitten kijken naar de mannen die op het plein, bij het licht van een ijzeren straatlantaarn, *boules* aan het spelen waren. Toen een van de mannen hem herkende als een vriend van Don Orsati en hem uitnodigde mee te doen, zei Gabriel, in het Frans, dat hij last van zijn schouder had en dat hij dus liever bleef kijken. Over boodschappen doen had hij het niet. Dat was op Corsica iets waarom de vrouwen zich bekommerden.

Precies op dat moment sloegen de kerkklokken vijf uur. Een paar minuten later zwaaide de zware kerkdeur open en verscheen er een priester in een zwarte soutane. Met een welwillende glimlach op zijn gezicht bleef hij boven aan de treden vóór de kerk staan, terwijl verschillende parochianen, met name oude vrouwen, langs hem heen het plein op liepen. Een van de vrouwen bleef, nadat ze de priester met een afwezig knikje had gegroet, abrupt staan, alsof ze zich, als enige, plotseling bewust was geworden van gevaar. Even later liep ze weer verder en verdween in een scheefgezakt huisje naast de pastorie.

Gabriel bestelde nog een kopje koffie, bedacht zich, en bestelde in plaats daarvan een glas rode wijn. Het schemerduister was een herinnering; in de winkels en achter de ramen van het scheefgezakte huisje naast de pastorie brandde warm licht. Een jochie van een jaar of tien met lang, krullend haar stond nu bij de deur, die amper tien centimeter was geopend. Een kleine, bleke hand met daarin een stukje blauw papier kwam door de kier. De jongen pakte het papiertje aan en liep ermee naar de andere kant van het plein, naar het café waar Gabriel zat, en legde het op zijn tafeltje naast het glas rode wijn.

'Wat heeft ze nu weer?' vroeg hij.

'Dat heeft ze niet gezegd,' antwoordde de jongen. 'Dat doet ze nooit.'

Gabriel gaf de jongen wat muntgeld om snoep te kopen en dronk zijn wijn, terwijl het donker razendsnel over het plein viel. Uiteindelijk pakte hij het papiertje, en las de enkele zin die erop stond:

Ik kan je helpen te vinden wat je zoekt.

Gabriel glimlachte, stak het papiertje in zijn zak, en dronk het laatste restje wijn. Toen stond hij op en stak het plein over.

Ze stond in de deuropening om hem te verwelkomen, een sjaal om haar tengere schouders. Haar ogen waren zwarte, bodemloze poelen, haar gezicht was wit als bakkersmeel. Lange tijd bleef ze hem behoedzaam aankijken voor ze haar hand naar hem uitstak.

'Welkom terug op Corsica.'

'Hoe wist u dat ik er was?'

'Ik weet alles.'

'Vertelt u me dan maar eens hoe ik op het eiland ben beland.'

'Je moet me niet beledigen.'

Gabriels sceptische houding was maar schijn. Lang geleden reeds had hij iedere twijfel over het vermogen van de oude vrouw om zowel in het verleden als in de toekomst te kunnen kijken laten varen.

Ze hield zijn hand nu stevig vast en sloot haar ogen. 'Je woonde in de stad van het water met je vrouw, en werkte in een kerk waar een groot schilder begraven ligt. Je was gelukkig, oprecht gelukkig, voor het eerst van je leven. Toen verscheen er een eenogig wezen uit Rome, en –'

'Oké,' zei Gabriel. 'Het is duidelijk.'

Ze liet zijn hand los en gebaarde naar de kleine houten tafel in haar woonkamer. Daarop stonden een ondiep schaaltje water en een kannetje olijfolie. Dat was haar gereedschap. De oude vrouw was een *signadora*. De Corsicanen geloofden dat zij de krachten bezat mensen te genezen die het slachtoffer waren geworden van de *occhju*, het boze oog. Ooit had Gabriel gedacht dat ze niet meer dan een soort goochelaar was, maar dat dacht hij nu niet meer.

'Zit,' gebood ze.

'Nee,' was Gabriels reactie.

'Waarom niet?'

'Omdat wij niet in dat soort dingen geloven.'

'Israëlieten?'

'Ja,' beaamde hij. 'Israëlieten.'

'Maar eerder heb je het wél gedaan.'

'U vertelde me dingen uit mijn verleden, dingen die u niet kon weten.'

'Dus was je nieuwsgierig?'

'Ik denk het.'

'En nu ben je niet nieuwsgierig?'

De vrouw ging op haar gebruikelijke plaats aan de tafel zitten en stak een kaars aan.

Na een korte aarzeling ging Gabriel tegenover haar zitten. Hij schoof het kannetje olie naar het midden van de tafel en vouwde zijn handen in een koppig gebaar.

De oude vrouw sloot haar ogen. 'Het eenogige wezen heeft je gevraagd iets voor hem te vinden, nietwaar?'

'Ja,' antwoordde Gabriel.

'Het gaat om een schilderij, hè? Het werk van een gek, een moordenaar. Het is vele jaren geleden gestolen uit een kleine kerk, op een eiland aan de andere kant van het water.'

'Heeft Don Orsati u dat verteld?'

De oude vrouw deed haar ogen open. 'Ik heb hierover nooit met de don gesproken.'

'Gaat u verder.'

'Het schilderij is gestolen door mensen als de don, maar dan nog veel erger. Ze hebben het slecht behandeld. Een groot deel is beschadigd.'

'Maar het schilderij is er nog wel?'

'Ja.' Ze knikte traag. 'Het is er nog wel.'

'Waar is het nu?'

'Het is dichtbij.'

'Dicht bij wat?'

'Het ligt niet in mijn macht je dat te vertellen. Maar als je de test van de olie en het water wilt doen,' voegde ze er met een blik op de tafel aan toe, 'kan ik je misschien helpen.'

Gabriel bleef bewegingloos zitten.

'Waar ben je bang voor?' vroeg de oude vrouw.

'Voor u,' antwoordde Gabriel naar waarheid.

'Jij hebt de kracht van God. Waarom zou je bang zijn voor iemand die zo oud en broos is als ik?'

'Omdat u ook krachten bezit.'

'De kracht om iets te zien, ja,' zei ze. 'Geen aardse krachten.'

'Het is een groot goed in de toekomst te kunnen kijken.'

'Vooral voor iemand met jouw werk.'

'Ja,' beaamde Gabriel glimlachend.

'Waarom doe je de test van de olie en het water dan niet?'

Gabriel deed er het zwijgen toe.

'Je bent veel kwijtgeraakt,' zei de oude vrouw op vriendelijke toon. 'Een vrouw, een zoon, je moeder. Maar de dagen van rouw liggen achter je.'

'Zullen mijn vijanden ooit proberen mijn vrouw te doden?'

'Haar, en jullie kinderen, zal niets overkomen.'

De oude vrouw knikte naar het kannetje olijfolie.

Gabriel doopte zijn wijsvinger erin, en liet drie druppels in het water vallen. Volgens natuurkundige wetten zou de olie zich hebben moeten verzamelen tot één enkele bel. In plaats daarvan viel de olie in duizenden druppeltjes uiteen en was er spoedig geen spoor meer van te bekennen.

'Je bent besmet met de *occhju*,' verklaarde de oude vrouw op plechtige toon. 'Als je verstandig bent, laat je je door mij daarvan bevrijden.'

'Ik neem wel een paar aspirientjes.'

De oude vrouw tuurde in het schaaltje water en olie. 'Het schilderij dat je zoekt, is een afbeelding van het Christuskind, nietwaar?'

'Ja.'

'Merkwaardig dat een man als jij op zoek gaat naar onze Heer en verlosser.' Weer richtte ze haar blik op het schaaltje. 'Het schilderij is van het eiland verdwenen, over het water. Het ziet er anders uit dan eerst.'

'Hoezo?'

'Het is gerepareerd. De man die dat heeft gedaan is nu dood. Maar dat wist je al.'

'Ooit moet u me eens laten zien hoe u dat doet.'

'Het is niet iets wat je kunt leren. Het is een gave van God.'

'Waar is het schilderij nu?'

'Dat kan ik niet zeggen.'

'Wie heeft het?'

'Het gaat mijn krachten te boven je zijn naam te geven. De vrouw kan je helpen het te vinden.'

'Welke vrouw?'

'Dat kan ik niet zeggen. Zorg dat haar niets overkomt, anders zul je alles kwijtraken.'

Het hoofd van de oude vrouw zakte op haar schouder. De voorspelling had haar uitgeput.

Gabriel schoof een paar bankbiljetten onder het schaaltje water en olie.

'Ik heb je nog één ding te vertellen voordat je vertrekt,' zei de oude vrouw, toen Gabriel opstond.

'Wat dan?'

'Je vrouw heeft de stad van het water verlaten.'

'Wanneer?' vroeg Gabriel.

'Toen jij in gezelschap van het eenogige wezen in de stad bij de zee was.'

'Waar is ze nu?'

'Ze wacht op je,' zei de oude vrouw, 'in de stad van het licht.'

'Was dat alles?'

'Nee,' zei ze, terwijl haar oogleden naar beneden zakten. 'De oude man heeft niet lang meer te leven. Verzoen je met hem voordat het te laat is.'

In één ding had ze in ieder geval gelijk gehad: het zag ernaar uit dat Chiara inderdaad uit Venetië was vertrokken. Toen hij haar op haar mobiel belde, zei ze dat het goed met haar ging, en dat het weer regende. Een snelle controle van het weerbericht leerde Gabriel dat het in Venetië al dagenlang zonnig was. De telefoon in hun appartement werd niet opgenomen, en haar vader, de ondoorgrondelijke rabbi Zolli, leek een waslijst aan excuses te hebben klaarliggen om te verklaren waarom zijn dochter niet achter haar bureau zat. Ze was boodschappen aan het doen, ze was naar de boekwinkel in het getto, ze bracht een bezoek aan de eenzame ouderen in het bejaardentehuis. 'Ik zal vragen of ze je belt zodra ze terug is. Sjalom, Gabriel.' Gabriel vroeg zich af of de knappe bodyguard van de generaal in het complot zat, of dat hij ook voor de gek werd gehouden. Hij vermoedde dat laatste. Chiara was beter getraind en had meer ervaring dan welke spierbundel van de carabinieri dan ook.

Twee keer per dag ging hij naar het dorp. 's Ochtends voor brood en koffie, 's avonds voor een glas wijn in het café waar voor de deur *boules* werd gespeeld. Bij beide gelegenheden zag hij de *signadora* de kerk na de mis verlaten. De eerste avond schonk ze geen enkele aandacht aan hem. De tweede avond bracht de jongen met de krullen hem echter weer een briefje. Daarin stond dat de man op wie Gabriel wachtte de volgende dag met de veerboot in Calvi zou aankomen. Gabriel belde Don Orsati, die dit bevestigde.

'Hoe wist jij dat?' vroeg hij.

'De *macchia* heeft geen ogen,' antwoordde Gabriel cryptisch.

De volgende ochtend legde hij de laatste hand aan zijn plan om de verdwenen Caravaggio terug te vinden. Rond het middaguur liep hij naar de drie oude olijfbomen en bevrijdde de geit van Don Casabianca van het touw. Een uur later zag hij een gedeukte Renault in een wolk van stof het dal in rijden. Toen de auto de drie olijfbomen naderde, ging de oude geit uitdagend midden op het weggetje staan. Een claxon loeide, en binnen de kortste keren weerklonken de grofste beledigingen en de vreselijkste bedreigingen door het dal. Gabriel liep de keuken in om de fles Chablis open te trekken. De Engelsman was op Corsica teruggekeerd.

16

CORSICA

Het gebeurde niet vaak dat je de kans kreeg een dode de hand te schudden, maar dat was precies wat Gabriel een paar minuten later deed toen Christopher Keller het huis binnen stapte. Volgens Britse militaire archieven was hij in januari 1991 omgekomen, tijdens de Eerste Golfoorlog, toen zijn Special Air Service-eskader onder coalitievuur kwam te liggen in een tragisch geval van *friendly fire*. Zijn ouders, beide gerespecteerde artsen met een praktijk in Harley Street, noemden hem in het openbaar een held, maar tegen elkaar zeiden ze dat dit nooit zou zijn gebeurd als hij gewoon op Cambridge was gebleven in plaats van het leger in te gaan. Dat hij de aanval als enige had overleefd, hebben ze nooit geweten. Laat staan dat ze wisten dat hij, nadat hij verkleed als Arabier Irak had verlaten, naar Corsica was vertrokken, waar Don Anton Orsati hem met open armen had ontvangen. Dat Keller ooit had geprobeerd hem te vermoorden, had Gabriel hem vergeven. Maar dat de Engelsman zijn ouders had laten leven met de overtuiging dat hun enige kind dood was, kon hij onmogelijk goedkeuren.

Keller zag er bijzonder goed uit voor een dode. Zijn blauwe ogen stonden helder, zijn kortgeknipte haar was gebleekt, bijna wit, door zon en zee, en zijn huid was strak en diep gebruind. Hij droeg een wit overhemd, met de bovenste knoopjes los, en een pak dat er een beetje verfomfaaid uitzag. Toen hij zijn jasje uitdeed, werd pas goed duidelijk wat een gevaarlijk lijf hij had. Alles aan Keller, van zijn brede schouders tot zijn gespierde onderarmen, leek gemaakt om te doden. Hij gooide het jasje over de rugleuning van een stoel, en wierp een blik op het pistool dat op de salontafel lag, naast het Caravaggio-dossier van de generaal. 'Dat is mijn wapen,' zei hij.

'Nu niet meer.'

Keller liep op de fles Chablis af, en schonk een glas voor zichzelf in.

'Hoe was je reis?' vroeg Gabriel.

'Succesvol.'

'Ik was al bang dat je dat zou gaan zeggen.'

'Beter dan het alternatief.'

'Wat was het voor klus?'

'Ik heb eten en medicijnen naar weduwen en wezen gebracht.'

'Waar?'

'Warschau.'

'Mijn lievelingsstad.'

'God, wat een zootje. Heerlijk weer ook, deze tijd van het jaar.'

'Wat heb je nu echt gedaan, Christopher?'

'Een probleem afhandelen voor een private banker in Zwitserland.'

'Wat voor probleem?'

'Een probleem met een Rus.'

'Had die Rus ook een naam?'

'Laten we hem Igor noemen.'

'Was Igor legaal bezig?'

'In de verste verte niet.'

'*Mafiya?*'

'Door en door.'

'Ik neem aan dat Igor van de *mafiya* geld had toevertrouwd aan de private banker in Zwitserland?'

'Heel veel geld,' beaamde Keller. 'Maar hij was niet tevreden met de rente die zijn investeringen opleverden. Dus zei hij tegen de Zwitserse bankier dat dat beter moest. Anders zou hij de bankier, zijn vrouw, zijn kinderen en zijn hond vermoorden.'

'En toen heeft de Zwitserse bankier Don Orsati om hulp gevraagd?'

'Wat moest hij anders?'

'Wat is er met de Rus gebeurd?'

'Hij kreeg een ongelukje na een afspraak met een mogelijke nieuwe zakenpartner. Ik zal je de details besparen.'

'En zijn geld?'

'Een deel daarvan is overgemaakt naar een rekening die onder Orsati Olijfolie valt. De rest is nog in Zwitserland. Je weet hoe die Zwitserse bankiers zijn,' voegde Keller eraan toe. 'Ze nemen niet graag afscheid van hun geld.'

De Engelsman ging op de bank zitten, sloeg het Caravaggio-dossier van de generaal open, en haalde er de foto van de lege lijst in het Oratorio di San Lorenzo uit. 'Zonde.' Hij schudde zijn hoofd. 'Die Siciliaanse schoften hebben nergens respect voor.'

'Heeft Don Orsati jou ooit verteld dat hij de eerste was die ontdekte dat het schilderij was verdwenen?'

'Daar heeft hij het wel eens over gehad, ja, toen hij even geen Corsicaanse spreekwoorden meer kon verzinnen. Jammer dat hij niet een paar minuten eerder bij het Oratorio was,' voegde Keller er nog aan toe. 'Dan had hij de diefstal misschien kunnen voorkomen.'

'Of de dieven zouden hem hebben vermoord.'

'Je onderschat de don.'

'Nooit.'

Keller deed de foto terug in de map. 'Wat heeft dit met mij te maken?'

'De carabinieri hebben mij in de arm genomen om het schilderij terug te vinden. Ik heb je hulp nodig.'

'Wat voor hulp?'

'Niets bijzonders,' antwoordde Gabriel. 'Ik wil alleen dat je een onbetaalbaar meesterwerk steelt en het verkoopt aan een man die twee mensen heeft vermoord, binnen een week.'

'Is dat alles?' Keller glimlachte. 'Ik was al bang dat je me iets moeilijks zou gaan vragen.'

Gabriel vertelde hem het hele verhaal, vanaf de noodlottige trip van Julian Isherwood naar het Comomeer tot en met het onorthodoxe voorstel van generaal Ferrari om het meest begeerde verdwenen schilderij ter wereld terug te krijgen.

Volkomen bewegingloos hoorde Keller het aan, zijn onderarmen op zijn knieën, zijn handen gevouwen, als een boeteling tegen wil en dank. Dat hij zolang stil kon zitten werkte zelfs Gabriel op de zenuwen. In zijn tijd bij de Special Air Service in Noord-Ierland had Keller zich gespecialiseerd in gevaarlijke observatietechnieken, waarbij hij soms wekenlang in krap bemeten schuilplaatsen als vlieringen en hooizolders had moeten doorbrengen. Ook was hij geïnfiltreerd in de IRA door zich voor te doen als een katholiek uit West-Belfast.

Daarom had Gabriel er ook alle vertrouwen in dat Keller de rol van kunstdief die een vers gestolen schilderij kwijt moest met overtuiging zou kunnen spelen, iets wat de Engelsman overigens zelf nog niet zo zeker wist.

'Het is niet wat ik normaal gesproken doe,' zei hij, toen Gabriel was uitgesproken. 'Ik hou mensen in de gaten, ik vermoord mensen, ik blaas dingen op. Maar ik steel geen schilderijen. En ik verkoop ze ook niet op de zwarte markt.'

'Als je kunt doorgaan voor een katholiek uit Ballymurphy, kun je ook doorgaan voor een crimineel uit Oost-Londen. Als ik het me goed herinner,' voegde Gabriel eraan toe, 'ben je vrij goed in accenten.'

'Klopt,' gaf Keller toe. 'Maar ik heb geen verstand van kunst.'

'Dat hebben de meeste dieven niet. Daarom zijn ze ook dief, in plaats van curator of kunsthistoricus. Maar maak je geen zorgen, Keller, ik zal je alles influisteren.'

'Ik kan je niet vertellen hoezeer ik me daarop verheug.'

Gabriel zei niets.

'En de Italianen?' vroeg Keller.

'Wat is daarmee?'

'Ik ben een professioneel moordenaar, die bij gelegenheid zijn ambt ook weleens op Italiaanse bodem heeft uitgeoefend. Als jouw vriend van de carabinieri er ooit achter komt dat ik met jou heb samengewerkt, zal ik me daar nooit meer kunnen vertonen.'

'De generaal zal nooit te weten komen dat jij hierbij betrokken bent geweest.'

'Hoe kun je daar zo zeker van zijn?'

'Omdat hij het niet zal wíllen weten.'

Keller leek nog niet overtuigd. Hij stak een sigaret op en blies nadenkend een rookwolkje naar het plafond.

'Moet dat?' vroeg Gabriel.

'Dan kan ik beter nadenken.'

'Ik kan er niet beter door ademhalen.'

'Weet je zeker dat je een Israëliet bent?'

'De don denkt dat ik stiekem een Corsicaan ben.'

'Onmogelijk,' zei Keller. 'Geen enkele Corsicaan zou erin hebben toegestemd op zoek te gaan naar een schilderij dat al meer dan veertig jaar is verdwenen, en al helemaal niet voor een verrekte Italiaan.'

Gabriel liep naar de keuken om een schoteltje te pakken, dat hij vervolgens voor Keller neerzette. De Engelsman nam nog een laatste trek van zijn sigaret en drukte die toen uit. 'En hoe was je van plan het met het geld te doen?'

Gabriel vertelde Keller over het koffertje met een miljoen euro dat hij van de generaal had gekregen.

'Met een miljoen kom je niet ver.'

'Heb jij nog wat liggen?'

'Ik heb misschien nog wel wat zakgeld over van die Warschau-zaak.'

'Hoeveel?'

'Vijf- of zeshonderd.'

'Dat is heel royaal van je, Christopher.'

'Het is míjn geld.'

'Wat is vijf- of zeshonderd onder vrienden?'

'Een hoop geld.' Keller slaakte een diepe zucht. 'Ik weet nog steeds niet of ik dit wel kan.'

'Of je wat wel kunt?'

'Voor kunstdief doorgaan.'

'Je doodt mensen voor geld,' zei Gabriel. 'Zo erg kan het nu ook weer niet zijn.'

Christopher Keller kleden voor de rol van internationale kunstdief bleek nog het makkelijkste deel van de voorbereiding, aangezien er in de kasten van de villa een enorme collectie kleding voor iedere gelegenheid of moord hing. Zo was er een outfit voor Keller de ongebonden bohemien, voor Keller als lid van de jetset, en voor Keller het bergbeklimmende buitentype. Er was zelfs een uitrusting voor een rooms-katholieke priester, compleet met gebedenboek, en een draagbaar mis-pakket. Uiteindelijk koos Gabriel echter voor kleren die Keller normaal gesproken ook droeg: een wit overhemd, een donker maatpak, en modieuze instappers. Hij maakte het af met een paar gouden kettingen en armbanden, een opzichtig Zwitsers horloge, een bril met blauwgetinte glazen, en een blonde pruik met een stevige lok aan de voorkant.

Keller had zelf nog een vals Brits paspoort en creditcards op naam van Peter Rutledge.

Misschien iets te chic voor een crimineel uit het East End, dacht Gabriel, maar dat deed er niet toe. Niemand in de kunstwereld zou immers ooit de naam van de dief horen.

17

RUE DE MIROMESNIL, PARIJS

Ze kwamen bij elkaar in het krappe kantoortje van Antiquités Scientifiques, om elf uur de volgende ochtend: de kunstdief, de professionele moordenaar, en de voormalige en toekomstige man van de Israëlische geheime dienst. De man van de geheime dienst legde de kunstdief snel uit hoe hij van plan was het reeds lang verdwenen altaarstuk van Caravaggio terug te vinden. Net als de moordenaar had de dief zo zijn twijfels, en dat was nog zacht uitgedrukt.

'Ik steel schilderijen,' verklaarde hij op trage, behoedzame toon. 'Ik ben er niet om ze te vínden voor de politie. Sterker nog, ik doe juist altijd mijn uiterste best de politie te mijden.'

'De Italianen zullen nooit te weten komen dat jij erbij betrokken was.'

'Dat zeg jij.'

'Moet ik je er nog aan herinneren dat degene die de Caravaggio in zijn bezit heeft je vriend en partner heeft vermoord?'

'Nee, Monsieur Allon, dat hoeft niet.'

De zoemer van de deur klonk door de ruimte. Maurice Durand schonk er geen aandacht aan.

'Wat zou ik moeten doen?'

'Ik wil dat je iets steelt waaraan geen enkele illegale verzamelaar weerstand kan bieden.'

'En dan?'

'Als het gerucht door de schimmige regionen van de kunstwereld begint te circuleren dat het schilderij in Parijs is, wil ik dat je de aasgieren de goede kant op stuurt.'

Durand keek naar Keller. 'Naar hem?'

Gabriel knikte.

'En waarom zouden de aasgieren denken dat het schilderij in Parijs is?'

'Omdat ik ze dat ga vertellen.'

'Jij denkt ook aan alles, hè, Monsieur Allon?'

'De beste manier om een kansspel te winnen, is alle kansen uit het spel te halen.'

'Ik zal proberen dat te onthouden.' Durand keek nogmaals naar Keller en vroeg: 'Hoeveel weet hij van de handel in gestolen kunst?'

'Niets,' moest Gabriel toegeven. 'Maar hij leert snel.'

'Wat doe hij voor de kost?'

'Hij zorgt voor weduwen en weeskinderen.'

'Natuurlijk,' zei Durand op cynische toon. 'En ik ben de president van Frankrijk.'

De rest van de dag waren ze bezig de details van de operatie uit te werken. Toen de avond over het achtste arrondissement viel, draaide Monsieur Durand het bordje van de winkel van OUVERT naar FERMÉ, en liepen ze met zijn allen naar buiten. De kunstdief zette koers naar de brasserie aan de overkant van de straat voor zijn dagelijkse glas rode wijn, de moordenaar nam een taxi naar een hotel aan de Rue de Rivoli, en de man van de Israëlische geheime dienst liep naar een safehouse van het Bureau, met uitzicht op de Pont Marie.

In een geparkeerde auto voor het gebouw zag hij een paar beveiligingsmensen zitten, en toen hij de flat binnenging, rook hij de geur van eten, en hoorde hij Chiara zachtjes in zichzelf zingen. Hij kuste haar op de lippen en nam haar mee naar de slaapkamer. Hij vroeg haar niet hoe ze zich voelde. Hij vroeg haar helemaal niets.

'Weet je,' zei ze na afloop, 'dat dit de eerste keer is dat we hebben gevreeën sinds de ontdekking dat ik zwanger ben?'

'Echt waar?'

'Als iemand met jouw intelligentie zich van de domme houdt, Gabriel, komt dat niet al te overtuigend over.'

Hij draaide langzaam een lok van haar haar om zijn vinger, maar zei niets. Haar kin rustte op zijn borst. Het licht van de Parijse straatlantaarns gaf haar huid een gouden glans.

'Waarom hebben we dat niet eerder gedaan? En ga nu niet zeggen dat je het druk hebt gehad,' voegde ze er haastig aan toe, 'want dat is voor jou nooit een belemmering geweest.'

Hij liet haar haar los maar zei nog steeds niets.

'Je was bang dat er weer iets mis zou gaan met de zwangerschap? Is dat het?'

'Ja,' antwoordde hij nu. 'Ik denk het wel.'

'Waardoor ben je van gedachten veranderd?'

'Ik heb op Corsica wat tijd doorgebracht met een oude vrouw.'

'Wat heeft ze je verteld?'

'Dat jou en de kinderen nooit iets zal overkomen.'

'En je gelooft haar?'

'Daarvóór had ze me al een paar dingen verteld die ze onmogelijk kon weten. Vervolgens vertelde ze me ook nog dat jij uit Venetië was vertrokken.'

'Zei ze dat ik in Parijs was?'

'Niet met zoveel woorden.'

'Ik wilde je verrassen.'

'Hoe wist je waar ik was?'

'Hoe denk je?'

'Je hebt King Saul Boulevard gebeld.'

'Om precies te zijn belde King Saul Boulevard mij.'

'Waarom?'

'Omdat Uzi wilde weten waarom jij het gezelschap zocht van een man als Maurice Durand. Ik heb natuurlijk onmiddellijk dankbaar gebruik gemaakt van de gelegenheid.'

‘Hoe heb je aan de bodyguard van de generaal weten te ontsnappen?’

‘Matteo? Dat was een makkie.’

‘Ik wist niet dat jullie elkaar al bij de voornaam noemden.’

‘Hij was heel behulpzaam toen jij er niet was. En hij heeft me geen enkele keer gevraagd hoe ik me voelde.’

‘Die fout zal ik niet meer maken.’

Chiara kuste Gabriel op de lippen, en ze vroeg hem waarom hij zijn relatie met ’s werelds succesvolste kunstdief nieuw leven had ingeblazen.

Gabriel vertelde haar alles.

‘Nu begrijp ik waarom generaal Ferrari zo graag wilde dat jij de dood van Bradshaw zou onderzoeken.’

‘Hij wist de hele tijd al dat Bradshaw vuile handen had,’ verklaarde Gabriel. ‘En hij had ook geruchten gehoord dat zijn vingerafdrukken op de Caravaggio stonden.’

‘Waarschijnlijk verklaart dat ook iets vreemds wat ik in de rekeningoverzichten van de Meridian Global Consulting Group heb gevonden.’

‘Wat dan?’

‘Het afgelopen jaar heeft Meridian heel veel werk gedaan voor een bedrijf dat LXR Investments of Luxembourg heet.’

‘Wie zitten daar achter?’

‘Moeilijk te zeggen. LXR is, op zijn zachtst gezegd, een nogal ondoorzichtig bedrijf.’

Gabriel pakte weer een lok van Chiara’s haar en vroeg wat ze nog meer had ontdekt in de elektronische overblijfselen van Jack Bradshaw.

‘In de laatste weken van zijn leven heeft hij verschillende e-mails gestuurd aan een Gmail-account met een automatisch aangemaakte gebruikersnaam.’

‘Waar hadden ze het over?’

‘Bruiloften, feestjes, het weer… de gebruikelijke dingen waarover mensen praten terwijl ze het eigenlijk over iets anders hebben.’

‘Enig idee waar die penvriend zich bevond?’

'In internetcafés in Brussel, Antwerpen en Amsterdam.'

'Natuurlijk.'

Chiara draaide zich op haar rug.

Gabriel legde zijn hand op haar buik, luisterend naar de regen die zacht tegen het raam tikte.

'Waar denk je aan?' vroeg ze na een tijdje.

'Ik vroeg me af of het echt was, of dat ik het me maar verbeeldde.'

'Wat?'

'Laat maar zitten.'

Ze ging er niet verder op in. 'Ik zal waarschijnlijk wel iets tegen Uzi moeten zeggen.'

'Waarschijnlijk wel, ja.'

'Wat moet ik hem vertellen?'

'De waarheid,' antwoordde Gabriel. 'Vertel hem maar dat ik van plan ben een schilderij met een waarde van tweehonderd miljoen euro te stelen, en dat ik ga proberen dat aan Mr. Big te verkopen.'

'Wat ga je nu eerst doen?'

'Ik moet naar Londen om een smeuïg gerucht de wereld in te helpen.'

'En dan?'

'Dan ga ik naar Marseille, om te zorgen dat dat smeuïge gerucht ook werkelijkheid wordt.'

18

HYDE PARK, LONDEN

De volgende ochtend belde Gabriel Isherwood Fine Arts terwijl hij Leicester Square overstak. Hij zei dat hij Isherwood wilde spreken, ergens ver weg van de galerie en de kroegen van St. James's, waar de halve kunstwereld rondhing.

Isherwood stelde de Lido Café Bar in Hyde Park voor. Een plek waar iemand uit de kunstwereld nog niet dood zou willen worden gevonden, zei hij.

Een paar minuten over één kwam hij aan wandelen, gekleed op het buitenleven in een tweedjasje en met waterdichte schoenen. Hij zag er een stuk minder katerig uit dan gewoonlijk aan het begin van de middag.

'Ik wil niet klagen of zo,' zei Gabriel, Isherwood de hand drukkend, 'maar die secretaresse van je heeft me bijna tien minuten laten hangen voordat ze me met jou doorverbond.'

'Dan heb je nog geboft.'

'Wanneer ontsla je haar nu eindelijk eens, Julian?'

'Dat kan ik niet.'

'Waarom niet?'

'Het is niet onmogelijk dat ik nog verliefd op haar ben.'

'Ze maakt misbruik van je.'

'Ik weet het.' Isherwood glimlachte. 'Jammer dat we het bed niet delen. Dan zou het perfect zijn.'

Ze gingen aan een tafel zitten met uitzicht op de Serpentine. Bij het zien van het menu fronste Isherwood zijn wenkbrauwen. 'Niet bepaald Wiltons, hè?'

'Je overleeft het wel, Julian.'

Isherwood leek niet overtuigd. Hij bestelde een garnalensandwich en een glas witte wijn voor zijn bloeddruk.

Gabriel bestelde thee en een scone. Zodra ze weer alleen waren, vertelde hij Isherwood wat er sinds zijn vertrek uit Venetië allemaal was gebeurd. Vervolgens legde hij uit wat hij van plan was te gaan doen.

'Stoute jongen,' zei Isherwood zacht. 'Stoute, stoute jongen.'

'Het was het idee van de generaal.'

'Dat is een sluwe vos, hè?'

'Daarom is hij ook zo goed in zijn werk.'

'Dat moet hij ook wel zijn. Maar als voorzitter van de Commissie voor de Bescherming van de Kunst,' voegde Isherwood er op lichtelijk formele toon aan toe, 'zal ik toch bezwaar moeten maken tegen één aspect van jullie slim bedachte operatie.'

'Er is geen andere manier, Julian.'

'En als het schilderij nu schade oploopt tijdens de diefstal?'

'Ik kan vast wel iemand vinden die dat weer kan herstellen.'

'Daar moet je niet zo nonchalant over doen, jongen. Dat past ook helemaal niet bij je.'

Er viel een geladen stilte.

'Als ik die Caravaggio terug kan krijgen, is het het allemaal wel waard,' zei Gabriel uiteindelijk.

'Áls,' herhaalde Isherwood op sceptische toon. Hij slaakte een diepe zucht. 'Het spijt me dat je door mij hierbij betrokken bent geraakt. En dan te bedenken dat dit allemaal niet zou zijn gebeurd als die verdraaide Oliver Dimbleby er niet was geweest.'

'Eerlijk gezegd heb ik al een manier bedacht om Oliver voor zijn zonden te laten boeten.'

'Je denkt er toch niet over hem op de een of andere manier te gebruiken, hoop ik?'

Gabriel knikte traag. 'Alleen zal Oliver dat zelf nooit te weten komen.'

'Heel verstandig,' zei Isherwood. 'Want Oliver Dimbleby heeft zo ongeveer de grootste mond van de hele kunstwereld.'

'Precies.'

'Wat had je bedacht?'

Dat vertelde Gabriel hem.

Isherwood schonk hem een scheve grijns. 'Stoute jongen,' zei hij. 'Stoute, stoute jongen.'

Tegen het einde van de lunch was Gabriel erin geslaagd Isherwood te overtuigen van de doeltreffendheid van zijn plan. Terwijl ze Hyde Park door liepen, werkten ze samen de laatste details uit, waarna ze op het drukke Piccadilly Circus ieder hun eigen kant op gingen. Isherwood ging terug naar zijn galerie aan Mason's Yard, Gabriel naar St. Pancras Station, waar hij op de Eurostar naar Parijs stapte. Die avond bedreef hij, in het safehouse met uitzicht op de Pont Marie, voor de tweede keer sinds ze wisten dat Chiara zwanger was, de liefde met zijn vrouw.

De volgende ochtend ontbeten ze in een café vlak bij het Louvre. Nadat Gabriel Chiara had teruggebracht naar het safehouse, nam hij een taxi naar het Gare de Lyon. Daar stapte hij om negen uur in een trein naar Marseille, en om kwart voor één liep hij de trappen van het Gare Saint Charles af. Via de Boulevard d'Athènes bereikte hij La Canebière, de brede winkelstraat die van het centrum van de stad naar de Vieux Port, de oude haven, leidde. Daar waren de vissersboten reeds teruggekeerd van hun ochtendvaart, en hun gevarieerde vangst lag op metalen tafels aan de oostkant van de haven uitgestald. Bij een van de tafels stond een man met grijs haar, een versleten wollen trui en een rubber schort. Gabriel hield heel even halt om zijn vangst te inspecteren. Toen liep hij weer verder, naar de zuidkant van de haven, waar hij, aan de passagierskant, in een gedeukte Renault stapte. Achter het stuur, een brandende sigarettenpeuk tussen zijn vingers, zat Christopher Keller.

'Moet dat?' vroeg Gabriel vermoeid.

Keller drukte de sigaret uit en stak onmiddellijk een nieuwe op.

'Niet te geloven dat we hier weer zijn.'

'Waar?'

'In Marseille,' antwoordde Keller. 'Dit is waar onze zoektocht naar het Engelse meisje begon.'

'En waar jij iemand nodeloos van het leven beroofde,' voegde Gabriel er op sombere toon aan toe.

'Laten we daar geen halszaak van maken.'

'Leuke woordkeus voor een crimineel, Christopher.'

'Maar vind jij het dan níét toevallig dat we in dezelfde auto aan dezelfde kant van de Vieux Port zitten?'

'Nee.'

'Waarom niet?'

'Omdat Marseille dé plek voor criminelen is.'

'Zoals hij.' Keller maakte een hoofdgebaar in de richting van de man in de versleten wollen trui bij de tafel met vis.

'Ken jij hem?'

'Iedereen in het vak kent Pascal Rameau. Hij en zijn mannen zijn de beste dieven van de Côte d'Azur. Ze stelen alles. Het gerucht gaat dat ze ooit plannen hadden de Eiffeltoren te stelen.'

'Wat ging er mis?'

'De koper wilde niet meer... tenminste, dat is Pascals versie van het verhaal.'

'Ooit zaken met hem gedaan?'

'Mensen zoals ik heeft hij niet nodig.'

'Hoezo?'

'Pascal heeft alles strak georganiseerd.' Keller blies een wolk sigarettenrook uit. 'Dus, Maurice plaatst een bestelling en Pascal levert het gevraagde... gaat het zo in zijn werk?'

‘Net als bij Amazon.’

‘Wat is Amazon?’

‘Misschien moet je dat dal iets vaker uit komen, Christopher. De wereld is behoorlijk veranderd sinds je dood bent.’

Keller zweeg.

Gabriel verplaatste zijn blik van Pascal Rameau naar de tegen de heuvel gebouwde wijk rond de basiliek. Beelden uit het verleden schoten door zijn hoofd: de deur van een imposant appartementengebouw aan de Boulevard Saint Rémy, een man die met snelle passen door de koele ochtendschaduw liep, een Arabisch meisje met meedogenloze bruine ogen dat boven aan een stenen trap stond. Neem me niet kwalijk, *monsieur.* Bent u verdwaald? Hij verdrong de herinnering, stak zijn hand in zijn zak om zijn telefoon te pakken, maar bedacht zich toen. Er stond een beveiligingsteam voor de deur van het safehouse in Parijs. Er zou haar niets overkomen.

‘Is er iets?’ vroeg Keller.

‘Nee, hoor,’ antwoordde Gabriel. ‘Niets aan de hand.’

‘Weet je dat zeker?’

Gabriel richtte zijn blik weer op Pascal Rameau.

Keller glimlachte. ‘Wel een beetje vreemd, vind je ook niet?’

‘Wat?’

‘Dat een man als jij zich inlaat met een kunstdief.’

‘Of met een beroepsmoordenaar,’ voegde Gabriel eraan toe.

‘Wat moeten we daaruit opmaken?’

‘Dat het leven ingewikkeld in elkaar zit, Christopher.’

‘Vertel mij wat.’

Keller drukte zijn sigaret uit en maakte alweer aanstalten een nieuwe op te steken.

‘Alsjeblieft,’ zei Gabriel zacht.

Keller schoof de sigaret terug in het pakje. ‘Hoelang moeten we nog wachten?’

Gabriel wierp een blik op zijn horloge. 'Achtentwintig minuten.'

'Hoe kun je dat zo zeker weten?'

'Omdat zijn trein om één uur vierendertig op Saint Charles aankomt. De wandeling van het station naar de haven kost hem twaalf minuten.'

'En als hij nu onderweg ergens stopt?'

'Dat doet hij niet,' verklaarde Gabriel. 'Monsieur Durand is bijzonder betrouwbaar.'

'Als hij zo betrouwbaar is, waarom zijn wij dan nu in Marseille?'

'Omdat hij een miljoen euro bij zich heeft, van de carabinieri. Ik wil zeker weten dat dat geld op de goede plek terechtkomt.'

'In de zak van Pascal Rameau.'

Gabriel deed er het zwijgen toe.

'Wel een beetje vreemd, vind je ook niet?'

'Het leven zit ingewikkeld in elkaar, Christopher.'

Keller stak een sigaret op. 'Vertel mij wat.'

Het was precies kwart voor twee toen ze hem de helling van La Canebière af zagen komen, wat betekende dat hij een minuut voorliep op het schema. Hij droeg een steengrijs kamgaren pak en een elegante gleufhoed, en in zijn rechterhand had hij een koffertje met daarin een miljoen euro in contanten. Hij ging op de vishandelaren af en liep langzaam langs de tafels, tot hij oog in oog stond met Pascal Rameau. Er werd gepraat, de handelswaar werd van alle kanten bekeken, en uiteindelijk werd er een keus gemaakt. Durand gaf Rameau één enkel bankbiljet, en liep toen met een plastic zak vol inktvis naar de zuidkant van de haven. Het volgende moment passeerde hij Gabriel en Keller zonder hun ook maar een blik waardig te keuren.

'Waar gaat hij nu naartoe?'

'Naar een boot die Mistral heet.'

'Van wie is die boot?'

'René Monjean.'

Keller trok een wenkbrauw op. 'Hoe ken jij Monjean?'

'Da's een ander verhaal, voor een andere keer.'

Durand liep inmiddels over een van de drijvende steigers, met aan weerszijden dobberende, witte pleziervaartuigen. Zoals Gabriel al had voorspeld, ging hij aan boord van een motorjacht dat Mistral heette en dook de cabine in. Hij bleef daar precies zeventien minuten, en toen hij weer tevoorschijn kwam, had hij het koffertje en de inktvis niet meer bij zich. Hij liep langs de gedeukte Renault van Keller, en zette weer koers naar het station.

'Gefeliciteerd, Christopher.'

'Waarmee?'

'Je bent nu de trotse eigenaar van een meesterwerk van Van Gogh, dat tweehonderd miljoen dollar waard is.'

'Nog niet.'

'Maurice Durand is bijzonder betrouwbaar,' verklaarde Gabriel. 'En René Monjean ook.'

19

AMSTERDAM

De daaropvolgende negen dagen draaide de kunstwereld soepel om haar vergulde as, in zalige onwetendheid van de tijdbom die in haar midden tikte. Er werd goed geluncht, er werd tot laat in de avond gedronken, er werd zorgeloos van de hellingen van Aspen en St. Moritz gegleden op de laatste goede sneeuw van het seizoen. En toen, op de derde vrijdag van april, werd datzelfde wereldje ruw wakker geschud door het nieuws dat het Van Gogh Museum in Amsterdam was getroffen door een ramp. Zonnebloemen, olieverf op doek, 95 bij 73 centimeter, was verdwenen.

De door de dieven gebruikte techniek paste absoluut niet bij de sublieme schoonheid van hun doelwit. Ze waren meer van de knuppel dan van de degen, meer van de snelheid dan van de subtiliteit. De chef van de Amsterdamse politie zou later zeggen dat hij nog nooit zo'n doeltreffende bliksemactie had gezien, al zorgde hij er wel voor niet te veel details te onthullen, om andere mensen die een uniek en onvervangbaar kunstwerk wilden stelen niet op ideeën te brengen. Voor één ding was hij de dieven dankbaar: dat ze geen scheermes hadden gebruikt om het doek uit de lijst te snijden. Sterker nog, het leek erop dat ze het schilderij met respect en eerbied hadden behandeld.

Menig expert op het gebied van beveiliging van kunst vond dat echter geen goed teken. Dat zou immers kunnen betekenen dat het ging om een diefstal in opdracht door ter zake kundige, professionele criminelen. Een oud-speurder van Scotland Yard was ronduit sceptisch over de kans dat het schilderij nog zou worden teruggevonden. Naar alle waarschijnlijkheid hing Zonnebloemen nu in het museum van de vermiste kunst, zei hij, verloren voor het publiek.

De directeur van het Van Gogh Museum hield in alle media een pleidooi voor de veilige terugkeer van het schilderij. En toen dat geen effect leek te hebben, loofde hij een aanzienlijke beloning uit, wat de Nederlandse politie heel wat extra werk opleverde, in de vorm van het natrekken van valse aanwijzingen. De burgemeester van Amsterdam, een nogal radicaal type, vond dat er gedemonstreerd moest worden. Drie dagen later kwamen een paar honderd activisten van uiteenlopende pluimage op het Museumplein bijeen om te eisen dat de dieven het schilderij onbeschadigd zouden terugbrengen. In één moeite door eisten ze een ethisch verantwoorde behandeling van dieren, een einde aan de opwarming van de aarde, de legalisering van alle recreatieve drugs, de sluiting van het Amerikaanse gevangenkamp op Guantánamo Bay, en een beëindiging van de bezetting van de Westelijke Jordaanoever en de Gazastrook. Er werd niemand gearresteerd, en iedereen had het prima naar zijn zin, mede dankzij de gratis verkrijgbare wiet en condooms. Zelfs de liberaalste Nederlandse kranten vonden het een zinloos protest. 'Als dit het beste is waartoe we in staat zijn,' schreef een van hen, 'moeten we ons maar ernstig gaan voorbereiden op de dag dat er in onze grote musea alleen nog maar kale muren te zien zullen zijn.'

Achter de schermen was de Nederlandse politie echter met een heel wat traditioneler onderzoek bezig om een van Van Goghs beroemdste werken op te sporen. Ze spraken met informanten, tapten telefoons en e-mailaccounts af van bekende dieven, en hielden galeries in Amsterdam en Rotterdam in de gaten die ervan werden verdacht in gestolen waar te handelen. Toen er na een week nog geen enkele vooruitgang in zat, besloten ze de hulp in te roepen van hun Europese vakbroeders. De Belgen stuurden hen voor niets naar Lissabon, de Fransen wensten hun alleen maar succes. De intrigerendste aanwijzing kwam van generaal Cesare Ferrari van het Italiaanse Bureau Kunstzaken, die beweerde dat hij een gerucht had gehoord dat de Russische *mafiya* achter de diefstal zat. De Nederlanders verzochten het Kremlin vriendelijk doch dringend om informatie. De Russen namen niet de moeite te reageren.

Intussen was het begin mei, en de Nederlandse politie had nog geen enkele serieuze aanwijzing over waar het schilderij zou kunnen zijn. In het openbaar bezwoer de politiechef dat hij zijn inspanningen nog eens zou verdubbelen. In stilte moest hij echter toegeven dat de Van Gogh, tenzij er een wonder gebeurde, waarschijnlijk voor altijd verloren was. In het museum werd een zwart kleed op de plaats van het schilderij gehangen. Voor een Brits columnist reden de museumdirecteur sarcastisch te smeken de beveiliging op te schroeven, omdat de dieven anders dat doek ook nog zouden stelen.

Er waren wel mensen in Londen die de column smakeloos vonden, maar het gros van de kunstwereld haalde de schouders op en ging over tot de orde van de dag. De belangrijke veilingen van oude meesters kwamen snel dichterbij, en het zag ernaar uit dat het een lucratiever seizoen zou worden dan ooit. Er waren schilderijen te bekijken, klanten te entertainen, en er moesten strategieën voor het bieden worden bedacht. Julian Isherwood had het er maar druk mee. De woensdag van die week werd hij in het veilinglokaal van Bonhams gesignaleerd, bij een Italiaans aandoend rivierlandschap dat werd toegeschreven aan de kring van Agostino Buonamico. De volgende dag zat hij uitgebreid te lunchen in het Dorchester, met een in Engeland woonachtige Turk die over schier eindeloze middelen kon beschikken. En daarna, op vrijdag, bleef hij tot na sluitingstijd bij Christie's om de nodige aandacht te besteden aan een achttiende-eeuwse Johannes de Doper uit de Bolognese-school. Omdat hij zo laat was, zat de bar van Green's al bomvol tegen de tijd dat hij daar aankwam. Hij bleef even staan om een paar woorden met Jeremy Crabbe te wisselen, alvorens zich aan zijn gebruikelijke tafel te installeren, met zijn gebruikelijke fles Sancerre.

Oliver Dimbleby stond schaamteloos te flirten met Amanda Clifton, het verrukkelijke nieuwe hoofd van de afdeling Impressionisten en Moderne kunst van Sotheby's. Hij drukte haar een van zijn vergulde visitekaartjes in handen, wierp Simon Mendenhall een kushand toe, en liep toen naar het tafeltje van Isherwood. 'Mijn lieve Julie,' zei hij, terwijl hij zich op de lege stoel liet vallen, 'vertel me eens een lekker schandaaltje. Een pikant gerucht. Een vette roddel. Iets waarmee ik de rest van de week uit eten kan.'

Isherwood glimlachte, schonk wat wijn in Olivers lege glas, en bereidde zich erop voor hem een leuke avond te bezorgen.

'Parijs? Echt?'

Isherwood gaf hem een samenzweerderig knikje.

'Wie zegt dat?'

'Dat kan ik onmogelijk zeggen.'

'Kom op, lieve schat, je hebt het tegen míj. Ik heb meer smeuïge geheimpjes dan MI6.'

'Reden temeer verder mijn mond te houden.'

Dimbleby leek oprecht gekwetst, iets wat Isherwood tot dan toe voor onmogelijk had gehouden.

'Mijn bron heeft connecties met de Parijse kunstscene. Meer kan ik er niet over zeggen.'

'Nou, dat is een hele openbaring. Ik dacht dat je me zou gaan vertellen dat hij sous-chef bij Maxim's was.'

Isherwood zei niets.

'Zit hij in de business, of is hij een afnemer van kunst?'

'In de business.'

'Een handelaar?'

'Gebruik je fantasie.'

'En hij heeft die Van Gogh echt gezien?'

'Mijn bron zou nog niet in één ruimte met een gestolen schilderij dood gevonden willen worden.' Isherwood wist de juiste dosis verontwaardiging in zijn stem te leggen. 'Maar hij heeft uit betrouwbare bron vernomen dat verschillende louche handelaars en verzamelaars polaroidfoto's te zien hebben gekregen.'

'Ik wist niet dat die nog bestonden.'

'Wat niet?'

'Polaroidcamera's.'

'Blijkbaar.'

'Waarom zou je een polaroid gebruiken?'

'Die laat geen digitale voetafdruk achter die door de politie kan worden nagetrokken.'

'Goed om te weten,' zei Dimbleby, met een snelle blik op het achterwerk van Amanda Clifton. 'En wie loopt ermee te leuren?'

'Volgens de tamtam een naamloze Engelsman.'

'Een Engelsman? Wat een ploert.'

'Schokkend, ja,' beaamde Isherwood.

'Hoeveel vraagt hij?'

'Tien miljoen.'

'Voor een Van Gogh? Dat is verdomme spotgoedkoop.'

'Precies.'

'Die is zo weg, voor die prijs. Iemand pikt hem in en houdt hem voor altijd achter slot en grendel.'

'Mijn bron denkt dat onze Engelsman een heuse biedstrijd heeft ontketend.'

'Dan heb je geen andere keus,' zei Dimbleby, zijn toon plotseling heel serieus, 'dan naar de politie te gaan.'

'Dat kan ik niet.'

'Waarom niet?'

'Omdat ik mijn bron moet beschermen.'

'Je bent uit hoofde van je beroep verplicht de politie in te lichten. Moreel gezien ook.'

'Ik vind het altijd zo leuk als jij gaat preken over wat moreel verantwoord is, Oliver.'

'Je hoeft niet persoonlijk te worden, Julie. Ik wilde je alleen maar een dienst bewijzen.'

'Zoals toen je me dat reisje naar het Comomeer aanbood?'

'Gaan we het daar nu wéér over hebben?'

'Ik heb nog steeds nachtmerries over dat lichaam dat aan die met bloed besmeurde kroonluchter hing. Het leek wel een schilderij van...' Isherwood maakte zijn zin niet af.

Nadenkend fronste Dimbleby zijn voorhoofd. 'Van wie?'

'Dat doet er ook niet toe.'

'Zijn ze er ooit achter gekomen wie hem heeft vermoord?'

'Wie?'

'Jack Bradshaw natuurlijk, suffie.'

'Volgens mij was het de butler.'

Dimbleby glimlachte.

'Vergeet vooral niet, Oliver, dat alles wat ik je heb verteld over dat die Van Gogh in Parijs zou zijn *entre nous* moet blijven.'

'Ik zwijg als het graf.'

'Zweer het, Oliver.'

'Ik geef je mijn erewoord,' zei Dimbleby. Zodra hij zijn glas leeg had, vertelde hij het aan iedereen die het maar wilde horen.

Tegen lunchtijd de volgende dag werd er bij Wiltons over niets anders gepraat. Vandaar bereikte het ook de National Gallery, het Tate, en uiteindelijk ook de Courtauld Gallery, waar ze de diefstal van Van Goghs Zelfportret met verbonden oor nog niet te boven waren. Simon Mendenhall vertelde het iedereen bij Christie's, Amanda Clifford deed hetzelfde bij Sotheby's.

Zelfs de normaal zo zwijgzame Jeremy Crabbe kon het niet voor zich houden. Hij deed het hele verhaal uitgebreid uit de doeken in een e-mail aan iemand van de vestiging van Bonhams in New York, en binnen de kortste keren gonsden alle galerieën van Midtown Manhattan en de Upper East Side ervan. Nicholas Lovegrove, kunstconsultant van de allerrijksten, fluisterde het in het oor van een journaliste van de New York

Times, maar de journaliste had het al van iemand anders gehoord. Ze belde de korpschef van de Nederlandse politie, aan wie het ook reeds ter ore was gekomen.

De Nederlander belde zijn collega in Parijs, die niet echt onder de indruk was. Toch ging de Franse politie op zoek naar een goedgebouwde Engelsman van een jaar of veertig, met blond haar, een bril met blauw getinte glazen, en een licht cockney-accent. Ze vonden er verschillende, maar geen van hen bleek een kunstdief. Onder degenen die in het net terechtkwamen, was ook de neef van de Britse minister van Binnenlandse Zaken, die wel een Londens accent had, maar allesbehalve cockney. De minister van Binnenlandse Zaken belde zijn Franse ambtgenoot, en de neef werd zonder al te veel ophef weer vrijgelaten.

Eén aspect van het gerucht was echter ontegenzeggelijk wáár: Zonnebloemen, olieverf op doek, 95 bij 73 centimeter, was inderdaad in Parijs. Het schilderij was daar de ochtend na de verdwijning aangekomen, in de kofferbak van een Mercedes. Het ging eerst naar Antiquités Scientifiques, waar het, gerold in beschermend cellofaan, twee nachten kon bijkomen in een kast met het juiste klimaat. Daarna werd het naar het safehouse van het Bureau, met uitzicht over de Pont Marie, gebracht.

Gabriel spande het opnieuw op, en zette het op een ezel in het provisorische atelier dat hij in de extra slaapkamer had ingericht. Toen Chiara die avond ging koken, plakte hij alle kieren om de deur af met tape, om iedere vervuiling van het oppervlak te voorkomen. En toen ze gingen slapen, sliep het schilderij naast hen, badend in de gele gloed van de straatlantaarns langs de Seine.

De volgende ochtend ging hij naar een kleine galerie in de buurt van de Jardin du Luxembourg, waar hij zich voordeed als Duitser, en een Parijs straatbeeld kocht van een derderangs impressionist, die hetzelfde type doek had gebruikt als Van Gogh. Terug in de flat verwijderde hij de verf met een sterk oplosmiddel, en haalde vervolgens het doek van het spanraam. Nadat hij het doek op de juiste grootte had geknipt zette hij het op eenzelfde type spanraam als dat waarop hij Zonnebloemen had gezet, een spanraam van 95 bij 73 centimeter. Vervolgens bracht hij een laagje grondverf op het doek aan. Twaalf uur later, toen de grondverf droog was, prepareerde hij zijn palet met chromaatgeel en okergeel, en begon te schilderen.

Hij werkte zoals Van Gogh had gewerkt: snel, nat-in-nat, en met een vleugje waanzin. Op sommige momenten kreeg hij het gevoel dat Van Gogh over zijn schouder meekeek, zijn pijp in zijn hand, hem leidend bij iedere penseelstreek. Op andere momenten zag hij de schilder voor zich in zijn atelier in het gele huis in Arles, zich haastend om de schoonheid van de zonnebloemen op het doek te vangen, voordat ze verwelkten en doodgingen. Het was augustus 1888 toen Van Gogh in Arles zijn eerste studies van zonnebloemen maakte. Hij hing ze in de logeerkamer, waar Paul Gaugain, met het nodige gedoe, eind oktober zijn intrek nam. De bazige Gaugain en de zoekende Van Gogh schilderden de rest van de herfst samen, vaak zij aan zij werkend in de velden rond Arles, maar ze hadden regelmatig de heftigste ruzies over God en kunst. Zo ook de middag van 23 december. Nadat Van Gogh Gaugain met een scheermes te lijf was gegaan, ging hij naar het bordeel aan de Rue Bout d'Aeles, waar hij een stuk van zijn linkeroor afsneed. Twee weken later, na zijn ontslag uit het ziekenhuis, keerde hij terug naar het gele huis, alleen en met zijn hoofd in het verband, en daar maakte hij drie nieuwe afbeeldingen van de zonnebloemen die hij voor de kamer van Gaugain had geschilderd. Een van die schilderijen had tot voor kort in het Van Gogh Museum in Amsterdam gehangen.

Van Gogh had de Amsterdamse Zonnebloemen waarschijnlijk in een paar uur tijd geschilderd, net als de daaraan voorafgaande studie in augustus. Gabriel had echter drie dagen nodig om de Parijse versie, zoals hij die later noemde, te produceren.

Nadat Van Goghs opvallende handtekening op de vaas was geplaatst, was de vervalsing volkomen identiek aan het origineel, op één ding na: iedere craquelure, het fijne netwerk van oppervlakkige barstjes dat een schilderij in de loop der tijd gaat vertonen, ontbrak. Om dat versneld aan te brengen haalde Gabriel het doek van het spanraam en legde het een half uur in een hete oven. Toen het weer was afgekoeld, hield hij het strak gespannen tussen zijn handen, en haalde het over de rand van de eettafel, eerst horizontaal, toen verticaal, met als resultaat onmiddellijke craquelure. Hij zette het doek weer op het spanraam, bracht een laag vernis aan, en plaatste het naast het origineel.

Chiara zag geen enkel verschil.

Maurice Durand ook niet. 'Ik had het niet voor mogelijk gehouden,' zei de Fransman.

'Wat niet?'

'Dat er iemand zo goed kon zijn als Yves Morel.' Voorzichtig liet hij zijn vinger over de dik opgezette verf gaan. 'Het is alsof Vincent het zelf heeft geschilderd.'

'Dat was ook de bedoeling, Maurice.'

'Maar geen gemakkelijke klus, zelfs niet voor een professioneel restaurateur.' Durand boog voorover om het doek nog iets beter te kunnen bekijken. 'Welke techniek heb je gebruikt voor de craquelure?'

Gabriel vertelde het hem.

'De Van Meegeren-methode. Heel doeltreffend, zolang je het doek maar niet verbrandt.' Durands blik ging van Gabriels vervalsing naar het origineel van Van Gogh.

'Haal je maar niets in je hoofd, Maurice. Zodra we er klaar mee zijn, gaat hij terug naar Amsterdam.'

'Weet je hoeveel ik ervoor zou kunnen krijgen?'

'Tien miljoen.'

'Minstens twintig.'

'Maar je hebt dit schilderij niet gestolen, Maurice. Het is gestolen door een Engelsman met blond haar en een bril met blauw getinte glazen.'

'Een kennis van mij denkt zowaar dat hij hem is tegengekomen.'

'Ik hoop dat je hem niet uit de droom hebt geholpen?

'Absoluut niet,' antwoordde Durand. 'In de duistere regionen van de handel wordt geloofd dat je vriend het schilderij heeft, en dat hij reeds met verschillende potentiële kopers in onderhandeling is. Het zal niet lang duren voordat je-weet-wel zich in de strijd zal werpen.'

'Misschien heeft hij wat aanmoediging nodig.'

'In welke vorm?'

'Een waarschuwing dat er bijna gaat worden afgehamerd. Denk je dat je dat kunt regelen, Maurice?'

Durand glimlachte. 'Met één telefoontje.'

20

GENÈVE

Er was een aspect van de zaak dat al vanaf het begin aan Gabriel knaagde: de geheime ruimte van Jack Bradshaw in de Ports Francs, de vrijhaven van Genève. Normaal gesproken maakte een zakenman gebruik van de unieke diensten van de Ports Francs omdat hij belasting wilde ontduiken, of omdat hij iets te verbergen had. Gabriel vermoedde dat Bradshaws motieven in die laatste categorie thuishoorden. Maar hoe moest hij daar binnenkomen zonder een gerechtelijk bevel en een politie-escorte? De vrijhaven was geen plek waar je kon inbreken met een loper en een zelfverzekerde glimlach. Hij had een bondgenoot nodig, iemand die de macht had geruisloos iedere deur in Zwitserland te openen. Zo iemand kende hij. Ze zouden tot een akkoord moeten komen. Er zou een geheime deal moeten worden gesloten. Het zou niet eenvoudig zijn, maar dat waren zaken waar Zwitserland bij betrokken was bijna nooit.

Het eerste contact was kort en niet echt veelbelovend. Gabriel belde de man op zijn kantoor in Bern en gaf hem een allesbehalve volledig verslag van wat hij nodig had en waarom.

De man uit Bern was uiteraard niet onder de indruk, al klonk hij wel geïntrigeerd. 'Waar ben je nu?' vroeg hij.

'In Siberië.'

'Hoe snel kun je in Genève zijn?'

'Ik kan de eerstvolgende trein nemen.'

'Ik wist niet dat er een trein vanuit Siberië reed.'

'Via Parijs, om precies te zijn.'

'Laat maar horen als je in de stad bent. Ik zal kijken wat ik kan doen.'

'Ik kan niet helemaal naar Genève komen zonder enige zekerheid.'

'Als je zekerheid wilt, bel je maar een Zwitserse bankier. Maar als je daar binnen wilt kijken, zul je het op mijn manier moeten doen. En waag het niet ook maar bij de Ports Francs in de buurt te komen zonder mij,' voegde de man uit Bern eraan toe. 'Als je dat doet, zul je Zwitserland voorlopig niet meer verlaten.'

Gabriel had liever wat meer duidelijkheid gehad voordat hij vertrok, maar als het dan toch zover zou komen, kon hij net zo goed direct vertrekken. Nu de kopie van de Van Gogh af was, was wachten het enige wat hij in Parijs nog kon doen. Hij kon de hele dag naar de telefoon gaan zitten staren, óf hij kon het moment van windstilte iets productiever gebruiken.

Uiteindelijk was het Chiara die de beslissing voor hem nam.

Hij zette de twee schilderijen achter slot en grendel in de slaapkamerkast, haastte zich naar het Gare de Lyon, en stapte in de TGV van negen uur. Die kwam even na het middaguur in Genève aan. Vanuit een telefooncel in de stationshal belde Gabriel de man in Bern.

'Waar ben je?' vroeg de man.

Gabriel antwoordde naar waarheid.

'Ik zal kijken wat ik kan doen.'

Het station lag in een deel van Genève dat eruitzag als een grauw *quartier* van een Franse stad. Gabriel liep naar het meer en stak via de Pont du Mont-Blanc over naar de zuidelijke oever. Nadat hij in de Jardin Anglais zo veel mogelijk tijd had gedood met het eten van een pizza, liep hij verder door de schaduwrijke straten van het oude, zestiende-eeuwse deel van de stad. Tegen vieren werd het al voelbaar kouder. Aangezien hij zere voeten begon te krijgen en het wachten beu werd, belde Gabriel de man uit Bern voor de derde keer, maar hij kreeg geen gehoor. Tien minuten later, terwijl hij inmiddels langs de banken en de exclusieve winkels van de Rue du Rhône liep, probeerde hij het nog een keer. Nu nam de man wel op.

'Je mag me ouderwets vinden,' zei Gabriel, 'maar ik hou er echt niet van wanneer mensen hun afspraak niet nakomen.'

'Ik heb je nooit iets beloofd.'

'Ik had beter in Parijs kunnen blijven.'

'Dat zou jammer zijn geweest. Genève is prachtig in deze tijd van het jaar. En je zou de kans zijn misgelopen de Ports Francs van binnen te bekijken.'

'Hoelang wilde je me nog laten wachten?'

'We kunnen het nu doen, als je wilt.'

'Waar ben je?'

'Draai je maar om.'

Dat deed Gabriel. 'Klootzak.'

Zijn naam was Christoph Bittel, althans, dat was de naam die hij had gebruikt bij hun vorige en enige ontmoeting. Hij werkte voor de antiterreurafdeling van de NDB, de betrouwbare inlichtingen- en binnenlandse veiligheidsdienst van Zwitserland. Althans, dat had hij destijds beweerd. Hij was mager en bleek, met een groot voorhoofd, dat hem, niet geheel ten onrechte, een intelligent voorkomen gaf. De slappe hand die hij Gabriel over de versnellingspook van een sportieve Duitse sedan toestak, voelde aan alsof hij pas nog grondig van alle bacteriën was ontdaan.

'Welkom terug in Genève,' zei Bittel, terwijl hij de auto invoegde in het verkeer. 'Goed dat je je komst hebt aangekondigd, voor de verandering.'

'De tijd dat ik clandestien in Zwitserland opereerde is voorbij. We zijn nu partners, weet je nog wel, Bittel?'

'Laten we nu niet gaan overdrijven, hè, Allon. We willen de pret niet bederven.'

Bittel zette een naar de zijkanten van zijn gezicht doorlopende zonnebril op, waardoor hij iets van een bidsprinkhaan kreeg. Hij reed goed maar voorzichtig, alsof hij smokkelwaar in de kofferbak had en contact met de politie tot iedere prijs wilde vermijden.

'Zoals je had kunnen verwachten,' zei hij na een tijdje, 'hebben verschillende belangrijke ministers en andere overheidsfunctionarissen urenlang geïnteresseerd naar jouw bekentenis geluisterd.'

'Het was geen bekentenis.'

'Hoe zou jij het dan omschrijven?'

'Ik heb je een uitgebreide debriefing gegeven over mijn activiteiten op Zwitsers grondgebied,' zei Gabriel. 'In ruil daarvoor heb jij me beloofd me niet voor de rest van mijn leven achter de tralies te zetten.'

'Wat je wel zou hebben verdiend.' Traag schudde Bittel zijn hoofd. 'Moorden, diefstallen, ontvoeringen, een antiterroristische operatie in het kanton Uri waarbij verschillende al-Qaida-leden werden gedood. Heb ik nog iets over het hoofd gezien?'

'Ik heb nog een keer een van jullie meest vooraanstaande zakenmensen gechanteerd om toegang te krijgen tot de Iraanse nucleaire toeleveringskanalen.'

'O, ja. Hoe kon ik Martin Landesmann nu vergeten?'

'Dat was een van mijn betere acties.'

'En nu wil je dus toegang krijgen tot een opslagunit in de Ports Francs, zonder gerechtelijk bevel?'

'Je hebt daar vast wel een vriendje zitten dat je af en toe buiten de wet om een blik laat werpen op de aanwezige goederen.'

'Vast,' beaamde Bittel. 'Maar voordat ik een slot openbreek, wil ik graag weten wat ik ga aantreffen.'

'Schilderijen, Bittel. We gaan daar schilderijen aantreffen.'

'Gestolen schilderijen?'

Gabriel knikte.

'En wat nu als de eigenaar erachter komt dat we binnen zijn geweest?'

'De eigenaar is dood. Die zal geen klacht indienen.'

'De opslagruimte in de Ports Francs staat geregistreerd op naam van Bradshaws bedrijf. Het bedrijf leeft voort.'

'Het bedrijf is een farce.'

'Dit is Zwitserland, Allon. Wij léven van farce-bedrijven.'

Ze naderden een stoplicht, dat van groen op oranje sprong. Bittel had nog meer dan genoeg tijd om het kruispunt over te steken, maar hij haalde zijn voet van het gaspedaal en bracht de auto rustig tot stilstand. 'Je hebt me nog steeds niet verteld waar dit allemaal om gaat,' zei hij, met zijn vinger aan de versnellingspook peuterend.

'Met reden.'

'En als het me lukt jou daar binnen te krijgen? Wat krijg ik daar dan voor terug?'

'Als ik gelijk heb,' zei Gabriel, 'zullen jij en je vrienden van de NDB op een dag de vondst van een aantal reeds lang vermiste kunstwerken kunnen aankondigen.'

'Gestolen kunst in de Ports Francs van Genève. Niet echt een pr-stunt voor de confederatie.'

'Je kunt niet alles hebben, Bittel.'

Het stoplicht sprong op groen. Bittel haalde zijn voet van de rem, en trok langzaam op, alsof hij brandstof wilde sparen.

'We gaan naar binnen, we kijken rond, en dan gaan we weer weg. En alles in de kluis blíjft in de kluis. Is dat duidelijk?'

'Wat jij wilt.'

Zwijgend reed Bittel verder, een glimlach op zijn gezicht.

'Wat is er zo grappig?' vroeg Gabriel.

'Ik geloof dat ik die nieuwe Allon wel mag.'

'Ik kan je niet vertellen hoeveel dat voor me betekent, Bittel. Maar kun je misschien iets harder rijden? Ik zou graag vandaag nog willen aankomen.'

Een paar minuten later zagen ze de onopvallende, witte gebouwen met daarop in rode letters PORTS FRANCS opdoemen. In de negentiende eeuw was deze plek niet meer dan een graanschuur geweest, voor opslag van landbouwproducten onderweg naar de markt. Nu was het een veilig, belastingvrij pakhuis, waar de rijksten der aarde van alles bewaarden: goud, juwelen, heel goede wijn, auto's, en, uiteraard, kunst. Niemand wist precies hoeveel grote kunstwerken er in de kluizen van de Ports Francs van Genève waren opgeborgen, maar het vermoeden was dat het er genoeg waren om een paar flinke musea te vullen. Vele daarvan zouden het daglicht nooit meer zien, en als ze ooit al van eigenaar zouden wisselen, zou dat in stilte zijn. Het was geen kunst om te koesteren en naar te kijken. Het was kunst als investering, als dekking voor slechtere tijden.

Ondanks de aanwezigheid van al die rijkdommen, werd de beveiliging met Zwitserse discretie uitgevoerd. De omheining van het terrein was meer een ontmoediging dan een obstakel, en het hek waardoor Bittel naar binnen reed, ging maar heel langzaam achter hen dicht. Wel hingen er overal camera's en kwam er binnen een paar seconden een douaneambtenaar op hen af, met in zijn ene hand een klembord, en in de andere een portofoon.

Bittel stapte uit de auto en wisselde in vloeiend Frans een paar woorden met de ambtenaar. De man ging terug naar zijn kantoor, waar even later een goed gevormde brunette in een nauwsluitende blouse en rok uit kwam. Ze gaf Bittel een sleutel en gebaarde naar het achterste deel van het complex.

'Ik neem aan dat dat je vriendinnetje was,' zei Gabriel, toen Bittel weer in de auto stapte.

'Onze relatie is puur zakelijk.'

'Dat spijt me voor je.'

Adressen in de Ports Francs waren een combinatie van het gebouw, de gang, en de deur van de kluis. Bittel parkeerde de auto bij gebouw 4, en ging Gabriel voor naar binnen. Vanuit de hal strekte zich een schier eindeloze gang vol deuren uit. Een daarvan stond open. Toen Gabriel een blik naar binnen wierp, zag hij een kleine man met een bril achter een Chinese gelakte tafel zitten, een telefoon aan zijn oor. De kluis was omgetoverd tot kunstgalerie.

'De afgelopen jaren zijn verschillende bedrijven uit Genève naar de Ports Francs verhuisd,' verklaarde Bittel. 'De huur is lager dan aan de Rue du Rhône, en de klanten houden van de intrigerende reputatie van de Ports Francs.'

'Een verdiende reputatie.'

'Niet meer.'

'Dat zullen we nog wel zien.'

Ze kwamen bij een trappenhuis en gingen omhoog, naar de tweede etage. De kluis van Bradshaw lag aan gang 12, achter een grijze metalen deur met daarop nummer 24.

Bittel aarzelde even voordat hij de sleutel in het slot stak. 'Hij gaat toch niet ontploffen, hè?'

'Goede vraag.'

'Dat is niet grappig.'

Bittel maakte de deur open, deed het licht aan, en vloekte toen zacht. Overal stonden schilderijen: schilderijen in lijsten, schilderijen op spanramen, schilderijen opgerold als tapijtjes op een Perzische bazaar.

Een daarvan rolde Gabriel uit op de vloer, zodat Bittel kon zien wat het was. Een huisje op een met kleurige bloemen begroeid klif aan zee.

'Monet?' vroeg Bittel.

Gabriel knikte. 'Zo'n twintig jaar geleden gestolen uit een museum in Polen.' Hij rolde nog een doek uit: een vrouw met een waaier.

'Als ik me niet vergis,' zei Bittel, 'is dat een Modigliani.'

'Je vergist je niet. Het is een van de schilderijen die in 2010 werden gestolen uit het Museum voor Moderne Kunst in Parijs.'

'De roof van de eeuw. Dat herinner ik me nog wel, ja.'

Bittel liep achter Gabriel aan, een aparte ruimte in de kluis in. Daar stonden twee grote ezels, een halogeen lamp, flessen met oplosmiddelen, potten pigment, penselen, een veelgebruikt palet, en een catalogus van Christie's, van een veiling van oude meesters in Londen in 2004. Die lag opengeslagen bij een kruisiging, toegeschreven aan een volger van Guido Reni, vakkundig maar ongeïnspireerd uitgevoerd, de verkopersksten niet echt waard.

Gabriel deed de catalogus dicht, en keek eens om zich heen. Dit was het geheime atelier van een meester-vervalser, dacht hij, in de galerie van al wat verdwenen is. Het was echter wel duidelijk dat Yves Morel in deze ruimte niet alleen schilderijen had vervalst; hij had ook restauratiewerk gedaan. Gabriel pakte het palet op, en liet zijn vinger over de resten verf gaan. Oker, goud en karmozijnrood: de kleuren van de Geboorte van Christus.

'Wat is er?' vroeg Bittel.

'Een teken van leven.'

'Waar heb je het over?'

'Het is hier geweest,' zei Gabriel. 'Het bestaat.'

Er bevonden zich honderdzevenenveertig schilderijen in de twee ruimtes van de kluis – impressionistische, moderne, en oude meesters – maar geen daarvan was een Caravaggio. Gabriel fotografeerde ze stuk voor stuk met de camera van zijn mobiele telefoon. Verder stonden er in de kluis alleen nog een bureau, en een kleine kluis in de vloer, te klein, dacht Gabriel, om een Italiaans altaarstuk van twee bij tweeëneenhalve meter te kunnen bevatten. Hij keek in de bureauladen, maar die bleken leeg. Vervolgens liet hij zich bij de kluis op zijn hurken zakken, en draaide het slot tussen duim en wijsvinger heen en weer. Twee keer naar rechts, twee keer naar links.

'Waar denk je aan?' vroeg Bittel.

'Ik vroeg me af hoe snel je hier een slotenmaker zou kunnen regelen.'

Bittel glimlachte treurig. 'Een volgende keer misschien.'

Ja, dacht Gabriel. Een volgende keer.

Ze reden terug naar het station door wat in Genève voor avondspits doorging. Op de Pont du Mont-Blanc probeerde Bittel nog wat meer informatie over de zaak uit Gabriel los te krijgen. Toen er nauwelijks antwoord op zijn vragen kwam, drong hij erop aan dat Gabriel het hem in ieder geval zou laten weten wanneer zijn omzwervingen hem nogmaals in Zwitserland zouden brengen. Gabriel stemde daar welwillend mee in, al realiseerden beide mannen zich dat die belofte niet in steen gehouwen was.

'Op een gegeven moment,' zei Bittel, 'zullen we die kluis moeten leeghalen, en de schilderijen aan de rechtmatige eigenaars moeten teruggeven.'

'Op een gegeven moment,' beaamde Gabriel.

'Wanneer?'

'Het is niet aan mij je dat te vertellen.'

'Ik geef je een maand. Daarna zal ik deze zaak bij de federale politie moeten melden.'

'Als je dat doet,' zei Gabriel, 'zal het in de pers enorm worden opgeblazen en zal Zwitserland een flinke dreun krijgen.'

'Daaraan zijn we wel gewend.'

'Wij ook.'

Gabriel haalde de trein van halfvijf terug naar Parijs nog. Het was donker toen hij aankwam. Hij stapte in een taxi en gaf de chauffeur een adres niet ver van het safehouse. Toen de auto die straat in reed, voelde Gabriel zijn mobiele telefoon trillen. Hij nam op, luisterde even zwijgend, en verbrak vervolgens de verbinding. 'De plannen zijn gewijzigd,' zei hij tegen de chauffeur.

'Waarheen?'

'De Rue de Miromesnil.'

'Komt voor elkaar.'

Glimlachend stopte Gabriel de telefoon weer in zijn zak. Ze hadden beet, dacht hij. Ze hadden absoluut beet.

21

RUE DE MIROMESNIL, PARIJS

IN EERSTE INSTANTIE PROBEERDE MAURICE Durand nog recht op geheimhouding te claimen omtrent de identiteit van de beller. Onder druk gaf hij echter toe dat het Jonas Fischer was, een rijk industrieel en bekend verzamelaar uit München, die regelmatig gebruikmaakte van de unieke diensten van Monsieur Durand. Herr Fischer maakte van het begin af aan duidelijk dat hij niet zélf in de Van Gogh was geïnteresseerd, maar dat hij optrad als tussenpersoon voor een kennis en collega-verzamelaar wiens naam hij om voor de hand liggende redenen niet kon noemen. De tweede verzamelaar zou al iemand naar Parijs hebben gestuurd naar aanleiding van de geruchten die in de kunstwereld de ronde deden. Herr Fischer vroeg zich af of Durand die persoon misschien de goede kant op zou kunnen sturen.

'En wat heb je gezegd?' vroeg Gabriel.

'Ik heb gezegd dat ik niet wist waar die Van Gogh zich bevond, maar dat ik wel wat telefoontjes zou gaan plegen.'

'En als je hem van dienst kunt zijn?'

'Dan moet ik die persoon rechtstreeks bellen.'

'Die persoon heeft zeker geen naam?'

'Alleen een telefoonnummer,' antwoordde Durand.

'Hoe professioneel.'

'Mijn idee.'

Ze bevonden zich in het kantoortje achter de winkel van Durand. Gabriel stond tegen de deurpost geleund; Durand zat achter zijn kleine, dickensiaanse bureau. Op het blad vóór hem lag een koperen microscoop, eind negentiende eeuw, van Vérick uit Parijs.

'Is hij degene die we zoeken?'

'Een man als Herr Fischer zou zich alleen maar inlaten met een serieuze verzamelaar. Hij liet ook nog doorschemeren dat zijn vriend onlangs een paar belangrijke aankopen heeft gedaan.'

'Was een van die aankopen een Caravaggio?'

'Dat heb ik hem niet gevraagd.'

'Dat is misschien maar beter ook.'

'Misschien wel,' beaamde Durand.

Er viel een stilte.

'En?' vroeg de Fransman toen.

'Zeg dat hij morgenmiddag om twee uur op het plein voor de Saint-Germain des Prés moet staan, bij de rode deur. Zeg dat hij zijn telefoon meeneemt, maar geen wapen. Wat je ook doet, ga niet met hem in gesprek. Vertel hem wat hij moet doen, en hang dan op.'

Durand pakte de telefoon en toetste een nummer in.

Vijf minuten later liepen ze de winkel uit, de kunstdief en de voormalige en toekomstige man van de Israëlische geheime dienst, en met nauwelijks nog een woord of gebaar gingen ze uit elkaar. De kunstdief zette koers naar de brasserie aan de andere kant van de straat, de man van de geheime dienst naar de Israëlische ambassade aan de Rue Rabelais. Hij ging het gebouw via de achterdeur binnen, liep naar beneden, naar de beveiligde communicatieruimte, en belde het hoofd Huishoudelijke dienst, de afdeling van het Bureau die over de safehouses ging. Hij zei dat hij iets nodig had, dicht bij Parijs, maar wel een beetje afgezonderd, het liefst aan de noordkant. Groot of luxe hoefde het niet te zijn, voegde hij er nog aan toe. Hij was niet van plan gasten te gaan ontvangen.

'Sorry,' zei het hoofd Huishoudelijke dienst. 'Ik kan je wel laten logeren in een huis dat reeds in ons bestand zit, maar ik kan geen nieuwe dingen aanschaffen zonder toestemming van boven.'

'Misschien heb je niet goed geluisterd, toen ik mijn naam zei?'

'Wat moet ik tegen Uzi zeggen?'

'Niets, natuurlijk.'

'Hoe snel heb je het nodig?'

'Gisteren.'

Tegen negenen de volgende ochtend had de afdeling Huishoudelijke dienst het koopcontract getekend voor een schilderachtig vakantiehuisje in Picardië, net buiten het dorpje Andeville. De voordeur werd aan het zicht onttrokken door een hoge heg, en de mooi aangelegde achtertuin grensde aan een lappendeken van velden en akkers.

Gabriel en Chiara kwamen er rond het middaguur aan en verborgen de twee Van Goghs in de wijnkelder. Daarna reed Gabriel onmiddellijk terug naar Parijs. Nadat hij zijn auto vlak bij metrostation Odéon had geparkeerd, liep hij over de boulevard naar de Place Saint-Germain des Prés. Op een van de hoeken van het drukke plein was een café gevestigd dat Le Bonaparte heette. Aan een tafeltje met uitzicht op straat zat Christopher Keller. Nadat Gabriel hem in het Frans had begroet, ging hij naast hem zitten. Hij wierp een blik op zijn horloge. Vijf voor twee. Hij bestelde koffie en richtte zijn blik op de rode deur van de kerk.

Het was niet moeilijk hem eruit te pikken. Op die volmaakte lentemiddag, waarop de zon aan een wolkeloze hemel stond, en een zachte bries door de drukke straten blies, was hij de enige die in zijn eentje naar de kerk was gekomen. Hij was van gemiddelde lengte, zo'n één meter achtenzeventig, en slank gebouwd. Zijn bewegingen waren vloeiend en zelfverzekerd, als de bewegingen van een voetballer, dacht Gabriel, of van een soldaat uit een elitekorps. Hij droeg een lichtgewicht, bruin tweedjasje, een wit overhemd, en een grijze, gabardine broek. Een platte strohoed wierp een schaduw over zijn gezicht, en zijn ogen gingen schuil achter een donkere zonnebril. Hij liep naar de rode deur en deed alsof hij iets opzocht in een reisgids. Twee meisjes, de een in korte broek, de ander in een strapless zomerjurkje, zaten op de treden voor de kerk, hun blote benen voor zich uitgestrekt. Blijkbaar bezorgde de man hun een ongemakkelijk gevoel, want even later stonden ze op en staken ze het plein over.

'Wat denk jij?' vroeg Keller.

'Ik denk dat dat onze man is.'

De ober bracht Gabriels koffie. Gabriel deed er suiker in en roerde nadenkend, zijn blik nog steeds op de man naast de rode deur van de kerk gericht.

'Ga je hem niet bellen?'

'Het is nog geen twee uur, Christopher.'

'Het scheelt niet veel.'

'We moeten niet te gretig overkomen. Vergeet niet dat we al een andere potentiële koper hebben. Onze vriend daar heeft zijn bordje pas heel laat opgestoken.'

Gabriel bleef zitten tot de klok op de kerktoren twee minuten over aangaf. Toen stond hij op en liep naar binnen, waar het, op het personeel na, volkomen leeg was. Hij liep naar het raam, haalde zijn telefoon uit zijn zak, en toetste het nummer in.

Een paar seconden later nam de man die voor de kerk stond op. 'Bonjour.'

'Je hoeft geen Frans te spreken alleen omdat we in Parijs zijn.'

'Als u het niet erg vindt, geef ik de voorkeur aan Frans.'

Hij gaf misschien de voorkeur aan Frans, dacht Gabriel, maar zijn moedertaal was het niet. De man deed niet langer alsof hij in zijn reisgids las. Hij keek het plein rond, zoekend naar een man met een mobiele telefoon aan zijn oor.

'Ben je alléén gekomen?' vroeg Gabriel.

'Aangezien u op dit moment naar me kijkt, weet u dat het antwoord ja is.'

'Ik zie een man die staat waar hij moet staan, maar ik weet niet of hij alleen is gekomen.'

'Dat is hij.'

'Ben je gevolgd?'

'Nee.'

'Hoe kun je dat zo zeker weten?'

'Ik weet het zeker.'

'Hoe moet ik je aanspreken?'

'Noem me maar Sam.'

'Sam?'

'Ja, Sam.'

'Ben je gewapend, Sam?'

'Nee.'

'Doe je jasje uit.'

'Waarom?'

'Ik wil zien of daaronder iets zit wat er niet hoort te zitten.'

'Is dit echt nodig?'

'Wil je het schilderij zien of niet?'

De man legde de gids en de telefoon op een van de treden, trok zijn jasje uit, en hing het over zijn arm. Toen pakte hij de telefoon weer op en vroeg: 'Tevreden?'

'Draai je om, je gezicht naar de kerk.'

De man draaide vijfenveertig graden.

'Verder.'

Nog vijfenveertig.

'Oké.'

De man draaide terug naar zijn uitgangspositie, en vroeg: 'Wat nu?'

'Nu ga je een stukje lopen.'

'Ik heb helemaal geen zin om te lopen.'

'Maak je geen zorgen, Sam, het is niet ver.'

'Waar moet ik naartoe?'

'De boulevard af, richting Quartier Latin. Weet je de weg naar het Quartier Latin, Sam?'

'Uiteraard.'

'Ben je bekend in Parijs?'

'Heel goed.'

'Kijk niet achterom en blijf nergens staan. En gebruik je telefoon ook niet. Anders zou je mijn volgende telefoontje wel eens kunnen missen.' Gabriel verbrak de verbinding en liep terug naar Keller.

'En?' vroeg de Engelsman.

'Ik denk dat we Samir hebben gevonden. En ik denk dat hij een professional is.'

'Gaan we zakendoen?'

'Dat zullen we zo weten.'

Aan de andere kant van het plein trok Sam zijn jasje weer aan. Hij stopte zijn telefoon in het borstzakje, gooide de gids in een vuilnisbak, en liep naar de Boulevard Saint-Germain. Rechtsaf zou hem naar Les Invalides leiden, linksaf naar het Quartier Latin. Na een korte aarzeling ging hij naar links.

Gabriel telde langzaam tot twintig, alvorens op te staan en achter hem aan te gaan.

Hij was in ieder geval in staat instructies op te volgen. Doelgericht liep hij de boulevard af, langs drukke winkels en volle cafés, zonder ook maar één keer stil te staan of achterom te kijken.

Dat gaf Gabriel de gelegenheid al zijn aandacht te richten op wat er om hem heen gebeurde. Hij zag niets wat erop wees dat Sam met iemand samenwerkte. En zo te zien werd hij ook niet gevolgd door de Franse politie. Hij leek zuiver op de graat, dacht Gabriel. Zo zuiver op de graat als je van een koper van gestolen kunst kon verwachten.

Na tien minuten gestaag doorlopen naderde Samir het punt waar de boulevard bij de Seine uitkwam.

Gabriel, nog steeds op veilige afstand, haalde zijn mobiele telefoon uit zijn zak, en belde nogmaals.

Weer nam Sam onmiddellijk op, met hetzelfde vriendelijke 'bonjour'.

'Ga linksaf de Rue du Cardinal Lemoine in en volg die tot de Seine. Ga dan de brug over naar het Île Saint-Louis en blijf rechtdoor lopen tot je weer van me hoort.'

'Hoe ver nog?'

'Niet ver, Sam. Je bent er bijna.'

Sam deed wat hem werd gezegd, en liep de Pont de la Tournelle over naar het eilandje midden in de Seine. Het eilandje werd aan alle kanten omgeven door schilderachtige kaden, maar er was maar één straat die over de hele lengte van het eiland liep, de Rue Saint-Louis en l'Île.

Met een volgend telefoontje gaf Gabriel Sam opdracht weer naar links te gaan.

'Hoe ver nog?'

'Nog een klein stukje, Sam. En niet achteromkijken.'

Het was een smalle straat, waarin toeristen doelloos langs etalages slenterden. Aan de westkant was een ijssalon, en naast die ijssalon zat een brasserie met prachtig uitzicht op de Notre Dame. Gabriel belde Sam nogmaals om hem de laatste instructies te geven.

'Hoelang bent u van plan me nog te laten wachten?'

'Ik ben bang dat ik niet met je kom lunchen, Sam. Ik ben alleen maar aangenomen als boodschappenjongen.' Het volgende moment verbrak Gabriel de verbinding, en hij bleef staan kijken, terwijl Sam de brasserie binnen ging.

Daar werd hij verwelkomd door een ober, die naar een tafeltje gebaarde waaraan een Engelsman met blond haar en een bril met blauw getinte glazen zat.

De Engelsman stond op en stak glimlachend zijn hand naar hem uit. 'Ik ben Reg,' hoorde Gabriel hem zeggen, terwijl hij de hoek om liep. 'Reg Bartholomew. En jij moet Sam zijn.'

22

ÎLE SAINT-LOUIS, PARIJS

'Ik zou dit gesprek graag willen beginnen, Mr. Bartholomew, met mijn felicitaties aan u. Dat was een indrukwekkend staaltje werk van u en uw mannen in Amsterdam.'

'Wie zegt dat ik het niet alleen heb gedaan?'

'Het is niet iets wat je normaal gesproken alleen doet. U hebt ongetwijfeld hulp gehad,' voegde Sam eraan toe. 'Van uw vriend die ik aan de telefoon had, bijvoorbeeld. Hij spreekt goed Frans, maar hij is geen Fransman, hè?'

'Wat doet dat ertoe?'

'Het is altijd prettig enig idee te hebben met wie je zakendoet.'

'We zijn hier niet bij Harrods, vriend.'

Sam liet zijn blik over de straat gaan met de lusteloosheid van een toerist die in té korte tijd té veel musea had bezocht. 'Hij loopt daar buiten nog ergens rond, toch?'

'Ik zou het niet weten.'

'En er zijn er nog meer?'

'Zeker.'

'En toch moest ík alleen komen.'

'Het is een verkopersmarkt.'

'Dat heb ik gehoord, ja.'

Sams blik ging weer naar de straat. Hij droeg nog steeds zijn strohoed en zijn zonnebril, zodat alleen de onderste helft van zijn gezicht te zien was. Dat was gladgeschoren en welriekend. De jukbeenderen waren hoog en geprononceerd, de kin was voorzien van een gleufje, de tanden waren regelmatig en bijzonder wit. Zijn handen vertoonden geen littekens of tatoeages. Hij droeg geen ringen om zijn vingers, of armbanden om zijn pols, alleen een grote, gouden Rolex om te laten zien dat hij een welgesteld man was. Hij had de verzorgde maniertjes van een Arabier van goeden huize, maar wel met een scherp kantje.

'Je hoort ook nog andere dingen,' vervolgde Sam na enige tijd. 'Degenen die de koopwaar hebben gezien, zeggen dat jullie die met nauwelijks enige schade uit Amsterdam hebben weten te krijgen.'

'Geen, om precies te zijn.'

'Je hoort ook zeggen dat er polaroids zijn.'

'Waar heb je dat gehoord?'

Sam schonk hem een onaangename glimlach. 'Als u per se dat soort spelletjes wilt spelen, Mr. Bartholomew, gaat dit echt veel langer duren dan nodig is.'

'Het is altijd prettig enig idee te hebben met wie je zakendoet,' kaatste Keller Sams eigen woorden terug.

'Vraagt u me nu om informatie over de man die ik vertegenwoordig, Mr. Bartholomew?'

'Ik zou niet durven.'

Er viel een stilte.

'Mijn klant is een zakenman,' zei Sam uiteindelijk. 'Behoorlijk succesvol, bijzonder rijk. En kunstliefhebber. Hij heeft een uitgebreide verzameling, maar zoals veel serieuze verzamelaars is hij enigszins gefrustreerd geraakt door het feit dat er nog maar zo weinig goede schilderijen te koop zijn. Hij wil al jaren heel graag een Van Gogh aan zijn verzameling toevoegen. U bent op dit moment in het bezit van een heel mooi werk. Dat wil mijn klant graag hebben.'

'Net als een heleboel andere mensen.'

Dat leek Sam niet echt zorgen te baren. 'En hoe zit het met u?' vroeg hij na een korte stilte. 'Kunt u me ook iets meer over ú vertellen?'

'Ik steel dingen voor de kost.'

'En u bent Engels?'

'Ik ben bang van wel, ja.'

‘Ik ben altijd erg gesteld geweest op de Engelsen.’

‘Dat zal ik je niet kwalijk nemen.’

Er dook een ober naast hun tafeltje op, die hun allebei een menukaart overhandigde.

Sam bestelde een fles mineraalwater, Keller een glas wijn dat hij niet van plan was ook werkelijk te drinken.

‘Laat me één ding van het begin af aan duidelijk maken,’ zei hij, zodra ze weer alleen waren. ‘Ik ben niet geïnteresseerd in drugs, wapens, vrouwen, of een flat in Boca Raton, in Florida. We hebben het hier uitsluitend over contant geld.’

‘En over hoeveel geld hebben we het dan, Mr. Bartholomew?’

‘Ik heb een bod van twintig miljoen liggen.’

‘Welke smaak?’

‘Euro’s.’

‘Is dat al een vaststaand bod?’

‘Ik heb de verkoop uitgesteld voor deze afspraak met jou.’

‘Ik voel me gevleid. Waarom zou u dat doen?’

‘Omdat ik heb gehoord dat je klant, wie dat ook moge zijn, een grote portemonnee heeft.’

‘Bijzonder groot.’ Weer een glimlach, slechts een heel klein beetje aangenamer dan de vorige. ‘Dus hoe gaan we nu verder, Mr. Bartholomew?’

‘Ik moet weten of je erin geïnteresseerd bent het bod dat op tafel ligt te overtreffen.’

‘Dat ben ik.’

‘Met hoeveel?’

‘Ik zou natuurlijk met iets onbeduidends als een extra vijfhonderdduizend kunnen komen, maar mijn klant houdt niet van veilingen.’ Hij zweeg even, vroeg toen: ‘Zou vijfentwintig miljoen voldoende zijn om het schilderij van tafel te halen?’

‘Dat zou zeker voldoende zijn, Sam.’

'Mooi,' zei hij. 'Misschien zou dit dan een goed moment zijn mij de polaroids te laten zien?'

De polaroids lagen in het handschoenenkastje van een gehuurde Mercedes, die geparkeerd stond in een rustige straat achter de Notre Dame. Keller en Sam liepen er samen heen, en stapten in de auto, Keller achter het stuur, Sam op de passagiersstoel. Keller fouilleerde hem nog even snel maar grondig voordat hij het handschoenenkastje openmaakte en de foto's eruit haalde. Het waren er vier in totaal: één totaalbeeld, en drie foto's van details.

Sam bekeek ze met een sceptische blik. 'Het ziet er een beetje uit als de Van Gogh die in mijn hotelkamer boven het bed hangt.'

'Die is het niet.'

Hij trok een gezicht om duidelijk te maken dat hij nog niet overtuigd was. 'Het schilderij op deze foto's zou ook een kopie kunnen zijn. En misschien bent u wel een slimme bedrieger die probeert een slaatje te slaan uit die diefstal in Amsterdam.'

'Doe je zonnebril af, en bekijk dat schilderij eens goed, Sam.'

'Ik ben niet anders van plan.' Hij gaf de foto's terug aan Keller. 'Ik wil hem in het echt zien, niet op foto's.'

'Ik hou er geen museum op na, Sam.'

'Hoe bedoelt u?'

'Ik kan de Van Gogh niet zomaar laten zien aan iedereen die daarom vraagt. Ik moet zeker weten dat je de aankoop serieus overweegt.'

'Ik heb er vijfentwintig miljoen euro in contanten voor geboden.'

'Vijfentwintig miljoen bíéden is niet moeilijk, Sam. Het ook daadwerkelijk betalen is iets heel anders.'

'Mijn klant is een buitengewoon rijk man.'

'Dan heeft hij je vast niet met lege handen naar Parijs gestuurd.' Keller deed de foto's weer in het handschoenenkastje, waarvan hij het klepje resoluut sloot.

'Is dit hoe u van plan bent me op te lichten? Zeggen eerst geld te willen zien voordat ik een blik op het schilderij mag werpen, en me dan beroven?'

'Als ik een oplichter was, zouden jij en je klant dat inmiddels allang hebben gehoord.'

Daarop had Sam niets meer te zeggen. 'Op zo korte termijn kan ik hooguit tienduizend cash regelen.'

'Ik wil een miljoen zien.'

Sam snoof, alsof hij daarmee wilde zeggen dat een miljoen echt niet tot de mogelijkheden behoorde.

'Als je voor minder dan een miljoen een Van Gogh wilt zien,' zei Keller, 'ga je maar naar het Louvre, of naar het Musée d'Orsay. Maar als je míjn Van Gogh wilt zien, zul je toch echt met geld op de proppen moeten komen.'

'Het is niet veilig om in Parijs met zo'n bedrag over straat te gaan.'

'Iets zegt me dat jij uitstekend voor jezelf kunt zorgen.'

Met een zucht gaf Sam zich over. 'Waar en wanneer?'

'Saint-Germain des Prés, morgenmiddag twee uur. Geen vriendjes. Geen wapens.'

Zonder nog een woord te zeggen stapte Sam weer uit de auto en liep weg.

Hij stak de Seine over, naar de Rive Droite, en liep naar de Rue de Rivoli. Die volgde hij, langs de noordvleugel van het Louvre, naar de Jardin des Tuileries. Het grootste deel van de tijd was hij aan de telefoon, en tot twee keer toe gebruikte hij elementaire geheime-diensttechnieken om te kijken of hij niet werd gevolgd. Desondanks leek hij Gabriel, die vijftig meter achter hem liep, niet te hebben opgemerkt.

Voordat hij bij het Jeu de Paume was, stak hij door naar de Rue Saint-Honoré, waar hij een exclusieve winkel in lederwaren voor mannen binnenging. Tien minuten later kwam hij weer naar buiten, met een nieuw diplomatenkoffertje, waarmee hij zich naar een bankfiliaal van HSBC aan de Boulevard Haussmann begaf. Daar bleef hij precies tweeëntwintig minuten, en toen hij er weer uit kwam, leek het koffertje zwaarder dan toen hij het pand had betreden. Met snelle passen liep hij ermee naar de Place de la Concorde, om vervolgens in het imposante Hôtel de Crillon te verdwijnen.

Nog steeds van een afstandje toekijkend, moest Gabriel even glimlachen. Alleen het beste was goed genoeg voor de man die Mr. Big moest vertegenwoordigen. Terwijl hij wegliep, belde hij Keller en vertelde hem wat hij had gezien. Ze hadden beet, zei hij. Ze hadden absoluut beet.

23

BOULEVARD SAINT-GERMAIN, PARIJS

De volgende middag om twee uur stond hij weer bij de rode deur van de kerk, compleet met strohoed en zonnebril, het nieuwe koffertje stevig in zijn rechterhand.

Gabriel wachtte vijf minuten voordat hij hem belde.

'Jij weer,' zei Sam nors.

'Ik ben bang van wel.'

'En nu?'

'We gaan weer een wandelingetje maken.'

'Waarheen?'

'Volg de Rue Bonaparte tot voorbij de Place Saint-Sulpice. Dezelfde regels als de vorige keer. Nergens blijven staan, en niet achteromkijken. Ook geen telefoontjes.'

'Hoe ver was je van plan me deze keer te laten lopen?'

Gabriel hing op, zonder nog iets te zeggen.

Aan de overkant van het drukke plein begon Sam te lopen.

Gabriel telde langzaam tot twintig, en ging toen achter hem aan.

Hij liet Sam helemaal naar de Jardin du Luxembourg lopen voordat hij hem weer belde. Daarvandaan gingen ze in zuidwestelijke richting over de Rue de Vaugirard, en vervolgens naar het noorden op de Boulevard Raspail, tot aan de ingang van Hotel Lutetia.

Keller zat aan een tafeltje in de bar de Telegraph te lezen.

Sam voegde zich, na de laatste instructies, bij hem.

'Hoe was hij deze keer?' vroeg Keller.

'Nog net zo gedegen.'

'Kan ik je iets te drinken aanbieden?'

'Ik drink niet.'

'Dat is jammer.' Keller vouwde zijn krant op. 'Je kunt die zonnebril maar beter afzetten, Sam. Anders krijgen ze hier nog rare ideeën over je.'

Hij deed wat Keller zei. Zijn ogen waren lichtbruin en vrij groot. Nu je zijn gezicht helemaal kon zien, kwam hij een stuk minder bedreigend over.

'Nu de hoed nog,' zei Keller. 'Een gentleman houdt zijn hoed niet op in de bar van het Lutetia.'

Toen hij de hoed afzette, kwam er een volle haardos tevoorschijn, bruin maar niet zwart, bij de oren licht grijzend. Als hij al een Arabier was, kwam hij in ieder geval niet van het Arabisch Schiereiland of uit een van de Golfstaten.

Keller keek naar het koffertje. 'Heb je het geld bij je?'

'Een miljoen, precies zoals u had gevraagd.'

'Laat me even kijken. Maar voorzichtig,' voegde Keller eraan toe. 'Er hangt een bewakingscamera boven je rechterschouder.'

Sam legde het koffertje op tafel, maakte de sloten open, en tilde het deksel een centimeter of vijf op, net genoeg om Keller een blik te gunnen op de stijf gebundelde briefjes van honderd euro.

'Doe maar weer dicht,' zei Keller op kalme toon.

Sam sloot het koffertje en deed het weer op slot. 'Tevreden?' vroeg hij.

'Nog niet.' Keller kwam overeind.

'Waar gaan we nu weer naartoe?'

'Mijn kamer.'

'Gaat er nog iemand anders mee?'

'Alleen wij tweetjes, Sam. Heel romantisch.'

Nadat Sam ook was opgestaan, pakte hij het koffertje. 'Ik denk dat het belangrijk is dat ik nog even iets duidelijk maak voordat we naar boven vertrekken.'

'En dat is, Sam?'

'Als er ook maar iets met mij of met het geld van mijn klant gebeurt, zal dat voor u en uw vriend nare gevolgen hebben.' Hij zette zijn zonnebril weer op, glimlachte even. 'Dat we elkaar goed begrijpen, vriend.'

In de hal van de kamer, buiten bereik van de spiedende ogen van de bewakingscamera's van het hotel, fouilleerde Keller Sam op wapens of opnameapparatuur. Zodra duidelijk was dat er niets te vinden was, legde hij het koffertje op het voeteneind van het bed en maakte het open. Vervolgens pakte hij er drie bundels uit, en haalde uit iedere bundel één biljet. Hij bekeek de biljetten stuk voor stuk met een professionele handlens. Daarna onderwierp hij ze in de donkere badkamer nog aan een onderzoek met Gabriels uv-lamp. De beveiligingsstrookjes lichtten groen op: de biljetten waren echt. Hij deed de briefjes weer terug in de bundels, en de bundels terug in het koffertje, dat hij weer sloot. Met een knikje gaf hij aan dat ze klaar waren voor de volgende stap.

'Wanneer?' vroeg Sam.

'Morgenavond.'

'Ik heb een beter idee,' zei hij. 'We doen het vanavond. Anders gaat de hele deal niet door.'

Maurice Durand had al gezegd dat hij zoiets kon verwachten: een kleine tactische zet, een teken van rebellie, waardoor Sam het gevoel kon krijgen dat hij en niet Keller de leiding had over het onderhandelingsproces. Keller stribbelde voorzichtig tegen, maar Sam hield voet bij stuk. Vóór middernacht wilde hij voor de Van Gogh staan. Zo niet, dan waren hij en zijn vijfentwintig miljoen vertrokken. Keller kon dus niet anders dan toegeven aan de wensen van zijn tegenpartij. Dat deed hij met een glimlachje, alsof de verandering in de plannen slechts een klein ongemak was. Vervolgens gaf hij Sam snel de regels voor de bezichtiging van die avond. Hij mocht het schilderij aanraken, hij mocht eraan ruiken, hij mocht er desnoods de liefde mee bedrijven, maar hij mocht het onder geen beding fotograferen.

'Waar en wanneer?' vroeg Sam.

'We bellen je om negen uur om je te vertellen wat je moet doen.'

'Prima.'

'Waar logeer je?'

'U weet heel goed waar ik logeer, Mr. Bartholomew. Ik sta vanavond om negen uur in de lobby van het Crillon, zonder vrienden, zonder wapens. En zeg tegen uw vriend dat hij me deze keer niet moet laten wachten.'

Tien minuten later verliet hij het hotel, zijn hoed op zijn hoofd, zijn zonnebril weer op zijn neus, en liep naar het bankfiliaal van HSBC aan de Boulevard Haussmann, waarschijnlijk om een miljoen euro terug te stoppen in de kluis van zijn klant. Vandaar ging hij te voet naar het Musée d'Orsay, waar hij twee uur lang de schilderijen van een zekere Vincent van Gogh bestudeerde. Tegen de tijd dat hij het museum weer uit kwam, liep het tegen zessen. Hij at een hapje in een bistro aan de Champs-Elysées en ging toen terug naar zijn kamer in het Crillon. Zoals beloofd stond hij klokslag negen uur klaar in de lobby, gekleed in een grijze broek, een zwarte trui, en een leren jack.

Dat wist Gabriel, omdat hij amper een paar meter van hem vandaan in de bar in de lobby zat. Hij wachtte tot twee minuten over negen alvorens Sam te bellen.

'Weet je hoe de metro hier werkt?'

'Uiteraard.'

'Loop naar station Concorde en neem lijn twaalf naar Marx Dormoy. Daar wacht Mr. Bartholomew op je.'

Nadat Sam de lobby uit was gelopen, bleef Gabriel nog vijf minuten zitten. Toen liet hij de parkeerjongen zijn auto halen en reed naar het huis in Picardië.

Station Marx Dormoy lag in het achttiende arrondissement, aan de Rue de la Chapelle. Toen Sam het station uit kwam, zag hij Keller aan de overkant van de straat geparkeerd staan. Hij zat een sigaret te roken. Sam liep naar de auto, en schoof zonder een woord te zeggen op de passagiersstoel.

'Waar is je telefoon?' vroeg Keller.

Sam haalde zijn telefoon uit zijn jaszak en hield hem voor Keller omhoog.

'Zet hem uit, en verwijder de simkaart.'

Sam deed wat hem werd gezegd.

Keller schakelde, en voegde in in het avondverkeer.

Totdat ze de buitenwijken aan de noordkant van de stad achter zich hadden gelaten mocht Sam op de passagiersstoel blijven zitten. Maar in een bosje bij het stadje Ézanville moest hij de kofferbak in.

Keller reed via een omweg naar Picardië, zodat hij er minstens een uur langer over deed dan nodig was en het al tegen middernacht liep toen hij de oprit van het huis op reed.

Zodra Sam de kofferbak uit kwam, zag hij het silhouet van een man die in het maanlicht in de tuin stond. 'Ik neem aan dat dat uw compagnon is?'

Keller gaf geen antwoord. In plaats daarvan nam hij Sam door de achterdeur mee naar binnen en ging hij hem vóór de trap af, naar de kelder. Tegen een van de muren, verlicht door een kaal peertje aan een draadje, stond Zonnebloemen, olieverf op doek, 95 bij 73 centimeter, van Vincent van Gogh.

Lange tijd bleef Sam ernaar staan kijken, zonder iets te zeggen.

Keller stond naast hem. 'En?' vroeg hij na een tijdje.

'Moment nog, Mr. Bartholomew. Moment.'

Uiteindelijk deed hij een stap naar voren, tilde het schilderij bij het verticale deel van het spanraam op, en draaide het om om de aantekeningen van het museum op de achterkant van het doek te bestuderen. Toen bekeek hij de randen van het schilderij en hij fronste zijn voorhoofd.

'Is er iets niet in orde?' vroeg Keller.

'Van Gogh was berucht om de zorgeloze manier waarop hij met zijn schilderijen omging. Kijk maar,' voegde hij eraan toe, de randen van het spanraam naar Keller draaiend. 'Zijn vingerafdrukken zitten overal.'

Glimlachend hield Sam het schilderij dichter bij het licht, en minutenlang bestudeerde hij het penseelwerk. Toen zette hij het weer terug op de plek waar het had gestaan, deed een stap achteruit, en bekeek het nog eens aandachtig van een afstandje.

Deze keer verbrak Keller de stilte niet.

'Sensationeel,' zei Sam na een tijdje.

'En helemaal echt,' voegde Keller eraan toe.

'Dat zou kunnen. Het zou ook het werk kunnen zijn van een bijzonder goede vervalser.'

'Dat is het niet.'

'Ik zal een eenvoudige test moeten doen om daar zeker van te zijn, een verfschilferanalyse. Als de verf authentiek is, hebben we een deal. Zo niet, dan zult u nooit meer iets van mij horen, en bent u vrij het een minder ontwikkelde koper aan te smeren.'

'Hoelang gaat dat duren?'

'Tweeënzeventig uur.'

'Je hebt er achtenveertig.'

'Ik laat me niet opjagen, Mr. Bartholomew. Mijn klant ook niet.'

Keller aarzelde even, maar knikte toen kort.

Met een chirurgisch scalpel haalde Sam vakkundig twee piepkleine schilfertjes verf van het doek – een van rechtsonder, een van linksonder – en deed die in een dun, glazen flesje. Hij liet het flesje in zijn jaszak glijden, en liep toen, met Keller achter zich aan, de trap weer op. Buiten stond de man die slechts in silhouet te zien was nog steeds achter in de tuin.

'Ga ik uw compagnon ooit nog ontmoeten?' vroeg Sam.

'Dat zou ik je niet aanraden,' antwoordde Keller.

'Waarom niet?'

'Omdat zijn gezicht het laatste zal zijn wat je ooit nog zult zien.'

Met gefronst voorhoofd klom Sam weer in de kofferbak van de Mercedes.

Nadat Keller de klep met een klap had dichtgedaan, bracht hij hem terug naar Parijs.

Ze waren allemaal behoorlijk door de wol geverfd in geheime operaties, elk op hun eigen unieke manier, maar later zouden ze zeggen dat de daaropvolgende drie dagen voorbijgingen met de snelheid van een bevroren rivier. Gabriels gebruikelijke geduld liet hem in de steek. Hij had de diefstal van een van de beroemdste schilderijen van de wereld in scène gezet als onderdeel van een vernuftig plan om een ander beroemd schilderij te vinden; en toch zou het allemaal voor niets zijn geweest als de man die zich Sam noemde de deal afblies.

Alleen Maurice Durand, misschien wel 's werelds grootste expert op het gebied van illegale kunsthandel, bleef er alle vertrouwen in hebben. Hij had de ervaring dat louche verzamelaars als Mr. Big zelden de kans lieten schieten een Van Gogh in bezit te krijgen. Niemand die weerstand zou kunnen bieden aan de aantrekkingskracht van Zonnebloemen, zei hij. Als Gabriel Sam niet per ongeluk de vervalsing had laten zien, wat niet het geval was, zou de verfschilferanalyse een positieve uitslag hebben, en zou de deal gewoon doorgaan.

Ze hadden nog één andere optie voor het geval Sam alles zou afblazen: ze konden hem volgen, en zo proberen achter de identiteit te komen van zijn klant, de steenrijke man die bereid was vijfentwintig miljoen euro te betalen voor een gestolen kunstwerk. Dat was overigens slechts een van de redenen dat Gabriel en Keller, twee mannen die als het op schaduwen aankwam tot de meest ervaren van de wereld behoorden, Sam gedurende de drie dagen dat ze moesten wachten nauwlettend in de gaten hielden. Ze zagen hem 's ochtends over de paden van de Jardin des Tuileries lopen, 's middags, omwille van zijn dekmantel, toeristische attracties bezoeken, en 's avonds ergens aan de Champs-Élysées dineren, altijd alleen. Wat hij vooral uitstraalde, was discipline. Keller en Gabriel waren het erover eens dat Sam op een bepaald moment in zijn leven deel had uitgemaakt van het geheime broederschap van de spionnen. Of misschien, dachten ze, behoorde hij daar nog steeds toe.

De ochtend van de derde dag liet hij hen even schrikken door niet te verschijnen voor zijn gebruikelijke wandeling. Toen hij die middag om vier uur het Crillon uit kwam met twee grote koffers en in een limousine stapte, begonnen ze zich echt zorgen te maken. Die bezorgdheid verdween echter weer snel zodra ze doorhadden dat hij naar het bankfiliaal van HSBC aan de Boulevard Haussemann reed. Een halfuur later was hij terug in zijn hotelkamer.

Er waren twee mogelijkheden, zei Keller. Of Sam had zojuist de onopvallendste bankroof in de geschiedenis gepleegd, of hij had een groot bedrag in contanten uit een kluisje gehaald. Keller vermoedde het laatste.

Gabriel ook.

Erg gespannen waren ze dan ook niet meer, toen het moment was aangebroken om Sam te bellen om te horen wat hij had besloten. Keller nam de honneurs waar. Na afloop van het gesprek keek hij Gabriel aan, en glimlachte. 'Misschien dat we die Caravaggio nooit zullen vinden,' zei hij, 'maar we staan wel op het punt Mr. Big vijfentwintig miljoen euro armer te maken.'

24

CHELLES, FRANKRIJK

Er was echter wel een voorwaarde: Sam behield zich het recht voor tijd en plaats te kiezen voor de uitwisseling van geld en goederen. De tijd, zei hij, zou halftwaalf de volgende avond zijn. De plaats een pakhuis in Chelles, een kleurloos stadje ten oosten van Parijs.

Keller reed er de volgende ochtend al vanuit Parijs naartoe, terwijl de rest van Noord-Frankrijk de hoofdstad juist in wilde. Het pakhuis bleek te zijn waar Sam had gezegd, aan de Avenue François Mitterrand, recht tegenover een Renault-dealer. Op een enigszins versleten bordje stond EUROTRANZ, al bleek verder nergens uit wat het bedrijf precies deed. Duiven vlogen in en uit door de kapotte ramen, onkruid tierde welig achter de spijlen van de metalen omheining. Keller stapte uit zijn auto om het automatische toegangshek aan een onderzoek te onderwerpen. Het was lang geleden dat iemand dat had geopend.

Hij besteedde nog een uur aan een routinematige verkenning van de straten om het pakhuis, en reed vervolgens noordwaarts, naar het huis in Andeville. Toen hij daar aankwam, zaten Gabriel en Chiara in de tuin van de zon te genieten. De twee Van Goghs stonden in de woonkamer, tegen een van de muren.

'Ik snap nog steeds niet hoe je ze uit elkaar kunt houden,' zei Keller.

'Dat lijkt me nogal duidelijk, toch?'

'Nee, voor mij niet.'

Gabriel maakte een hoofdbeweging naar het rechterschilderij.

'Weet je dat zeker?'

'Die vingerafdrukken op de randen van het spanraam zijn van mij, niet van Vincent. En dan hebben we dit ook nog.' Gabriel zette zijn door het Bureau verstrekte BlackBerry aan, en hield hem bij de rechterbovenhoek van het doek. Het scherm begon rood te knipperen, om de aanwezigheid van een verborgen zender aan te geven.

'Weet je zeker dat het bereik groot genoeg is?' vroeg Keller.

'Ik heb hem vanochtend nog getest. Op een afstand van tien kilometer nog honderd procent betrouwbaar.'

Keller keek naar de echte Van Gogh. 'Jammer dat niemand eraan heeft gedacht daarin ook zo'n ding te zetten.'

'Ja,' zei Gabriel.

'Hoelang ben je van plan het te houden?'

'Geen dag langer dan nodig is.'

'Wie gaat erop passen, terwijl wij achter de vervalsing aan zitten?'

'Ik had gehoopt het op de ambassade in Parijs te kunnen stallen,' zei Gabriel, 'maar mijn contact daar wil er zijn handen niet aan vuil maken. Ik heb dus iets anders moeten regelen.'

'Zoals?'

Toen Gabriel hem dat vertelde, schudde Keller langzaam zijn hoofd. 'Wel een beetje vreemd, vind je ook niet?"

'Het leven zit ingewikkeld in elkaar, Christopher.'

Keller glimlachte. 'Vertel mij wat.'

Ze verlieten het pittoreske huis op het platteland om acht uur die avond voor de laatste keer. De kopie van Zonnebloemen lag in de kofferbak van Kellers Mercedes; de originele Van Gogh in die van Gabriels auto. Hij leverde hem af bij de winkel van Maurice Durand aan de Rue de Miromesnil. Vervolgens zette hij Chiara af bij het safehouse met uitzicht over de Pont Marie, en reed toen naar Chelles.

Daar kwam hij een paar minuten voor elf aan. Hij zette koers naar het pakhuis aan de Avenue François Mitterrand. Het lag in een deel van de stad waar, als het eenmaal donker was, nog maar weinig leven op straat was. Hij reed twee keer om het gebouw heen, zoekend naar iets wat erop wees dat ze in de gaten werden gehouden, of dat Keller op het punt stond in een val te lopen, maar hij vond niets ongewoons. Vervolgens ging hij op zoek naar een geschikte observatiepost, waar een man in zijn eentje niet de aandacht zou trekken van de politie. De enige plek die daarvoor in aanmerking kwam, was een parkje waar de plaatselijke skateboardhangjongeren bier zaten te drinken. Aan een kant van het parkje stond een rij banken, beschenen door het gelige licht van straatlantaarns. Gabriel parkeerde zijn auto aan de stoeprand, en ging op het bankje het dichtst bij de ingang van Eurotranz zitten.

De hangjongeren keken even vragend op maar waren al snel weer verdiept in het bespreken van de prangende zaken van die dag.

Gabriel wierp een blik op zijn horloge. Vijf over elf. Daarna keek hij op zijn BlackBerry. De zender was nog buiten bereik. Toen hij weer opkeek, zag hij de koplampen van een auto, die over de Avenue reed. Het was een kleine, rode Citroën, die zowel Eurotranz als het park voorbij scheurde, begeleid door dreunende, Franse hiphopklanken. Erachter dook nog een auto op: een zwarte BMW, blinkend schoon, alsof hij speciaal voor de gelegenheid was gewassen. Hij stopte bij het hek, en de chauffeur stapte uit. In het donker was zijn gezicht niet te onderscheiden, maar qua bouw en manier van bewegen was hij sprekend Sam.

Hij liet zijn wijsvinger over het toetsenpaneel gaan, met de zelfverzekerdheid van iemand die de code al heel lang kende. Vervolgens schoof hij weer achter het stuur, wachtte tot het hek open was, en reed het terrein op. Hij wachtte even tot het hek weer achter hem was dichtgegaan en reed toen verder, naar de ingang van het pakhuis. Weer stapte hij uit, en weer toetste hij een code in met een snelheid die deed vermoeden dat hij dat vaker had gedaan. Zodra de deur openschoof, reed hij de auto naar binnen en verdween uit het zicht.

In het parkje had niemand iets gemerkt van de aankomst van een luxe auto bij een in onbruik geraakt pakhuis aan de Avenue Mitterrand, behalve de eenzame man van middelbare leeftijd. De man keek nogmaals op zijn horloge en zag dat het acht over elf was. Toen checkte hij zijn BlackBerry. Het rode lichtje knipperde en kwam zijn kant op.

Keller arriveerde stipt om halftwaalf. Hij belde Sam op zijn mobiel, en het hek ging open. Een gehavend stuk asfalt strekte zich voor hem uit, leeg en donker. Langzaam stak hij dit over en stuurde de auto, op Sams instructies, het pakhuis in. Aan de overkant van een ruimte zo groot als een voetbalveld gloeiden de parkeerlichten van een BMW. Met enige moeite kon Keller de man onderscheiden die tegen de motorkap geleund stond, een telefoon aan zijn oor, twee grote koffers aan zijn voeten. Verder zag hij niemand.

'Blijf daar staan,' zei Sam.

Keller trapte op de rem.

'Zet de motor uit, en doof je koplampen.'

Keller deed wat hem werd gezegd.

'Kom uit de auto, en ga zo staan dat ik je kan zien.'

Traag stapte Keller uit. Hij ging voor de motorkap staan.

Sam stak zijn hand naar binnen, in de BMW, en deed de koplampen aan. 'Doe je jas uit.'

'Is dit echt nodig?'

'Wil je het geld of niet?'

Keller deed zijn jas uit, en gooide die op de motorkap van de auto.

'Draai je om, met je gezicht naar de auto.'

Na een korte aarzeling keerde Keller Sam de rug toe.

'Goed zo.'

Langzaam draaide Keller zich weer naar Sam om.

'Waar is het schilderij?'

'In de kofferbak.'

'Haal het eruit, en leg het een meter of zes voor de auto op de grond.'

Keller ontgrendelde de kofferbak en haalde het schilderij eruit. Het was in een laag beschermend cellofaan gehuld, en verpakt in een vuilniszak. Hij legde het pakket op de betonnen vloer van het pakhuis, zo'n twintig stappen vóór de Mercedes, en wachtte op verdere instructies van Sam.

'Loop terug naar de auto,' kwam de stem van de overkant van de ruimte.

'Dat had je gedacht,' zei Keller, in de koplampen van Sams auto turend.

Korte tijd gebeurde er niets. Toen kwam Sam naar voren lopen. Op ongeveer een meter afstand van Keller bleef hij staan, zijn blik op de grond gericht, een frons in zijn voorhoofd. 'Ik moet het nog een keer zien.'

'Dan moet je het plastic eraf halen. Maar doe wel heel voorzichtig, Sam. Als er ook maar iets met dat schilderij gebeurt, is dat helemaal jouw verantwoordelijkheid.'

Sam liet zich op zijn hurken zakken, en haalde het doek uit de zak. Hij draaide het naar het licht van de koplampen van zijn auto, en bekeek het schilderwerk en de handtekening nog eens aandachtig.

'En?' vroeg Keller.

Sams blik ging naar de vingerafdrukken aan de zijkanten van het spanraam, en naar de aantekeningen van het museum op de achterkant. 'Nog heel even,' zei hij kalm. 'Nog heel even.'

Om tien over halftwaalf kwam de auto van Keller het pakhuis weer uit. Tegen de tijd dat hij bij het hek aankwam, was dit open. Hij ging rechtsaf, en reed langs het bankje waarop Gabriel zat.

Gabriel schonk geen enkele aandacht aan hem. Hij keek naar de achterlichten van een BMW die de Avenue François Mitterrand op was gereden. Vervolgens ging zijn blik naar zijn BlackBerry, en hij glimlachte. Het spel was begonnen, dacht hij. Het spel was nu echt begonnen.

Het rode lichtje van de zender knipperde met de regelmaat van een hartslag. Nadat het de contreien van Parijs definitief had verlaten, maakte het snelheid op de A4 richting Reims. Gabriel volgde op een kilometer afstand, en Keller reed weer een kilometer achter Gabriel. Ze spraken elkaar één keer via de telefoon, een kort gesprek waarin Keller bevestigde dat de deal vlekkeloos was verlopen: Sam had het schilderij, Keller Sams geld. Dat lag nu in de kofferbak van zijn auto, in de vuilniszak waarin Gabriel de kopie van Zonnebloemen had verpakt. Het hele bedrag, op één pakketje honderdeurobiljetten na, dat Keller in zijn jaszak had gestoken.

'Waarom zit dat in je zak?' vroeg Gabriel.

'Benzinegeld,' antwoordde Keller.

Het was zo'n honderdtwintig kilometer naar Reims, een afstand die Sam in een krap uur aflegde. Vlak voor de stad kwam het rode lichtje abrupt tot stilstand langs de A4. Gabriel reed er snel op af, en zag dat Sam stond te tanken. Onmiddellijk belde hij Keller om te zeggen dat die ook moest stoppen. Zodra Sam de weg weer op reed, gingen ze in de oorspronkelijke formatie verder: Sam voorop, Gabriel een kilometer achter Sam, en Keller een kilometer achter Gabriel.

Vanaf Reims ging het verder naar het oosten, via Verdun en Metz. Vervolgens boog de A4 naar het zuiden, en kwamen ze bij Strasbourg, de hoofdstad van de Elzas, en de zetel van het Europese Parlement. Aan de rand van de stad stroomde het grijsgroene water van de Rijn. Een paar minuten na zonsondergang gingen vijfentwintig miljoen euro, én een kopie van een gestolen meesterwerk van Vincent van Gogh onopgemerkt de grens met Duitsland over.

De eerste stad aan Duitse zijde was Kehl, en na Kehl begon de A5. Die volgde Sam tot Karlsruhe, waar hij de A8 richting Stuttgart nam. Tegen de tijd dat hij de buitenwijken van die stad bereikte, was de ochtendspits op zijn heftigst. Via de Hauptstätterstrasse kroop hij de stad in, naar Stuttgart-Mitte, een aangenaam aandoende wijk met kantoren en winkels in het hart van de zich naar alle kanten uitstrekkende stad.

Aangezien Gabriel het gevoel had dat Sam zijn bestemming naderde, verkleinde hij de afstand tot een paar honderd meter. En toen gebeurde er iets wat hij absoluut niet had verwacht. Het knipperende rode lichtje verdween van zijn scherm.

Volgens Gabriels BlackBerry kwam het laatste signaal van de zender van de Böheimstrasse 8. Het adres hoorde bij een grijs gepleisterd hotel dat eruitzag alsof het in de donkerste dagen van de Koude Oorlog uit Oost-Berlijn was geïmporteerd. Achter het hotel, bereikbaar via een steegje, was een openbare parkeergarage. De BMW stond op de laagste verdieping, in een hoek waar de lampen kapot waren geslagen. Sam hing over het stuur, zijn ogen wijd opengesperd, bloed en hersenweefstel tegen de voorruit gespat.

En Zonnebloemen, olieverf op doek, 95 bij 73 centimeter, van Gabriel Allon, was verdwenen.

25

GENÈVE

Ze verlieten Stuttgart via dezelfde weg als die waarlangs ze waren gekomen, en gingen bij Strasbourg de Franse grens weer over. Daarvandaan ging Keller richting Corsica, en Gabriel naar Genève. Halverwege de middag kwam hij daar aan, en onmiddellijk belde hij Christoph Bittel vanuit een telefooncel aan de oever van het meer.

De geheim agent leek niet erg blij zo snel alweer van hem te horen. En hij werd nog minder blij toen Gabriel hem uitlegde waarom hij weer in de stad was.

'Geen sprake van,' zei hij.

'Dan denk ik dat ik het nieuws over al die gestolen schilderijen die ik in die kluis heb gevonden maar wereldkundig moet maken.'

'Tot zover de nieuwe Gabriel Allon.'

'Hoe laat mag ik je verwachten, Bittel?'

'Ik zal kijken wat ik kan doen.'

Het kostte Bittel een uur om zijn bureau op het hoofdkwartier van de NDB leeg te maken, en vervolgens nog twee uur om van Bern naar Genève te rijden.

Gabriel stond op hem te wachten op een drukke hoek van de Rue du Rhône. Het was een paar minuten over zes. Keurige Zwitserse bankiers kwamen de mooie kantoren uit; knappe meisjes en goed uitziende buitenlanders gingen de trendy cafés binnen. Het was allemaal heel netjes en geordend. Zelfs massamoordenaars gedroegen zich welgemanierd wanneer ze in Genève waren.

'Je wilde me net gaan vertellen waarom ik die kluis voor je zou moeten openmaken,' zei Bittel, met zijn gebruikelijke overdreven voorzichtigheid in het verkeer invoegend.

'Omdat de operatie waarmee ik bezig ben op een kleine oneffenheid is gestuit, en ik op dit moment even nergens anders heen kan.'

'Wat voor oneffenheid?'

'Een lijk.'

'Waar?'

Gabriel aarzelde even.

'Waar?' herhaalde Bittel.

'Stuttgart,' antwoordde Gabriel.

'Ik neem aan dat het om die Arabier gaat die vanochtend in het stadscentrum in het hoofd is geschoten?'

'Wie zegt dat hij een Arabier was?'

'De BfV.'

De BfV was de binnenlandse veiligheidsdienst van Duitsland, die nauwe contacten onderhield met de vakgenoten in Bern.

'Hoeveel weten ze van hem?' vroeg Gabriel.

'Bijna niets, daarom hebben ze ons ook om hulp gevraagd. Kennelijk hebben de moordenaars zijn persoonlijke spullen meegenomen nadat ze hem hadden doodgeschoten.'

'Dat is niet het enige wat ze hebben meegenomen.'

'Ben jij verantwoordelijk voor zijn dood?'

'Dat weet ik niet zeker.'

'Laat me het dan zo formuleren, Allon: heb jij een wapen tegen zijn hoofd gezet en de trekker overgehaald?'

'Wat een belachelijke vraag.'

'Zo belachelijk nu ook weer niet. Per slot van rekening heb je wel een zekere voorgeschiedenis als het om lijken op Europese bodem gaat.'

Gabriel reageerde niet.

'Weet je de naam van de man die op dat moment in de auto zat?'

'Hij noemde zich Sam, maar ik heb het gevoel dat zijn echte naam Samir was.'

'Achternaam?'

'Die heb ik nooit gehoord.'

'Paspoort?'

'Hij sprak uitstekend Frans. Als ik een gok moest doen, zou ik zeggen dat hij uit een van de oostelijke Middellandse Zeelanden kwam.'

'Libanon?'

'Misschien. Of Syrië wellicht.'

'Waarom is hij vermoord?'

'Dat weet ik niet zeker.'

'Je kunt vast wel iets beters verzinnen, Allon.'

'Het zou kunnen dat hij in het bezit was van een schilderij dat heel erg leek op Zonnebloemen van Vincent van Gogh.'

'Het schilderij dat uit Amsterdam is gestolen?'

'Geleend,' zei Gabriel.

'Wie heeft de vervalsing geschilderd?'

'Ik.'

'Waarom had Sam die in zijn bezit?'

'Omdat ik hem die voor vijfentwintig miljoen euro heb verkocht.'

Bittel vloekte binnensmonds.

'Je vroeg het toch, Bittel?'

'Waar is het schilderij?'

'Welk schilderij?'

'De échte Van Gogh,' snauwde Bittel.

'In veilige handen.'

'En het geld?'

'In nog veiliger handen.'

'Waarom heb je een Van Gogh gestolen en een kopie daarvan verkocht aan een Arabier die Sam heet?'

'Omdat ik op zoek ben naar een Caravaggio.'

'Voor wie?'

'Voor de Italianen.'

'Waarom is een agent van de Israëlische geheime dienst op zoek naar een schilderij voor de Italianen?'

'Omdat hij moeilijk nee kan zeggen.'

'En als ik je toegang tot die kluis kan verschaffen? Wat verwacht je dan aan te treffen?'

'Eerlijk gezegd, Bittel, heb ik geen flauw idee.'

Met een diepe zucht pakte Bittel zijn telefoon.

Hij pleegde twee telefoontjes snel achter elkaar. Het eerste was met zijn knappe vriendin bij de Ports Francs. Het tweede met een slotenmaker die de NDB in Genève en omstreken af en toe een dienst bewees.

De vrouw stond hen bij aankomst al op te wachten bij het hek; de slotenmaker arriveerde een uur later. Zijn naam was Zimmer. Hij had een rond, zacht gezicht, en de starende blik van een knuffeldier. Zijn hand voelde zo koel en breekbaar aan, dat Gabriel hem snel weer losliet, omdat hij bang was anders iets te beschadigen.

Hij had een zwaar, rechthoekig, zwartleren koffertje bij zich, dat hij stevig vasthield, terwijl hij achter Bittel en Gabriel aan Jack Bradshaws opslagruimte in liep. Als hij zich al bewust was van de aanwezigheid van de schilderijen, liet hij dat in ieder geval niet merken. Hij had alleen maar oog voor de kleine vloerkluis, naast het bureau. Die was afkomstig van een Duitse fabrikant, uit Keulen. Zimmer fronste zijn wenkbrauwen, alsof hij eigenlijk op iets uitdagenders had gehoopt.

Net als de kunstrestaurateur hield de slotenmaker er ook niet van op zijn vingers te worden gekeken terwijl hij aan het werk was. Gabriel en Bittel waren dus min of meer gedwongen zich in de andere ruimte van de kluis terug te trekken, de ruimte die Yves Morel als clandestien atelier had gebruikt. Ze gingen op de vloer zitten, hun rug tegen de muur, hun benen voor zich uitgestrekt. Uit de geluiden die door de openstaande deur op hen afkwamen, maakten ze op dat Zimmer aan het boren was. Het rook ook naar warm metaal. De geur deed Gabriel denken aan die van een pas afgevuurd wapen.

Hij keek op zijn horloge, en fronste zijn voorhoofd. 'Hoelang gaat dit duren?' vroeg hij.

'Sommige brandkasten zijn makkelijker dan andere.'

'Daarom heb ik ook altijd de voorkeur gegeven aan een zorgvuldig geplaatste lading plastische explosieven. Semtex is meestal enorm doeltreffend.'

Bittel haalde zijn telefoon tevoorschijn, en scrolde door zijn e-mails.

Gabriel peuterde afwezig aan de verf op het palet van Yves Morel: oker, goud, karmozijnrood...

Eindelijk, een uur nadat Zimmer met zijn werk was begonnen, klonk er uit de andere kamer een zware, metalige dreun. De slotenmaker verscheen in de deuropening, zijn zwarte, leren tas weer stevig in zijn hand. Hij knikte kort naar Bittel. 'Ik kom er zelf wel uit,' zei hij, en het volgende moment was hij verdwenen.

Gabriel en Bittel kwamen overeind en liepen de andere ruimte in. De deur van de brandkast stond op een kier, een opening van een paar centimeter, meer niet. Gabriel stak zijn hand er al naar uit, maar Bittel hield hem tegen.

'Laat mij dat maar doen,' zei hij, gebarend dat Gabriel een stap achteruit moest doen. Hij deed de deur verder open en gluurde naar binnen. De brandkast was leeg, op een witte envelop na. Hij pakte de envelop, en las de naam die erop stond.

'Wat is het?' vroeg Gabriel.

'Een brief, zo te zien.'

'Aan wie?'

Bittel stak hem Gabriel toe en zei: 'Aan jou.'

Het was meer een verzameling aantekeningen dan een brief, een verslag achteraf geschreven door een gesneuvelde spion die last had gekregen van zijn geweten omdat hij mensen had bedrogen. Gabriel las het twee keer, een keer toen hij nog in de kluis van Jack Bradshaw was, en nog een keer terwijl hij in de vertrekhal van Geneva International Airport zat. Zijn vlucht werd een paar minuten na negenen omgeroepen, eerst in het Frans, toen in het Engels, en ten slotte in het Hebreeuws. De klanken van zijn moedertaal deden zijn hart sneller kloppen. Hij stopte de brief in zijn weekendtas, stond op, en maakte zich klaar om aan boord van het vliegtuig te gaan.

DEEL DRIE

HET OPEN RAAM

26

KING SAUL BOULEVARD, TEL AVIV

Het kantoorgebouw aan het eind van de King Saul Boulevard, was kleurloos, onopvallend, en vooral ook heel erg anoniem. Geen bord boven de deur, geen koperen letters die duidelijk maakten wie er in het gebouw zat. Om precies te zijn was er helemaal niets wat erop wees dat dit het hoofdkwartier was van een van 's werelds meest gevreesde en gerespecteerde inlichtingendiensten ter wereld. Nader onderzoek van de constructie zou echter het bestaan van een gebouw in een gebouw aan het licht hebben gebracht, met een eigen stroomvoorziening, een eigen water- en rioleringnet, en een eigen beveiligd communicatiesysteem. De mensen die er werkten hadden twee sleutels. Eén om een onopvallende deur in de hal te openen, en één voor de lift. Diegenen die de onvergeeflijke zonde begingen een van die sleutels kwijt te raken, of allebei, werden verbannen naar de woestijn van Judea. Niemand die ooit nog iets van hen hoorde.

Er waren ook mensen die te hooggeplaatst waren of die té gevoelig werk deden om hun gezicht in de hal te vertonen. Zij gingen het gebouw 'clandestien' binnen, via de ondergrondse parkeergarage; precies zoals Gabriel deed, een halfuur nadat zijn vlucht uit Genève op Ben-Gurion Airport was geland. De auto waarin hij zat, werd begeleid door een auto met daarin een zwaarbewapend beveiligingsteam. Een voorteken van wat er komen ging, nam hij aan.

Twee van de beveiligingsagenten gingen met hem mee de lift in, die hem razendsnel naar de bovenste verdieping van het gebouw bracht. Vanuit de hal kwam hij via een met een cijfercode beveiligde deur in een wachtkamer terecht, waar een vrouw van eind dertig achter een modern bureau met een glanzend zwart blad zat. Op het bureau stonden slechts een lamp en een telefoon met meerdere lijnen. De vrouw had een paar bijzonder lange, gebruinde benen. Binnen King Saul Boulevard stond ze bekend als de Iron Dome – naar het raketafweersysteem – vanwege haar ongeëvenaarde vermogen onwelkome verzoeken voor een momentje met de baas af te schieten. Haar echte naam was Orit.

'Hij zit in een bespreking,' zei ze, terwijl haar ogen even naar het rode lichtje boven de indrukwekkende dubbele deuren van het kantoor van de baas gingen. 'Ga zitten. Het zal niet lang meer duren.'

'Weet hij dat ik binnen ben?'

'Dat weet hij, ja.'

Gabriel liet zich zakken op wat misschien wel de ongemakkelijkste bank van heel Israël was, een moment lang starend naar het rode lichtje boven de deur. Toen keek hij naar Orit, die hem een stroeve glimlach schonk.

'Kan ik je iets aanbieden?'

'Een stormram,' antwoordde Gabriel.

Toen het licht eindelijk van rood in groen veranderde, kwam Gabriel haastig overeind en ging het kantoor binnen, terwijl de deelnemers aan de nu afgelopen bespreking door een andere deur verdwenen. Twee van hen herkende hij. De een was Rimona Stern, hoofd van de afdeling van het Bureau die over het Iraanse atoomprogramma ging. De ander was Mikhail Abramov, een man uit het veld, een beroepsmoordenaar met wie Gabriel bij verschillende belangrijke operaties had samengewerkt. Dat hij een pak droeg, deed een recente promotie vermoeden.

Nadat de deur achter hen was dichtgevallen, wendde Gabriel zich tot de enige andere man die nu nog in de kamer aanwezig was. Die stond naast een groot bureau met een rookglazen blad, een geopende dossiermap in zijn hand. Hij droeg een grijs pak dat een maat te klein leek, en een wit overhemd met een modieuze hoge boord, waardoor de indruk werd gewekt dat zijn hoofd rechtstreeks op zijn brede schouders was geschroefd. Zijn bril had kleine glazen en een randloos montuur, het soort bril dat werd gedragen door Duitse directeuren die er jong en trendy uit wilden zien. Zijn haar, of wat daarvan nog over was, bestond uit grijze stoppels.

'Sinds wanneer woont Mikhail besprekingen bij in het kantoor van de chef?' vroeg Gabriel.

'Sinds ik hem heb bevorderd,' antwoordde Uzi Navot.

'Tot wat?'

'Plaatsvervangend hoofd Speciale Operaties.' Navot liet de dossiermap zakken en schonk Gabriel een geforceerde glimlach. 'Ik mag toch wel personeelswijzigingen doorvoeren, Gabriel? Per slot van rekening ben ik nog een jaar in functie.'

'Ik had plannen met hem.'

'Wat voor plannen?'

'Eerlijk gezegd wilde ik hem hoofd Speciale Operaties maken.'

'Mikhail? Daar is hij nog helemaal niet klaar voor, nog lang niet.'

'Hij zal het prima doen, zolang er maar een ervaren operationeel planner over zijn schouder meekijkt.'

'Iemand als jij?'

Gabriel zweeg.

'En hoe zit het met mij?' vroeg Navot. 'Heb je al besloten wat je gaat doen?'

'Dat is helemaal aan jou.'

'Klaarblijkelijk niet.' Navot liet de map op het bureau vallen en drukte op een knop die ervoor zorgde dat de jaloezieën langzaam voor de van vloer tot plafond reikende ramen van kogelbestendig glas naar beneden zakten.

Toen hij zo even zwijgend bleef staan, de donkere strepen als tralies over hem heen, ving Gabriel een niet erg aantrekkelijke glimp op van zijn eigen toekomst: een grijze man in een grijze kooi.

'Ik moet bekennen,' zei Navot, 'dat ik ongelooflijk jaloers op je ben. Egypte staat aan de rand van een burgeroorlog, al-Qaida beheerst een gebied dat zich uitstrekt van Falluja tot aan de Middellandse Zee, en aan onze noordelijke grenzen woedt een van de bloedigste conflicten van de moderne geschiedenis. En toch heb jij nog tijd om in opdracht van de Italiaanse overheid achter een gestolen meesterwerk aan te gaan.'

'Het was niet mijn idee, Uzi.'

'Je had op zijn minst de beleefdheid kunnen opbrengen mijn goedkeuring te vragen, toen de carabinieri naar je toe kwamen.'

'Zou je die hebben gegeven?'

'Natuurlijk niet.'

Navot liep langzaam langs de grote vergadertafel, naar zijn comfortabele zithoek. Beelden van televisiezenders van overal ter wereld gleden geluidloos over de schermen van zijn videowall. Kranten uit de hele wereld lagen keurig in het gelid op zijn salontafel.

'De Europese politie heeft het de afgelopen tijd maar druk,' zei hij. 'Een vermoorde, in Italië wonende Brit aan het Comomeer, een gestolen meesterwerk van Van Gogh, en nu dit weer.' Hij pakte een exemplaar van Die Welt van tafel, en hield de krant voor Gabriel omhoog. 'Een dode Arabier midden in Stuttgart. Drie op het oog niet met elkaar in verband staande gebeurtenissen, die echter één ding gemeen hebben.' Navot liet de krant weer op tafel vallen. 'Gabriel Allon, het toekomstige hoofd van de geheime dienst van Israël.'

'Twee dingen, om precies te zijn.'

'Wat is het tweede?'

'LXR Investments of Luxembourg.'

'Wie is de eigenaar van LXR?'

'De slechtste man ter wereld.'

'Staat hij op de loonlijst van het Bureau?'

'Nee, Uzi,' zei Gabriel, een glimlach op zijn gezicht. 'Nog niet.'

Navot kende de grote lijnen van Gabriels zoektocht naar de verdwenen Caravaggio, omdat hij die van een afstandje had gevolgd: vluchtreserveringen, creditcarduitgaven, grensovergangen, aanvragen voor safehouses, nieuwsberichten over een verdwenen meesterwerk.

En nu, gezeten in het kantoor dat binnenkort het zijne zou worden, maakte Gabriel het plaatje compleet, te beginnen met het verzoek van generaal Ferrari in Venetië, en eindigend met de dood van een man die Sam heette in Stuttgart, een man die even daarvoor vijfentwintig miljoen euro had betaald voor Zonnebloemen, olieverf op doek, 95 bij 73 centimeter, van Gabriel Allon. Daarna liet hij de drie pagina's tellende brief zien die Jack Bradshaw voor hem had achtergelaten in de kluis van de Ports Francs in Genève.

'Sams echte naam was Samir Basara. Bradshaw heeft hem ontmoet toen hij in Beiroet werkte. Samir was een typische ritselaar. Drugs, wapens, meisjes, alles wat het leven in een stad als Beiroet in de jaren tachtig interessant maakte. Samir blijkt echter helemaal niet Libanees te zijn. Samir kwam uit Syrië, en hij werkte voor de Syrische geheime dienst.'

'Werkte hij nog steeds voor hen op het moment dat hij werd vermoord?'

'Absoluut,' antwoordde Gabriel.

'Wat deed hij precies voor hen?'

'Gestolen kunst kopen.'

'Van Jack Bradshaw?'

Gabriel knikte. 'Samir en Bradshaw hebben de banden veertien maanden geleden weer aangehaald, tijdens een lunch in Milaan. Samir kwam met een zakelijk voorstel. Hij zei dat hij een klant had, een rijke zakenman uit het Midden-Oosten, die geïnteresseerd was in het aankopen van schilderijen. Binnen een paar weken had Bradshaw via zijn contacten in de duistere hoeken van de kunstwereld een Rembrandt en een Monet geregeld, toevallig allebei gestolen. Dat vond Samir geen enkel probleem. Sterker nog, hij was er wel blij mee. Hij gaf Bradshaw vijf miljoen, en gaf hem opdracht op zoek te gaan naar méér.'

'Hoe betaalde hij voor de schilderijen?'

'Hij sluisde het geld naar het bedrijf van Bradshaw via iets wat LXR Investments of Luxembourg heet.'

'Wie is de eigenaar van LXR Investments?'

'Daar kom ik zo op,' zei Gabriel.

'Waarom wilde Sam zo graag gestolen schilderijen?'

'Daar kom ik ook zo nog op.' Gabriel keek naar de brief. 'Vanaf dat moment is Jack Bradshaw lekker gaan shoppen voor zijn nieuwe vermogende klant: een paar Renoirs, een Matisse, een Corot die in 1972 uit het Montreal Museum of Fine Arts is gestolen. Ook wist hij de hand te leggen op verschillende belangrijke Italiaanse schilderijen, die het land eigenlijk niet uit mochten. Maar Samir was nog steeds niet tevreden. Hij zei dat zijn klant iets groots wilde. Dat was het moment waarop Bradshaw over de heilige graal onder de verdwenen schilderijen is begonnen.'

'De Caravaggio?'

Gabriel knikte.

'Waar was die?'

'Nog steeds op Sicilië, in handen van de Cosa Nostra. Bradshaw is naar Palermo gegaan om over de koop te onderhandelen. Na al die jaren waren de maffiosi eigenlijk wel blij ervan af te zijn. Bradshaw heeft het werk in een lading tapijten naar Zwitserland gesmokkeld. Het behoeft uiteraard geen betoog dat het altaarstuk niet echt in een geweldige conditie was toen het daar aankwam. Hij incasseerde een aanbetaling van vijf miljoen euro van Samir, en huurde een Franse vervalser in om de Geboorte van Christus weer toonbaar te maken. Voordat hij de koop definitief kon maken, gebeurde er echter iets.'

'Wat dan?'

'Hij kreeg door wie de werkelijke koper van de schilderijen was.'

'Wie was dat?'

Voordat Gabriel daarop antwoord gaf, ging hij terug naar een vraag die Navot een paar minuten eerder had gesteld: waarom was de rijke klant van Samir Basara geïnteresseerd in gestolen schilderijen? Om die vraag te beantwoorden legde hij eerst uit dat er vier categorieën kunstdieven bestonden: de kunstliefhebber zonder geld, de ondeskundige loser, de professional, en het lid van de georganiseerde misdaad. Die laatste, zei hij, was verantwoordelijk voor de meeste echt grote diefstallen. Soms was er een koper, maar vaak werden gestolen schilderijen in de onderwereld ook als een soort cash gebruikt, als een soort reischeques voor de criminelen. Zo kon een Monet bijvoorbeeld als onderpand worden ingezet voor een lading Russische wapens; of een Picasso voor Turkse heroïne. Uiteindelijk was er echter altijd wel iemand die het schilderij op een gegeven moment te gelde wilde maken, meestal met de hulp van een heler met verstand van zaken, zoals Jack Bradshaw. Een schilderij dat op de legale markt tweehonderd miljoen dollar waard was, zou op de zwarte markt twintig miljoen opbrengen. Twintig miljoen dollar die nooit meer getraceerd zou kunnen worden, voegde Gabriel eraan toe. Twintig miljoen dollar die nooit door een overheid bevroren zou kunnen worden, niet in de Verenigde Staten, en niet in de Europese Unie.

'Begrijp je waar ik naartoe wil, Uzi?'

'Wie is het?' vroeg Navot nogmaals.

'Een man die de leiding heeft in een behoorlijk smerige burgeroorlog, een man die gebruik heeft gemaakt van systematische martelingen, willekeurige beschietingen, en aanvallen met chemische wapens tegen zijn eigen volk. Hij heeft gezien dat Hosni Mubarak achter de tralies terechtkwam, en dat Muammar Kadhafi werd gelyncht door een bloeddorstige menigte. Als gevolg daarvan is hij zich zorgen gaan maken over wat er met hem gaat gebeuren, mocht hij ten val komen. Daarom heeft hij Samir Basara gevraagd een appeltje voor de dorst aan te leggen voor hem en zijn familie.'

'Zeg je nu dat Jack Bradshaw gestolen schilderijen verkocht aan de president van Syrië?'

Gabriel keek naar de beelden die voorbijkwamen op de videowall van Navot. Het regime had zojuist een wijk van Damascus gebombardeerd die in handen was van de rebellen. Het aantal doden was aanzienlijk.

'De Syrische heerser en zijn familie bezitten miljarden,' zei Navot.

'Klopt,' zei Gabriel. 'Maar de Amerikanen en de EU bevriezen zijn bezittingen en die van zijn naasten, waar ze maar kunnen. Zelfs Zwitserland heeft honderden Syrische miljoenen bevroren.'

'Maar het grootste deel van hun vermogen is daar nog ergens.'

'Nog wel,' zei Gabriel.

'Maar waarom geen goudstaven en kluizen vol contant geld? Waarom schilderijen?'

'Ik neem aan dat hij ook goud en contanten heeft. Per slot van rekening is diversiteit, zoals iedere investeringsadviseur je zal kunnen vertellen, de sleutel tot succes op lange termijn. Maar als ik de Syrische president moest adviseren,' voegde Gabriel eraan toe, 'zou ik hem aanraden te investeren in bezittingen die makkelijk te verbergen en te transporteren zijn.'

'Schilderijen?' vroeg Navot.

Gabriel knikte. 'Als hij op de zwarte markt een schilderij koopt voor vijf miljoen, kan hij dat voor ongeveer dezelfde prijs, minus de bemiddelingskosten uiteraard, weer verkopen. Een goedkope manier om miljoenen aan cash te krijgen die nergens meer te traceren zijn.'

'Ingenieus.'

'Niemand heeft ooit gezegd dat ze dom zijn, alleen meedogenloos en wreed.'

'Wie heeft Samir Basara vermoord?'

'Als ik een gok moest doen, zou ik zeggen dat het een bekende was.' Na een korte stilte voegde Gabriel eraan toe: 'Iemand die op de achterbank van de auto zat, toen hij de trekker overhaalde.'

'Iemand van de Syrische geheime dienst?'

'Zo werkt het meestal wel, ja.'

'Waarom hebben ze hem vermoord?'

'Misschien wist hij te veel. Of misschien waren ze kwaad op hem.'

'Waarom?'

'Omdat Jack Bradshaw te veel te weten was gekomen over de financiële privésituatie van de heersende familie.'

'Hoeveel wist hij?'

Gabriel hield de brief omhoog en zei: 'Heel wat, Uzi.'

27

KING SAUL BOULEVARD, TEL AVIV

'Wat denk je dat Bradshaw met de Caravaggio heeft gedaan?'

'Die heeft hij ongetwijfeld meegenomen naar zijn villa aan het Comomeer,' antwoordde Gabriel. 'Vervolgens heeft hij Oliver Dimbleby gevraagd naar Italië te komen om zijn collectie te bekijken. Het was een list, een slimme operatie, bedacht door een voormalig Brits spion. Wat hij werkelijk wilde was dat Oliver het aan Julian Isherwood zou vertellen, die het weer aan mij zou vertellen. Maar het ging niet zoals gepland. In plaats daarvan stuurde Oliver Julian naar het Comomeer. En tegen de tijd dat die daar aankwam, was Bradshaw dood.'

'En de Caravaggio was weg?'

Gabriel knikte.

'Waarom wilde Bradshaw jóú over die connectie met de Syrische president vertellen?'

'Ik neem aan dat hij dacht dat ik de zaak discreet zou afhandelen.'

'Hoe bedoel je?'

'Dat ik de Britse of Italiaanse politie niet zou vertellen dat hij een smokkelaar en een heler was,' verklaarde Gabriel. 'Hij hoopte persoonlijk met mij te kunnen praten, maar voor de zekerheid heeft hij alles wat hij wist ook nog op papier gezet, en opgeborgen in een kluis in de Ports Francs.'

'Samen met een voorraadje gestolen schilderijen?'

Weer knikte Gabriel.

'Vanwaar die plotselinge ommekeer? Waarom niet gewoon het bloedgeld van die heerser aannemen, en er hard lachend mee vandoor gaan?'

'Nicole Devereaux.'

Nadenkend kneep Navot zijn ogen een stukje dicht. 'Waarom komt die naam me bekend voor?'

'Zij was de fotografe van AFP die in de jaren tachtig in Beiroet werd ontvoerd en vermoord,' antwoordde Gabriel. Daarna vertelde hij Navot de rest van het verhaal: de liefdesaffaire, de rekrutering door de KGB, het half miljoen op een Zwitserse bankrekening. 'Bradshaw heeft zichzelf de dood van Nicole nooit vergeven,' voegde hij eraan toe. 'En hij heeft het Syrische regime al helemaal nooit vergeven dat ze haar hebben vermoord.'

Navot zweeg even. 'Je vriend Jack Bradshaw heeft in zijn leven heel wat dwaze dingen gedaan,' zei hij uiteindelijk. 'Maar het domste wat hij ooit heeft gedaan is vijf miljoen euro aannemen van de heersende familie van Syrië voor een schilderij dat hij niet wist te leveren. Er is maar één ding waaraan de familie een grotere hekel heeft dan aan verraad, en dat is aan mensen die hun geld afhandig proberen te maken.'

Navot keek naar de bewegende beelden op de videowall. 'Als je het mij vraagt,' zei hij, 'is dat waar deze hele demonstratie van menselijke verdorvenheid om draait. Honderdvijftigduizend doden, en miljoenen mensen dakloos. En waarom? Waarom weet de Syrische heersende familie van geen ophouden? Waarom moorden ze op ongekende schaal? Voor hun geloof? Voor het Syrische ideaal? Er is helemaal geen Syrisch ideaal. Sterker nog, er is eigenlijk geen Syrië meer. En toch gaat het doden maar door, met maar één reden. Eén enkele reden.'

'Geld,' zei Gabriel.

Navot knikte traag.

'Je klinkt alsof je bijzonder veel inzicht hebt in de Syrische situatie, Uzi.'

'Ik ben toevallig getrouwd met 's lands grootste deskundige op het gebied van Syrië en de Ba'ath-partij.' Hij zweeg even en voegde er toen aan toe: 'Maar dat wist je al.' Navot stond op, liep naar het dressoir, en tapte een kop koffie uit de thermoskan die daar stond.

Het viel Gabriel op dat er geen room stond, en ook geen Weense boterkoekjes, twee dingen waaraan Navot geen weerstand kon bieden. Hij dronk zijn koffie nu zwart, met als enige toevoeging een zoetje, dat hij vanuit een plastic potje in zijn kopje lanceerde.

'Sinds wanneer doe jij cyaankali in je koffie, Uzi?'

'Bella probeert me van de suiker af te krijgen. Daarna is cafeïne aan de beurt.'

'Ik kan me niet voorstellen dat je dit werk zonder cafeïne kunt doen.'

'Je zult het snel genoeg merken.' Navot ging weer zitten, onwillekeurig even glimlachend.

Gabriel keek weer naar de schermen. Het lichaam van een kind – of het een jongen of een meisje was, viel onmogelijk te zeggen – werd uit de puinhopen getrokken. Een vrouw huilde jammerend. Een man schreeuwde om wraak.

'Over hoeveel hebben we het?' vroeg hij.

'Geld?'

Gabriel knikte bevestigend.

'In de media wordt gesproken over tien miljard,' antwoordde Navot, 'maar we denken dat het in werkelijkheid nog veel meer is. En het wordt allemaal beheerd door Kemel al-Farouk.' Navot wierp Gabriel een zijdelingse blik toe en vroeg: 'Is die naam je bekend?'

'Ik weet niet zoveel van Syrië, Uzi.'

'Dat komt snel genoeg.' Weer gleed er een vage glimlach over Navots gezicht, voordat hij verderging. 'Kemel is geen lid van de heersende familie, maar hij werkt zijn hele leven al voor hen. Hij is begonnen als lijfwacht van de vader van de huidige heerser. In de zeventiger jaren heeft hij ooit een kogel opgevangen die voor de oude man was bedoeld, en dat is de vader van de heerser nooit vergeten. Hij heeft Kemel een belangrijke functie bij de Moeghabarat gegeven, waar hij al snel de reputatie kreeg van wrede ondervrager van politieke gevangenen. Zo spijkerde hij leden van de Moslimbroederschap aan de muur vast, gewoon voor de lol.'

'Waar is hij nu?'

'Zijn officiële titel is plaatsvervangend minister van Buitenlandse Zaken, maar in veel opzichten leidt hij het land en de oorlog. De heerser neemt nooit een beslissing zonder eerst met Kemel te praten. En wat misschien nog het belangrijkste is: Kemel is degene die over het geld gaat. Een deel daarvan heeft hij in Moskou en Teheran ondergebracht, maar hij zou nooit al het geld aan de Russen en de Iraniërs toevertrouwen. We denken dat hij ook iemand in West-Europa aan het werk heeft, die druk bezig is geld te verbergen. Wat we níét weten,' zei Navot, 'is wie dat is, of waar hij het geld verbergt.'

'Dankzij Jack Bradshaw weten we nu dat een deel van dat geld in LXR Investments zit. En we kunnen LXR gebruiken als een venster om zicht te krijgen op de rest van de bezittingen van de familie.'

'En dan?'

Gabriel zweeg.

Navot keek naar een volgend lichaam dat uit de puinhopen in Damascus werd gehaald. 'Voor Israëlieten is het moeilijk naar dit soort beelden te kijken,' zei hij na een tijdje. 'Het bezorgt ons een ongemakkelijk gevoel. Het brengt nare herinneringen naar boven. Ons natuurlijk instinct zegt ons het monster te doden, voordat het nog meer schade kan aanrichten. Maar het Bureau en de IDF hebben besloten dat het beter is het monster te laten zitten, voorlopig in ieder geval, omdat het alternatief nog wel eens erger zou kunnen zijn. En de Amerikanen en Europeanen zijn tot dezelfde conclusie gekomen, ondanks alle leuke praatjes over onderhandelingen om een schikking te bereiken. Niemand wil dat Syrië in handen valt van al-Qaida, maar dat zal ongetwijfeld gebeuren wanneer de heersende familie vertrekt.'

'Een groot deel van Syrië wordt al door al-Qaida beheerst.'

'Dat is waar,' beaamde Navot. 'En het virus grijpt om zich heen. Een paar weken geleden is een delegatie van Europese hoofden van geheime diensten naar Damascus vertrokken met een lijst van mosliminwoners die naar Syrië zijn vertrokken om zich bij de jihad te voegen. Ik had ze nog wel een paar namen kunnen geven, maar ik was niet uitgenodigd voor het feestje.'

'Verrassend.'

'Het is misschien ook maar beter dat ik niet ben gegaan. De laatste keer dat ik in Damascus was, reisde ik onder een andere naam.'

'Welke?'

'Vincent Laffont.'

'De schrijver van reisverhalen?'

Navot knikte.

'Hij is altijd een van mijn favorieten geweest,' zei Gabriel.

'Van mij ook.' Navot zette zijn koffiekopje op tafel. 'Het Bureau heeft nooit moeilijk gedaan over een misdaad zo nu en dan, begaan ten dienste van een moreel verantwoorde operatie. Maar als we met de botte bijl op het internationale bankwezen gaan inhakken, zou dat weleens desastreuze gevolgen kunnen hebben.'

'De heersende familie van Syrië heeft die bezittingen niet eerlijk verkregen, Uzi. Twee generaties lang hebben ze de economie van het land geplunderd.'

'Dat wil nog niet zeggen dat je die bezittingen nu gewoon kunt stelen.'

'Nee,' zei Gabriel met gespeelde boetvaardigheid. 'Dat zou helemaal verkeerd zijn.'

'Wat stel je dan voor?'

'We bevriezen ze.'

'Hoe?'

Gabriel glimlachte, en zei: 'In de stijl van het Bureau.'

'En onze vrienden in Langley?' vroeg Navot, nadat Gabriel alles had uitgelegd.

'Wat is daarmee?'

'Zo'n operatie kunnen we niet in gang zetten zonder steun van de CIA.'

'Als we het aan de CIA vertellen, vertelt de CIA het aan het Witte Huis. En dan komt het uiteindelijk op de voorpagina van de New York Times terecht.'

Navot glimlachte. 'Wat we nu nodig hebben is goedkeuring van de premier, en het geld om de operatie te kunnen uitvoeren.'

'We hebben al geld, Uzi. Véél geld.'

'De vijfentwintig miljoen die je hebt verdiend met de verkoop van de vervalste Van Gogh?'

Gabriel knikte. 'Dat is het mooie van deze operatie,' zei hij. 'Die financiert zichzelf.'

'Waar is dat geld nu?'

'Dat zou weleens in de kofferbak van de auto van Christopher Keller kunnen zitten.'

'Op Corsica.'

'Ik ben bang van wel.'

'Ik stuur een *bodel* om het op te halen.'

'De machtige Don Orsati laat zich niet in met boodschappers, Uzi. Dat zou hij als een diepe belediging opvatten.'

'Wat had jij dan in gedachten?'

'Zodra ik de operatie op poten heb gezet, ga ik het geld zelf halen, al zal ik misschien wel een klein bedrag voor de don moeten achterlaten, als blijk van waardering.'

'Hoe klein?'

'Met twee miljoen zal hij wel tevreden zijn.'

'Dat is veel geld.'

'De ene hand wast de andere, en beide handen wassen het gezicht.'

'Is dat een Joods spreekwoord?'

'Vast, Uzi.'

Nu moest alleen Gabriels team nog worden samengesteld. Rimona Stern en Mikhail Abramov moesten er in ieder geval in, zei hij. Net als Dina Sarid, Yossi Gavish, en Yaakov Rossman.

'Ik kan je Yaakov op dit moment onmogelijk geven,' protesteerde Navot.

'Waarom?'

'Omdat Yaakov degene is die alle raketten en andere dodelijke speeltjes traceert die de Syriërs naar hun vriendjes bij Hezbollah sturen.'

'Yaakov kan breien en praten tegelijk.'

'Wie nog meer?'

'Ik heb Eli Lavon nodig.'

'Die is nog onder de Westmuur aan het graven.'

'Vanaf morgenmiddag mag hij in iets anders gaan graven.'

'Was dat alles?'

'Nee,' zei Gabriel. 'Er is nog iemand die ik bij een operatie als deze nodig heb.'

'Wie?'

''s Lands grootste deskundige op het gebied van Syrië en de Ba'ath-partij.'

Navot glimlachte. 'Misschien moet je ook maar een paar lijfwachten nemen, voor de zekerheid.'

28

PETAH TIKVA, ISRAËL

De navots woonden aan de oostelijke rand van Petah Tikva, aan een rustige straat waar de huizen schuilgingen achter muren van beton en bougainville. Naast het metalen hek zat een bel, maar toen Gabriel daarop drukte, reageerde er niemand. Recht in de lens van de beveiligingscamera kijkend drukte hij nog een keer.

Deze keer klonk er een vrouwenstem uit de intercom: 'Wie is daar?'

'Ik ben het, Bella. Doe het hek open.'

Weer bleef het even stil, zo'n vijftien seconden, misschien langer, toen klikte het slot open.

Zodra hij het hek door was, zag hij het huis voor zich opdoemen: een kubistisch bouwsel met grote ramen van veiligheidsglas, een beveiligde communicatieantenne op het dak. Bella stond in de schaduw van het afdak boven de deur, haar armen afwerend over elkaar geslagen. Ze droeg een witte, zijden broek, en een gele blouse, die met een riem om haar slanke middel bij elkaar werd gesnoerd. Haar donkere haar zag eruit alsof het pas geknipt en geverfd was. Volgens de tamtam van het Bureau zat ze iedere ochtend bij de meest exclusieve salon van Tel Aviv.

'Jij hebt wel lef, dat je je hier nog durft te vertonen, Gabriel.'

'Kom op, Bella. We kunnen toch wel beleefd tegen elkaar doen?'

Ze bleef nog even staan maar deed uiteindelijk een stap opzij, hem met een onverschillige handbeweging uitnodigend binnen te komen. De kamers van het huis had ze op dezelfde manier aangekleed als haar man: grijs, verzorgd, modern.

Gabriel liep achter haar aan via een keuken met veel glanzend chroom en glimmend zwart graniet naar het terras achter het huis, waar een lichte Israëlische lunch klaarstond. De tafel stond in de schaduw, maar de rest van de tuin, voornamelijk bestaand uit vijvers en klaterende fonteinen, baadde in het zonlicht. Plotseling herinnerde hij zich dat Bella altijd al gek was geweest van Japan.

'Echt fantastisch, wat je hiervan hebt gemaakt, Bella.'

'Ga zitten,' was haar enige reactie.

Gabriel liet zich in een van de comfortabele tuinstoelen zakken.

Nadat Bella een groot glas versgeperst sap had ingeschonken, zette ze het met een overdreven beleefd gebaar voor hem neer. 'Heb je er al over nagedacht waar Chiara en jij gaan wonen als jij straks chef bent?' vroeg ze.

Of die vraag oprecht belangstellend of venijnig bedoeld was, wist hij niet. Hij besloot in ieder geval een eerlijk antwoord te geven. 'Chiara vindt dat we in de buurt van King Saul Boulevard moeten gaan wonen,' zei hij, 'maar ik zou liever in Jeruzalem blijven.'

'Dat is een eind rijden.'

'Ik hoef zelf niet achter het stuur.'

Haar gezicht verstrakte.

'Het spijt me, Bella. Dat bedoelde ik niet zoals het klonk.'

Ze reageerde niet onmiddellijk. 'Ik heb het daar nooit echt prettig gevonden, in Jeruzalem. Een beetje te dicht bij God naar mijn smaak. Ik heb het hier prima naar mijn zin, in mijn kleine, wereldlijke buitenwijk.'

Er viel een stilte. Ze wisten allebei wat de werkelijke reden was dat Gabriel de voorkeur gaf aan Jeruzalem boven Tel Aviv.

'Het spijt me dat ik jou en Chiara nooit een berichtje heb gestuurd naar aanleiding van jullie zwangerschap.' Ze wist een kort glimlachje te produceren. 'God weet dat jullie wel wat geluk hebben verdiend na alles wat jullie hebben doorgemaakt.'

Gabriel knikte, iets toepasselijks mompelend. Bella had nooit een berichtje gestuurd, dacht hij, omdat haar woede haar in de weg had gezeten. Ze had een rancuneus trekje. Een van haar meest ontwapenende eigenschappen, vond hij.

'Ik denk dat we moeten praten, Bella.'

'Ik dacht dat we dat ook aan het doen waren.'

'Echt praten,' zei hij.

'Het is misschien beter als we ons gedragen als personages uit zo'n keurige, ouderwetse detective van de BBC. Anders zeg ik wellicht iets waarvan ik later spijt krijg.'

'Er is een reden waarom dat soort series zich nooit in Israël afspelen. Wij praten niet zo.'

'Misschien zouden we dat moeten doen.' Ze pakte een bord en begon het voor Gabriel vol te scheppen.

'Ik heb geen honger, Bella.'

Ze liet het bord weer op de tafel kletteren. 'Ik ben verdomme woest op je.'

'Die indruk kreeg ik al, ja.'

'Waarom pik je Uzi's baan in?'

'Ik pik Uzi's baan niet in.'

'Hoe zou jij het dan willen noemen?'

'Ik had geen enkele keus.'

'Je had toch nee kunnen zeggen?'

'Dat heb ik geprobeerd. Het werkte niet.'

'Dan had je beter je best moeten doen.'

'Het was niet mijn schuld, Bella.'

'Ik weet het, Gabriel. Het is nooit jouw schuld.' Ze richtte haar blik op alle waterelementen in haar tuin. Dat leek haar een beetje te kalmeren.

'Ik zal nooit die eerste keer vergeten dat ik jou zag,' zei ze uiteindelijk. 'Je liep in je eentje door een van de gangen van King Saul Boulevard, niet lang na Tunis. Je zag er precies zo uit als nu, met die groene ogen, die grijzende slapen. Je was een soort engel, Israëls engel der wrake. Iedereen was dol op je. Uzi aanbad je.'

'Laten we nu niet gaan overdrijven, Bella.'

Ze deed alsof ze hem niet had gehoord. 'En toen kwam Wenen,' ging ze na een korte stilte verder. 'Een dramatisch keerpunt was het, een ramp van bijbelse proporties.'

'We zijn allemaal dierbaren kwijtgeraakt, Bella. We hebben allemaal verdriet gekend.'

'Dat is zo, Gabriel. Maar Wenen was anders. Je bent nooit meer dezelfde geworden na Wenen. Niemand van ons eigenlijk.' Weer zweeg ze even, alvorens eraan toe te voegen: 'Vooral Shamron niet.'

Nu staarde Gabriel net als Bella de tuin in. Een ogenblik lang was hij weer op de door de zon geblakerde binnenplaats van de Bezalel Academy of Art and Design in Jeruzalem. Het was september 1972, een paar dagen na de moord op elf Israëlische sporters en coaches tijdens de Olympische Spelen van München. Schijnbaar uit het niets dook er een kleine, tanige man op met een foeilelijke donkere bril en een gebit als een stalen klem. De man stelde zich niet voor, omdat dat niet nodig was. Hij was degene over wie alleen op fluistertoon werd gesproken. Degene die de geheimen had gestolen die tot de razendsnelle overwinning van Israël in de Zesdaagse Oorlog hadden geleid. Degene die Adolf Eichmann, brein achter de Holocaust, van een Argentijnse straathoek had geplukt.

Shamron...

'Ari heeft het zichzelf altijd kwalijk genomen, wat er in Wenen met jou is gebeurd,' zei Bella. 'En hij heeft het zichzelf ook nooit echt vergeven. Daarna is hij je als een zoon gaan behandelen. Je kon komen en gaan wanneer je maar wilde. Maar hij heeft de hoop nooit opgegeven dat je op een dag naar huis zou komen om de leiding van zijn dierbare Bureau op je te nemen.'

'Weet je wel hoe vaak ik voor die baan heb bedankt?'

'Vaak genoeg om te zorgen dat Shamron hem uiteindelijk aan Uzi gaf. Hij kreeg die baan als een soort troostprijs.'

'Eerlijk gezegd kwam het voorstel Uzi als nieuwe chef aan te stellen van mij.'

'Alsof het aan jou was te bepalen wie die functie kreeg.' Ze glimlachte bitter. 'Heeft Uzi je ooit verteld dat ik hem heb aangeraden die baan niet aan te nemen?'

'Nee, Bella. Dat heeft hij nooit verteld.'

'Ik heb altijd geweten dat het zo zou eindigen. Je had zo fatsoenlijk moeten zijn het podium te verlaten en in Europa te blijven. Maar wat deed je? Je wist een lading ondeugdelijke centrifuges in de Iraanse nucleaire toeleveringsketen te krijgen, en vier geheime verrijkingsfaciliteiten te vernietigen.'

'Die operatie viel onder Uzi.'

'Maar het was jóúw operatie. Dat wist iedereen van King Saul Boulevard, én van Kaplan Street.'

Kaplan Street was waar het kantoor van de premier zat. Als je de geruchten mocht geloven, kwam Bella er maar al te vaak. Gabriel had altijd vermoed dat haar invloed op King Saul Boulevard een stuk verder reikte dan de inrichting van het kantoor van haar echtgenoot.

'Uzi is een goede chef geweest,' zei ze. 'Een verdomd goede chef. Hij had slechts één tekortkoming. Hij was niet jou, Gabriel. Dat zal hij nooit worden ook. En daarom wordt hij nu gedumpt.'

'Niet als ik daar iets over te zeggen heb.'

'Heb je nog niet genoeg gedaan?'

In het huis ging een telefoon. Bella maakte geen aanstalten te gaan opnemen.

'Waarom ben je hier?' vroeg ze.

'Ik wil met je over Uzi's toekomst praten.'

'Dankzij jou heeft hij die niet meer.'

'Bella...'

Ze liet zich niet vermurwen, nog niet. 'Als je iets over Uzi's toekomst te zeggen hebt, kun je beter met Uzi gaan praten.'

'Het leek me handiger het er eerst met jou over te hebben.'

'Probeer me niet te paaien, Gabriel.'

'Ik zou niet durven.'

Ze tikte met de nagel van haar wijsvinger op het tafelblad. Een vers gelakte nagel. 'Hij heeft me verteld over het gesprek dat jullie in Londen hebben gehad, toen jullie op zoek waren naar dat ontvoerde meisje. Je begrijpt natuurlijk wel dat ik je voorstel maar niks vond.'

'Waarom niet?'

'Omdat er geen precedent voor is. Als de ambtstermijn van een chef voorbij is, wordt de chef geruisloos afgevoerd en wordt er nooit meer iets van hem vernomen.'

'Zeg dat maar tegen Shamron.'

'Shamron is anders.'

'Ik ook.'

'Wat is je voorstel precies?'

'Dat we het Bureau samen gaan runnen. Ik ben de chef, Uzi mijn plaatsvervanger.'

'Dat gaat nooit werken.'

'Waarom niet?'

'Omdat daarmee de indruk wordt gewekt dat jij het niet aankunt.'

'Er is niemand die dat denkt.'

'Uiterlijke schijn doet er wel degelijk toe.'

'Nu verwar je me met iemand anders, Bella.'

'Met wie dan?'

'Met iemand die iets om uiterlijke schijn geeft.'

'En als hij daarmee instemt?'

'Dan krijgt hij een kantoor naast het mijne. Hij zal betrokken worden bij iedere belangrijke beslissing, iedere operatie van betekenis.'

'Waarom?' vroeg ze. 'Waarom doe je dit?'

'Omdat ik hem nodig heb, Bella.' Hij zweeg even, voordat hij eraan toevoegde: 'En jou ook.'

'Mij?'

'Ik wil dat je terugkomt bij het Bureau.'

'Wanneer?'

'Morgenochtend, tien uur. Uzi en ik gaan een operatie tegen de Syriërs starten. Daarbij hebben we jouw hulp nodig.'

'Wat voor operatie?'

Toen Gabriel haar dat had verteld, glimlachte ze treurig. 'Jammer dat Uzi dat niet heeft bedacht,' zei ze. 'Als hij dat had gedaan, zou hij misschien chef zijn gebleven.'

Het daaropvolgende uur bespraken ze in Bella's tuin de voorwaarden waaronder zij naar King Saul Boulevard zou terugkeren. Toen ze daarmee klaar waren, liep ze met hem mee, naar zijn dienstauto, en ze wachtte totdat hij op de achterbank had plaatsgenomen.

'Staat je goed,' zei ze door het geopende portier.

'Wat staat me goed, Bella?'

Ze glimlachte echter slechts en zei: 'Tot morgenochtend, Gabriel.' Daarna draaide ze zich om, en het volgende moment was ze verdwenen.

Een lijfwacht deed het portier van de auto dicht, een tweede lijfwacht ging op de passagiersstoel zitten. Plotseling realiseerde Gabriel zich dat hij ongewapend was. Een ogenblik lang bleef hij besluiteloos zitten, overwegend wat zijn volgende bestemming zou zijn. Toen keek hij in de binnenspiegel en gaf de chauffeur opdracht naar een adres in West-Jeruzalem te rijden. Er was nog één onplezierige missie die hij moest volbrengen voordat hij naar huis kon. Hij moest een schim uit het verleden gaan vertellen dat hij weer vader werd.

29

JERUZALEM

De kleine, ronde oprit van het psychiatrisch ziekenhuis Mount Herzl trilde onder het gewicht van de stoet van drie auto's waarmee Gabriel arriveerde. Hij stapte uit de limousine, en ging, na een kort gesprek met het hoofd van zijn beveiliging, zonder begeleiding het ziekenhuis binnen.

In de hal stond een arts van achter in de vijftig, met een rabbijnachtig uiterlijk en een baard, hem op te wachten. Hij schonk Gabriel een vriendelijke glimlach, ondanks het feit dat hij, zoals gewoonlijk, pas op het laatste moment op de hoogte was gebracht van diens komst. Terwijl hij zijn hand naar Gabriel uitstak, nam hij alle commotie in zich op die was ontstaan bij de normaal zo rustige ingang van een van Israëls meest besloten instellingen voor mensen met een langdurig geestelijke stoornis. 'Ik hoor dat uw leven op het punt staat weer te veranderen,' zei de arts.

'In meer dan één opzicht,' verklaarde Gabriel.

'Ten goede, mag ik hopen.'

Gabriel knikte, en vertelde de arts toen over de zwangerschap.

De man glimlachte, maar die glimlach was slechts van korte duur. Hij had gezien hoelang Gabriel had geworsteld met de vraag of hij opnieuw kon trouwen. Het vaderschap, wist hij, zou geen onverdeelde vreugde brengen. 'En dan ook nog een tweeling,' zei hij, zich dwingend daarbij weer even te glimlachen. 'U bent vast –'

'Ik moet het haar vertellen,' viel Gabriel hem in de rede. 'Ik heb het al lang genoeg uitgesteld.'

'Dat hoeft niet per se.'

'Toch wel.'

'Ze zal het niet kunnen bevatten, niet ten volle in ieder geval.'

'Dat weet ik.'

De arts wist dat het geen zin had verdere pogingen te doen Gabriel hiervan te weerhouden. 'Misschien moet ik dan maar met u meegaan,' zei hij dus. 'Dat lijkt me voor u allebei beter.'

'Dank u,' zei Gabriel, 'maar dit moet ik alleen doen.'

Zonder nog iets te zeggen draaide de arts zich om en ging Gabriel voor door een gang met een kalkstenen tegelvloer naar een gemeenschappelijke ruimte, waar een paar patiënten uitdrukkingsloos naar een televisiescherm zaten te staren. Grote ramen boden uitzicht op een ommuurde tuin. Buiten zat een vrouw in haar eentje in de schaduw van een parasolden, roerloos als een grafsteen.

'Hoe gaat het met haar?' vroeg Gabriel.

'Ze mist u. Het is lang geleden dat u haar bent komen opzoeken.'

'Het is nogal moeilijk.'

'Dat begrijp ik.'

Een ogenblik lang bleven ze bij het raam staan, zonder iets te zeggen, zonder te bewegen.

'Er is iets wat u moet weten,' zei de arts uiteindelijk. 'Ze is altijd van u blijven houden, zelfs na de scheiding.'

'Moet ik me daar beter van gaan voelen?'

'Nee,' zei de arts. 'Maar u verdient het de waarheid te kennen.'

'Zij ook.'

Weer bleef het even stil.

'Een tweeling, hè?'

'Een tweeling.'

'Jongens of meisjes?'

'Van allebei één.'

'Misschien zou u haar wat tijd met de kinderen kunnen laten doorbrengen.'

'Eerst dit maar.'

'Ja,' zei de arts, terwijl Gabriel alleen de tuin in liep. 'Eerst dit maar.'

Ze zat in haar rolstoel, met de verwrongen overblijfselen van haar handen in haar schoot. Haar haar, dat ooit lang en donker was geweest zoals dat van Chiara, was nu in een praktisch kort kapsel geknipt, en al behoorlijk grijs.

Gabriel drukte een kus op het koele, stevige littekenweefsel van haar wang, en liet zich toen naast haar op een bankje zakken.

Nietsziend staarde ze de tuin in, zich kennelijk niet bewust van zijn aanwezigheid.

Ze was ouder geworden, dacht hij. Ze werden allemaal ouder.

'Kijk eens naar de sneeuw, Gabriel,' zei ze plotseling. 'Mooi, hè?'

Hij keek naar de brandende zon aan de wolkeloze hemel. 'Ja, Leah,' zei hij op afwezige toon. 'Heel mooi.'

'De sneeuw vergeeft Wenen haar zonden,' zei ze na een tijdje. 'De sneeuw valt op Wenen, terwijl het op Tel Aviv raketten regent.'

Dat was een van de laatste dingen die Leah tegen hem had gezegd op de avond van de bomaanslag in Wenen. Ze leed aan een bijzonder heftige combinatie van een psychotische depressie en een posttraumatische stressstoornis. Heel soms had ze een helder moment, maar het grootste deel van de tijd zat ze gevangen in het verleden. Wenen speelde onophoudelijk door haar hoofd, als een videoband die niet te stoppen was: de laatste keer dat ze samen hadden gegeten, hun laatste kus, de brand waarbij hun enige kind was omgekomen, en waarbij het vlees van Leahs botten was geschroeid. Haar leven was gekrompen tot vijf minuten, vijf minuten die ze steeds maar weer beleefde, al meer dan twintig jaar lang.

'Ik dacht dat je me vergeten was, Gabriel.' Ze draaide haar hoofd langzaam naar hem toe, en even was er iets van herkenning in haar ogen. Toen ze verder praatte, leek haar stem verbijsterend veel op de stem die hij zoveel jaren geleden voor het eerst had gehoord, roepend naar hem van de andere kant van een atelier in de Bezalel academie. 'Wanneer ben je hier voor het laatst geweest?'

'Ik ben je op je verjaardag komen opzoeken.'

'Dat kan ik me niet herinneren.'

'We hebben een feestje gevierd, Leah. Alle andere patiënten waren erbij. Het was heel leuk.'

'Ik ben eenzaam hier, Gabriel.'

'Ik weet het, Leah.'

'Ik heb niemand. Niemand behalve jou, mijn liefste.'

Hij had het gevoel geen lucht meer in zijn longen te kunnen zuigen.

Leah stak haar hand naar hem uit, en legde die in de zijne. 'Je hebt geen verf aan je vingers,' zei ze.

'Ik heb al een paar dagen niet gewerkt.'

'Waarom niet?'

'Dat is een lang verhaal.'

'Ik heb de tijd,' zei ze. 'Ik heb alleen maar tijd.'

Ze wendde zich van hem af en vestigde haar starende blik weer op de tuin. Het licht verdween langzaam uit haar ogen.

'Blijf nog even bij me, Leah. Er is iets wat ik je moet vertellen.'

Ze richtte haar aandacht weer op hem. 'Ben je op dit moment bezig met de restauratie van een schilderij?' vroeg ze.

'Een Veronese,' antwoordde hij.

'Welke?'

Dat vertelde hij haar.

'Je woont dus weer in Venetië?'

'Een paar maanden nog.'

Ze glimlachte. 'Weet je nog dat wij samen in Venetië woonden, Gabriel? Toen jij in de leer was bij Umberto Conti.'

'Dat weet ik nog, Leah.'

'Ons appartement was echt heel klein.'

'Omdat het eigenlijk maar een kamer was.'

'Dat was een heerlijke tijd, ja toch, Gabriel? Een tijd van kunst en wijn. We hadden samen in Venetië moeten blijven, liefste. Het zou allemaal zo anders zijn gelopen als jij niet was teruggegaan naar het Bureau.'

Gabriel zei niets. Hij was niet in staat ook maar een woord uit te brengen.

'Je vrouw komt uit Venetië, toch?'

'Ja, Leah.'

'Is ze mooi?'

'Ja, Leah, ze is heel mooi.'

'Ik zou haar graag een keer ontmoeten.'

'Je hebt haar ontmoet, Leah. Ze is hier al verschillende keren bij je op bezoek geweest.'

'Ik herinner me haar niet. Misschien is dat ook maar beter.' Ze wendde zich weer van hem af. 'Ik wil met mijn moeder praten,' zei ze. 'Ik wil mijn moeders stem horen.'

'We zullen haar zo bellen, Leah.'

'Zorg dat Dani goed vastzit in zijn stoeltje. Het is glad op straat.'

'Er kan hem niets overkomen, Leah.'

Nu keek ze hem weer aan. Na een korte stilte vroeg ze: 'Heb jij kinderen?'

Hij wist niet of ze nu in het heden of in het verleden was. 'Ik begrijp niet wat je bedoelt,' zei hij.

'Met Chiara.'

'Nee,' zei hij. 'Geen kinderen.'

'Misschien ooit nog.'

'Ja,' was alles wat hij zei.

'Je moet me iets beloven, Gabriel.'

'Wat je maar wilt, lieve schat.'

'Als je ooit nog een kind krijgt, moet je Dani niet vergeten.'

'Ik denk iedere dag aan hem.'

'Ik denk aan niets anders.'

Hij had het gevoel dat zijn ribben braken onder het gewicht van de steen die God op zijn hart had gelegd.

'En wanneer je uit Venetië weggaat?' vroeg Leah na een tijdje. 'Wat dan?'

'Dan kom ik naar huis.'

'Voorgoed?'

'Ja, Leah.'

'Wat ga je dan doen? Er zijn hier in Israël geen schilderijen.'

'Ik word chef van het Bureau.'

'Ik dacht dat Ari de chef was.'

'Dat is al lang geleden.'

'Waar ga je wonen?'

'Hier in Jeruzalem, zodat ik dicht bij jou kan zijn.'

'In dat kleine appartement?'

'Daar heb ik me altijd prettig gevoeld.'

'Het is er niet groot genoeg voor kinderen.'

'We zorgen wel dat we genoeg ruimte hebben.'

'Zul je me nog steeds komen opzoeken als je kinderen hebt, Gabriel?'

'Zo vaak als ik maar kan.'

Ze hief haar gezicht naar de wolkeloze hemel. 'Kijk eens naar de sneeuw, Gabriel.'

'Ja,' zei hij, in stilte huilend. 'Mooi, hè?'

De arts stond in de gemeenschappelijke ruimte op Gabriel te wachten. Hij zei niets, totdat ze in de hal waren teruggekeerd. 'Is er iets wat u me wilt vertellen?' vroeg hij toen.

'Het ging zo goed als redelijkerwijs te verwachten was.'

'Voor haar of voor u?'

Gabriel gaf geen antwoord.

'Het is echt in orde, weet u,' zei de arts na een korte stilte.

'Wat is in orde?'

'U mag gerust gelukkig zijn.'

'Ik vraag me af of ik wel weet hoe dat moet.'

'Gewoon proberen,' zei de arts. 'En mocht u behoefte hebben aan iemand om mee te praten, dan weet u me te vinden.'

'Zorg goed voor haar.'

'Dat heb ik altijd gedaan.'

Een moment later plaatste Gabriel zich weer onder de hoede van zijn beveiligingsteam, en hij stapte in de limousine. Vreemd, dacht hij, hij had geen enkele behoefte meer om te huilen. Hij nam aan dat dat inherent was aan de functie van chef.

30

NARKISS STREET, JERUZALEM

Chiara was maar een uur vóór Gabriel in Jeruzalem aangekomen, maar toch zag hun appartement aan Narkiss Street er al uit als een foto uit een van die luxe woonbladen die ze zo graag las. Er stonden verse bloemen in de vazen, op de bijzettafeltjes stonden schalen met hapjes, en het glas wijn dat ze hem aanreikte was heerlijk koel. Toen hij haar lippen kuste, waren die warm van de zon.

'Ik had je eerder verwacht,' zei ze.

'Ik moest nog wat dingen doen.'

'Waar ben je geweest?'

'In de hel,' antwoordde hij op ernstige toon.

Ze fronste haar voorhoofd. 'Daarover moet je me later maar alles vertellen.'

'Waarom later?'

'Omdat we bezoek krijgen, liefje.'

'Moet ik nog vragen van wie?'

'Waarschijnlijk niet.'

'Hoe wist hij dat we terug waren?'

'Hij zei iets over een brandend braambos.'

'Kunnen we dit niet een andere avond doen?'

'Het is te laat om het nu nog af te zeggen. Gilah en hij zijn al uit Tiberias vertrokken.'

'Ik neem aan dat hij je voortdurend op de hoogte houdt van waar ze precies zijn?'

'Hij heeft al twee keer gebeld. Hij verheugt zich er enorm op jou weer te zien.'

'Ik vraag me af waarom.'

Hij kuste Chiara nogmaals en liep met het glas wijn in zijn hand de slaapkamer in. De muren hingen vol schilderijen. Schilderijen van Gabriel zelf, schilderijen van de hand van zijn getalenteerde moeder, en verschillende schilderijen gemaakt door zijn grootvader, de bekende Duitse expressionist Viktor Frankel, die in de fatale winter van 1942 in Auschwitz was vermoord. Er was ook een portret tot aan het middel van een broodmagere jongeman, die eruitzag alsof de dood hem op de hielen zat. Leah had het geschilderd een paar dagen nadat Gabriel naar Israël was teruggekeerd met het bloed van zes Zwarte September-terroristen aan zijn handen. Het was de eerste en de laatste keer geweest dat hij erin had toegestemd voor haar te poseren.

We hadden samen in Venetië moeten blijven, liefste. Het zou allemaal zo anders zijn gelopen…

Hij kleedde zich uit onder de meedogenloze blik van het portret en bleef onder de douche staan totdat de laatste sporen van Leahs aanraking van zijn huid waren gespoeld. Toen trok hij schone kleren aan en keerde in de woonkamer terug, net op het moment dat Gilah en Ari Shamron door de voordeur binnenkwamen.

Gilah droeg een schaal met haar beroemde auberginеschotel met Marokkaanse kruiden, haar beroemde man alleen een olijfhouten wandelstok. Zoals gewoonlijk was hij gekleed in een kaki broek met een keurige vouw, een wit overhemd van oxfordkatoen, en een leren jack met een nooit gerepareerde scheur op de linkerschouder. Hoewel het duidelijk was dat zijn gezondheid te wensen overliet, lag er een tevreden glimlach om zijn mond. Jarenlang had Shamron geprobeerd Gabriel over te halen naar Israël terug te keren en de hem toekomende plaats in de directiesuite aan de King Saul Boulevard in te nemen. Nu was die missie eindelijk volbracht. Zijn opvolging was geregeld. De stamboom was veiliggesteld.

Nadat hij zijn stok in het halletje tegen de muur had gezet, liep hij met Gabriel achter zich aan naar buiten, naar het kleine terras, waar twee gietijzeren stoelen onder het beschermende afdak van de takken van een eucalyptusboom stonden. Narkiss Street lag stil en rustig aan hun voeten, maar in de verte waren de vage geluiden te horen van het drukke avondverkeer op King George Street. Een tikje bibberig liet Shamron zich op een van de stoelen zakken, naar Gabriel gebarend dat hij op de andere stoel moest plaatsnemen. Vervolgens haalde hij een pakje Turkse sigaretten tevoorschijn, en wist er daar, met een enorme concentratie, één uit te peuteren.

Gabriel keek naar Shamrons handen, de handen die op een straathoek in het noorden van Buenos Aires bijna het leven uit Adolf Eichmann hadden geperst. Dat was ook een van de redenen geweest dat Shamron de opdracht had gekregen: zijn ongewoon grote en sterke handen. Nu zaten ze vol levervlekken en ontvelde plekken. Gabriel wendde zijn blik af, toen ze met de oude Zippo-aansteker worstelden. 'Dat zou je beter niet kunnen doen, Ari.'

'Wat maakt het nu nog uit?'

De aansteker vlamde, bijtende Turkse rook vermengde zich met de doordringende geur van de eucalyptusboom. Plotseling werd Gabriel overspoeld door een vloedgolf van herinneringen. Hij deed nog een poging die tegen te houden, maar dat lukte niet meer: wat er nog over was van zijn verdedigingsmechanismen had Leah verpulverd. Hij reed door een zee van wuivend gras in Cornwall, met Shamron naast zich. Het was het begin van het nieuwe millennium, een tijd van zelfmoordaanslagen en bedrog. Onlangs was Shamron, die al met pensioen was geweest, teruggehaald om het Bureau weer op de rails te zetten na een serie operationele fiasco's, en bij die onderneming had hij Gabriel om hulp gevraagd. Het lokaas dat hij daarbij had gebruikt was Tariq al-Hourani geweest, de beruchte Palestijnse terrorist die in Wenen de bom onder Gabriels auto had geplaatst.

Misschien dat je, als je me helpt af te rekenen met Tariq, eindelijk Leah een beetje kunt loslaten en verder kunt gaan met je leven…

Uit de woonkamer kwam het geluid van Chiara's lach, en de herinnering verdween.

'Wat is er nu weer mis met je?' vroeg Gabriel Shamron op zachte toon.

'De lijst van mijn lichamelijke kwalen is bijna net zo lang als de lijst van uitdagingen waarmee de Staat Israël wordt geconfronteerd. Maar maak je geen zorgen,' voegde hij er haastig aan toe, 'voorlopig ga ik nog helemaal nergens heen. Ik ben vast van plan de geboorte van mijn kleinkinderen mee te maken.'

Gabriel onderdrukte de opwelling Shamron eraan te herinneren dat ze niet echt vader en zoon waren. 'We verwachten niet anders, Ari.'

Shamron glimlachte. 'Hebben jullie al besloten waar jullie gaan wonen, wanneer ze eenmaal zijn geboren?'

'Grappig,' zei Gabriel, 'dat vroeg Bella ook al.'

'Ik hoorde dat jullie een interessant gesprek hadden gehad.'

'Hoe weet jij dat ik bij haar ben geweest?'

'Dat heeft Uzi me verteld.'

'Ik dacht dat hij jouw telefoontjes weigerde aan te nemen.'

'Het lijkt erop dat de dooi heeft ingezet. Dat is een van de weinige voordelen van een gezondheid die je in de steek laat,' voegde hij eraan toe. 'Alle kleingeestige wrokgevoelens en verbroken beloftes lijken te verdwijnen naarmate het einde dichterbij komt.'

De takken van de eucalyptusboom wiegden in de opstekende avondbries. Het werd met de minuut frisser. Gabriel had het altijd heerlijk gevonden zoals het in Jeruzalem 's avonds afkoelde, zelfs in de zomer. Hij zou willen dat hij het vermogen had dit moment nog even te laten voortduren. Hij keek naar Shamron, die zijn sigaret nadenkend tegen de rand van de asbak tikte.

'Het moet je heel wat lef hebben gekost met Bella in gesprek te gaan. En geslepenheid. Dat ook. Het bewijst wel dat ik in één ding van het begin af aan gelijk heb gehad.'

'Waarin dan, Ari?'

'Dat jij het in je hebt een groot chef te worden.'

'Soms vraag ik me af of ik op het punt sta mijn eerste fout te maken.'

'Door Uzi aan te houden, in welke hoedanigheid dan ook?'

Gabriel knikte traag.

'Het is een risico,' beaamde Shamron. 'Maar als er iemand is die dat tot een succes kan maken, ben jij het wel.'

'Geen adviezen?'

'Het is niet meer aan mij jou adviezen te geven, jongen. Ik ben het ergste wat een man maar kan zijn: ik ben oud en ik heb afgedaan. Ik ben een toeschouwer. Ik sta alleen maar in de weg.' Shamron keek Gabriel aan, zijn voorhoofd gefronst. 'Spreek me gerust tegen, wanneer je maar wilt.'

Gabriel glimlachte, maar hij zei niets.

'Uzi vertelde dat het een enigszins verhit gesprek was, tussen Bella en jou,' zei Shamron.

'Het deed me denken aan het verhoor die nacht in de Empty Quarter-woestijn.'

'De ergste nacht van mijn leven.' Shamron dacht even na. 'Of liever gezegd,' zei hij toen, 'de op één na ergste.'

Hij hoefde er niet bij te vertellen welke nacht nog erger was geweest. Hij had het over Wenen.

'Volgens mij is Bella meer ontdaan over dit alles dan Uzi,' ging hij verder. 'Ik ben bang dat ze nogal gehecht is geraakt aan alles wat er bij een machtpositie hoort.'

'Hoe kom je daar zo bij?'

'Ze klampt zich er behoorlijk stevig aan vast. Uiteraard geeft ze mij overal de schuld van. Ze denkt dat ik dit allemaal zorgvuldig van tevoren heb gepland.'

'Dat is toch ook zo?'

Shamron trok een gezicht dat het midden hield tussen een grimas en een glimlach.

'Je ontkent het niet?'

'Nee, hoor,' verklaarde Shamron. 'Ik heb zo mijn triomfen gekend, maar als puntje bij paaltje komt, zal jouw loopbaan uiteindelijk de graadmeter zijn waaraan alle andere worden getoetst. Ik geef toe dat ik me schuldig heb gemaakt aan voortrekkerij, vooral na Wenen. Mijn vertrouwen in jou werd echter beloond met een serie operaties die de talenten van iemand als Uzi ver te boven gingen. Zelfs Bella zal zich dat toch realiseren.'

Gabriel gaf geen antwoord. Hij keek naar een jongen van een jaar of tien, elf, die door de rustige straat fietste.

'En nu,' vervolgde Shamron, 'lijkt het erop dat je een manier hebt gevonden je toegang te verschaffen tot de financiën van de slagersjongen van Damascus. Met een beetje geluk zal dit de annalen ingaan als de eerste grote triomf van het tijdperk Gabriel Allon.'

'Ik dacht dat jij niet in geluk geloofde.'

'Dat doe ik ook niet.' Shamron stak nog een sigaret aan, zijn aansteker vervolgens met een scherpe klik dichtklappend. 'De slagersjongen heeft wel de wreedheid van zijn vader, maar niet diens schranderheid, wat hem bijzonder gevaarlijk maakt. Op dit moment draait het allemaal om geld. Dat is wat de familie bij elkaar houdt. Dat is waarom de getrouwen trouw blijven. Dat is waarom kinderen met duizenden tegelijk sterven. Maar als jij op de een of andere manier controle kunt krijgen over dat geld...' Hij glimlachte. 'Dat zou eindeloze mogelijkheden bieden.'

'Heb je echt geen advies voor me?'

'Hou de slagersjongen in het zadel, zolang dat ook maar enigszins acceptabel blijft. Anders zouden de komende jaren weleens bijzonder interessant kunnen worden voor jou en je vrienden in Washington en Londen.'

'Dus dit is hoe de Arabische Lente eindigt?' vroeg Gabriel. 'We klampen ons vast aan een massamoordenaar, omdat hij de enige is die Syrië van al-Qaida kan redden?'

'Ik ga natuurlijk niet zeggen dat ik het wel had gezegd, maar ik had wel voorspeld dat de Arabische Lente rampzalig zou aflopen, en dat is dus ook zo. De Arabische landen zijn nog niet klaar voor echte democratie, niet zolang de radicale islam nog zoveel invloed heeft. Het beste waarop we kunnen hopen is een fatsóénlijk autoritair regime in landen als Syrië en Egypte.' Na een korte pauze voegde Shamron eraan toe: 'Wie weet, Gabriel? Misschien kun jij wel een manier vinden de heerser ervan te overtuigen dat hij zijn mensen een goede opleiding moet gunnen en dat hij ze moet behandelen met het respect dat ze verdienen. Misschien kun je hem dwingen te stoppen met het vergassen van kinderen.'

'Er is nog iets anders wat ik van hem wil.'

'De Caravaggio?

Gabriel knikte.

'Vind nu eerst dat geld maar,' zei Shamron, zijn sigaret uitdrukkend. 'Dan komt het schilderij daarna.'

Gabriel zei niets meer. Hij keek naar de jongen op de fiets, steeds weer even opdoemend uit de schaduwen aan het eind van de straat. Toen het kind uit het zicht was verdwenen, hief hij zijn gezicht naar de hemel boven Jeruzalem. Kijk eens naar de sneeuw, dacht hij. Mooi, hè?

31

JERUZALEM

Luidende kerkklokken wekten Gabriel uit een droomloze slaap. Even bleef hij roerloos liggen, niet goed wetend waar hij was. Toen zag hij het sombere, door Leah geschilderde portret van de muur op hem neerkijken en realiseerde hij zich dat hij in de slaapkamer van het huis aan Narkiss Street was. Zachtjes, om Chiara niet wakker te maken, kroop hij onder de lakens vandaan, en hij liep de keuken in. Het enige wat aan het etentje van de vorige avond herinnerde, was de zware, zoete geur van de bloemen die nu stonden te verwelken in de vazen. Op het smetteloze aanrecht stond een cafetière en een blik Lavazza-koffie. Gabriel vulde een ketel, zette die op het fornuis, en wachtte tot het water begon te koken.

Hij dronk zijn koffie buiten op het terras, intussen de ochtendkranten lezend op zijn BlackBerry. Daarna ging hij, nog steeds zo zachtjes mogelijk, de badkamer in om zich te scheren en een douche te nemen. Toen hij de slaapkamer weer in kwam, lag Chiara nog steeds diep te slapen. Hij bleef een tijdje voor de geopende kledingkast staan, zich afvragend wat hij moest aantrekken. Een pak, besloot hij, was niet handig. Daarmee zou hij misschien de indruk wekken dat hij dacht dat hij al de baas was. Uiteindelijk ging hij maar weer voor zijn gebruikelijke outfit: een gebleekte spijkerbroek, een katoenen trui, en een leren jack. Shamron had zo zijn uniform gehad, dacht hij, en dat zou voor hem ook gelden.

Een paar minuten over acht hoorde hij zijn auto met volgauto's de rust van Narkiss Street verstoren. Hij gaf Chiara een tedere kus en ging naar beneden, naar zijn inmiddels gereedstaande limousine. Die voerde hem in oostelijke richting de stad door, naar de Dung Poort, de belangrijkste toegang tot de Joodse wijk van de Oude Stad. Nadat hij de metaaldetectors was gepasseerd, stak hij, begeleid door zijn bodyguards, het plein over naar de Westmuur, het veel betwiste overblijfsel van de oude steunmuur die ooit de grote Tempel van Jeruzalem had omgeven. Boven de Muur, glinsterend in het licht van de vroege ochtendzon, was de gouden Rotskoepel zichtbaar, het op twee na belangrijkste heiligdom van de islam. Het Israëlisch-Arabisch conflict had vele aspecten, maar Gabriel was tot de conclusie gekomen dat het eigenlijk allemaal hierop neerkwam: twee geloven verstrikt in een doodsstrijd over hetzelfde stukje heilig land. Er konden rustige tijden zijn, maanden of zelfs jaren zonder bommen en bloedvergieten, maar Gabriel was bang dat het nooit tot echte vrede zou komen.

Het deel van de Westmuur dat vanaf het plein zichtbaar was, was zo'n zevenenvijftig meter breed, en negentien meter hoog. De eigenlijke westelijke steunmuur van het Tempelbergplateau liep echter nog veel verder door, tot dertien meter onder het plein, en zo'n vijfhonderd meter de islamitische wijk in, waar hij door woningen aan het oog werd onttrokken. Na jaren van politiek en religieus beladen archeologische opgravingen was het inmiddels mogelijk langs bijna de volle lengte van de muur te lopen via de tunnel die van het plein naar de Via Dolorosa liep.

De ingang van de tunnel was aan de linkerkant van het plein, niet ver van de Boog van Wilson. Gabriel ging door de moderne glazen deur naar binnen en daalde, nog steeds gevolgd door zijn bodyguards, een aluminium trap af, de kelder des tijds in. Een vers bestraat pad liep langs de onderkant van de muur. Dit volgde hij langs de massieve stenen uit de tijd van Herodus, totdat hij bij een deel van het tunnelcomplex kwam dat schuilging achter een gordijn van ondoorzichtig plastic. Achter het gordijn bevond zich een rechthoekige opgravingsplaats, waar een eenzame figuur, een kleine, al wat oudere man, in de grond aan het spitten was in een cirkel van zacht, wit licht. Hij leek zich niet bewust van de aanwezigheid van Gabriel, maar dat was maar schijn. Het zou makkelijker zijn een eekhoorn te overrompelen dan Eli Lavon.

Het duurde nog even voordat Lavon opkeek en naar hem glimlachte.

Hij had piekerig, warrig haar, en een onopvallend, bijna nietszeggend gezicht, dat zelfs voor de meest getalenteerde portretschilder nauwelijks op het doek vast te leggen zou zijn. Eli Lavon was een schim, een kameleon die makkelijk over het hoofd werd gezien en snel weer vergeten was. Shamron had ooit gezegd dat hij kon verdwijnen terwijl hij je een hand gaf. Dat was niet ver bezijden de waarheid.

Gabriel had voor het eerst met Lavon samengewerkt tijdens Toorn van God, de geheime operatie van de Israëlische inlichtingendienst waarbij de daders van het bloedbad van de Olympische Spelen in München moesten worden opgespoord en gedood. In de Hebreeuws georiënteerde terminologie van het team was Lavon een *ayin* geweest, een specialist in volgen en in de gaten houden. Drie jaar lang had hij de terroristen van Zwarte September door heel Europa en het Midden-Oosten op de hielen gezeten, vaak op gevaarlijk korte afstand. Zijn werk had hem talloze stress-gerelateerde kwalen opgeleverd, waaronder een bijzonder prikkelbare maag, waarvan hij tot op de dag van vandaag last had.

Toen de eenheid in 1975 uit elkaar ging, vestigde Lavon zich in Wenen, waar hij een klein detectivebureau opende, Oorlogsclaims en -onderzoek genaamd. Met een minimaal budget slaagde hij erin voor miljoenen dollars aan geroofde bezittingen van Holocaustslachtoffers op te sporen, en hij speelde een belangrijke rol bij het lospeuteren van een miljardenschikking bij de Zwitserse banken. Zijn werk leverde hem in Wenen weinig bewonderaars op, en in 2003 ontplofte er een bom in zijn kantoor, waardoor twee jonge, vrouwelijke werknemers werden gedood. Kapot van verdriet keerde hij terug naar Israël, om zich weer aan zijn eerste liefde te wijden: archeologie. Nu werkte hij aan de Hebreeuwse Universiteit en nam hij regelmatig deel aan opgravingen in het hele land. Inmiddels was hij al bijna twee jaar bezig met het nauwkeurig bestuderen van ieder korreltje grond in de tunnel onder de muur.

'Wie zijn je vriendjes?' vroeg hij, kijkend naar de bodyguards die aan de rand van de opgraving waren blijven staan.

'Die heb ik opgepikt toen ze een beetje verloren over het plein liepen te dwalen.'

'Ze maken er toch geen bende van, hè?'

'Ze zouden niet durven.'

Lavon richtte zijn blik weer op de grond en ging verder met zijn werk.

'Wat heb je daar?' vroeg Gabriel.

'Een beetje los geld.'

'Wie heeft dat laten vallen?'

'Iemand die niet blij was dat de Perzen op het punt stonden Jeruzalem te veroveren. Hij had duidelijk haast.'

Lavon draaide de werklamp een stukje. Op de bodem van het gat glinsterden goudstukken die nog half in de grond vastzaten.

'Wat zijn het?' vroeg Gabriel.

'Zesendertig gouden munten uit het Byzantijnse tijdperk, en een groot medaillon met de afbeelding van een menora. Het bewijs dat er op deze plek al joden leefden voor de verovering van Jeruzalem door de moslims in 638. Voor de meeste bijbelse archeologen zou dit de vondst van hun leven zijn. Maar voor mij niet.' Lavon keek Gabriel aan, en voegde eraan toe: 'Voor jou ook niet.'

Gabriel wierp een blik over zijn schouder, op de enorme stenen van de Muur. Een jaar geleden hadden Lavon en hij, in een geheime ruimte ongeveer vijftig meter onder de oppervlakte van de Tempelberg, tweeëntwintig pilaren van de Tempel van Salomo gevonden, waarmee iedere twijfel of dat oude Joodse heiligdom, beschreven in de boeken Koningen en Kronieken, ooit echt had bestaan, leek weggenomen. Ze hadden ook een enorme bom aangetroffen, die, als hij zou zijn ontploft, weinig zou hebben overgelaten van het hele heilige plateau. De pilaren stonden inmiddels in een extra beveiligde tentoonstellingsruimte van het Israel Museum. Een van de pilaren had nog een speciale schoonmaakbeurt moeten ondergaan voordat hij tentoongesteld had kunnen worden, omdat Lavons bloed eroverheen was gespat.

'Ik ben gisteravond gebeld door Uzi,' zei Lavon na een tijdje. 'Hij zei dat je misschien bij me zou langskomen.'

'Heeft hij er ook bij verteld waarom?'

'Hij zei iets over een verdwenen Caravaggio en over een bedrijf dat LXR Investments heet. Hij zei dat je dat graag in handen wilde krijgen, samen met de rest van Evil Incorporated.'

'Is dat mogelijk?'

'Wat je van buitenaf kunt doen, houdt een keer op. Uiteindelijk zul je de hulp nodig hebben van iemand die je de sleutels van het koninkrijk kan geven.'

'Dan zullen we die moeten vinden.'

'We?' Toen Gabriel niet reageerde, boog Lavon zich weer voorover en begon aan de grond rond de oude munten te pulken. 'Wat wil je dat ik doe?'

'Precies hetzelfde als je nu doet,' antwoordde Gabriel, 'maar dan met een computer en cijfers, in plaats van met een handtroffel en een borstel.'

'Tegenwoordig geef ik de voorkeur aan een troffel en een borstel.'

'Dat weet ik, Eli, maar ik kan dit niet zonder jou.'

'Er komt toch geen geweld aan te pas, hè?'

'Nee, Eli, natuurlijk niet.'

'Dat zeg je altijd, Gabriel.'

'En?'

'Er is altijd geweld.'

Nu boog Gabriel zich voorover om de lamp uit de stroomvoorziening te trekken.

In het donker werkte Lavon nog even verder. Toen kwam hij overeind, veegde zijn handen af aan zijn broek, en klom uit de kuil.

Lavon, die al zijn leven lang vrijgezel was, had een klein appartement in de wijk Talpiot, net achter de Hebron Road. Daar gingen ze even langs, zodat hij snel schone kleren kon aantrekken, alvorens koers te zetten naar King Saul Boulevard. Nadat ze het gebouw op 'clandestiene' wijze waren binnengegaan, gingen ze drie trappen naar beneden en een gang zonder ramen door, tot ze bij een deur kwamen waarop 456C stond. De ruimte aan de andere kant van die deur was ooit een dumpplaats geweest voor afgedankte computers en versleten meubilair, door het nachtpersoneel ook wel gebruikt als stiekeme ontmoetingsplaats voor romantische afspraakjes. Tegenwoordig had heel King Saul Boulevard het alleen nog maar over die ruimte als Gabriels Hol.

Het cijferslot was ingesteld op Gabriels geboortedatum: het best bewaarde geheim van het Bureau. Terwijl Lavon over zijn schouder meekeek, toetste hij de code in, en duwde de deur open.

Binnen zat Dina Sarid al op hen te wachten, een kleine vrouw met donker haar, in alles het toonbeeld van een jonge weduwe. Als een soort menselijke database kon ze tijd, plaats, daders en aantal slachtoffers opdreunen van iedere terroristische actie met een Israëlisch of westers doelwit. Dina had ooit tegen Gabriel gezegd dat ze meer van de terroristen wist dan zijzelf. Gabriel had het onmiddellijk geloofd.

'Waar zijn de anderen?' vroeg hij.

'Die hebben wat oponthoud bij personeelszaken.'

'Hoezo?'

'Het schijnt dat de afdelingshoofden in opstand zijn gekomen.' Na een korte stilte voegde Dina eraan toe: 'Dat gebeurt er nu met een geheime dienst als het gerucht de ronde gaat doen dat de chef niet lang meer heeft.'

'Misschien moet ik naar boven gaan om met de afdelingshoofden te praten.'

'Geef het nog een paar minuten.'

'Hoe erg is het?'

'Ik heb een lijst gemaakt van al-Qaida-figuren die zich bij onze Syrische buren hebben geïnstalleerd, serieuze jihadisten die nodig voorgoed uit de circulatie moeten worden genomen. En raad eens wat er gebeurt iedere keer dat ik een operatie voorstel?'

'Niets.'

Dina knikte traag. 'We zitten helemaal vast,' zei ze. 'We zijn aan het watertrappelen in een tijd dat we ons dat het minst kunnen veroorloven.'

'Niet meer, Dina.'

Precies op dat moment zwaaide de deur open en kwam Rimona Stern binnen. Mikhail Abramov was de volgende die de ruimte in kwam zeilen, een paar minuten later gevolgd door Yaakov Rossman, die eruitzag alsof hij een maand niet had geslapen. Kort daarop verschenen ook een paar manusjes-van-alles ten tonele, Mordecai en Oded genaamd, en als laatste arriveerde Yossi Gavish, een lange, kalende man, gekleed in corduroy en tweed. Yossi was een topagent van Research, zoals het Bureau de afdeling Analyse noemde. Hij was in Londen geboren, in Golders Green, had in Oxford gestudeerd, en sprak nog steeds Hebreeuws met een onmiskenbaar Engels accent.

In de gangen en vergaderkamers van King Saul Boulevard stonden de acht mannen en vrouwen die op dat moment waren verzameld in de ondergrondse ruimte bekend onder de codenaam Barak, het Hebreeuwse woord voor bliksem, vanwege hun ongeëvenaarde vermogen snel bij elkaar te komen en toe te slaan. Ze vormden een dienst in een dienst, een team van onbevreesde mensen die hun gelijke niet kenden. Soms was het nodig geweest een buitenstaander in hun midden toe te laten – een Britse onderzoeksjournalist, een Russische miljardair, de dochter van een man die ze hadden vermoord – maar nooit eerder hadden ze een andere agent van het Bureau gevraagd zich bij hen te voegen. Daarom waren ze ook allemaal verbaasd toen, klokslag tien uur, Bella Navot in de deuropening verscheen, gekleed in een grijs pak, een stapel dossiers tegen haar borst geklemd. Heel even bleef ze staan, alsof ze wachtte op een uitnodiging om binnen te komen, toen ging ze zwijgend naast Yossi aan een van de werktafels zitten.

Als de rest van het team zich al ongemakkelijk voelde onder Bella's aanwezigheid, lieten ze dat in ieder geval niet merken.

Gabriel kwam overeind en liep naar het laatste krijtbord dat King Saul Boulevard nog rijk was. Op het bord stonden drie woorden: BLOED SLAAPT NOOIT. Met één beweging van zijn hand veegde hij ze uit, en hij zette er drie letters voor in de plaats: LXR. Vervolgens zette hij voor het team de bijzondere reeks gebeurtenissen nog eens op een rijtje die hen had genoopt eerder weer bij elkaar te komen dan de bedoeling was geweest, te beginnen met de moord op een Britse spion die kunstsmokkelaar was geworden, Jack Bradshaw genaamd, en eindigend met de brief die Bradshaw voor Gabriel had achtergelaten in zijn kluis in Genève. Na zijn dood had Bradshaw nog voor zijn zonden proberen te boeten door Gabriel te vertellen wie de man was die gestolen schilderijen met karrenvrachten tegelijk aanschafte: de moordzuchtige heerser van Syrië. Hij had Gabriel ook nog de naam gegeven van het bedrijf waarvan de heerser daarbij gebruikmaakte: LXR Investments of Luxembourg. LXR was ongetwijfeld maar een kleine ster in een melkweg van wereldwijde rijkdom, waarvan het grootste deel zorgvuldig was weggewerkt achter façades en dekmantelbedrijven. Een netwerk van rijkdom had echter, net als een netwerk van terroristen, een ter zake kundig operationeel genie nodig om goed te kunnen functioneren. De heerser had het geld van zijn familie toevertrouwd aan Kemel al-Farouk, de bodyguard van de vader van de heerser, de schildknaap die martelde en moordde in opdracht van het regime. Maar Kemel kon het geld zelf niet beheren, niet terwijl de NSA en haar partners al zijn bewegingen zorgvuldig in de gaten hielden. Ergens moest er dus nog een vertrouwensman zijn – een advocaat, een bankier, een familielid – die de macht had alles met dat geld te doen wat hij maar wilde. Via LXR zouden ze gaan proberen die man op te sporen. En Bella Navot zou hen daarbij begeleiden, stap voor stap.

32

KING SAUL BOULEVARD, TEL AVIV

Ze begonnen hun onderzoek niet met de zoon maar met de vader, de man die van 1970 tot zijn dood door een hartaanval in 2000 over Syrië had geheerst. Hij was in 1930 geboren in het Ansariya-gebergte in het noordwesten van Syrië, in het dorpje Qurdaha. Net als de andere dorpen in de regio, was Qurdaha een dorp van de alawieten, volgelingen van een kleine, veelgeplaagde tak van de sjiitische islam, door de soennitische meerderheid als ketters gezien. Qurdaha had geen moskee of kerk, en ook geen winkels of cafés, maar het regende er dertig dagen per jaar, en er was een minerale bron in een nabijgelegen grot, door de dorpelingen 'Ayn Zarqa genoemd. Als negende van elf kinderen woonde hij in een stenen huis met twee kamers, een kleine voortuin van aangestampte aarde, en daarnaast nog een stukje modder voor de dieren. Zijn grootvader, een minder belangrijke dorpsnotabele die goed was met zijn vuisten en met een vuurwapen, stond bekend als al-Wahhish, de wilde man, omdat hij ooit een rondreizende Turkse worstelaar in elkaar had geslagen. Zijn vader kon op honderd passen afstand een kogel door een sigarettenvloeitje schieten.

In 1944 vertrok hij uit Qurdaha om naar school te gaan in het kuststadje Latakia. Daar werd hij politiek actief. Hij werd lid van de nieuwe Arabische Socialistische Ba'ath-partij, een seculiere beweging die een einde wilde maken aan de westerse invloed in het Midden-Oosten door middel van pan-Arabisch socialisme. In 1951 schreef hij zich in bij een militaire academie in Aleppo, een traditionele keus voor een alawiet die probeerde te ontsnappen aan de armoede in de bergen, en in 1964 stond hij aan het hoofd van de Syrische luchtmacht. Na een coup van de Ba'ath-partij in 1966 werd hij minister van Defensie van Syrië, en dat was hij ook nog tijdens de rampzalige oorlog met Israël in 1967, waarbij Syrië de Golanhoogten kwijtraakte. Ondanks het noodlottige falen van zijn strijdkrachten, zou hij drie jaar later president van Syrië zijn. Als een soort voorteken van wat er komen zou, noemde hij de coup zonder bloedvergieten waarmee hij aan de macht was gekomen een 'corrigerende actie'.

Met zijn aantreden kwam een einde aan een lange periode van politieke instabiliteit in Syrië, maar daarvoor moest door het Syrische volk en de rest van het Midden-Oosten wel een hoge prijs worden betaald. Zijn regime behoorde, als klant van de Sovjet-Unie, tot de gevaarlijkste van de regio. Hij steunde radicale elementen van de Palestijnse beweging – Abu Nidal kon jarenlang ongestraft zijn gang gaan – en voorzag zijn leger van de nieuwste Sovjet-snufjes op het gebied van tanks, gevechtsvliegtuigen, en luchtafweergeschut. Syrië zelf werd één grote gevangenis, een land waar faxapparaten verboden waren, en waar een enkele misplaatste opmerking over de heerser resulteerde in een tochtje naar de Mezzeh, de beruchte, op een heuvel gebouwde gevangenis in het westen van Damascus. Vijftien verschillende veiligheidsdiensten bespioneerden het Syrische volk en elkaar. Ze stonden allemaal onder leiding van alawieten, net als het Syrische leger. Er ontstond een uitgebreide persoonlijkheidscultus rondom de heerser en zijn familie. Zijn ziekelijk bleke gezicht met het bolle voorhoofd doemde op boven ieder plein en sierde de muren van alle openbare gebouwen van het land. Zijn moeder, een simpele vrouw van het platteland, werd bijna als een heilige beschouwd.

Nog geen tien jaar later nam een groot deel van de soennitische meerderheid van het land er geen genoegen meer mee dat ze werden geregeerd door een alawiet uit Qurdaha. Regelmatig ontploften er bommen in Damascus, en in juni 1979 doodde een lid van de Moslimbroederschap minstens vijftig alawitische cadetten in de eetzaal van de militaire academie van Aleppo. Een jaar later, tijdens een diplomatieke aangelegenheid in Damascus, gooiden islamitische activisten een paar granaten naar de heerser, waarna zijn heetgebakerde broer onvoorwaardelijk de oorlog verklaarde aan de Broederschap en aan alle soennitische medestanders daarvan. Een van zijn eerste acties was het sturen van eenheden van zijn veiligheidstroepen, de bewakers van zijn regime, naar de gevangenis van Palmyra, in de woestijn. Naar schatting achthonderd politieke gevangenen werden vermoord in hun cel.

Het was echter in Hama, een broeinest van activiteiten van de Moslimbroederschap aan de oever van de rivier de Orontes, dat het regime duidelijk maakte hoe ver het bereid was te gaan om te overleven. Terwijl het land op de rand van een burgeroorlog verkeerde, trokken de veiligheidstroepen in de vroege ochtend van 2 februari 1982 de stad binnen, samen met honderden agenten van de gevreesde geheime dienst Moeghabarat. Wat daarop volgde, was het ergste bloedbad in de geschiedenis van het moderne Midden-Oosten, een gruwelijke maand van moord, marteling, en vernietiging, met als trieste resultaat minstens twintigduizend doden en een stad die volledig in puin lag. De heerser heeft het bloedbad nooit ontkend, net zomin als het aantal doden. Sterker nog, hij heeft de stad er maanden verwoest bij laten liggen, als waarschuwing voor wat er zou gebeuren met mensen die het zouden wagen tegen hem in te gaan. In het Midden-Oosten ontstond een nieuwe term: Hama-regels.

De heerser is daarna nooit meer geconfronteerd met serieuze bedreigingen. Bij een presidentieel referendum in 1991 kreeg hij 99,9 procent van de stemmen, wat een Syrische commentator de uitspraak ontlokte dat zelfs Allah het niet zo goed zou hebben gedaan. Hij huurde een beroemd architect in om een buitensporig luxueus paleis voor hem te bouwen, en toen zijn gezondheid achteruitging, begon hij over zijn opvolging na te denken. De heetgebakerde jongere broer deed een poging de macht te grijpen terwijl de heerser ziek was, en werd verbannen. De geliefde oudste zoon, een soldaat en een uitstekend ruiter, kwam om bij een heftig auto-ongeluk. Dus bleef alleen de zachtaardige middelste zoon, een in Londen opgeleide oogarts, over om de leiding van het familiebedrijf op zich te nemen.

De eerste jaren dat hij aan de macht was, waren vol hoop en belofte. Hij gunde zijn landgenoten toegang tot internet en liet ze naar het buitenland reizen zonder dat ze daarvoor eerst toestemming aan de regering moesten vragen. Samen met zijn modebewuste vrouw ging hij in restaurants eten, en hij liet een paar honderd politieke gevangenen vrij. Luxehotels en winkelcentra veranderden de kleurloze skyline van Damascus en Aleppo. Westerse sigaretten, in de ban gedaan door zijn vader, verschenen in de Syrische winkelschappen.

Toen kwam de Arabische Lente. De Syriërs keken vanaf de zijlijn toe, terwijl de oude orde om hen heen afbrokkelde, alsof ze een voorgevoel hadden van wat er ging gebeuren. In maart 2011 hadden vijftien jonge jongens het lef tegen het regime gerichte graffiti te spuiten op de muur van een school in Daraa, een kleine boerenstad zo'n honderd kilometer ten zuiden van Damascus. De Moeghabarat pakte de jongens op en adviseerde hun vaders naar huis te gaan om nieuwe kinderen te maken, omdat ze hun zoons nooit meer zouden zien. Hevige protesten braken uit in Daraa, en al snel verspreidden die zich ook naar Homs, Hama, en, uiteindelijk, Damascus. Binnen een jaar zou Syrië midden in een burgeroorlog zitten. En daarin zou de zoon, net als zijn vader, spelen volgens Hamaregels.

Maar waar was het geld? Het geld dat twee generaties lang uit de Syrische staatskas was geroofd. Het geld dat aan genationaliseerde Syrische bedrijven was onttrokken en naar de zakken van de heerser en zijn alawitische familie uit Qurdaha was gesluisd.

Een deel daarvan zat in LXR Investments of Luxembourg, het bedrijf waar Gabriel en zijn team hun onderzoek begonnen. In eerste instantie deden ze dat heel netjes, wat dan ook weinig opleverde. Een simpele zoektocht op internet maakte duidelijk dat LXR geen openbare website had, en dat de naam van het bedrijf ook niet voorkwam in nieuwsberichten of publicaties, zakelijk of anderszins. LXR was wel terug te vinden in het bedrijvenregister van Luxemburg, maar zonder namen van investeerders of directie. Er was alleen een adres, waarop het kantoor van een bedrijfsjurist gevestigd bleek. Voor Eli Lavon, de meest ervaren financieel onderzoeker van het team, was het zonneklaar dat LXR een typisch voorbeeld was van een instrument dat werd gebruikt door iemand die zijn geld anoniem wilde investeren. Het was een façade, een spookbedrijf, een lege huls in een lege huls.

Ze breidden hun zoektocht uit naar bedrijvenregisters in heel West-Europa. En toen ook dat niet méér opleverde dan een uiterst zwak stipje op hun radarscherm, doorzochten ze belasting- en onroerendgoeddocumenten uit alle landen waar die maar beschikbaar waren. Alleen in Groot-Brittannië vonden ze iets: LXR Investments stond geregistreerd als huurder van een winkelpand aan King's Road in Chelsea, waarin op dat moment een bekend vrouwenkledingbedrijf was gevestigd. De jurist die LXR op Brits grondgebied vertegenwoordigde, werkte voor een klein advocatenkantoor in Londen, in Southwark. Zijn naam was Hamid Khaddam. Hij was geboren in november 1964, in Syrië, in Qurdaha.

Hij woonde in een deel van Londen dat Tower Hamlets heette, samen met zijn in Bagdad geboren vrouw Aisha, en zijn drie puberdochters, die veel te verwesterd waren naar zijn smaak. Iedere ochtend nam hij de metro naar zijn werk, al gunde hij zich heel af en toe, als het regende of als hij erg laat was, de luxe van een taxi. Het advocatenbureau was gevestigd in een klein bakstenen gebouw aan Great Suffolk Street, ver weg van de chique adressen in Knightsbridge en Mayfair. Er waren in totaal acht advocaten: vier Syriërs, twee Irakezen, een Egyptenaar, en een nogal poenige Jordaniër, die beweerde verwant te zijn met de familie Hashemite, de heersers van zijn land. Hamid Khaddam was de enige alawiet. Hij had een televisie in zijn kantoor die altijd op Al Jazeera stond. Het meeste nieuws haalde hij echter uit in het Arabisch geschreven blogs uit het Midden-Oosten. Allemaal enigszins aangepast ten gunste van het regime.

Zowel in zijn werk als in zijn privéleven was hij altijd erg op zijn hoede, maar niet zó erg dat hij doorhad dat hij het doelwit was van een aanval van een geheime dienst, die zowel bijzonder verreikend als bijzonder geluidloos was. Het begon de ochtend nadat het team achter zijn naam was gekomen, toen Mordecai en Oded in Londen landden, een Canadees paspoort in hun zak, hun beroepsgereedschap niet als zodanig herkenbaar in een koffertje. Twee dagen lang hielden ze hem van een afstand in de gaten. Toen, op de ochtend van de derde dag, slaagde de vingervlugge Mordecai erin Khaddams mobiele telefoon korte tijd in handen te krijgen, tijdens een metroritje van Mile End naar Liverpool Street. De software die Mordecai in het toestel installeerde, gaf het team realtime toegang tot Khaddams e-mails, sms'jes, contacten, foto's en gesprekken. Bovendien veranderde de telefoon in een fulltime zender: waar Hamid Khaddam ook naartoe ging, het team ging met hem mee. Daarnaast hadden ze ook nog toegang tot het computernetwerk van het advocatenbureau, én tot Hamid Khaddams privécomputer thuis. Zoals Eli Lavon zei: het kon niet op.

De gegevens gingen van Khaddams telefoon naar de post in Londen, en vandaar via een beveiligde verbinding naar Gabriels Hol in de catacomben van King Saul Boulevard. Daar werden ze door het team uitgeplozen, telefoonnummer voor telefoonnummer, e-mailadres voor e-mailadres, naam voor naam. LXR Investments dook op in een e-mail aan een Syrische advocaat in Parijs, én in een e-mail aan een accountant in Brussel. Het team volgde beide lijnen, maar die bleken al uitgerafeld lang voordat ze Damascus hadden kunnen bereiken. Om precies te zijn vonden ze helemaal niets in de enorme schat aan informatie die ze hadden, waaruit zou kunnen blijken dat Khaddam in contact stond met elementen van het Syrische regime, of de uitgebreide heersende familie. Hij was maar een figurant, verklaarde Lavon, iemand die de financiële boodschappen deed die hem van hogerhand werden opgedragen. Het was heel goed mogelijk dat de Syrische advocaat uit Londen geen idee had voor wie hij eigenlijk werkte.

En zo zaten ze te wroeten en te ontleden, en met elkaar te discussiëren, terwijl de rest van King Saul Boulevard toekeek en afwachtte. Volgens de regels wist slechts een beperkt aantal hoger geplaatsten waar ze mee bezig waren, maar de gestage stroom dossiers van de afdeling Research naar kamer 456C liet weinig te raden over. Het nieuws dat Gabriel terug was, ging als een lopend vuurtje door het gebouw. En het was ook geen geheim dat Bella Navot, de vrouw van de rivaal die hij had verslagen, toegewijd aan zijn zijde werkte. Hardnekkige geruchten staken de kop op. Geruchten dat Navot van plan was de teugels aan Gabriel over te geven nog voordat zijn ambtstermijn erop zat. Geruchten dat Gabriel en de premier het vertrek van Navot probeerden te bespoedigen. Er ging zelfs een gerucht dat Bella van plan was van haar man te scheiden, zodra hij zijn machtspositie met alles wat daarbij hoorde kwijt was.

Al die geruchten werden stevig de kop ingedrukt, toen Gabriel op een middag aangenaam lunchend met de Navots in de directie-eetkamer werd gesignaleerd. Navot at gepocheerde vis en gestoomde groenten, wat erop wees dat hij zich netjes aan het uiterst strenge dieet van Bella hield. Volgens de geruchten zou hij zich vast niet schikken naar de wensen van een vrouw die van plan was bij hem weg te gaan.

Het viel echter niet te ontkennen dat het Bureau sinds de terugkeer van Gabriel opnieuw tot leven leek te komen. Het was alsof het hele gebouw het stof van zich had afgeschud na een lange periode waarin het operationeel een beetje was ingedut. Er hing iets in de lucht van een slag die binnenkort geslagen zou worden, al hadden de troepen geen idee wat voor slag dat zou zijn of waar die zou plaatsvinden.

Zelfs Bella leek aangestoken door de verandering die binnen de dienst van haar man had plaatsgevonden. Ze zag er ineens heel anders uit. Haar chique pakken hadden plaatsgemaakt voor een spijkerbroek en een sweatshirt, en ze droeg haar haar in een slordige paardenstaart. Zo zou Gabriel zich haar ook altijd herinneren, als de gedreven jonge onderzoeker, op sandalen en in een gekreukt shirt, nog volkomen in haar werk verdiept als iedereen allang naar huis was. Er was een reden dat Bella werd beschouwd als 's lands grootste expert op het gebied van Syrië: ze werkte harder dan wie dan ook, en had geen behoefte aan dingen als slapen en eten. Ook wilde ze tot iedere prijs de beste zijn, of het nu op academisch gebied was of binnen de muren van King Saul Boulevard. Gabriel had zich altijd afgevraagd of de Ba'athisten haar in de loop der jaren een beetje hadden besmet. Bella was een geboren killer.

Gezien haar reputatie was het begrijpelijk dat het team in eerste instantie een beleefde afstand tot haar bewaarde. Langzaam maar zeker verdween die afstand echter, en binnen een paar dagen behandelde iedereen haar alsof ze er van het begin af aan bij was geweest. Wanneer het team in een van zijn legendarische discussies verzeild raakte, hoorde Bella onveranderlijk bij de winnende partij. En wanneer het team volgens de traditie 's avonds samen aan tafel schoof, voegde Bella zich bij hen, in plaats van bij haar echtgenoot.

De afspraak was dat er tijdens het eten niet over de zaak werd gepraat, en dus hadden ze het in plaats daarvan over de plaats van Israël in de veranderende Arabische wereld. Net als alle westerse grote mogendheden had Israël altijd de voorkeur gegeven aan de Arabische machthebbers boven de Arabische man van de straat. Nooit hadden ze vrede gesloten met een Arabische democraat, alleen met dictators en potentaten. Vele decennia lang hadden de machthebbers voor een klein beetje stabiliteit in de regio gezorgd, maar dat was wel op een gruwelijke manier ten koste gegaan van de mensen die door hen werden onderdrukt. De cijfers logen er niet om, en Bella, die alles wist van het wreedste regime van de regio, kon ze uit haar hoofd opdreunen. Ondanks de enorme olierijkdom moest een vijfde deel van de Arabische wereld overleven van minder dan twee dollar per dag. Vijfenzestig miljoen Arabieren, het merendeel vrouwen, konden niet lezen of schrijven, en miljoenen hadden geen enkele opleiding. De Arabieren, ooit pioniers op het gebied van wiskunde en geometrie, waren jammerlijk achteropgeraakt bij de ontwikkelde wereld in wetenschappelijk en technologisch onderzoek. Gedurende het hele afgelopen millennium hadden de Arabieren minder boeken vertaald dan Spanje in één enkel jaar. In veel delen van de Arabische wereld was de Koran het enige boek dat ertoe deed.

Maar hoe, vroeg Bella zich af, had het zover kunnen komen. De fundamentalistische islam had daarbij zeker een rol gespeeld, maar het ging ook om geld. Geld dat de dictators en potentaten liever aan zichzelf uitgaven dan aan hun volk. Geld dat vanuit de Arabische wereld bij banken in Genève, Zürich en Lichtenstein terechtkwam. Geld dat Gabriel en zijn team naarstig probeerden te vinden.

Terwijl de dagen zich voortsleepten, stuitten ze op solide muren, doodlopende wegen, lege kuilen en deuren die ze niet konden openen. En ze lazen de e-mail van een eenvoudige Londense advocaat, Hamid Khaddam genaamd, en luisterden aandachtig naar wat hij de hele dag zoal deed: de metroritjes, de gesprekken met cliënten over grote en kleine zaken, de onbeduidende meningsverschillen met zijn pan-Arabische partners. En ze bleven luisteren, wanneer hij 's avonds thuiskwam in zijn huis in Tower Hamlets, waar hij met vier vrouwen samenleefde.

Op een zo'n avond had hij een heftige discussie met zijn oudste dochter over de lengte van de rok die ze aan wilde naar een feestje waarop ook jongens aanwezig zouden zijn. Het team was al net zo blij als het meisje toen zijn telefoon op een gegeven moment ging. Het gesprek duurde twee minuten en achttien seconden. En toen het was afgelopen, wisten Gabriel en zijn team dat ze eindelijk de man hadden gevonden die ze zochten.

33

LINZ, OOSTENRIJK

Zo'n honderdvijftig kilometer ten westen van Wenen maakt de Donau een abrupte bocht van het noordwesten naar het zuidoosten. Op die plek vestigden de oude Romeinen een garnizoen. En toen de Romeinen weer waren vertrokken, bouwden de mensen die later Oostenrijkers zouden gaan heten er een stad die ze Linz noemden. De stad werd rijk van het ijzererts en het zout dat door de rivier werd meegevoerd, en een tijdlang was het de belangrijkste stad van het Oostenrijks-Hongaarse Rijk, belangrijker zelfs dan Wenen. Mozart componeerde zijn Symfonie nr. 36 terwijl hij in Linz woonde, Anton Bruckner was er organist in de Oude Kathedraal. En in de kleine voorstad Leonding, aan de Michaelsbergstrasse 16, staat een geel huis waarin Adolf Hitler als kind heeft gewoond. Hitler verhuisde in 1905 naar Wenen in de hoop toegelaten te worden tot de kunstacademie, maar zijn geliefde Linz zou nooit echt uit zijn gedachten verdwijnen. Linz moest het culturele centrum worden van het Derde Rijk, en het was daar dat Hitler van plan was zijn monumentale Führermuseum van roofkunst te bouwen. De codenaam van de plunderoperatie was dan ook Sonderauftrag Linz.

Het hedendaagse Linz had er alles aan gedaan de banden met Hitler weg te stoppen, maar herinneringen aan het verleden waren overal. Het belangrijkste bedrijf van de stad, de staalgigant Voestalpine AG, was oorspronkelijk bekend onder de naam Hermann-Göring-Werke. En een kleine twintig kilometer ten oosten van het stadscentrum lagen de overblijfselen van Mauthausen, het nazi-kamp waar gevangenen werden onderworpen aan 'uitroeiing door arbeid'. Onder de gevangenen die de bevrijding van het kamp meemaakten, was Simon Wiesenthal, die later 's werelds bekendste nazi-jager zou worden.

De man die die eerste dinsdag van juni naar Linz kwam, wist alles van het donkere verleden van de stad. Sterker nog, gedurende een bepaalde periode van zijn leven, dat vele facetten had gekend, was het zijn belangrijkste obsessie geweest. Hij stapte op het Hauptbahnhof uit de trein, gekleed in een donker pak dat deed vermoeden dat hij flink wat geld had, en met een gouden horloge om dat de indruk wekte dat hij daar niet helemaal eerlijk aan was gekomen, wat ook wel klopte. Hij kwam op dat moment uit Wenen, en was daarvoor in München, Boedapest en Praag geweest. Twee keer tijdens zijn reis was hij van identiteit veranderd. Nu was hij Feliks Adler, een Midden-Europeaan uit een niet nader gedefinieerd land, liefhebber van vele vrouwen, strijder in vergeten oorlogen, een man die meer op zijn gemak was in Gstaad en Saint-Tropez dan in zijn geboorteplaats, waar die ook geweest mocht zijn. Zijn echte naam was echter Eli Lavon.

Vanaf het station volgde hij een straat met aan weerszijden crèmekleurige flatgebouwen, tot hij uitkwam bij de Nieuwe Kathedraal, de grootste kerk van Oostenrijk. De toren was, volgens de regels, minder hoog dan die van de Stephansdom in Wenen, drie meter om precies te zijn. Lavon ging de kerk binnen, om te zien of iemand hem zou volgen. Terwijl hij door het imposante middenschip liep, vroeg hij zich – niet voor de eerste keer – af hoe zo'n vroom rooms-katholiek land zo'n buitenproportioneel grote rol had kunnen spelen bij de moord op zes miljoen mensen. Het zat in hun genen, dacht hij. Ze kregen het met de moedermelk mee naar binnen.

Dat was echter de mening van Lavon, niet van Feliks Adler, en tegen de tijd dat hij weer naar buiten kwam, dacht hij alleen nog maar aan geld. Hij liep naar de Hauptplatz, het bekendste plein van Linz, en controleerde nog een laatste keer of hij in de gaten werd gehouden. Toen stak hij de Donau over en kwam bij een rotonde waar een paar moderne trams stonden te blakeren in de zon. Ze zagen eruit alsof ze per ongeluk in de verkeerde stad, in de verkeerde eeuw terecht waren gekomen. Aan een kant van de rotonde was een straat die Gerstnerstrasse heette, en bijna aan het eind van de straat bevond zich een statige deur met een koperen bord waarop stond: BANK WEBER AG: ALLEEN OP AFSPRAAK.

Lavon wilde op de bel drukken, maar iets deed hem aarzelen. Het was de oude angst, de angst dat hij al op te veel deuren had geklopt, dat hij al té vaak in donkere straten mannen had gevolgd die hem zouden hebben vermoord, als ze hadden geweten dat hij daar was. Toen dacht hij aan een kamp amper twintig kilometer daarvandaan, en aan een stad in Syrië die bijna van de kaart was gevaagd. En hij vroeg zich af of er ergens een link, een verbond van het kwaad, tussen de twee was. Hij voelde een plotselinge woede opwellen, die hij onderdrukte door zijn das recht te trekken en het weinige haar dat hij nog had glad te strijken. Vervolgens zette hij zijn duim vastberaden op de bel, en verklaarde in de intercom, met een stem die niet zijn eigen stem was, dat hij Feliks Adler was en dat hij een afspraak had.

Een paar seconden, die voor Lavon wel een eeuwigheid leken te duren, verstreken. Uiteindelijk werd de deur ontgrendeld, en weerklonk er een zoemer die veel weghad van het geluid van een startpistool. Hij haalde eens diep adem, legde zijn hand op de deurknop, en liep naar binnen.

Achter de deur was een hal, en achter die hal was een wachtkamer, waar een meisje zat dat zo bleek en zo mooi was, dat ze bijna niet echt leek. Het meisje was blijkbaar gewend aan onwelkome aandacht van mannen als Herr Adler, want ze begroette hem vriendelijk en afstandelijk tegelijk. Ze bood hem een stoel in haar wachtkamer aan, die hij accepteerde, en een kop koffie, waarvoor hij beleefd bedankte.

Hij zat met zijn knieën bij elkaar, en zijn handen gevouwen in zijn schoot, alsof hij op het perron van een plattelandsstation op de trein zat te wachten. Aan de muur boven zijn hoofd hing een televisiescherm, waarop geluidloze beelden van een Amerikaanse financiële zender te zien waren. Op het tafeltje naast hem lagen exemplaren van de belangrijkste economische dagbladen van de wereld, samen met verschillende tijdschriften die het leven in de bergen van Oostenrijk aanprezen.

Eindelijk ging de telefoon op het bureau van de jonge vrouw, en ze kondigde aan dat Herr Weber – Herr Markus Weber, directeur en oprichter van Bank Weber AG – hem nu kon ontvangen.

Hij stond al te wachten achter de volgende deur: een magere, lange, kale man met een bril, een donker begrafenisondernemerspak, en een superieure glimlach. Hij schudde Lavon plechtig de hand, alsof hij hem condoleerde met de dood van een verre tante, en ging hem voor door een gang waarvan de muren vol hingen met olieverfschilderijen van bergmeren en bloeiende weiden. Aan het eind van de gang stond een bureau waarachter een andere vrouw, ouder dan de eerste en donkerder van haar en teint, op een computerscherm zat te turen. Herr Webers kantoor was rechts, links was het kantoor van zijn partner, Waleed al-Siddiqi. De deur van het kantoor van Mr. Al-Siddiqi zat potdicht en ervoor stond een setje bodyguards, roerloos als kamerplanten. Hun maatpakken konden niet verhullen dat ze allebei een wapen droegen.

Lavon knikte naar de twee mannen, die zelfs niet met hun ogen knipperden, en richtte zijn blik toen op de vrouw. Haar ravenzwarte haar reikte bijna tot haar schouders, die in een zakelijk zwart jasje waren gehuld. Haar ogen waren groot en bruin, haar neus was recht en geprononceerd. De algehele indruk die haar verschijning wekte, was er een van ernst, en misschien iets van droefheid. Een blik op haar linkerhand leerde Lavon dat ze geen verlovings- of trouwring droeg. Hij schatte haar op een jaar of veertig, de kritieke leeftijd om ongetrouwd te blijven. Ze was niet onaantrekkelijk, maar ze was ook niet echt knap. De subtiele manier waarop een gezicht uit botten en vlees is opgebouwd had dat van haar vrij gewoontjes gemaakt.

'Dit is Jihan Nawaz,' verklaarde Herr Weber. 'Miss Nawaz is onze accountmanager.'

Haar begroeting was nauwelijks warmer dan die van de Oostenrijkse receptioniste. Hij liet haar koele hand snel weer los en liep achter Herr Weber aan zijn kantoor in. Dit bleek modern maar comfortabel ingericht, met op de vloer een weelderig tapijt dat ieder geluid leek te absorberen. Herr Weber dirigeerde Lavon naar een stoel, waarna hij zelf achter zijn bureau plaatsnam. 'Wat kan ik voor u doen?' vroeg hij, plotseling een en al zakelijkheid.

'Ik overweeg een som geld aan uw zorgen toe te vertrouwen,' antwoordde Lavon.

'Mag ik vragen hoe u over onze bank hebt gehoord?'

'Een zakenrelatie is hier klant.'

'Zou ik u naar zijn naam mogen vragen?'

'Die vertel ik u liever niet.'

Herr Weber hief even zijn hand, alsof hij wilde zeggen dat hij dat volledig begreep.

'Ik heb één vraag,' zei Lavon. 'Klopt het dat de bank een paar jaar geleden wat problemen had?'

'Dat is juist, ja,' beaamde Weber. 'Net als zoveel Europese banken, hebben we een flinke klap gehad van het instorten van de Amerikaanse onroerendgoedmarkt en de daaropvolgende financiële crisis.'

'En dus was u gedwongen een partner aan te trekken?'

'Eerlijk gezegd deed ik dat graag.'

'Mr. al-Siddiqi.'

Weber knikte behoedzaam.

'Ik neem aan dat hij uit Libanon komt?'

'Syrië, om precies te zijn.'

'Zo erg.'

'Wat?'

'De oorlog,' antwoordde Lavon.

Webers uitdrukkingsloze gezicht maakte wel duidelijk dat hij geen zin had de huidige stand van zaken in het geboorteland van zijn partner te bespreken. 'U spreekt Duits alsof u uit Wenen komt,' zei hij na een tijdje.

'Daar heb ik een tijd gewoond.'

'En nu?'

'Ik heb een Canadees paspoort, maar ik beschouw mezelf liever als wereldburger.'

'Geld kent geen internationale grenzen tegenwoordig.'

'Daarom ben ik ook naar Linz gekomen.'

'Bent u hier al eerder geweest?'

'Regelmatig,' antwoordde Lavon naar waarheid.

Webers telefoon ging.

'Mag ik?'

'Ga uw gang.'

De Oostenrijker nam op, en bleef Lavon aankijken, terwijl hij luisterde naar de stem aan de andere kant van de lijn. Zijn gemompelde antwoord verdween in het dikke tapijt. Vervolgens hing hij weer op, en vroeg: 'Waar waren we gebleven?'

'U stond op het punt mij te verzekeren dat uw bank solvabel en stabiel is en dat mijn geld hier veilig zal zijn.'

'Dat is allebei waar, Herr Adler.'

'Discretie is voor mij ook erg belangrijk.'

'Zoals u ongetwijfeld weet,' verklaarde Weber, 'heeft Oostenrijk er onlangs in toegestemd enkele wijzigingen door te voeren in het bankstelsel om onze Europese buren ter wille te zijn.'

'Ik heb begrepen dat u een minimum van tien miljoen hanteert voor nieuwe klanten.'

'Dat is ons beleid, ja.' Weber zweeg even, en vroeg toen: 'Is dat een probleem, Herr Adler?'

'Absoluut niet.'

'Ik dacht al dat u dat zou zeggen. U komt op mij over als een bijzonder serieus iemand.'

Herr Adler accepteerde deze vleierij met een knikje. 'Wie zal er binnen de bank van op de hoogte zijn dat ik hier een rekening heb?'

'Alleen ik en Miss Nawaz.'

'En Mr. al-Siddiqi?'

'Mr. al-Siddiqi heeft zíjn klanten, ik heb de mijne.' Weber tikte met zijn gouden vulpen op zijn leren bureaubeschermer. 'Dus, Mr. Adler, hoe gaan we het doen?'

'Ik was van plan tien miljoen bij u in bewaring te geven. Ik wil graag dat u daarvan vijf miljoen cash houdt, en dat u de rest investeert. Geen ingewikkelde dingen,' voegde hij eraan toe. 'Het gaat mij om het handhaven van bezit, niet om het creëren ervan.'

'U zult niet teleurgesteld worden,' zei Weber. 'U moet echter wel weten dat we een vergoeding voor onze diensten vragen.'

'Ja.' Lavon glimlachte. 'Aan geheimhouding hangt een prijskaartje.'

Met zijn gouden vulpen noteerde de bankier wat gegevens van Lavon, die overigens geen van alle op waarheid berustten. Als wachtwoord koos hij 'groeve', een verwijzing naar de slavenarbeid in Mauthausen, die volkomen voorbijging aan het glanzende kale hoofd van Herr Weber, die er ook nooit aan toegekomen was een bezoek te brengen aan het Holocaustmonument dat zich op slechts luttele kilometers afstand van zijn geboorteplaats bevond.

'Mijn wachtwoord komt voort uit de aard van mijn bedrijf,' verklaarde Lavon met een gemaakte glimlach.

'Zit u in de mijnbouw, Herr Adler?'

'Zoiets.'

De bankier stond op, en droeg hem over aan Miss Nawaz, de accountmanager. Er moesten formulieren worden ingevuld, verklaringen getekend, en beide partijen moesten beloven geheimhouding en belastingwetten te respecteren.

De toevoeging van tien miljoen aan de balans van Bank Weber had geen enkele invloed op haar afstandelijke gedrag. Toch was ze van nature geen kil persoon, vermoedde Lavon. Het was iets anders. Hij keek nog eens naar de bodyguards voor de deur van het kantoor van Waleed al-Siddiqi, de van origine Syrische redder van Bank Weber AG. Toen richtte hij zijn blik weer op Jihan Nawaz. 'Een belangrijke klant?' vroeg hij.

Ze keek hem slechts uitdrukkingsloos aan. 'Hoe wilt u het geld storten?'

'Via een telefonische overboeking, als dat kan.'

Ze gaf hem een briefje met daarop de gegevens die hij nodig had.

'Zullen we het nu direct doen?' vroeg Lavon.

'Wat u wilt.'

Lavon haalde zijn mobiele telefoon uit zijn zak en belde een gerenommeerde bank in Brussel, waar ze er geen idee van hadden dat ze een groot deel van de operationele fondsen van het Bureau in Europa beheerden. Hij zei dat hij met spoed tien miljoen euro wilde overmaken naar Bank Weber AG in Linz, in Oostenrijk. Nadat hij de verbinding had verbroken, keek hij Jihan Nawaz glimlachend aan. 'U hebt het geld in ieder geval morgen rond het middaguur.'

'Zal ik u bellen om de ontvangst te bevestigen?'

'Graag.' Herr Adler gaf haar een visitekaartje.

In ruil daarvoor gaf zij hem een van háár kaartjes. 'Mocht u nog vragen hebben, Herr Adler, aarzelt u dan niet mij te bellen. Ik zal u helpen waar ik maar kan.'

Lavon stopte het kaartje samen met zijn telefoon in het borstzakje van zijn jasje. Vervolgens stond hij op, en drukte de hand van Jihan Nawaz nog een laatste keer, voordat hij terugliep naar de receptie, waar het knappe Oostenrijkse meisje al op hem stond te wachten. Terwijl hij de gang door liep, kon hij de ogen van de twee bodyguards in zijn rug voelen prikken, maar hij durfde niet meer over zijn schouder te kijken. Hij was bang, dacht hij. Net als Jihan Nawaz.

34

KING SAUL BOULEVARD, TEL AVIV

Het is misschien moeilijk voor te stellen, maar er is een tijd geweest waarin mensen niet de behoefte voelden hun leven van minuut tot minuut te delen met honderden miljoenen, of zelfs miljarden, volslagen vreemden. Als iemand ging winkelen om een kledingstuk te kopen, postte hij niet om de haverklap ieder detail van zijn zoektocht op social media. En als iemand zich misdroeg op een feestje, liet hij niet een volledig beeldverslag achter in een digitaal plakboek, dat nooit meer zou verdwijnen. Nu, in een tijd waarin alle remmingen zoek waren, leek geen enkel detail van het leven te onbetekenend of te vernederend om te delen. In het online-tijdperk was het belangrijker door iedereen gehoord te worden dan enige waardigheid te bewaren. Internetvolgers werden hoger gewaardeerd dan vrienden van vlees en bloed, vanwege de misleidende belofte van bekendheid, of zelfs onsterfelijkheid. Als Descartes nu had geleefd, had hij heel goed kunnen schrijven: ik tweet, dus ik ben.

Werkgevers wisten allang dat de online aanwezigheid van een individu een schat aan informatie gaf over zijn karakter. Het was dan ook niet verwonderlijk dat inlichtingendiensten overal ter wereld tot dezelfde ontdekking waren gekomen. In vervlogen tijden hadden spionnen post moeten openmaken en laden moeten doorzoeken om achter de diepste geheimen van een potentieel doelwit of een potentiële nieuwe aanwinst te komen. Nu hoefden ze slechts op een paar toetsen te drukken, en de geheimen kwamen hen in de schoot vallen: namen van vrienden en vijanden, verloren liefdes en oude wonden, geheime passies en verlangens. In handen van de juiste persoon vormden al die gegevens al snel een routekaart die de weg wees naar het menselijk hart. Met behulp daarvan kon iedere emotie naar believen worden opgeroepen. Het was bijvoorbeeld makkelijk een doelwit bang te maken, wanneer dat doelwit reeds vrijwillig de sleutels tot zijn angst had overhandigd. Datzelfde gold ook als je iemand gelukkig wilde maken.

Jihan Nawaz, accountmanager bij Bank Weber AG, geboren in Syrië en genaturaliseerd Duits staatsburger, vormde op dit alles geen uitzondering. Als liefhebber van moderne technologie was ze een pionier geweest op Facebook, was ze een verstokt twitteraar, en had ze onlangs de geneugten van Instagram ontdekt. Na het bekijken van haar accounts wist het team dat ze in een klein appartement net buiten de Innere Stadt van Linz woonde, dat ze een lastige kat bezat die Cleopatra heette, en dat ze aan de lopende band problemen had met haar auto, een oude Volvo. Ze ontdekten wat haar favoriete bars en nachtclubs waren, waar ze graag at, en bij welk café ze iedere ochtend onderweg naar haar werk koffie en een broodje haalde. Ze kwamen er ook achter dat ze nooit getrouwd was geweest, en dat haar laatste vriend haar bijzonder slecht had behandeld. Wat vooral duidelijk werd, was dat ze er nooit in was geslaagd de aangeboren xenofobie van de Oostenrijkers te doorbreken, en dat ze eenzaam was. Het was een verhaal dat de leden van het team maar al te goed begrepen. Jihan Nawaz was, net als de Joden vóór haar, de vreemdeling.

Vreemd genoeg waren er twee elementen van haar leven waarover Jihan Nawaz online nooit sprak: haar werk, en haar geboorteland. Ook werd er met geen woord over de bank of Syrië gesproken in de enorme berg privémailtjes die de hackers van Unit 8200, de elektronische veiligheidseenheid van Israël, van haar verschillende accounts hadden geplukt. Eli Lavon, die de gespannen sfeer binnen de bank had gevoeld, vroeg zich af of Jihan misschien bepaalde orders had gekregen van Waleed al-Siddiqi, de man die achter een gesloten deur werkte, bewaakt door een paar gewapende alawieten.

Bella Navot vermoedde echter dat de oorsprong van Jihans zwijgen ergens anders lag. En dus toog ze, terwijl de rest van het team verderging met het uitpluizen van de digitale sporen, naar de archieven van de afdeling Research en begon te spitten.

De eerste vierentwintig uur van haar zoekactie leverden niets waardevols op. Toen, in een impuls, haalde ze haar eigen oude dossiers over een incident in Syrië in februari 1982 erbij. Onder Bella's leiding had het Bureau twee officiële verslagen van het incident gemaakt: een uiterst vertrouwelijk document voor gebruik binnen de Israëlische geheime dienst, en een witboek dat openbaar werd gemaakt via het ministerie van Buitenlandse Zaken. Beide versies bevatten het ooggetuigenverslag van een jong meisje, maar Bella had in beide documenten haar naam niet genoemd, om haar identiteit te beschermen. Diep weggestopt in haar persoonlijke onderzoeksdossiers zat echter de originele verklaring van het meisje, met daaronder haar naam. Twee minuten later, buiten adem omdat ze van research naar kamer 456C was gesprint, legde ze het document met een triomfantelijk gebaar voor Gabriel neer. 'Het is Hama,' zei ze. 'De arme ziel was in Hama.'

'Hoeveel weten we echt van Waleed al-Siddiqi?'

'Genoeg om te weten dat hij degene is die we zoeken, Uzi.'

'Ik wil toch iets meer, Gabriel.'

Navot zette zijn bril af, en wreef over de brug van zijn neus, iets wat hij altijd deed wanneer hij niet goed wist hoe hij verder moest. Hij zat achter zijn grote, glazen bureau, met één voet op het blad. Achter hem zakte een oranje zon langzaam naar het oppervlak van de Middellandse Zee.

Gabriel bleef er even naar kijken. Het was lang geleden dat hij de zon had gezien. 'Hij is een alawiet,' zei hij uiteindelijk, 'afkomstig uit Aleppo. Toen hij in Damascus werkte, afficheerde hij zich als familie van de heersende familie. Zoals je misschien wel zult verwachten, wordt er in de brochure van Bank Weber niet over deze familieband gerept.'

'Wat is zijn relatie precies?'

'Kennelijk is hij een verre neef van de moeder, wat veelzeggend is. De moeder is degene die haar zoon ertoe heeft aangezet de opstandelingen keihard aan te pakken.'

'Dat klinkt alsof je veel met mijn vrouw hebt opgetrokken.'

'Dat heb ik ook.'

Navot glimlachte. 'Dus Waleed al-Siddiqi behoort tot de kern van Evil Incorporated?'

'Dat probeer ik te zeggen, Uzi.'

'Hoe is hij aan zijn geld gekomen?'

'Hij is zijn carrière begonnen in de Syrische – onder staatstoezicht staande – farmaceutische industrie, wat ook veelzeggend is.'

'Omdat de Syrische farmaceutische industrie een verlengstuk is van het chemische en biologische wapenprogramma.'

Gabriel knikte traag. 'Al-Siddiqi heeft ervoor gezorgd dat een groot deel van de winst rechtstreeks in de geldkist van de familie verdween. Hij heeft er ook voor gezorgd dat westerse bedrijven die zaken wilden doen in Syrië voor dat privilege betaalden in de vorm van smeergeld en provisie. Al doende is al-Siddiqi behoorlijk rijk geworden.' Na een korte pauze voegde Gabriel eraan toe: 'Rijk genoeg om een bank te kopen.'

Navot fronste zijn voorhoofd. 'Wanneer is al-Siddiqi uit Syrië vertrokken?'

'Vier jaar geleden.'

'Toen de Arabische Lente tot bloei kwam,' constateerde Navot.

'Dat was geen toeval. Al-Siddiqi was op zoek naar een veilige plaats om het familiefortuin te beheren. Die vond hij toen een kleine bank in Linz door de kredietcrisis in de problemen raakte.'

'Jij denkt dat het geld op rekeningen van Bank Weber staat?'

'Een deel van het geld,' beaamde Gabriel. 'En de rest beheert hij door Bank Weber als visitekaartje te gebruiken.'

'Is Herr Weber hiervan op de hoogte?'

'Dat weet ik nog niet.'

'En de vrouw?'

'Nee,' zei Gabriel. 'Die weet van niets.'

'Hoe kun je daarvan zo zeker zijn?'

'Een maatje van de Syrische leider zou nooit een meisje uit Hama vertrouwen, en haar zijn accountmanager maken.'

Navot liet zijn voet weer op de grond zakken, en legde zijn brede onderarmen op het bureaublad. Het leek een wonder dat het glas niet versplinterde onder de druk van zijn indrukwekkende lichaam. 'Wat had je in gedachten?' vroeg hij.

'Ze heeft behoefte aan een vriendin,' zei Gabriel. 'Die ga ik haar geven.'

'Een vriendin, geen vriend?'

'Nee, het moet een vrouw zijn.'

'Wie was je van plan daarvoor te gebruiken?'

Dat vertelde Gabriel hem.

'Ze is analiste.'

'Ze spreekt vloeiend Duits en Arabisch.'

'Aan wat voor soort aanpak denk je?'

'Een harde, ben ik bang.'

'En onder welke vlag?'

'Ik kan je verzekeren dat die niet blauw en wit zal zijn.'

Navot glimlachte. Toen hij nog in het veld had gewerkt, als *katsa*, waren operaties onder een valse vlag zijn specialiteit geweest. Bij het rekruteren van spionnen uit Arabische landen, of uit de gelederen van terroristische organisaties had hij zich gewoonlijk voorgedaan als agent van de Duitse geheime dienst. Een Arabier overhalen zijn land, of zijn idealen, te verraden ging een stuk makkelijker als de Arabier niet wist dat hij voor de Staat Israël werkte.

'Wat ben je verder met Bella van plan?' vroeg hij.

'Ze wil graag veldwerk gaan doen. Ik heb tegen haar gezegd dat de beslissing daarover bij jou ligt.'

'De vrouw van de chef doet geen veldwerk.'

'Ze zal heel teleurgesteld zijn.'

'Dat ben ik gewend.'

'En jij, Uzi?'

'Wat is er met mij?'

'Ik zou je hulp wel kunnen gebruiken bij de rekrutering.'

'Hoezo?'

'Omdat je grootouders voor de oorlog in Wenen woonden, en jij dus Duits spreekt als een Oostenrijkse geitenhoeder.'

'Dat is in ieder geval beter dan dat vreselijke Berlijnse accent van jou.'

Navot keek naar de televisieschermen, waarop te zien was dat een familie in de belegerde stad Homs een maaltijd maakte van gekookt onkruid, het enige eetbare wat nog in de stad te vinden was.

'Er is nog wel één ding waarover je moet nadenken,' zei hij toen. 'Als jij ook maar een kleine fout maakt, hakt Waleed al-Siddiqi dat meisje in stukken, en gooit haar in de Donau.'

'Om precies te zijn,' zei Gabriel, 'zal hij zijn jongens zich eerst een beetje met haar laten vermaken, voordat hij haar doodt.'

Navot liet zijn blik weer zakken, en keek Gabriel ernstig aan. 'Weet je zeker dat je dit wilt doen?'

'Absoluut.'

'Ik hoopte al dat je dat zou zeggen.'

'Wat doen we met Bella?'

'Neem haar mee. Of nog beter: stuur haar naar Damascus.' Navot keek weer naar de schermen, en schudde langzaam zijn hoofd. 'Die verdomde oorlog zou binnen een week zijn afgelopen.'

Later die avond publiceerde de Guardian een artikel waarin het Syrische regime ervan werd beschuldigd op grote schaal te martelen en te doden. Het artikel was gebaseerd op een verzameling foto's die Syrië uit waren gesmokkeld door de man die ze had moeten maken. Beelden van de lichamen van duizenden mensen, voornamelijk jongemannen, die waren omgekomen in gevangenschap van hun regering. Sommige mannen waren doodgeschoten. Sommigen droegen sporen van ophanging of elektrocutie. Anderen hadden geen ogen meer. Bijna allemaal zagen ze eruit als menselijke geraamten.

Tegen deze achtergrond voerde het team de laatste voorbereidingen uit. Bij de huishoudelijke dienst regelden ze twee safehouses: een klein appartement in het centrum van Linz, en een grote, geelbruin gekleurde villa aan de oever van de Attersee, zo'n tachtig kilometer ten zuidwesten van de stad. De afdeling Transport zorgde voor auto's en motoren, de afdeling Identiteit voor paspoorten. Gabriel had verschillende mogelijkheden, maar koos uiteindelijk voor Jonathan Albright, een Amerikaan die werkte voor Markham Capital Advisers of Greenwich, Connecticut. Albright was geen doorsnee financieel consultant. Hij had onlangs een Russische spion uit St. Petersburg naar het Westen gesmokkeld. En daarvóór had hij een lading ondeugdelijke centrifuges in de Iraanse nucleaire toeleveringsketen weten te krijgen.

Zodra de voorbereidingen klaar waren, verlieten de teamleden King Saul Boulevard om naar de hun toegewezen 'lanceerbasis' te gaan. In en om Tel Aviv bezat het Bureau een netwerk van safehouses, waar medewerkers een nieuwe identiteit aannamen alvorens Israël te verlaten voor hun missie. Zoals gewoonlijk, reisden ze op verschillende tijden, en via verschillende routes naar de plaats van bestemming, om geen argwaan te wekken bij de autoriteiten van het betreffende land.

Mordecai en Oded kwamen als eerste in Oostenrijk aan, Dina Sarid als laatste. Volgens haar paspoort was ze Ingrid Roth, geboren in München. Ze sliep één nacht in de villa aan de Attersee en nam de volgende dag haar intrek in het appartement in Linz. Die avond zag ze, vanachter het raam van de kleine woonkamer, een oude Volvo aan de overkant van de straat rammelend tot stilstand komen. De vrouw die achter het stuur vandaan kwam, was Jihan Nawaz.

Dina maakte een foto van haar, en stuurde die via een beveiligde weg naar kamer 456C, waar Gabriel nog tot laat zat te werken, met als enige gezelschap de dossiers van Bella over het bloedbad in Hama. Hij verliet King Saul Boulevard een paar minuten over tien, en ging rechtstreeks, de normale procedures van het Bureau negerend, naar zijn appartement aan Narkiss Street om zijn laatste nacht in Israël bij zijn vrouw door te brengen. Ze sliep al toen hij thuiskwam. Zacht schoof hij naast haar in bed, en hij legde zijn hand op haar buik. Ze bewoog even, gaf hem een slaperige kus, en was toen weer vertrokken. 's Ochtends, toen ze wakker werd, was hij weg.

35

MÜNCHEN, DUITSLAND

AANGEZIEN DE VELE VERSIES VAN Gabriels gezicht maar al te bekend waren bij de Oostenrijkse veiligheidsdiensten, leek het de reisafdeling handiger hem op München te laten vliegen. Daar kwam hij zonder problemen de paspoortcontrole door als een glimlachende, welgestelde Amerikaan, waarna hij een shuttlebus naar het langparkeerterrein nam, waar een niet te traceren Audi A7 op hem stond te wachten. De sleutel zat verborgen in een magnetisch bakje in de wielkast van het linker achterwiel. Met een soepele handbeweging haalde Gabriel dat eruit. Vervolgens liet hij zich op zijn hurken zakken om de onderkant van de auto op explosieven te controleren. Toen hij niets ongewoons zag, stapte hij achter het stuur, en startte de motor. De radio bleek nog aan te staan. Een vrouw met een zachte, enigszins verveelde stem las het nieuws van Deutschlandfunk. In tegenstelling tot veel van zijn landgenoten vond Gabriel het niet vervelend Duits te horen. Het was de taal die hij in de baarmoeder had gehoord, en het was zelfs nu nog steeds de taal van zijn dromen. Wanneer Chiara in zijn slaap iets tegen hem zei, sprak ze Duits.

Hij vond de parkeerkaart waar de afdeling Transport gezegd had dat hij zou liggen – in de middenconsole, in een reclamefolder voor de pikantere nachtclubs van München – en reed met de voorzichtigheid van een buitenlander naar de uitgang. De zorgvuldigheid waarmee de man bij de uitgang zijn parkeerkaart bekeek, bezorgde Gabriel de eerste huivering langs zijn ruggengraat, maar toen ging de slagboom omhoog en was hij onderweg naar de *Autobahn*. Rijdend in het Beierse zonnetje voelde hij de herinneringen van alle kanten op zich af komen. Rechts van hem tekende de futuristische Olympiatoren zich boven de skyline van München af, de toren aan de voet waarvan Zwarte September de aanslag had gepleegd waardoor Gabriels carrière in een stroomversnelling was geraakt. En toen hij een uur later Oostenrijk in reed, was het eerste stadje dat hij tegenkwam Braunau am Inn, de geboorteplaats van Hitler.

De gedachten aan Wenen probeerde hij de kop in te drukken, maar dat ging zijn vermogen alle zaken gescheiden te houden te boven. Hij hoorde een automotor even aarzelen bij het starten, en zag een vuurbol in een rustige straat. En hij zat weer naast Leahs bed in het ziekenhuis om haar te vertellen dat haar kind dood was.

We hadden samen in Venetië moeten blijven, liefste. Het zou allemaal zo anders zijn gelopen...

Ja, dacht hij nu, het zou heel anders zijn gelopen. Hij zou inmiddels een zoon van vijfentwintig hebben gehad. En hij zou nooit verliefd zijn geworden op een mooi, jong meisje uit het getto, Chiara Zolli genaamd.

Het huis waarin Hitler was geboren stond aan de Salzburger Vorstadt, op nummer vijftien, niet ver van het belangrijkste winkelplein van Braunau. Gabriel parkeerde aan de overkant van de straat en bleef even zitten met de motor nog aan, zich afvragend of hij de kracht had hiermee door te gaan. Toen gooide hij abrupt het portier open en haastte zich de straat over, alsof hij wilde voorkomen dat hij zich zou bedenken.

Vijfentwintig jaar geleden had de burgemeester van Braunau besloten een gedenksteen bij het huis te plaatsen. Deze was afkomstig uit de groeve van Mauthausen, en voorzien van een inscriptie waarin niet specifiek over de Joden of de Holocaust werd gesproken. Even bleef Gabriel er, helemaal alleen, naar staan kijken, niet denkend aan de moord op zes miljoen mensen, maar aan de oorlog die op dat moment ruim drieduizend kilometer naar het zuidoosten, in Syrië, plaatsvond. Ondanks alle boeken, documentaires, gedenktekens en universele verklaringen omtrent de rechten van de mens, was er wéér een dictator die zijn volk vermoordde met gifgas, of uitmergelde in kampen en gevangenissen. Het was bijna alsof de lessen van de Holocaust alweer vergeten waren. Of misschien, dacht Gabriel, had niemand die ooit geleerd. Een jong Duits stel – hun accent verried dat ze uit Beieren kwamen – kwam naast hem staan, en sprak over Hitler alsof hij een onbelangrijke tiran uit een rijk daar ver vandaan was.

Ontmoedigd stapte Gabriel weer in zijn auto en reed Oberösterreich in. Op de toppen van de bergen lag nog sneeuw, maar in de dalen, waar de dorpen lagen, waren de weiden één bloemenzee. Een paar minuten over twee reed hij Linz binnen, waar hij zijn auto in de buurt van de Nieuwe Kathedraal parkeerde. Vervolgens besteedde hij een uur aan het verkennen van wat weldra het meest idyllische strijdtoneel van de Syrische burgeroorlog zou worden. Het was het seizoen van de festivals in Linz. Een filmfestival was net afgelopen, een jazzfestival zou binnenkort beginnen. Bleke Oostenrijkers zaten in de zon op de groene gazons van het Donaupark. Aan de strakblauwe lucht schoof een enkel verdwaald schapenwolkje voorbij, als een op drift geraakte versperringsballon.

Het laatste punt van Gabriels verkenningstocht was de tramrotonde vlak bij Bank Weber AG. Voor de onopvallende ingang van de bank stond een zwarte Mercedes Maybach limousine, met stationair draaiende motor. Te oordelen naar hoe laag de auto op zijn wielen stond, was hij zwaar gepantserd. Gabriel ging op een bankje zitten en liet twee trams voorbijrijden. Tegen de tijd dat de derde de halte naderde, zag hij een elegant geklede man de bank uit komen en haastig de auto in duiken. Zijn gezicht viel op vanwege de scherpe jukbeenderen en de ongewoon kleine, rechte mond. Een paar seconden later passeerde de auto Gabriel als een zwarte flits. De man had een telefoon tegen zijn oor. Ze zeggen dat geld nooit slaapt, dacht Gabriel. Bloedgeld ook niet.

Toen een vierde tram de rotonde op reed, stapte Gabriel in en liet zich weer naar de andere kant van de Donau brengen, naar zijn auto. Nogmaals bekeek hij de onderkant van de auto, om er zeker van te zijn dat er tijdens zijn afwezigheid niet aan was geknoeid. Vervolgens reed hij naar de Attersee. Het safehouse lag aan de westoever van het meer, bij het stadje Litzlberg. Er was een houten hek, en achter dat hek strekte zich een oprijlaan uit, met daarlangs dennenbomen en bloeiende klimplanten. Er stonden verschillende auto's voor het huis geparkeerd, waaronder een oude Renault met Corsicaanse nummerplaten. De eigenaar van de auto stond in de deuropening van de villa, casual gekleed in een ruimvallende kaki broek en een gele katoenen trui. 'Ik ben Peter Rutledge,' zei hij, zijn hand met een glimlach naar Gabriel uitstekend. 'Welkom in shangri-la.'

Ze waren zogenaamd op vakantie, vandaar de opengeslagen boeken op de ligstoelen, de badmintonshuttles in het gras, en de glanzende houten motorboot – gehuurd voor de lieve som van vijfentwintigduizend per week – die aan het eind van de lange steiger lag te dobberen. Binnen werd er echter keihard gewerkt. De wanden van de eetkamer hingen vol plattegronden en foto's, en op de zakelijk aandoende tafel stonden een paar opengeklapte laptops. Op een van de schermen was een modern uit glas en staal opgetrokken landhuis in de heuvels boven Linz te zien. Op een ander de ingang van Bank Weber AG. Om tien over vijf kwam Herr Weber naar buiten en stapte in een praktische BMW. Twee minuten later verscheen er een meisje dat zo bleek en zo mooi was, dat ze bijna niet echt leek.

En na het meisje kwam Jihan Nawaz. Ze haastte zich het pleintje over en stapte in een gereedstaande tram. Wat ze niet wist, was dat de man met het pokdalige gezicht die aan de andere kant van het gangpad zat, Yaakov Rossman was, en dat hij voor de Israëlische geheime dienst werkte. Samen reden ze naar de Mozartstrasse, allebei hun eigen kant op starend, waar ze uit elkaar gingen: Yaakov in westelijke richting, Jihan in oostelijke richting. Toen ze bij haar appartementengebouw aankwam, zag ze Dina Sarid aan de overkant van de straat van haar glanzende blauwe scooter stappen.

De twee vrouwen wisselden een vluchtige glimlach. Daarna liep Jihan het gebouw binnen en de trap op, naar haar appartement. Twee minuten later verscheen er een berichtje op haar twitteraccount dat ze erover dacht later die avond iets te gaan drinken bij Bar Vanilli. Er kwam geen enkele reactie.

De daaropvolgende drie dagen bewogen de twee vrouwen zich door de rustige straten van Linz zonder dat hun routes elkaar kruisten. Eén keer hadden ze een bijna-ontmoeting op de promenade voor het Lentos Kunstmuseum, en tussen de kraampjes van de Alter Markt vonden hun blikken elkaar heel even. Maar verder leek het lot er alles aan te doen hen uit elkaar te houden. Ze leken voorbestemd buren te blijven die elkaar nooit spraken, vreemden die naar elkaar keken over een kloof die niet te overbruggen leek.

Zonder dat Jihan Nawaz het wist, was hun uiteindelijke ontmoeting echter voorbeschikt. Sterker nog, die was zorgvuldig gepland door een groepje mannen en vrouwen in een luxe villa aan de oever van een meer. De vraag was niet óf de twee vrouwen elkaar zouden ontmoeten, maar wannéér. Het enige wat het team nog wilde, was één extra bewijsstuk.

Dat kregen ze de vierde dag, 's ochtends vroeg. Ze hoorden Hamid Khaddam, de in Londen gevestigde advocaat die voor LXR Investments werkte, een paar rekeningen openen bij een dubieuze bank op de Kaaimaneilanden. Daarna belde hij Waleed al-Siddiqi in zijn huis in Linz om hem te vertellen dat er geld gestort kon worden op de rekeningen. Het geld kwam vierentwintig uur later, in een transactie die werd vastgelegd door de computerhackers van Unit 8200. Op de eerste rekening werd twintig miljoen dollar gestort in fondsen die via Bank Weber AG liepen. De tweede rekening kreeg vijfentwintig miljoen dollar.

Toen moesten alleen de tijd, de plaats en de omstandigheden van de ontmoeting tussen de twee vrouwen nog maar worden bepaald. De tijd werd half zes de volgende middag, de plaats de Pfarrplatz. Dina zat op het terras van Café Meier te lezen in een beduimeld exemplaar van The Remains of the Day, toen Jihan langs haar tafeltje liep, een boodschappentas in haar hand.

Plotseling bleef ze staan, draaide zich om, en liep naar Dina's tafeltje. 'Dat is ook toevallig,' zei ze in het Duits.

'Wat is toevallig?' vroeg Dina in dezelfde taal.

'Je zit mijn lievelingsboek te lezen.'

'Als je maar niet vertelt hoe het afloopt.' Dina legde het boek op tafel, en stak haar hand naar Jihan uit. 'Ik ben Ingrid,' zei ze. 'Volgens mij woon ik tegenover jou.'

'Volgens mij ook. Ik ben Jihan.' Ze glimlachte. 'Jihan Nawaz.'

36

LINZ, OOSTENRIJK

Ze liepen naar een klein tentje, niet ver van hun appartementen, waar je wijn kon drinken. Dina bestelde Oostenrijkse Riesling, heel goed wetend dat Riesling Jihans lievelingswijn was.

Nadat de ober hun glazen had gevuld en weer was vertrokken, hief Jihan haar glas en toostte op een nieuwe vriendschap. Vervolgens glimlachte ze een beetje gegeneerd, alsof ze bang was dat ze te aanmatigend was geweest. Ze kwam nogal gretig over. Nerveus ook. 'Je bent nog niet lang in Linz,' zei ze.

'Tien dagen,' verklaarde Dina.

'En waar kom je vandaan?'

'Hiervoor woonde ik in Berlijn.'

'Berlijn is heel anders dan Linz.'

'Heel anders,' beaamde Dina.

'Waarom ben je hierheen gekomen?' Weer glimlachte Jihan een tikje gegeneerd. 'Neem me niet kwalijk. Ik moet niet zulke indiscrete vragen stellen. Een van mijn slechtste eigenschappen.'

'Dat je nieuwsgierig bent naar andere mensen?'

'Ik ben hopeloos nieuwsgierig.' Ze knikte bevestigend. 'Zeg gerust dat ik me met mijn eigen zaken moet bemoeien.'

'Ik peins er niet over.' Dina staarde in haar glas. 'Mijn man en ik zijn pas gescheiden. Ik had behoefte aan verandering, dus besloot ik hierheen te verhuizen.'

'Waarom Linz?'

'Met mijn familie gingen we in de zomer vaak naar een meer hier in de buurt. Ik vond het hier altijd heerlijk.'

'Welk meer?'

'De Attersee.'

De lange schaduw van een kerktoren reikte bijna tot aan hun tafeltje. Yossi Gavish en Rimona Stern liepen erdoorheen, lachend alsof ze net een intiem grapje hadden gedeeld. De pas gescheiden Ingrid Roth leek verdrietig te worden van de aanblik van een gelukkig stelletje. Jihan leek geïrriteerd.

'Maar je bent niet in Duitsland opgegroeid, of wel, Ingrid?'

'Waarom vraag je dat?'

'Je klinkt niet alsof Duits je moedertaal is.'

'Mijn vader werkte in New York,' verklaarde Dina. 'Ik ben opgegroeid in Manhattan. Toen ik jong was, weigerde ik thuis Duits te spreken. Ik vond dat echt zo suf.'

Als Jihan deze verklaring al verdacht vond, liet ze dat in ieder geval niet merken. 'Werk je in Linz?' vroeg ze.

'Dat ligt eraan wat je onder werken verstaat.'

'Dat je iedere ochtend naar een kantoor gaat.'

'Dan werk ik zeker niet.'

'Waarom ben je hier dan?'

Ik ben hier vanwege jóú, dacht Dina. Ze vertelde echter dat ze naar Linz was gekomen om aan een roman te werken.

'Je bent schrijfster?'

'Nog niet.'

'Waar gaat je boek over?'

'Het is een verhaal over onbeantwoorde liefde.'

'Net als tussen Stevens en Miss Kenton?' Jihan knikte naar het boek dat tussen hen in op tafel lag.

'Een beetje.'

'Speelt het verhaal zich af in Linz?'

'In Wenen,' antwoordde Dina. 'Tijdens de oorlog.'

'De Tweede Wereldoorlog?'

Dina knikte.

'Zijn je personages Joods?'

'Een van hen.'

'De jongen of het meisje?'

'De jongen.'

'En jij?'

'Wat is er met mij?'

'Ben jij Joods, Ingrid?'

'Nee, Jihan,' zei Dina. 'Ik ben niet Joods.'

Jihans gezicht stond uitdrukkingsloos.

'En hoe zit het met jou?' vroeg Dina, van onderwerp veranderend.

'Ik ben ook niet Joods,' antwoordde Jihan met een glimlach.

'En je komt ook niet uit Oostenrijk.'

'Ik ben in Hamburg opgegroeid.'

'En daarvoor?'

'Ik ben geboren in het Midden-Oosten.' Na een korte pauze voegde ze eraan toe: 'In Syrië.'

'Verschrikkelijk, die oorlog,' zei Dina op enigszins gereserveerde toon.

'Als je het niet erg vindt, Ingrid, heb ik het liever niet over de oorlog. Dat vind ik nogal deprimerend.'

'Dan doen we alsof de oorlog niet bestaat.'

'Voor dit moment, in ieder geval.' Jihan haalde een pakje sigaretten uit haar tas, en toen ze er een opstak, zag Dina dat haar hand licht trilde. De eerste trek leek haar enigszins tot rust te brengen.

'Wil je niet weten wat ík in Linz doe?'

'Wat doe jij in Linz, Jihan?'

'Een landgenoot van mij heeft een aandeel gekocht in een kleine particuliere bank hier. Hij had iemand nodig die Arabisch sprak.'

'Welke bank?'

Jihan antwoordde naar waarheid.

'Ik neem aan dat die landgenoot van jou geen Weber heet,' merkte Dina op.

'Nee.' Jihan aarzelde even, maar zei toen: 'Hij heet Waleed al-Siddiqi.'

'Wat doe je voor werk?'

Jihan leek blij dat ze van onderwerp veranderde. 'Ik ben accountmanager.'

'Klinkt belangrijk.'

'Neem maar van mij aan dat het dat niet is. Mijn belangrijkste taak is het openen en opheffen van rekeningen. Ik hou ook toezicht op de transacties met andere banken en financiële instellingen.'

'Is het echt zo'n geheim gebeuren als iedereen altijd zegt?'

'De Oostenrijkse bankwereld?'

Dina knikte.

Een ernstige uitdrukking verscheen op Jihans gezicht. 'Bank Weber neemt de privacy van haar klanten heel serieus.'

'Dat klinkt als een slogan uit een brochure.'

Jihan glimlachte. 'Dat is het ook.'

'En Mr. al-Siddiqi?' vroeg Dina. 'Neemt hij de privacy van zijn klanten ook serieus?'

Jihans glimlach verdween. Ze nam een trek van haar sigaret, en keek nerveus de lege straat in. 'Ik moet je om een gunst vragen, Ingrid,' zei ze uiteindelijk.

'Zeg het maar.'

'Stel me alsjeblieft geen vragen over Mr. al-Siddiqi. Sterker nog, ik heb liever dat je zijn naam helemaal niet meer noemt.'

Een halfuur later, in het safehouse aan de Attersee, hoorden Gabriel en Eli Lavon via de laptop de twee vrouwen afscheid nemen in de straat waar ze allebei woonden. Zodra Dina weer veilig binnen was, ging Gabriel terug naar het begin van de opname, zodat ze het hele gesprek nog een keer konden beluisteren. En daarna nog een keer. Hij zou de opname misschien zelfs een vierde keer hebben afgespeeld, als Eli Lavon niet op STOP had geklikt.

‘Ik zei toch dat zij degene was die we zochten,’ zei Lavon.

Gabriel fronste zijn voorhoofd. Toen ging hij terug naar 17.47 uur en klikte op PLAY.

‘Zijn je personages Joods?’

‘Een van hen.’

‘De jongen of het meisje?’

‘De jongen.’

‘En jij?’

‘Wat is er met mij?’

‘Ben jij Joods, Ingrid?’

‘Nee, Jihan. Ik ben niet Joods.’

Gabriel klikte op STOP en keek Lavon aan.

‘Je kunt niet alles hebben, Gabriel. Bovendien is dit het belangrijkste deel.’ Lavon ging weer een stukje verder, en klikte nogmaals op PLAY.

‘Mijn belangrijkste taak is het openen en opheffen van rekeningen. Ik hou ook toezicht op de transacties met andere banken en financiële instellingen.’

STOP.

‘Begrijp je wat ik wil zeggen?’ vroeg Lavon.

‘Ik weet niet of je wel iets hebt gezegd.’

‘Flirt met haar. Zorg dat ze zich op haar gemak voelt. En dan sla je toe. Maar wat je ook doet,’ voegde Lavon eraan toe, ‘doe er niet te lang over. Ik heb liever niet dat Mr. al-Siddiqi erachter komt dat Jihan een nieuwe vriendin heeft die misschien wel Joods is.’

‘Denk je dat hij dat erg zou vinden?’

‘Dat zou heel goed kunnen, ja.’

‘Dus hoe gaan we nu verder?’

Lavon ging naar een volgend deel van de opname en klikte op PLAY.

‘Ik vond het leuk kennis met je te maken, Ingrid. Jammer dat we elkaar niet eerder tegen het lijf zijn gelopen.’

‘Laten we niet weer tien dagen wachten.’

'Heb je morgen tijd om te lunchen?'

'Ik werk meestal door tijdens de lunch.'

Lavon klikte op STOP. 'Vind je ook niet dat Ingrid te hard werkt?'

'Het zou riskant kunnen zijn haar schrijfroutine te doorbreken.'

'Soms kan een verandering helpen. Wie weet? Misschien inspireert het haar wel tot een heel ander boek.'

'Waarover?'

'Over een meisje dat besluit haar baas te verraden, wanneer ze erachter komt dat hij geld verbergt voor de slechtste man ter wereld.'

'Hoe loopt het af?'

'De good guys winnen.'

'Komt het meisje er ongeschonden vanaf?"

'Stuur dat bericht nu maar, Gabriel.'

Snel stuurde Gabriel Dina een versleutelde e-mail, waarin hij haar instructie gaf voor de volgende dag een lunchafspraak te maken met Jihan Nawaz. Vervolgens luisterde hij nog een laatste keer naar een bepaald deel van het gesprek.

'En Mr. al-Siddiqi? Neemt hij de privacy van zijn klanten ook serieus?'

'Ik moet je om een gunst vragen, Ingrid.'

'Zeg het maar.'

'Stel me alsjeblieft geen vragen over Mr. al-Siddiqi. Sterker nog, ik heb liever dat je zijn naam helemaal niet meer noemt.'

STOP.

'Ze weet iets,' zei Lavon. 'De vraag is alleen hoevéél.'

'Ik vermoed net genoeg om vermoord te kunnen worden.'

'Hama-regels?'

Gabriel knikte traag.

'Dan hebben we nog maar één keus.'

'En dat is, Eli?'

'Wij moeten ook volgens Hama-regels spelen.'

De twee vrouwen lunchten de volgende dag bij Ikaan, en de daaropvolgende avond gingen ze iets drinken bij Bar Vanilli. Gabriel liet twee dagen voorbijgaan waarop ze geen contact hadden, deels ook omdat hij nog een wapen van Israël naar de Attersee moest laten komen, Uzi Navot genaamd. Toen, op de donderdag van die week, hadden Jihan en Dina een toevallige ontmoeting op de Alter Markt, die helemaal niet toevallig was. Jihan bood Dina een kop koffie aan, maar Dina zei dat ze helaas verder moest met schrijven.

'Maar heb je zaterdag al iets?' vroeg ze.

'Dat weet ik nog niet. Hoezo?'

'Een paar vrienden van mij geven een feestje.'

'Wat voor feestje?'

'Eten, drinken, een beetje varen op het meer... van die dingen die mensen op een zomerse zaterdagmiddag doen.'

'Ik wil me niet opdringen.'

'Dat doe je ook niet. Sterker nog,' voegde Dina eraan toe, 'ik weet bijna zeker dat mijn vrienden je onmiddellijk als eregast zullen beschouwen.'

Jihan glimlachte. 'Dan heb ik een nieuwe jurk nodig.'

'En een badpak,' zei Dina.

'Ga je mee winkelen?'

'Natuurlijk.'

'En je boek dan?'

'Dat komt later wel.'

37

DE ATTERSEE, OOSTENRIJK

QUA VERVOER HADDEN ZE TWEE opties: Dina's kleine scooter, of Jihans wispelturige Volvo. Ze gingen voor de wispelturige Volvo. Even na het middaguur rammelde die de Innere Stadt uit, en tegen halféén hadden ze de laatste buitenwijken van Linz achter zich gelaten en konden ze snelheid maken op de A1. Het weer deed er alles aan de illusie van een opgewekte sfeer te versterken. De zon scheen uit een wolkeloze hemel, en de bries die door de open raampjes naar binnen waaide, was koel en zacht.

Jihan droeg de witte, mouwloze jurk die Dina voor haar had uitgekozen, en een grote filmsterrenzonnebril, die verhulde hoe gewoontjes haar gezicht was. Haar nagels waren vers gelakt, haar geur was warm en bedwelmend.

Dina voelde zich schuldig. Ze had een eenzame vrouw zonder vrienden een vals gevoel van geluk gegeven. Erger kon een vrouw een andere vrouw niet verraden, dacht ze.

Toen ze de A1 af gingen, naar de Atterseestrasse, pakte ze de routebeschrijving die ze van Gabriel per se had moeten meenemen. Terwijl haar geweten steeds heviger begon te protesteren, loodste ze Jihan naar hun plaats van bestemming. Ze reden door een toeristisch stadje en vervolgens door een dambord van akkers. Het meer lag links van hen, diepblauw, omringd door groene bergen. In haar rol van gids wees Dina op het eilandje, bereikbaar via een pier, waar Gustav Klimt zijn beroemde schilderijen van de Attersee had gemaakt.

Achter het eilandje was een jachthaven waar witte zeilboten lagen te glinsteren in de zon, en achter de jachthaven stond een verzameling villa's aan de oever van het meer. Even deed Dina alsof ze niet goed meer wist welk huis van hun gastheer was. Toen wees ze plotseling naar een openstaand hek, alsof ze verbaasd was dat ze er al waren.

Behendig stuurde Jihan de auto naar links, en vervolgens reed ze langzaam de oprijlaan op. Dina was blij dat de zware geur van de dennenbomen en de bloeiende klimplanten even de beschuldigende lucht van Jihans parfum verdrong. Er stonden verschillende auto's lukraak in de schaduw geparkeerd. Jihan vond nog een leeg plekje en zette de motor uit. Vervolgens viste ze de bloemen en de wijn, die ze als cadeautjes had meegenomen, van de achterbank. Zodra ze uit de auto stapten, werden ze begroet door muziek die door een openstaand raam naar buiten kwam: Trust in me van Etta James.

Ook de voordeur van de villa stond open. Terwijl Dina en Jihan ernaartoe liepen, verscheen er een man van middelbare leeftijd met dun, piekerig haar. Hij droeg een duur, Frans blauw overhemd, een lichte linnen broek, en een groot gouden horloge. Hij glimlachte vriendelijk, maar zijn bruine ogen stonden waakzaam, alert.

Jihan deed een paar stappen in zijn richting maar bleef toen stokstijf staan. Behoedzaam draaide ze haar hoofd naar Dina, die zich niet bewust leek van haar vrees.

'Ik wil je graag voorstellen aan een oude vriend van mijn familie,' zei ze. 'Jihan Nawaz, dit is Feliks Adler.'

Jihan bleef bewegingloos staan, niet goed wetend of ze verder moest lopen of achteruit moest deinzen, terwijl de man die zij als Feliks Adler kende langzaam de treden voor het huis af liep. Nog steeds glimlachend pakte hij de bloemen en de wijn van haar aan.

Toen keek hij Dina aan. 'Ik ben bang dat Miss Nawaz en ik elkaar al hebben ontmoet.' Zijn blik ging van Dina naar Jihan. 'Dat kan ze je echter niet vertellen omdat dat tegen de regels van het Oostenrijkse bankwezen zou zijn.' Hij zweeg lang genoeg om nog een glimlach op zijn gezicht te toveren. 'Zo is het toch, Miss Nawaz?'

Jihan zei nog steeds niets. Ze staarde naar de bloemen in Herr Adlers hand.

'Het is geen toeval dat ik laatst een rekening heb geopend bij Bank Weber,' zei hij na een korte stilte. 'Net zomin als het toeval is dat jij hier vandaag bent. Je moet weten, Miss Nawaz, dat Ingrid en ik méér dan oude vrienden zijn. We zijn ook collega's.'

Jihan wierp Dina een kwade blik toe. Toen staarde ze weer naar de man die zij als Herr Adler kende. Toen ze eindelijk haar mond opendeed, klonk haar stem hol van angst. 'Wat willen jullie van mij?' vroeg ze.

'We hebben een ernstig probleem,' antwoordde hij. 'En we hebben jouw hulp nodig bij het oplossen daarvan.'

'Wat voor probleem?'

'Kom binnen, Jihan. Niemand zal je hier kwaad doen.' Zacht pakte hij haar bij de elleboog. 'Neem een glas wijn. Maak kennis met de rest van onze vrienden.'

In de grote woonkamer van de villa stond een tafel met eten en drankjes. Alles was nog onaangeroerd, wat de indruk wekte alsof het feest was afgelast, of op zijn minst uitgesteld. Een zachte bries waaide door de openstaande terrasdeuren naar binnen, zo nu en dan het brommende geluid van een motorboot meevoerend. Bij de open haard aan de andere kant van de ruimte zat Gabriel een dossier te lezen. Hij droeg een donker pak, zonder stropdas, en was onherkenbaar met een grijze pruik en contactlenzen. Naast hem zat Uzi Navot, in eenzelfde outfit, en naast Navot zat Yossi Gavish. Die droeg een chinobroek en een gekreukte blazer, en zat naar het plafond te staren als een handelsreiziger die zich stierlijk verveelde.

De enige die in beweging kwam bij het zien van Jihan Nawaz was Gabriel. Hij deed het dossier dicht, legde het op de salontafel voor hem, en kwam langzaam overeind. 'Jihan,' zei hij met een vriendelijke glimlach. 'Fijn dat je bent gekomen.' Voorzichtig liep hij op haar af, zoals een volwassene een verdwaald kind zou benaderen. 'Vergeef ons alsjeblieft onze nogal onorthodoxe manier van uitnodigen, maar dat was alleen maar om jou te beschermen.'

Hij had in het Duits gesproken, met zijn overduidelijke Berlijnse accent. Dat ging niet onopgemerkt voorbij aan Jihan, het Syrische meisje uit Hamburg, dat nu in Linz woonde. 'Wie bent u?' vroeg ze na een tijdje.

'Ik begin dit gesprek liever niet met liegen tegen jou,' zei hij, nog steeds glimlachend, 'dus ik ga je geen naam geven. Ik ben in dienst van een Duitse overheidsdienst die zich bezighoudt met zaken die verband houden met belastingen en financiën.' Hij gebaarde naar Navot en Yossi. 'Deze heren doen hetzelfde voor hun respectievelijke overheden. De grote, somber kijkende kerel komt uit Oostenrijk, en die gekreukte vent naast hem uit Groot-Brittannië.'

'En zij?' vroeg Jihan, met een knikje naar Lavon en Dina.

'Ingrid en Herr Adler horen bij mij.'

'Ze zijn erg goed.' Met half dichtgeknepen ogen keek ze Dina nog steeds kwaad aan. 'Vooral zij.'

'Het spijt me dat we je om de tuin hebben geleid, Jihan, maar we hadden geen andere keus. Het was allemaal voor jouw veiligheid.'

'Mijn veiligheid?'

Hij kwam een stap dichterbij. 'We wilden je ontmoeten op een manier die geen argwaan zou wekken bij je werkgever.' Hij zweeg even. 'Mr. al-Siddiqi,' voegde hij er toen aan toe.

Ze leek ineen te krimpen bij het horen van zijn naam.

Gabriel deed alsof hij dat niet merkte. 'Ik neem aan dat je je mobiele telefoon bij je hebt?' vroeg hij. Die gedachte leek net bij hem opgekomen.

'Natuurlijk.'

'Wil je die dan alsjeblieft aan Ingrid geven? Het is belangrijk dat we al onze mobiele apparaten uitzetten, voordat we verdergaan met dit gesprek. Je weet nooit wie er meeluistert.'

Jihan haalde haar telefoon uit haar tas en gaf hem aan Dina, die hem uitzette, alvorens stilletjes naar de kamer ernaast te verdwijnen.

Gabriel liep terug naar de salontafel om zijn dossier weer op te pakken. Met een ernstig gezicht sloeg hij het open, alsof het materiaal bevatte dat hij liever niet openbaar zou maken. 'Ik ben bang dat er al een tijdje een onderzoek gaande is naar de bank waarvoor je werkt. Een internationaal onderzoek, zoals je kunt opmaken uit de aanwezigheid van mijn collega's uit Oostenrijk en Groot-Brittannië. En het heeft belangrijke bewijzen opgeleverd waaruit kan worden opgemaakt dat Bank Weber AG gewoon een criminele onderneming is, betrokken bij het witwassen van geld, fraude, en het verborgen houden van belastbaar vermogen en inkomen. Wat betekent, Jihan, dat jij diep in de problemen zit.'

'Ik ben maar de accountmanager.'

'Precies.' Hij haalde een papier uit de map en hield dat voor haar omhoog. 'Telkens wanneer er bij Bank Weber een rekening wordt geopend, Jihan, staat jouw handtekening op alle documenten die daarbij horen. Ook de meeste elektronische overboekingen gaan via jou.' Hij haalde nog een papier uit de map, maar hield dat deze keer voor zichzelf. 'Zo heb je bijvoorbeeld onlangs een behoorlijk groot bedrag overgemaakt naar de Trade Winds Bank op de Kaaimaneilanden.'

'Hoe weet u dat?'

'Het waren twee overboekingen om precies te zijn: een van vijfentwintig miljoen dollar, en een van een schamele twintig. De rekeningen waarnaar het geld is gestuurd worden beheerd door LXR Investments. Een advocaat die Hamid Khaddam heet, heeft ze op instructie van Mr. al-Siddiqi geopend. Hamid Khaddam woont in Londen. Hij is geboren in Syrië.' Gabriel keek op van het dossier. 'Net als jij, Jihan.'

Haar angst was bijna tastbaar. Ze slaagde er nog net in haar kin een stukje in de lucht te steken, voordat ze reageerde. 'Ik heb Mr. Khaddam nooit ontmoet.'

'Maar zijn naam ken je wel?'

Ze knikte traag.

'En je ontkent ook niet dat jij dat geld persoonlijk naar die rekeningen hebt overgemaakt?'

'Ik deed alleen wat me was opgedragen.'

'Door Mr. al-Siddiqi?'

Ze zweeg.

Gabriel deed de documenten weer in de dossiermap, en legde de map weer op tafel.

Yossi staarde nog steeds naar het plafond.

Navot keek door de openstaande terrasdeuren naar een passerende boot alsof hij wenste dat hij daarop zat.

'Ik raak de aandacht van mijn publiek een beetje kwijt,' zei Gabriel, gebarend naar de twee roerloze figuren. 'Net als ik willen ze graag ter zake komen, zodat we datgene kunnen bespreken waar het eigenlijk om draait.'

'En dat is?' vroeg Jihan, kalmer dan Gabriel voor mogelijk had gehouden.

'Mijn vrienden uit Wenen en Londen zijn absoluut niet geïnteresseerd in het vervolgen van een simpele bankmedewerker. En ik ook niet, eerlijk gezegd. We willen de man die bij Bank Weber de touwtjes in handen heeft, de man die achter een afgesloten deur werkt, bewaakt door een paar gewapende bodyguards.' Na een korte pauze voegde hij eraan toe: 'We willen Mr. al-Siddiqi.'

'Ik ben bang dat ik u niet kan helpen.'

'Natuurlijk kun je dat wel.'

'Heb ik een keus?'

'We maken allemaal keuzes in ons leven,' verklaarde Gabriel. 'Helaas heb jij ervoor gekozen te gaan werken voor de corruptste bank van Oostenrijk.'

'Dat wist ik niet.'

'Bewijs dat maar.'

'Hoe?'

'Door ons alles te vertellen wat je over Mr. al-Siddiqi weet. En door ons een volledige lijst te geven van alle klanten van Bank Weber, de bedragen die ze daar in beheer hebben gegeven, en de locaties van de uiteenlopende financiële instrumenten waarin het geld is geïnvesteerd.'

'Dat is onmogelijk.'

'Waarom?'

'Omdat dat een schending zou zijn van de Oostenrijkse bankwetten.'

Gabriel legde een hand op de schouder van Navot. 'Deze man werkt voor de Oostenrijkse regering. En als hij zegt dat het geen schending van de Oostenrijkse wet is, is het dat ook niet.'

Jihan aarzelde. 'Er is nog een reden dat ik u niet kan helpen,' zei ze uiteindelijk. 'Ik heb geen toegang tot de namen van álle rekeninghouders.'

'Je bent toch de accountmanager?'

'Ja.'

'En is het niet de taak van de accountmanager de accounts ook daadwerkelijk te managen, de rekeningen te beheren?'

'Uiteraard,' antwoordde ze met gefronste wenkbrauwen.

'Wat is dan het probleem?'

'Mr. al-Siddiqi.'

'Dan moeten we misschien dáár beginnen, Jihan.' Zacht legde Gabriel een hand op haar schouder. 'Bij Mr. al-Siddiqi.'

38

DE ATTERSEE, OOSTENRIJK

Ze gaven haar een ereplaats in de zitkamer, met Dina, haar verraderlijke vriendin, links van haar, en Gabriel, de naamloze belastingfunctionaris uit Berlijn, aan haar rechterkant. Uzi Navot bood haar iets te eten aan, wat ze afsloeg, en thee, die ze accepteerde en die op zijn Arabisch werd geserveerd, in een klein glas en redelijk zoet. Ze nam een klein slokje, blies even over het oppervlak, en zette het glas toen voorzichtig voor zich op tafel. Vervolgens beschreef ze een middag in de herfst van 2010, toen haar oog was gevallen op een advertentie voor een baan in Linz. Ze werkte op dat moment in de krochten van het hoofdkantoor van een grote Duitse bank, en was voorzichtig op zoek naar iets anders. De week daarop reisde ze naar Linz, voor een sollicitatiegesprek met Herr Weber. Na afloop daarvan was ze de gang overgestoken en een paar bodyguards gepasseerd, voor nog een apart gesprek met Mr. al-Siddiqi. Dat had hij volledig in het Arabisch gevoerd.

'Heeft hij destijds verteld dat hij oorspronkelijk uit Syrië kwam?' vroeg Gabriel.

'Dat was niet nodig.'

'Syriërs hebben een uitgesproken accent?'

Ze knikte. 'Vooral wanneer ze uit het Ansariya-gebergte komen.'

'Dat is in het westen van Syrië, toch? Niet ver van de Middellandse Zee?'

'Inderdaad.'

'En de mensen die daar wonen, zijn met name alawieten, toch?'

Ze aarzelde even, knikte toen langzaam.

'Je moet het me maar niet kwalijk nemen, Jihan, maar ik ben nogal een groentje wat het Midden-Oosten betreft.'

'Dat geldt voor de meeste Duitsers.'

Hij incasseerde haar verwijt met een verzoenend glimlachje, en ging weer verder met vragen stellen. 'Kreeg je de indruk dat Mr. al-Siddiqi een alawiet was?'

'Dat was wel duidelijk.'

'Ben jij ook alawiet, Jihan?'

'Nee,' antwoordde ze, 'dat ben ik niet.' Verdere details gaf ze niet, en Gabriel vroeg er ook niet naar.

'De alawieten heersen over jouw land, toch?'

'Ik ben een Duits staatsburger, die in Oostenrijk woont,' antwoordde ze.

'Vind je het goed als ik mijn vraag anders formuleer?'

'Ja, hoor.'

'De heersende familie van Syrië is alawitisch, klopt dat, Jihan?"

'Ja.'

'En op alle belangrijke posities in het leger en bij de veiligheidsdiensten zitten alawieten?'

Ze glimlachte kort. 'Misschien bent u toch niet zo'n groentje.'

'Ik leer snel.'

'Blijkbaar.'

'Heeft Mr. al-Siddiqi je verteld dat hij familie was van de president?'

'Daarop heeft hij wel gezinspeeld, ja.'

'Vond je dat verontrustend?'

'Het was net vóór de Arabische Lente.' Na een korte stilte voegde ze eraan toe: 'Vóór de oorlog.'

'En die bodyguards voor zijn deur?' vroeg Gabriel. 'Hoe verklaarde hij die?'

'Hij zei dat hij een paar jaar daarvoor in Beiroet was ontvoerd voor losgeld.'

'En dat geloofde jij?'

'Beiroet is een gevaarlijke stad.'

'Ben je er weleens geweest?'

'Nooit.'

Nu wierp Gabriel weer een blik in het dossier. 'Mr. al-Siddiqi moet erg van je onder de indruk zijn geweest,' zei hij na een tijdje. 'Hij bood je ter plekke een baan aan, voor het dubbele van wat je bij de bank in Hamburg verdiende.'

'Hoe weet u dat?'

'Dat stond op je Facebookpagina. Je vertelde aan iedereen dat je zin had in een nieuwe start. Je collega's in Hamburg organiseerden een afscheidsfeestje voor je in een pretentieus restaurant aan de rivier. Ik kan je de foto's laten zien, als je wilt.'

'Dat is niet nodig,' zei ze. 'Ik herinner me die avond nog heel goed.'

'En toen je in Linz aankwam,' ging Gabriel verder, 'had Mr. al-Siddiqi al een appartement voor je geregeld, nietwaar? Volledig gemeubileerd, inclusief linnengoed, servies, en zelfs alle apparatuur.'

'Dat hoorde bij mijn onkostenvergoeding.'

Met gefronst voorhoofd keek Gabriel op van het dossier. 'Vond je dat niet vreemd?'

'Hij zei dat hij de overgang zo pijnloos mogelijk wilde laten verlopen.'

'Noemde hij dat zo? Pijnloos?'

'Ja.'

'En wat vroeg Mr. al-Siddiqi in ruil daarvoor van jou?'

'Loyaliteit.'

'Was dat alles?'

'Nee,' antwoordde ze. 'Hij zei ook dat ik met niemand ooit mocht praten over de zaken van Bank Weber.'

'Daar had hij alle reden voor.'

Ze zweeg.

'Hoelang duurde het voordat je je begon te realiseren dat Bank Weber geen gewone particuliere bank was, Jihan?'

'Ik had al snel wat vermoedens,' verklaarde ze. 'Maar toen het lente werd, was ik er vrijwel zeker van.'

'Wat gebeurde er in de lente?'

'Vijftien jongens uit Daraa spoten graffiti op de muur van een school. En Mr. al-Siddiqi begon bijzonder nerveus te worden.'

Het daaropvolgende halfjaar, vertelde ze, was hij voortdurend onderweg: Londen, Brussel, Genève, Dubai, Hong Kong, Argentinië, soms zelfs allemaal in één week. Hij begon er slechter uit te zien. Hij viel af en had donkere kringen onder zijn ogen. Zijn bezorgdheid over zijn veiligheid nam dramatische proporties aan. Wanneer hij in zijn kantoor was, wat nog maar zelden voorkwam, stond de televisie constant op Al Jazeera afgestemd.

'Hij volgde de oorlog?' vroeg Gabriel.

'Op een obsessieve manier,' antwoordde Jihan.

'Koos hij partij?'

'Wat denkt u zelf?'

Gabriel gaf geen antwoord.

Nadenkend nam Jihan een slokje van haar thee, alvorens verder te gaan. 'Hij was woest op de Amerikanen, die de Syrische president dringend verzochten af te treden,' zei ze tenslotte. 'Hij zei dat het precies ging zoals in Egypte. Hij zei dat ze de dag zouden berouwen dat hij eruit gegooid zou worden.'

'Omdat al-Qaida dan het heft in handen zou nemen in Syrië?'

'Ja.'

'En jij, Jihan? Heb jij partij gekozen in de oorlog?'

Ze deed er het zwijgen toe.

'Mr. al-Siddiqi wilde vast wel weten hoe jij erover dacht.'

Het bleef stil. Nerveus ging Jihans blik de kamer rond, naar de muren, het plafond.

Een Syrische kwaal, dacht Gabriel. De angst was altijd aanwezig. 'Je bent hier veilig, Jihan,' zei hij zacht. 'Je bent onder vrienden.'

'Is dat zo?' Ze keek naar de gezichten om haar heen. De klant die geen klant was. De buurvrouw die geen buurvrouw was. De drie belastingambtenaren die geen belastingambtenaren waren.

'Het is niet verstandig tegenover een man als Mr. al-Siddiqi voor je mening uit te komen,' verklaarde ze na een tijdje. 'Zeker niet wanneer je nog familie hebt in Syrië.'

'Was je bang voor hem?'

'Daar had ik alle reden toe.'

'En dus zei je dat je zijn opvattingen over de oorlog deelde.'

Een korte aarzeling, een trage bevestiging.

'En is dat zo, Jihan?'

'Of ik zijn opvattingen deel?'

'Ja.'

Weer een aarzeling. Weer een nerveuze blik door de kamer. Uiteindelijk zei ze: 'Nee, ik deel de opvattingen van Mr. al-Siddiqi over de oorlog niet.'

'Jij bent voor de rebellen?'

'Ik ben voor vrijheid.'

'Ben je een jihadist?'

Ze hief een van haar blote armen en vroeg: 'Zie ik eruit als een jihadist?'

'Nee,' zei Gabriel met een glimlach. 'Je ziet eruit als een buitengewoon moderne, verwesterde vrouw die ongetwijfeld gruwt van het gedrag van het Syrische regime.'

'Dat doe ik ook.'

'Waarom ben je dan blijven werken voor een man die een regime steunt dat zijn eigen volk uitmoordt?'

'Dat vraag ik me ook weleens af.'

'Heeft Mr. al-Siddiqi je gedwongen te blijven?'

'Nee.'

'Dan ben je misschien gewoon voor het geld gebleven? Per slot van rekening betaalt hij je het dubbele van wat je bij je vorige baan verdiende.'

Nadenkend hield Gabriel zijn hoofd een beetje scheef. 'Of misschien is er een andere reden dat je bent gebleven, Jihan. Misschien ben je gebleven omdat je nieuwsgierig was naar wat er achter die hermetisch gesloten deur en die bodyguards gebeurde. Misschien wilde je weten waarom Mr. al-Siddiqi zoveel reisde, en waarom hij zo was afgevallen.'

Na een korte aarzeling beaamde ze: 'Misschien wel, ja.'

'Weet je waarmee Mr. al-Siddiqi bezig is, Jihan?'

'Hij beheert het geld van een heel speciale klant.'

'Ken je ook de naam van die speciale klant?'

'Ja.'

'Hoe ben je die te weten gekomen?'

'Bij toeval.'

'Wat voor toeval?'

'Ik was een keer aan het eind van de dag mijn portemonnee vergeten,' antwoordde ze. 'En toen ik terugkwam om die te halen, hoorde ik iets wat ik niet had mogen horen.'

39

DE ATTERSEE, OOSTENRIJK

Later, wanneer Jihan terugdacht aan die dag, zou ze zich die herinneren als Zwarte Vrijdag. Angst voor een economische catastrofe in Griekenland had voor een dramatische daling in de Europese en Amerikaanse aandelenkoersen gezorgd, en in Zwitserland had de minister van Economische Zaken aangekondigd tweehonderd miljoen dollar die met de Syrische heersende familie en hun bondgenoten in verband gebracht konden worden, te zullen bevriezen.

Mr. al-Siddiqi had aangeslagen geleken door het nieuws. Het grootste deel van de middag had hij zich opgesloten in zijn kantoor. Slechts twee keer liet hij zich zien, om Jihan uit te foeteren om een kleinigheid.

Het laatste uur van die dag had ze voortdurend op de klok gekeken, en klokslag vijf uur had ze zich naar buiten gehaast, zonder Mr. al-Siddiqi of Herr Weber een prettig weekend te wensen, zoals ze normaal gesproken altijd deed. Pas later, terwijl ze zich stond om te kleden om uit eten te gaan, had ze zich gerealiseerd dat ze haar portemonnee op kantoor had laten liggen.

'Hoe kwam je de bank weer binnen?' vroeg Gabriel.

'Met mijn sleutels, natuurlijk.'

'Ik wist niet dat je die had.'

Ze viste ze uit haar tas en hield ze voor Gabriel omhoog. 'Zoals u weet,' zei ze, 'is Bank Weber geen retailbank. We zijn een particuliere bank, wat wil zeggen dat we met name het geld van vermogende mensen beheren.'

'Hebben jullie ook contanten in huis?'

'Een klein bedrag.'

'Heeft de bank ook safeloketten voor haar klanten?'

'Uiteraard.'

'Waar zijn die?'

'Onder straatniveau.'

'Heb jij daar toegang toe?'

'Ik ben de accountmanager.'

'En dat wil zeggen?'

'Dat ik overal in de bank mag komen, behalve in de kantoren van Herr Weber en Mr. al-Siddiqi.'

'Die zijn verboden terrein?'

'Tenzij ik er word uitgenodigd.'

Hij zweeg even, alsof hij deze informatie eerst moest verwerken, en vroeg Jihan toen verder te gaan met haar relaas van de gebeurtenissen van Zwarte Vrijdag.

Ze vertelde dat ze was teruggereden naar de bank, en dat ze met behulp van haar eigen sleutels via de voordeur naar binnen was gegaan. Zodra de deur open was, had ze dertig seconden om de achtcijferige code van het alarmsysteem in te toetsen, anders zou binnen een paar minuten het halve politiekorps van Linz op de stoep staan. Het alarmsysteem bleek echter niet geactiveerd.

'Wat betekende dat er nog iemand anders in de bank aanwezig was?'

'Inderdaad.'

'En dat was Mr. al-Siddiqi?'

'Hij zat in zijn kantoor,' zei ze, langzaam knikkend. 'Aan de telefoon.'

'Met wie?'

'Met iemand die niet blij was dat zijn tegoeden even daarvoor door de Zwitserse regering waren bevroren.'

'Weet je wie het was?'

'Nee,' antwoordde ze. 'Maar ik vermoed dat het een machtig iemand was.'

'Waarom zeg je dat?'

'Omdat Mr. al-Siddiqi bang klonk.' Ze zweeg even. 'Ik was er nogal van ondersteboven. Ik zal het niet snel vergeten.'

'Waren de bodyguards er ook nog?'

'Nee.'

'Waarom niet?'

'Ik neem aan dat hij ze had weggestuurd.'

Hij vroeg wat ze daarna had gedaan. Ze antwoordde dat ze haar portemonnee had gepakt en zo snel mogelijk weer was vertrokken. Die maandagochtend, toen ze na het weekend weer op haar werk kwam, lag er een briefje op haar bureau. Het was van Mr. al-Siddiqi. Hij wilde haar onder vier ogen spreken.

'Waarom wilde hij je spreken?'

'Hij zei dat hij zijn excuses wilde aanbieden.' Een onverwachte glimlach verscheen op haar gezicht. 'Dat was voor het eerst.'

'Excuses waarvoor?'

'Voor het feit dat hij me die vrijdag zo had afgesnauwd. Dat was uiteraard een leugen,' voegde ze er haastig aan toe. 'Hij wilde weten of ik die avond iets had gehoord.'

'Hij wist dat jij binnen was geweest?'

Ze knikte.

'Hoe?'

'Hij bekijkt altijd de beelden van de bewakingscamera's. Sterker nog, die belanden rechtstreeks in de computer op zijn bureau.'

'Vroeg hij onomwonden wat je had gehoord?'

'Mr. al-Siddiqi doet nooit iets onomwonden. Hij draait er liever een beetje omheen.'

'Wat heb je hem verteld?'

'Genoeg om hem gerust te stellen.'

'En hij geloofde je?'

'Ja,' antwoordde ze, nadat ze er even over had nagedacht. 'Ik geloof van wel.'

'En daarmee was de kous af?'

'Nee. Hij wilde ook nog over de oorlog praten.'

‘Wat was er met de oorlog?’

‘Hij vroeg of het goed ging met mijn familieleden die nog in Syrië woonden. Hij wilde weten of hij iets voor hen kon doen.’

‘Was dat een oprecht aanbod?’

‘Wanneer een bloedverwant van de heersende familie aanbiedt je te helpen, bedoelt hij meestal het tegenovergestelde.’

‘Hij bedreigde je?’

Ze zweeg.

‘En toch ben je gebleven,’ zei Gabriel.

‘Ja,’ beaamde ze. ‘Ik ben gebleven.’

‘En je familieleden?’ vroeg hij, nogmaals een blik in het dossier werpend. ‘Gaat het goed met hen, Jihan?’

‘Verschillende van hen zijn gedood of gewond geraakt.’

‘Ik vind het heel erg dat te horen.’

Ze knikte nog een keer, maar zei niets.

‘Waar zijn ze omgekomen?’

‘In Damascus.’

‘Kom jij daar ook vandaan, Jihan?’

‘Ik heb er als kind korte tijd gewoond.’

‘Maar je bent er niet geboren?’

‘Nee,’ zei ze. ‘Ik ben ten noorden van Damascus geboren.’

‘Waar?’

‘Hama,’ zei ze. ‘Ik ben geboren in Hama.’

40

DE ATTERSEE, OOSTENRIJK

EEN STILTE DAALDE NEER OVER de ruimte, zwaar en onheilspellend, als de stilte die volgt op een zelfmoordaanslag op een druk marktplein.

In die stilte kwam Bella, zonder enige aankondiging, binnen. Ze ging in een lege stoel recht tegenover Jihan zitten. De twee vrouwen keken elkaar aan alsof zij als enige waren ingewijd in een verschrikkelijk geheim.

Intussen bladerde Gabriel afwezig door zijn dossier. Toen hij uiteindelijk weer iets zei, was zijn toon klinisch en afstandelijk, als die van een arts die een routineonderzoek uitvoert bij een verder gezonde patiënt.

'Je bent achtendertig, Jihan?' vroeg hij.

'Negendertig,' verbeterde ze. 'Maar heeft niemand u ooit verteld dat het buitengewoon onbeleefd is een vrouw naar haar leeftijd te vragen?'

Haar opmerking maakte wat voorzichtige glimlachjes los, die onmiddellijk weer verdwenen bij Gabriels volgende vraag.

'Dan ben je dus geboren in...' Hij maakte zijn zin niet af, alsof hij nog zat te rekenen.

Jihan vulde het jaartal onmiddellijk voor hem in. 'Ik ben geboren in 1976,' zei ze.

'In Hama?'

'Ja,' antwoordde ze. 'In Hama.'

Bella keek naar haar man, die een andere kant op keek.

Gabriel bladerde weer door zijn dossier met de toewijding van een belastinginspecteur die gek is op alles wat op papier staat. 'En wanneer ben je naar Damascus verhuisd, Jihan?' vroeg hij.

'In de herfst van 1982.'

Plotseling keek hij op, een frons in zijn voorhoofd. 'Waarom, Jihan? Waarom ben je in de herfst van 1982 uit Hama vertrokken?'

Zwijgend keek ze hem aan. Toen richtte ze haar blik op Bella, de nieuwkomer, de vrouw zonder duidelijke functie of missie, en gaf antwoord. 'We zijn uit Hama vertrokken,' zei ze, 'omdat er in de herfst van 1982 geen Hama meer was. De stad was verdwenen. Hama was van de aardbodem geveegd.'

'Er werd gevochten in Hama tussen het regime en de Moslimbroederschap?'

'Het was geen vechten,' verklaarde ze. 'Het was een bloedbad.'

'En dus ben je met je familie naar Damascus gegaan?'

'Nee,' zei ze. 'Ik ben alleen gegaan.'

'Waarom, Jihan?' vroeg hij, het dossier dichtklappend. 'Waarom ben je in je eentje naar Damascus gegaan?'

'Omdat ik geen familie meer had. Geen familie, geen stad.' Weer keek ze Bella aan. 'Ik was alleen.'

Om te kunnen begrijpen wat er in Hama was gebeurd, vervolgde Jihan, was het noodzakelijk te weten wat eraan vooraf was gegaan. Er was een tijd dat de stad als de mooiste van Syrië werd beschouwd, befaamd vanwege de prachtige waterraderen langs de Orontes. De stad stond ook bekend om de ongewoon strenge soennitische islam. De vrouwen van Hama gingen al gesluierd door het leven lang voordat dat in de rest van de moslimwereld populair werd, vooral in de oude wijk Barudi, waar de familie Nawaz in een klein bemeten appartement woonde. Jihan was de jongste van vijf kinderen, het enige meisje. Haar vader had geen enkele opleiding gehad en deed zo nu en dan klusjes in de soek aan de andere kant van de rivier. Wat hij echter voornamelijk deed, was de Koran bestuderen en schelden op de Syrische dictator, die hij beschouwde als een ketter en een heiden die het recht niet had over de soennieten te heersen. Jihans vader was geen officieel lid van de Moslimbroederschap, maar hij steunde wel hun doel: Syrië veranderen in een islamitische staat. Tot twee keer toe was hij gearresteerd en gemarteld door de Moeghabarat, en een keer was hij gedwongen op straat te dansen, intussen luidkeels de heerser en zijn familie prijzend. 'Dat was de ultieme belediging,' verklaarde Jihan. 'Als devoot soennitisch moslim luisterde mijn vader niet naar muziek. En dansen deed hij al helemáál niet.'

Haar persoonlijke herinneringen aan de onlusten die uiteindelijk tot het bloedbad zouden leiden waren vaag. Ze herinnerde zich nog wat van de grotere bomaanslagen van de Broederschap – met name een aanslag in Damascus waarbij vierenzestig onschuldige mensen omkwamen – en ze herinnerde zich de met kogels doorzeefde lichamen in de stegen van Barudi, slachtoffers van standrechtelijke executies door agenten van de Moeghabarat. Maar zoals de meeste mensen uit Hama had ze geen idee gehad van de ramp die de mooie stad aan de Orontes boven het hoofd hing.

Toen, op een natte, koude avond begin februari, ging plotseling het gerucht dat eenheden van de veiligheidstroepen stilletjes de stad in waren gekomen. Als eerste probeerden ze Barudi binnen te vallen, maar daar werden ze opgewacht door de Broederschap. Verschillende dienaren van het regime kwamen om in het geweervuur. Vervolgens voerden de Broederschap en hun aanhangers door de stad verspreid een serie gewelddadige aanvallen uit op leden van de Ba'athpartij en de Moeghabarat. Vanaf alle minaretten klonk dezelfde oproep: 'Kom in opstand en verdrijf de ongelovigen uit Hama!' De strijd om de stad was begonnen.

De aanvankelijke successen van de Broederschap ontketenden bij het regime een ongekende razernij. De daaropvolgende drie weken zette het Syrische leger tanks, helikopters en zwaar geschut in om Hama te veranderen in één grote puinhoop. En toen het militaire deel van de operatie achter de rug was, bliezen Syrische explosievendeskundigen ieder gebouw dat nog overeind stond op, en walsten de resten daarvan plat. Wie de slachtpartij had overleefd, werd in een gevangenkamp gezet. Iedereen die ervan werd verdacht banden te hebben met de Broederschap werd wreed gemarteld en vermoord. De lijken werden in massagraven gegooid, die met asfalt werden bedekt. 'Wie vandaag de dag door de straten van Hama loopt,' zei Jihan, 'loopt over de botten van de doden.'

'Maar jij hebt het overleefd,' zei Gabriel zacht.

'Ja,' beaamde ze. 'Ik heb het overleefd.'

Er liep een traan over haar wang, een spoor trekkend naar haar kin. Haar eerste. Abrupt veegde ze hem weg, alsof ze bang was tegenover onbekenden haar emoties te tonen. Vervolgens trok ze haar jurkje recht.

'En je familie?' vroeg Gabriel, haar stilzwijgen verstorend. 'Wat is er met hen gebeurd?'

'Mijn vader en mijn broers zijn omgekomen in de strijd.'

'En je moeder?'

'Die is een paar dagen later vermoord. Ze had vier vijanden van het regime gebaard. Ze konden haar onmogelijk laten leven.' Weer rolde er een traan uit haar oog. Deze keer schonk ze er geen aandacht aan.

'En jij, Jihan? Hoe is het jou vergaan?'

'Ik werd naar een kamp gestuurd, samen met de andere kinderen van Hama. Ergens in de woestijn, waar precies weet ik niet. Een paar maanden later kreeg ik van de Moeghabarat toestemming naar Damascus te vertrekken om bij een verre neef te gaan wonen. Die mocht me niet echt, en dus stuurde hij me naar Duitsland, naar zijn broer.'

'In Hamburg?'

Ze knikte. 'We woonden aan de Marienstrasse. Op nummer zevenenvijftig.' Na een korte stilte vroeg ze: 'Ooit van die straat gehoord? De Marienstrasse?'

Gabriel zei van niet. De zoveelste leugen.

'Aan de overkant, op nummer vierenvijftig, woonden een paar jongens. Moslimjongens. Arabieren. Eén van die jongens vond ik wel knap. Een stille, gevoelige jongen. Hij keek me nooit aan wanneer we elkaar op straat tegenkwamen, omdat ik geen sluier droeg.' Haar blik ging van gezicht naar gezicht. 'En weten jullie wie die jongen was? Mohamed Atta.' Langzaam schudde ze haar hoofd. 'Het was bijna alsof ik nooit uit Barudi was vertrokken. Ik had de ene Moslimbroederschapbuurt verruild voor de andere.'

'Maar je was niet geïnteresseerd in de politiek van het Midden-Oosten?'

'Absoluut niet.' Resoluut schudde ze haar hoofd. 'Ik deed mijn best een voorbeeldig Duits meisje te zijn, ook al mochten de Duitsers me niet echt. Ik ging naar school, ik ging naar de universiteit, en ik kreeg een baan bij een Duitse bank.'

'En toen ging je naar Linz,' zei Gabriel. 'En je ging werken voor een man die familie was van de mensen die jouw familie hebben uitgemoord.'

Ze zweeg.

'Waarom?' vroeg Gabriel. 'Waarom ben je gaan werken voor een man als Waleed al-Siddiqi?'

'Ik weet het niet.' Ze keek naar de gezichten om haar heen. De klant die geen klant was. De buurvrouw die geen buurvrouw was. De drie belastingambtenaren die geen belastingambtenaren waren. 'Maar ik ben blij dat ik het heb gedaan.'

Gabriel glimlachte. 'Ik ook.'

41

DE ATTERSEE, OOSTENRIJK

Het was inmiddels eind van de middag geworden. De wind was gaan liggen, en het oppervlak van het meer zag eruit als een getinte glasplaat. Jihan leek plotseling uitgeput. Ze staarde door de openstaande terrasdeuren naar buiten met de lege ogen van een vluchteling.

Gabriel ruimde rustig zijn dossiers op en deed toen zijn zakelijke jasje uit. Vervolgens nam hij Jihan mee de tuin door, naar de houten motorboot aan het eind van de steiger. Nadat hij eerst zelf aan boord was gegaan, pakte hij Jihan bij de hand en hielp haar naar het zitje op het achterdek.

Ze zette haar filmsterrenzonnebril op en lette op hoe ze ging zitten, alsof ze op de foto moest.

Gabriel startte de motor, maakte de lijnen los, en voer voorzichtig, zonder al te veel golfslag te veroorzaken, van de steiger weg in zuidelijke richting. De lucht was nog steeds helder, maar om de bergtoppen aan de andere kant van het meer hingen wat wolkenslierten. De Oostenrijkers noemden die bergen de Höllengebirge, bergen van de hel.

'Je kunt goed met een boot omgaan,' zei Jihan tegen zijn rug.

'Ik heb redelijk wat gezeild, toen ik jonger was.'

'Waar?'

'Op de Oostzee,' antwoordde hij. 'Daar bracht ik als kind vaak de zomer door.'

'Ja,' zei Jihan op enigszins afstandelijke toon. 'En ik heb gehoord dat Ingrid de zomer vaak hier, aan de Attersee, doorbracht.'

Ze waren helemaal alleen, midden op het meer. Gabriel zette de motor uit en draaide zijn stoel naar haar om.

'Je weet nu alles van mij,' zei ze, 'maar ik weet niets van jou. Niet eens je naam.'

'Dat is voor je eigen bescherming.'

'Of misschien wel voor die van jou.' Ze schoof haar zonnebril omhoog, zodat hij haar ogen kon zien. De avondzon toverde er lichtjes in. 'Weet je wat er met mij gebeurt als Mr. al-Siddiqi er ooit achter komt dat ik jullie dit allemaal heb verteld?'

'Dan vermoordt hij je,' antwoordde Gabriel op vlakke toon. 'Daarom zullen we er ook voor zorgen dat hij het nooit te weten komt."

'Misschien weet hij het al.' Een ogenblik lang keek ze hem ernstig aan. 'Of misschien werk jij wel voor Mr. al-Siddiqi. Misschien ben ik al dood.'

'Zie ik eruit alsof ik voor Mr. al-Siddiqi werk?'

'Nee,' moest ze toegeven. 'Maar je ziet er ook niet echt uit als een Duitse belastinginspecteur.'

'Schijn kan bedriegen.'

'Net als Duitse belastinginspecteurs.'

Een briesje streek over het water, rimpelingen in het oppervlak veroorzakend.

'Ruik je dat?' vroeg Jihan. 'De lucht ruikt naar bloemen.'

'Ze noemen het de Rosenwind.'

'Echt?'

Hij knikte.

Jihan deed haar ogen dicht en snoof de geur op. 'Mijn moeder smeerde altijd een beetje rozenolie in haar hals, en aan de rand van haar hidjab. Toen de Syriërs Hama bombardeerden, hield ze me altijd stevig vast, om te zorgen dat ik niet te bang zou worden. Dan drukte ik mijn gezicht in haar hals, zodat ik rozen rook in plaats van rook en smeulend vuur.' Ze deed haar ogen weer open en keek Gabriel aan. 'Wie ben jij?' vroeg ze.

'Ik ben de man die je gaat helpen af te maken waaraan je bent begonnen.'

'Wat bedoel je daarmee?'

'Er is een reden dat je bij Bank Weber bent gebleven, Jihan. Je wilde weten wat al-Siddiqi deed. En nu weet je dat hij het regime helpt geld verborgen te houden. Miljarden dollars die besteed hadden moeten worden aan onderwijs en zorg voor het Syrische volk. Miljarden dollars die middels een netwerk van rekeningen over de hele wereld zijn verspreid.'

'Wat was je van plan daaraan te doen?'

'Ik ga de Syrische heersende familie weer veranderen in heidenen uit het Ansariya-gebergte.' Hij zweeg even, voegde er toen aan toe: 'En jij gaat me daarbij helpen.'

'Dat kan ik niet.'

'Waarom niet?'

'Omdat ik niet aan de informatie kan komen die je zoekt.'

'Waar is die te vinden?'

'Een deel ervan zit in de computer in het kantoor van Mr. al-Siddiqi. Op en top beveiligd.'

'Computerbeveiliging is een mythe, Jihan.'

'Daarom bewaart hij de echt belangrijke informatie ook niet daar. Hij weet ook wel dat je apparatuur niet kunt vertrouwen.'

'Bedoel je nu dat die informatie allemaal in zijn hoofd zit?'

'Nee,' antwoordde ze. 'Het zit hier.' Ze legde haar hand op haar hart.

'Hij draagt het met zich mee?'

'In een klein leren notitieboekje,' zei ze, knikkend. 'Het zit of in het borstzakje van zijn jasje, of in zijn koffertje, maar hij verliest het nooit uit het oog.'

'Wat staat erin?'

'Een lijst van rekeningnummers, instellingen en actuele tegoeden. Heel simpel. Heel duidelijk.'

'Je hebt het weleens gezien?'

Ze knikte. 'Het lag een keer op zijn bureau, toen hij me bij zich had geroepen. Alles is in zijn eigen handschrift geschreven. Rekeningen die beëindigd of veranderd zijn, zijn met een eenvoudige streep doorgehaald.'

'Zijn er kopieën van?'

Ze schudde haar hoofd.

'Weet je dat zeker?'

'Absoluut,' antwoordde ze. 'Er bestaat maar één exemplaar, zodat hij weet of iemand het heeft gezien.'

'En als hij vermoedt dat iemand het heeft gezien?'

'Ik neem aan dat hij een manier heeft om alles te vergrendelen.'

Een zwakke bries maakte dat het leek alsof er een bos rozen tussen hen in lag.

Ze zette haar bril weer op en liet haar vingertoppen over het water gaan. 'Er is nóg een probleem,' zei ze na een tijdje. 'Als er miljarden dollars aan Syrisch vermogen verdwijnen, zullen Mr. al-Siddiqi en zijn vrienden in Damascus daar ongetwijfeld naar op zoek gaan.' Na een korte pauze voegde ze eraan toe: 'Wat wil zeggen dat je mij ook zult moeten laten verdwijnen.' Ze trok haar hand weer uit het water en keek Gabriel aan. 'Kun je dat?'

'In een handomdraai.'

'Zal ik veilig zijn?'

'Ja, Jihan. Je zult veilig zijn.'

'Waar zal ik dan gaan wonen?'

'Waar je maar wilt... binnen de grenzen van het redelijke, uiteraard.'

'Ik vind het hier wel aangenaam,' zei ze, om zich heen kijkend. 'Maar dat is misschien te dicht bij Linz.'

'Dan zoeken we iets wat erop lijkt.'

'Ik heb natuurlijk een huis nodig. En een beetje geld. Niet veel,' voegde ze er haastig aan toe. 'Genoeg om van te leven.'

'Iets zegt me dat geld geen probleem zal zijn.'

'Zolang het maar niet het geld van de heerser is.' Ze doopte een van haar vingertoppen weer in het meer. 'Dat is doordrenkt met bloed.'

Het leek alsof ze iets op het wateroppervlak schreef. Gabriel wilde wel vragen wat, maar besloot haar met rust te laten. Een wolkenflard had zich losgemaakt van het Höllengebirge en dreef nu boven hun hoofden, ogenschijnlijk zo dichtbij dat Gabriel de aanvechting moest onderdrukken zijn hand ernaar uit te steken.

'Je hebt me nog niet verteld hoe je me hebt gevonden,' zei Jihan plotseling.

'Je zou me niet geloven.'

'Is het een goed verhaal?'

'Ik hoop het.'

'Misschien kan Ingrid dat dan schrijven, in plaats van het verhaal waaraan ze nu bezig is. Ik hou niet zo van verhalen over Wenen in oorlogstijd. Dat doet me te veel aan Hama denken.'

Ze maakte haar blik los van het water, en keek Gabriel aan. 'Ga je me ooit nog vertellen wie je bent?"

'Als dit voorbij is.'

'Vertel je me de waarheid?'

'Ja, Jihan, ik vertel je de waarheid.'

'Vertel me je naam,' drong ze aan. 'Vertel het me nu, dan schrijf ik het op het water. En als het weg is, vergeet ik het weer.'

'Ik ben bang dat het niet zo werkt.'

'Mag ik dan tenminste de boot terug naar het huis varen?'

'Weet je hoe dat moet?'

'Nee.'

'Kom hier,' zei hij. 'Dan zal ik je dat laten zien.'

Nog lang nadat het donker was geworden bleef ze in de villa aan de Attersee. Toen reed ze, met Dina naast zich, in haar gammele Volvo terug naar Linz. Het grootste deel van de rit besteedde ze aan pogingen de naam en andere bijzonderheden te achterhalen van de man die van plan was het onrechtmatig verkregen fortuin van de Syrische heersende familie te stelen, maar Dina gaf geen krimp.

Ze praatte alleen over het feestje waar ze niet waren geweest, over een knappe, jonge architect die Jihan wel erg leuk had gevonden, en over de verleidelijke geur van rozen die op de wind naar hen toe dreef.

Tegen de tijd dat ze de rand van de stad hadden bereikt leek zelfs Jihan de gebeurtenissen van die middag even naar de achtergrond te hebben gedrongen. 'Denk je echt dat hij me zal bellen?' vroeg ze zelfs over Dina's denkbeeldige architect.

'Ja,' zei Dina, terwijl ze het schuldgevoel weer zwaar op haar schouders voelde drukken. 'Dat denk ik wel.'

Het was een paar minuten na middernacht toen ze hun rustige straat vlak bij de Innere Stadt in reden. Ze namen afscheid met een formele kus op de wang en gingen allebei naar hun eigen appartement.

Zodra Dina binnenkwam, zag ze het silhouet van een grote, gespierde man, die roerloos in de vensterbank zat. Hij tuurde door een kier in de jaloezie. Aan zijn voeten lag een 9 mm HK.

'En?' vroeg ze.

'Niets,' antwoordde Christopher Keller. 'Ze is clean.'

'Zal ik een kop koffie voor je zetten?'

'Nee, dank je.'

'Iets te eten?'

'Ik heb zelf wat meegenomen.'

'Wie komt je aflossen?'

'Voorlopig is dit een eenmansklus.'

'Maar je moet toch af en toe slapen?'

'Ik ben een SAS'er,' zei Keller, in het duister turend. 'Ik heb geen slaap nodig.'

DEEL VIER

DE BUIT

42

LONDEN

Hoe konden ze dat notitieboekje lang genoeg in handen krijgen om de inhoud ervan te kunnen overnemen? En hoe moesten ze ervoor zorgen dat Waleed al-Siddiqi daar nooit iets van zou merken? Dat waren de vragen waarmee het team de uren na Jihans vertrek uit het safehouse aan de Attersee worstelde. De Bureau-variant van een bliksemactie werd door Gabriel onmiddellijk verworpen. Hij benadrukte dat het zonder bloedvergieten moest gebeuren, en dat de Syrische heersende familie onder geen beding mocht gaan vermoeden dat er iets met hun geld aan de hand was. Ook ging hij niet in op Yaakovs halfslachtige suggestie een mooie vrouw in te zetten. Het had er alle schijn van dat al-Siddiqi een man zonder persoonlijke zwakheden was, behalve dan dat hij de roofbuit van een massamoordenaar beheerde.

Het Bureau kende een stelregel, geformuleerd door Shamron en in steen gebeiteld, dat er voor een simpel probleem soms een simpele oplossing was. En de oplossing voor hun probleem, zei Gabriel, had maar twee componenten. Ze moesten zorgen dat Waleed al-Siddiqi in een vliegtuig stapte, en ze moesten zorgen dat hij de grens van een bevriend land overging. Bovendien, voegde hij eraan toe, moest het team daarvan tevoren op de hoogte zijn.

En dus stapte Gabriel, na een rusteloze nacht waarin hij amper had geslapen, weer achter het stuur van zijn gehuurde Audi, en verliet Oostenrijk via dezelfde weg als die waarlangs hij was gekomen. Nooit eerder had hij Duitsland zo mooi gevonden. De groene weiden van Beieren waren zijn Hof van Eden; München, waar de piek van de Olympiatoren als een minaret boven de zomernevel uit stak, was zijn Jeruzalem. Hij liet de auto achter op het langparkeerterrein van de luchthaven van München, en haastte zich om aan boord te komen van de vlucht van British Airways van halfelf, naar Londen. De man naast hem bleek een ochtenddrinker uit Birmingham, en zelf was hij, slechts een paar uur van Jihan verwijderd, weer Jonathan Albright van Markham Capital Advisers. Hij was naar München gekomen, vertelde hij, om zich te oriënteren op de aankoop van een Duits technisch bedrijf. En ja, voegde hij er een tikje schaapachtig aan toe, dat zou best weleens lucratief kunnen worden.

Het regende in Londen, een dicht, donker gordijn waardoor het op Heathrow wel avond leek. Gabriel was al snel de paspoortcontrole door en volgde toen de gele bordjes naar de aankomsthal, waar Nigel Whitcombe stond te wachten in een druipende regenjas. Hij zag eruit als een koloniale bestuurder uit een verre uithoek van het Britse Rijk.

'Mr. Baker,' zei hij, Gabriel een slappe hand gevend. 'Goed u weer te zien. Welkom terug in Engeland.'

Whitcombe bezat een Vauxhall Astra, waarin hij behoorlijk hard, en met een soort lome vaardigheid reed. De M4 voerde hen Londen in. Op verzoek van Gabriel reden ze eerst nog wat rondjes door Earl's Court en West Kensington om eventuele achtervolgers af te schudden, alvorens koers te zetten naar een huis in Maida Vale, met een citroengele voordeur en een mat waarop te lezen stond: ZEGEN WIE DIT HUIS BINNEN GAAT.

Graham Seymour zat in de bibliotheek, een boek van Trollope opengeslagen op zijn knie. Toen Gabriel binnenkwam, deed de chef van MI6 het boek langzaam dicht en stond op om het terug te zetten op de plank.

'Wat nu weer?' vroeg hij.

'Geld,' antwoordde Gabriel.

'Van wie?'

'Van het Syrische volk. Maar op dit moment,' voegde Gabriel eraan toe, 'is het in handen van Evil Incorporated.'

Seymour trok een indrukwekkende wenkbrauw op. 'Hoe heb je het gevonden?' vroeg hij.

'Jack Bradshaw had me een aanwijzing in de goede richting gegeven. En een vrouw die Jihan heet, heeft me verteld hoe ik de schatkaart in handen kan krijgen.'

'En ik neem aan dat jij van plan bent die schat op te graven?'

Gabriel zweeg.

'Wat heb je nodig van Her Majesty's Secret Service?'

'Toestemming om een operatie op Brits grondgebied uit te voeren.'

'Zullen daar doden bij vallen?'

'Dat lijkt me niet.'

'Waar zal die operatie plaatsvinden?'

'Tate Modern, als dat nog beschikbaar is.'

'Nog meer locaties?'

'Heathrow.'

Seymour fronste zijn voorhoofd. 'Misschien moet je bij het begin beginnen, Gabriel. En het is misschien een goed idee,' voegde hij eraan toe, 'me deze keer álles te vertellen.'

Aangezien Bradshaw, de gevallen Britse spion die kunstsmokkelaar was geworden, degene was die Gabriel en Graham Seymour in eerste instantie bij elkaar had gebracht, begon Gabriel zijn relaas met Bradshaw. Het werd een gedetailleerd verhaal, maar noodzakelijkerwijs wel behoorlijk geredigeerd. Zo noemde hij bijvoorbeeld niet de naam van de kunstdief die hem had verteld dat de reeds lang verdwenen Caravaggio onlangs was verkocht. Ook onthulde hij niet de identiteit van de meester-vervalser die hij dood in zijn atelier in Parijs had aangetroffen, of van de dieven die Zonnebloemen uit het Van Gogh Museum hadden ontvreemd. Ook de naam van de man van de Zwitserse geheime dienst die hem toegang had verschaft tot Bradshaws galerie van al wat verdwenen was in de Ports Francs van Genève hield hij voor zich. Het was de brief die ze in Bradshaws kluis hadden gevonden die Gabriel naar LXR Investments had geleid, en uiteindelijk naar een kleine particuliere bank in Linz, maar dat het spoor via een pan-Arabisch advocatenkantoor in Great Suffolk Street was gegaan, vertelde Gabriel er niet bij.

'Wie was de man die jouw vervalste versie van de Van Gogh in Parijs op de markt heeft gebracht?' vroeg Seymour.

'Iemand van het Bureau.'

'Werkelijk?' Seymours toon maakte duidelijk dat hij daaraan twijfelde. 'Het gerucht ging dat hij Brits was.'

'Wie denk je dat dat gerucht de wereld in heeft geholpen, Graham?'

'Jij denkt ook echt aan alles, hè?' Seymour stond nog steeds voor de boekenkast. 'En de echte Van Gogh? Je bént toch van plan die terug te geven, nietwaar?'

'Zodra ik dat notitieboekje van Waleed al-Siddiqi in handen heb.'

'O ja, dat notitieboekje.' Hij trok een boek van Greene uit de kast, en sloeg het open met zijn wijsvinger. 'Laten we ervan uitgaan dat jij erin slaagt toegang te krijgen tot die lijst met rekeningnummers. Wat dan?'

'Gebruik je verbeelding, Graham.'

'Je wilt het stelen? Is dat wat je bedoelt?'

'Stelen is een lelijk woord.'

'Is jouw dienst tot dat soort dingen in staat?'

Gabriel schonk hem een wrang glimlachje. 'Na alles wat wij samen hebben gedaan,' zei hij, 'verbaast het me dat je dat nog moet vragen.'

Seymour zette het boek van Greene weer op zijn plaats. 'Ik heb er geen bezwaar tegen zo nu en dan een blik te werpen op de gegevens van een bank,' zei hij na een tijdje, 'maar diefstal gaat me te ver. We zijn per slot van rekening Brits. We geloven in fair play.'

'Die luxe kunnen wij ons niet veroorloven.'

'Ga nu niet het slachtoffer uithangen, Gabriel. Die rol past helemaal niet bij je.' Seymour viste nog een boek van de plank, maar sloeg het deze keer niet eens open.

'Is er iets wat je dwarszit, Graham?'

'Het geld.'

'Wat is er met het geld?'

'Grote kans dat een deel daarvan bij Britse financiële instellingen is ondergebracht. En wanneer er plotseling honderden miljoenen ponden uit hun boeken verdwijnen...' Hij maakte zijn zin niet af.

'Ze hadden dat geld nooit moeten accepteren, Graham.'

'De rekeningen zijn ongetwijfeld geopend door een stroman,' protesteerde Seymour. 'Wat wil zeggen dat de banken geen idee hebben aan wie het geld in werkelijkheid toebehoort.'

'Daar zullen ze snel genoeg achter komen.'

'Niet als je mijn hulp wilt.'

Er viel een stilte, die uiteindelijk werd verbroken door Graham Seymour. 'Weet je wat er zal gebeuren als ooit bekend wordt dat ik jou heb geholpen een Britse bank te beroven?' vroeg hij. 'Dan sta ik op Leicester Square met een kartonnen bekertje in mijn hand te bedelen.'

'Dan doen we het toch geruisloos, Graham, zoals we gewend zijn?'

'Sorry, Gabriel, maar Britse banken zijn verboden terrein.'

'En Britse banken op buitenlands grondgebied?'

'Het blijven Britse banken.'

'En banken in Britse overzeese gebieden?'

'Verboden terrein,' herhaalde Seymour.

Gabriel deed alsof hij heel diep nadacht. 'Dan zal ik het zonder jouw hulp moeten doen,' zei hij toen, overeindkomend. 'Het spijt me dat ik je je kantoor uit heb gesleurd, Graham. Zeg maar tegen Nigel dat ik zelf wel weer op Heathrow kom.' Hij liep naar de deur.

'Je vergeet één ding,' zei Seymour.

Gabriel draaide zich naar hem om.

'Om jou tegen te houden hoef ik alleen maar tegen Waleed al-Siddiqi te zeggen dat hij dat notitieboekje moet verbranden.'

'Dat weet ik,' verklaarde Gabriel. 'Maar ik weet ook dat je dat nooit zou doen. Dat zou je geweten nooit toestaan. En diep vanbinnen wil je dat geld net zo graag als ik.'

'Niet wanneer het bij een Britse bank is ondergebracht.'

Gabriel staarde naar het plafond en telde in stilte tot vijf. 'Als het geld zich op de Kaaimaneilanden, Bermuda, of in welk ander Brits gebiedsdeel dan ook bevindt, is het van mij. Als het hier in Londen is, blijft het in Londen.'

'Deal,' zei Seymour.

'Op voorwaarde,' voegde Gabriel er haastig aan toe, 'dat HMG die bedragen stevig bevriest.'

'Zo'n besluit kan alleen maar door de premier worden genomen.'

'Dan vertrouw ik erop dat de premier het met mij eens is.'

Nu was het de beurt aan Graham Seymour geïrriteerd naar het plafond te staren. 'Je hebt me nog niet verteld hoe je van plan was dat notitieboekje in handen te krijgen.'

'Om precies te zijn,' zei Gabriel, 'ga jij dat voor me doen.'

'Fijn dat dat duidelijk is. Maar hoe krijgen we al-Siddiqi zo ver dat hij naar Groot-Brittannië komt?'

'Ik ga hem uitnodigen voor een feestje. Met een beetje geluk,' voegde hij eraan toe, 'wordt het het laatste feestje dat hij ooit bijwoont.'

'Dan mag je er wel iets moois van maken.'

'Dat ben ik ook van plan.'

'Wie geeft het feestje?'

'Een vriend van mij uit Rusland, die zich weinig aantrekt van dictators die geld stelen.'

'In dat geval,' zei Seymour, voor het eerst met een glimlach op zijn gezicht, 'belooft het een gedenkwaardige aangelegenheid te worden.'

43

CHELSEA, LONDEN

Een ontspoorde Britse spion, een eenogige Italiaanse politieman, een meester-kunstdief, een beroepsmoordenaar van Corsica: dat was de bonte verzameling personages in deze zaak tot nu toe. Dus was het ook niet gek dat de volgende halte op Gabriels onwaarschijnlijke reis Cheyne Walk 43 was, het Londense adres van Viktor Orlov. Orlov leek wel een beetje op Julian Isherwood. Hij maakte het leven interessanter, een van de redenen waarom Gabriel hem zo graag mocht. Zijn diepe genegenheid jegens de Rus had echter een nog veel praktischer grondslag. Als Orlov er niet was geweest, zou Gabriel nu ergens ten oosten van Moskou dood op een executieplaats uit het Stalin-tijdperk liggen. Met Chiara naast zich.

Er werd gezegd dat Viktor Orlov mensen in twee categorieën verdeelde: mensen die bereid waren gebruikt te worden, en mensen die te dom waren om te beseffen dat ze werden gebruikt. Daaraan zou je nog een derde categorie kunnen toevoegen: mensen die bereid waren Viktor hun geld te laten stelen. Hij maakte er geen geheim van dat hij een doorgewinterd rover en dief was. Sterker nog, daar was hij trots op, net als op zijn Italiaanse pakken van tienduizend dollar en de in Hong Kong op maat gemaakte gestreepte overhemden, die zijn handelsmerk waren. De dramatische ineenstorting van het Sovjet-communisme had Orlov de gelegenheid geboden heel veel geld te verdienen in heel korte tijd, en die had hij met beide handen aangegrepen. Orlov verontschuldigde zich zelden ergens voor, en al helemaal niet voor de manier waarop hij rijk was geworden. 'Als ik als Brit was geboren, was het geld misschien op een nette manier naar me toe gekomen,' had hij tegen een Brits interviewer gezegd, kort nadat hij in Londen was komen wonen.

'Maar ik ben als Rus geboren. En ik heb een Russisch fortuin verdiend.'

Orlov, die was opgegroeid in Moskou in de donkerste dagen van de Koude Oorlog, was gezegend met een natuurlijke aanleg voor cijfers. Nadat hij de middelbare school had afgerond, had hij natuurkunde gestudeerd in Leningrad, aan het Instituut voor precisiemechanica en optica. Vervolgens was hij verdwenen in het Russische atoomwapenprogramma, waar hij had gewerkt tot de Sovjet-Unie de laatste adem uitblies.

Terwijl zijn collega's zonder salaris bleven doorwerken, zegde Orlov al snel zijn lidmaatschap van de communistische partij op en nam zich plechtig voor rijk te worden. Binnen een paar jaar had hij een aanzienlijk fortuin vergaard met het importeren van computers, huishoudelijke apparaten, en andere westerse goederen voor de ontluikende Russische markt. Later gebruikte hij dat fortuin voor de aankoop van het grootste Russische staatsstaalbedrijf én van Ruzoil, de Siberische oliegigant, voor een spotprijsje. Het duurde niet lang voordat Viktor Orlov, voormalig natuurkundige in overheidsdienst die ooit een appartement had moeten delen met nog twee gezinnen, meervoudig miljardair en de rijkste man van Rusland was.

Maar in post-Sovjet Rusland, een land zonder deugdelijk rechtssysteem, waar misdaad en corruptie welig tierden, was de steenrijke Orlov zijn leven niet zeker. Hij overleefde op zijn minst drie aanslagen op zijn leven, en het gerucht ging dat hij uit wraak daarvoor verschillende mensen had laten vermoorden. De grootste bedreiging kwam voor Orlov echter van de man die Boris Jeltsin was opgevolgd als president van Rusland. Die was van mening dat Viktor Orlov en de andere oligarchen de waardevolste bezittingen van het land hadden gestolen, en hij was van plan ze terug te stelen. Nadat de nieuwe president zijn intrek had genomen in het Kremlin, ontbood hij Orlov en eiste twee dingen van hem: zijn staalbedrijf en Ruzoil. 'En steek je neus niet in de politiek,' had hij er dreigend aan toe gevoegd. 'Anders hak ik die eraf.'

Orlov stemde erin toe afstand te doen van het staalbedrijf, maar niet van Ruzoil. De president was *not amused.* Hij liet onmiddellijk een onderzoek naar fraude en omkoping doen, en binnen een week werd er een arrestatiebevel voor Orlov uitgevaardigd. Geconfronteerd met het vooruitzicht van een lang en koud verblijf in de neo-goelag was Orlov zo verstandig naar Londen te vluchten, waar hij een van de meest uitgesproken critici van de Russische president werd. Jarenlang bleef Ruzoil juridisch geblokkeerd, buiten bereik van zowel Orlov als de nieuwe leiders van het Kremlin. Uiteindelijk stemde Orlov erin toe het bedrijf af te staan, in de vorm van het hoogste losgeld dat ooit was betaald: twaalf miljard dollar in ruil voor de vrijlating van drie ontvoerde agenten van het Bureau. In ruil voor zijn gulle gebaar kreeg Orlov een Brits paspoort en een bijzonder persoonlijke ontmoeting met de koningin. De mooiste dag van zijn leven, zei hij achteraf.

Het was nu al meer dan vijf jaar geleden dat Viktor Orlov die financiële schikking met het Kremlin had getroffen, maar hij stond nog steeds hoog op de Russische dodenlijst. Daarom verplaatste hij zich door Londen in een kogelwerende limousine, en had zijn huis in Cheyne Walk wel iets van de ambassade van een land in oorlog. In de ramen zat kogelwerend glas, en voor de deur stond een zwarte Range Rover met bodyguards, allemaal, net als Christopher Keller, oud-SAS'ers.

Aan Gabriel besteedden ze weinig aandacht, toen hij, zoals afgesproken, om halfvijf het smeedijzeren hek door liep, naar de statige voordeur van Orlovs huis. Nadat hij had aangebeld, verscheen er een dienstmeisje in een gesteven zwart-wit uniform, dat hem via een brede, elegante trap naar het kantoor van Orlov bracht. De ruimte was een exacte replica van de privéwerkkamer van de koningin op Buckingham Palace, afgezien dan van de enorme plasma-mediawand achter het bureau. Gewoonlijk schoven daarop de financiële berichten van over de hele wereld voorbij, maar die middag was het de crisis in Oekraïne die Orlovs aandacht had. Het Russische leger was de Krim binnengevallen en dreigde nu ook verder te gaan naar andere delen van Oost-Oekraïne. De Koude Oorlog was officieel weer begonnen, aldus het commentaar. Die logica ging mank op één belangrijk punt: wat de Russische president betrof, was de Koude Oorlog nooit ten einde geweest.

'Ik heb steeds gewaarschuwd dat dit zou gebeuren,' zei Orlov na een tijdje. 'Ik heb gezegd dat de tsaar zijn rijk terug wilde. Ik heb er geen twijfel over laten bestaan dat Georgië slechts het voorafje was, en dat Oekraïne, de graanschuur van de oude unie, het hoofdgerecht zou zijn. En nu zie je het live op televisie gebeuren. En wat doet Europa eraan?'

'Niets,' antwoordde Gabriel.

Orlov knikte traag, zijn ogen op het scherm gevestigd. 'En weet je waarom Europa niets doet, terwijl het Rode Leger alweer een onafhankelijke natie onder de voet loopt?'

'Geld,' antwoordde Gabriel.

Weer knikte Orlov. 'Daarvoor heb ik ze ook gewaarschuwd. Ik heb ze gewaarschuwd niet afhankelijk te worden van de handel met Rusland. Ik heb ze gesmeekt niet alles op goedkoop Russisch aardgas te zetten. Niemand die naar me luisterde, uiteraard. En nu durven de Europeanen de tsaar geen ingrijpende sancties op te leggen, omdat ze bang zijn dat hun economie daaronder te zeer zal lijden.' Langzaam schudde hij zijn hoofd. 'Kotsmisselijk word ik ervan.'

Precies op dat moment wandelde de Russische president over het beeld, een arm stijf naast zich, de ander heen en weer zwaaiend als een zeis. Zijn gezicht was onlangs weer onder het mes geweest: zijn ogen stonden zo strak, dat hij wel afkomstig leek uit een Centraal-Aziatische republiek. Hij zou bijna een komisch figuur geweest kunnen zijn, ware het niet dat er bloed aan zijn handen kleefde, onder andere dat van Gabriel.

'Volgens de laatste schattingen,' zei Orlov, zijn blik gericht op zijn oude vijand, 'is hij zo'n honderddertig miljard dollar waard, waarmee hij de rijkste man ter wereld zou zijn. Hoe denk je dat hij aan al dat geld is gekomen? Per slot van rekening is hij al zijn hele leven in overheidsdienst.'

'Ik neem aan dat hij het heeft gestolen.'

'Denk je?'

Orlov draaide de videowand de rug toe en keek Gabriel voor het eerst aan. Hij was een kleine, kwieke man van zestig, met grijs haar dat in een kort, jeugdig kapsel was gemodelleerd. Achter de glazen van zijn randloze bril trok zijn linkeroog nerveus. Dat deed het meestal wanneer hij het over de Russische president had.

'Wat ik in ieder geval weet, is dat hij een groot deel van Ruzoil in zijn zak heeft gestoken nadat ik het bedrijf aan het Kremlin had overgedragen om jullie Rusland uit te krijgen. Destijds was het zo'n twaalf miljard dollar waard. Een schijntje, in het grote geheel,' voegde hij eraan toe. 'Hij en zijn intimi worden in rap tempo steeds rijker over de ruggen van het Russische volk. Daarom zal hij er ook alles aan doen aan de macht te blijven.' Hij zweeg even. 'Net als zijn vrienden in Syrië,' zei hij toen.

'Waarom help je me dan niet daar iets aan te doen?'

'Het geld van de tsaar stelen? Ik zou niets liever willen,' verklaarde Orlov. 'Per slot van rekening is een deel daarvan van mij. Maar dat is onmogelijk.'

'Mee eens.'

'Wat had je dan in gedachten?'

'Dat we in plaats daarvan het geld van zijn Syrische vriend stelen.'

'Heb je dat gevonden dan?'

'Nee,' antwoordde Gabriel. 'Maar ik weet wel wie het beheert.'

'Je bedoelt Kemel al-Farouk,' zei Orlov. 'Maar de man die over de investeringen gaat, is Waleed al-Siddiqi.'

Gabriel was te verbijsterd om iets te zeggen.

Orlov glimlachte. 'Je had al veel eerder naar mij toe moeten komen,' zei hij. 'Ik had je heel wat tijd en moeite kunnen besparen.'

'Hoe weet jij van al-Siddiqi?'

'Je bent niet de enige die naar dat geld zoekt.' Orlov wierp een blik over zijn schouder. Op het scherm kreeg de Russische president nu een briefing van zijn generaals. 'De tsaar wil het ook. Niet dat dat zo verrassend is,' voegde hij eraan toe. 'De tsaar wil alles.'

Klokslag vijf uur kwam het dienstmeisje binnen met een fles Château Pétrus, de legendarische Pomerol-wijn die Orlov dronk alsof het Evian was.

'Lust je ook een glas, Gabriel?'

'Nee, dank je, Viktor. Ik moet nog rijden.'

Orlov maakte een nonchalant handgebaar en schonk vervolgens een royale hoeveelheid van de donkerrode wijn in een groot glas. 'Waar waren we gebleven?' vroeg hij.

'Je wilde me net gaan vertellen hoe het komt dat jij van het bestaan van Waleed al-Siddiqi weet.'

'Ik heb bronnen in Moskou. Heel goede bronnen,' voegde hij er met een glimlach aan toe. 'Dat zou je toch zo onderhand moeten weten.'

'Jij hebt de beste bronnen die er zijn, Viktor.'

'Beter dan die van MI6,' verklaarde hij. 'Zeg maar tegen je vriend Graham Seymour dat hij mijn telefoontjes zo nu en dan eens moet aannemen. Ik zou hem enorm kunnen helpen.'

'Ik zal het zeggen, de volgende keer dat ik hem zie.'

Orlov liet zich op een met brokaat versierde bank zakken en nodigde Gabriel uit dat ook te doen. Aan de andere kant van het kogelwerende glas reed het avondverkeer over de Chelsea Embankment, en over de Albert Bridge naar Battersea. In de wereld van Viktor Orlov bestond op dat moment echter alleen de vaag komisch aandoende figuur die over het scherm van zijn videowand paradeerde.

'Waarom denk je dat hij voor de Syrische president opkwam terwijl de rest van de beschaafde wereld bereid was militair geweld tegen hem in te zetten? Omdat hij de enige vriend van Rusland in de Arabische wereld wilde beschermen? Omdat hij zijn marinebasis in Tartus wilde behouden? Dat ook, ja. Maar er is nog een reden.' Orlov keek Gabriel aan. 'Geld.'

'Hoeveel?'

'Een half miljard dollar, te storten op een rekening beheerd door de tsaar persoonlijk.'

'Wie zegt dat?'

'Dat zeg ik liever niet.'

'Waar kwam dat half miljard vandaan?'

'Wat denk je zelf?'

'Aangezien de schatkist van Syrië leeg is, zou ik zeggen rechtstreeks uit de zak van de heerser.'

Orlov knikte, zijn blik weer op het scherm gericht. 'En wat denk je dat de tsaar deed zodra hij de bevestiging had gekregen dat het geld op zijn rekening stond?'

'In aanmerking genomen dat de tsaar een hebberige schoft is, neem ik aan dat hij zijn oude maatjes bij de SVR opdracht heeft gegeven op zoek te gaan naar de rest.'

'Je kent de tsaar goed.'

'Mijn littekens kunnen daarvan getuigen.'

Glimlachend nam Orlov een slokje wijn. 'Mijn bronnen zeggen dat het onderzoek is gedaan door de SVR-*rezident* in Damascus. Van het bestaan van Kemel al-Farouk was hij al op de hoogte. Het kostte hem amper vijf minuten de naam van al-Siddiqi naar boven te krijgen.'

'Heeft al-Siddiqi het hele vermogen onder zijn beheer?'

'Bij lange na niet,' antwoordde Orlov. 'Als ik een schatting zou moeten doen, zou ik zeggen dat hij over ongeveer de helft van het geld van de heerser kan beschikken.'

'Waar wacht de tsaar dan nog op?'

'Hij wil eerst weten of de heerser het overleeft, of dat hij als Kadhafi eindigt. Als hij het overleeft, blijft dat geld van hem. Maar als hij eindigt als Kadhafi, gaat de SVR voor die lijst met rekeningen die al-Siddiqi bij zich draagt.'

'Ik zorg dat ik ze te snel af ben,' zei Gabriel. 'En jij gaat me daarbij helpen.'

'Wat wil je precies van mij?'

Dat vertelde Gabriel hem.

Orlov draaide zijn bril aan een poot rond, iets wat hij altijd deed als hij over geld nadacht. 'Dat zal behoorlijk prijzig worden,' zei hij uiteindelijk.

'Hoeveel, Viktor?'

'Dertig miljoen, op zijn minst. Misschien veertig, alles bij elkaar.'

'Wat zou je ervan zeggen deze keer samsam te doen?'

'Hoeveel kun jij missen?'

'Ik heb misschien nog wel ergens tien miljoen,' zei Gabriel. 'Maar dat zou ik je dan wel contant moeten geven.'

'Is het echt?'

'Absoluut.'

Orlov glimlachte. 'Dan is contant prima.'

44

LONDEN-LINZ, OOSTENRIJK

Over de naam werd nog een verhit debat gevoerd. Orlov wilde dat zijn naam aan het evenement zou worden verbonden, wat natuurlijk niet zo gek was, aangezien hij het leeuwendeel van de rekening betaalde. 'De naam Orlov staat voor kwaliteit,' beargumenteerde hij. 'De naam Orlov staat voor succes.' Dat was waar, beaamde Gabriel, maar die naam stond ook voor corruptie, bedrog en geruchten over geweld, wat Orlov niet ontkende.

Uiteindelijk kozen ze voor European Business Initiative: neutraal, degelijk, en boven iedere discussie verheven.

Orlov mopperde nog wat na. 'Waarom noemen we het niet gewoon twaalf uur pure verveling. Dan weten we tenminste zeker dat er niemand komt.'

Ze kondigden het evenement de daaropvolgende maandag aan in de Financial Journal, het eerbiedwaardige Londense zakelijke dagblad, dat Orlov een paar jaar eerder voor een appel en een ei had gekocht toen het zo goed als failliet was. Het doel van de bijeenkomst, stond in de aankondiging, was het samenbrengen van de knapste koppen uit overheidskringen, het bedrijfsleven en de financiële wereld, om te komen tot een serie aanbevelingen om de Europese economie uit de post-recessiestagnatie te tillen.

De eerste reactie was op zijn zachtst gezegd lauw. Een verslaggever noemde het Orlovs Dwaze Uitspatting. Een ander doopte het Orlovs Titanic. 'Met één belangrijk verschil,' voegde hij er nog aan toe. 'Dit schip zinkt al voor het de haven uit is.' En zo waren er nog wel meer die de conferentie afdeden als een van de vele publiciteitsstunts van Orlov, een beschuldiging die hij tijdens een dag vol korte interviews op alle zakelijke kanalen steeds weer met klem tegensprak.

Vervolgens maakte hij, om ervoor te zorgen dat de critici ongelijk zouden krijgen, in alle stilte een rondgang langs de Europese hoofdsteden. Zijn eerste halte was Parijs, waar het Franse ministerie van Financiën, na een marathonsessie onderhandelen, erin toestemde een delegatie te sturen. Daarvandaan ging hij naar Berlijn, waar ook de Duitsers hem de toezegging deden aanwezig te zijn. De rest van het continent volgde al snel. Voor Nederland en België had hij maar een middagje nodig, net als voor de Scandinavische landen. De Spanjaarden wilden zo graag, dat Orlov de reis naar Madrid niet eens meer hoefde te ondernemen. Ook Rome hoefde hij niet meer aan te doen. De Italiaanse premier beloofde zelfs persoonlijk aanwezig te zijn, mits hij tegen die tijd nog in functie was, uiteraard.

Toen de Europese overheden binnen waren, richtte Orlov zijn pijlen op het bedrijfsleven en het bankwezen. Hij wist de grote jongens uit de Duitse automobielindustrie te strikken, net als de grootindustriëlen uit Zweden en Noorwegen. Giganten uit de scheepvaart, de staalindustrie, de energievoorziening, allemaal wilden ze meedoen. De Zwitserse banken waren in eerste instantie terughoudend, maar stemden in nadat Orlov hun had verzekerd dat ze niet voor zonden uit het verleden aan het kruis zouden worden genageld. Zelfs Martin Landesmann, Zwitsers private-equity-koning en internationaal weldoener, kondigde aan tijd te zullen vrijmaken in zijn drukke agenda, al verzocht hij Orlov wel dringend op zijn minst een deel van het programma te wijden aan zaken die hem na aan het hart lagen, zoals klimaatverandering, derdewereldschulden en duurzame landbouw.

En zo werd de conferentie die in eerste instantie was afgedaan als een dwaasheid, binnen een paar dagen hét evenement waar iedereen bij wilde zijn. Orlov werd bedolven onder de verzoeken om een uitnodiging. De Amerikanen vroegen zich af waarom zij helemaal niet waren gevraagd. Modellen, popsterren en acteurs wilden maar al te graag in de nabijheid van de rijken en machtigen der aarde verkeren. Een voormalig

Brits premier, in ongenade gevallen als gevolg van een privéschandaal, zag een kans zich te rehabiliteren. Er was zelfs een verzoek van een Russische mede-oligarch die onaangenaam hechte banden had met Orlovs vijanden in het Kremlin. Hij gaf ze allemaal hetzelfde antwoord. De uitnodigingen zouden op 1 juli worden verstuurd, en de reacties moesten binnen achtenveertig uur binnen zijn. De media zouden aanwezig mogen zijn bij het openingspraatje van Orlov, maar bij de rest van de bijeenkomsten, inclusief het galadiner, waren ze niet welkom. 'We willen dat onze deelnemers vrijuit kunnen praten,' zei Orlov. 'En dat gaat niet lukken wanneer de pers erbovenop zit.'

Dit alles leek volkomen voorbij te gaan aan een schilderachtige Oostenrijke stad, gelegen in een ongewoon scherpe bocht van de Donau. Ja, de directeur van Voestalpine AG, de in Linz gevestigde staalgigant, was door Orlov gepolst over een eventuele aanwezigheid bij de conferentie in Londen, maar verder ging het leven zijn gewone gangetje. Een paar zomerfestivals kwamen en gingen, de cafés liepen twee keer per dag vol en weer leeg, en in de kleine particuliere bank niet ver van de tramrotonde deed een kind van Hama haar dagelijkse werkzaamheden alsof er niets ongewoons was gebeurd.

Dankzij haar gemanipuleerde telefoon, die nu als fulltime zender fungeerde, konden Gabriel en de rest van het team alles horen wat ze deed. Ze hoorden dat ze rekeningen opende en geld overmaakte. Ze hoorden haar praten met Herr Weber en met Mr. al-Siddiqi. En 's avonds laat hoorden ze haar dromen over Hama.

Ze hoorden ook dat ze haar vriendschap met een beginnend schrijfster, pas gescheiden, sinds kort alleen wonend in Linz en Ingrid Roth genaamd, nieuw leven inblies. Ze lunchten samen, ze winkelden samen, ze gingen samen naar musea. En ze brachten nog twee keer een bezoek aan de mooie gele villa aan de westoever van de Attersee, waar Jihan werd geïnstrueerd en voorbereid door een man van wie ze dacht dat hij een Duitser was. Aan het eind van de eerste sessie vroeg hij haar een gedetailleerde beschrijving te geven van het kantoor van Mr. al-Siddiqi. Toen ze de tweede keer kwam, was het kantoor in een van de kamers van de villa nagemaakt. Een perfecte replica: hetzelfde bureau, dezelfde computer, dezelfde telefoon, zelfs dezelfde bewakingscamera en hetzelfde cijferpaneel op de deur.

'Waar is dat voor?' vroeg Jihan verbaasd.

'Om te oefenen,' zei Gabriel met een glimlach.

En oefenen deden ze, drie uur lang zonder pauze, totdat ze haar opdracht kon uitvoeren zonder ook maar een spoortje angst of spanning te tonen. Vervolgens deed ze het in het pikkedonker, en met een loeiend alarm, en met Gabriel die schreeuwde dat de mannen van al-Siddiqi er aankwamen.

Hij vertelde Jihan niet dat de training die ze kreeg, was bedacht door de geheime dienst van de Staat Israël. Net zomin als hij haar vertelde dat hij zelf ook regelmatig zulke trainingsperiodes had doorgemaakt. Bij haar was hij nooit Gabriel Allon. Hij was een saaie Duitse belastingman zonder naam, die toevallig heel goed was in zijn werk.

Dat hij Jihan zo bedroog, drukte, naarmate de dag van de operatie dichterbij kwam, steeds zwaarder op Gabriels geweten. Om de haverklap herinnerde hij zijn team eraan dat de tegenstander volgens Hama-regels – en misschien ook wel volgens Moskou-regels – zou spelen, en hij maakte zich druk over de kleinste details. Toen zijn stemming steeds donkerder werd, nam Eli Lavon de vrijheid een kleine houten sloep aan te schaffen, alleen om Gabriel iedere middag een paar uur het safehouse uit te krijgen. Dan zeilde hij voor de wind in de richting van het Höllengebirge, en vakkundig laverend weer terug naar huis, waarbij hij steeds probeerde zijn tijd van de vorige dag te verbeteren. De geur van de Rosenwind deed hem denken aan een bang kind dat zich aan haar moeder vastklampte… en soms aan de waarschuwing die de oude vrouw hem op Corsica had toegefluisterd.

Zorg dat haar niets overkomt, anders zul je alles kwijtraken…

Degene met wie hij die laatste dagen van juni echter het meest bezig was, was Waleed al-Siddiqi, de in Syrië geboren bankier die overal naartoe ging met een zwartleren notitieboekje in zijn zak. Hij was veel op reis in die periode, en zoals gewoonlijk boekte hij zijn vlucht meestal maar een paar uur van tevoren. Er was een dagtripje naar Brussel, een nachtelijk uitstapje naar Beiroet, en als laatste nog een snel bezoek aan Dubai, waar hij een groot deel van de tijd doorbracht op het hoofdkantoor van de TransArabian Bank, een instelling die het Bureau maar al te goed kende. Op 1 juli, om één uur 's middags, keerde hij terug in Wenen, en om drie uur die middag liep hij Bank Weber AG weer binnen, zoals gewoonlijk gevolgd door zijn setje boekensteunen, zijn alawitische bodyguards.

Jihan begroette hem vriendelijk in het Arabisch en gaf hem de stapel post die tijdens zijn afwezigheid was bezorgd. Ertussen zat een DHL-envelop, die een chique uitnodiging bevatte voor iets wat het European Business Initiative heette.

Met de ongeopende post ging hij zijn kantoor in, de deur zacht achter zich sluitend.

Het was woensdag, wat betekende dat hij tot vrijdagmiddag vijf uur had om per e-mail te reageren. Gabriel had zich erop voorbereid lang te moeten wachten, en helaas stelde Waleed al-Siddiqi hem niet teleur. De rest van de woensdag, én donderdagochtend, én donderdagmiddag ging zonder reactie voorbij.

Eli Lavon zag dat als een positief teken. Het wilde zeggen, zei hij, dat de bankier gevleid was door de uitnodiging en dat hij er nog over nadacht of hij zou gaan of niet.

Gabriel vreesde echter iets heel anders. Deze poging de Syrische bankier naar Groot-Brittannië te lokken had hem heel veel tijd en geld gekost. En nu begon het erop te lijken dat dat niets anders had opgeleverd dan een oppervlakkig, glamoureus praatavondje voor Europese zakenlui. De bloedeloze Europese economie een boost geven was een nobel streven, zei hij tegen Lavon, maar het stond niet echt boven aan zijn lijstje.

Tegen de tijd dat het vrijdagochtend was, was Gabriel kribbig van ongerustheid. Hij belde Viktor Orlov ieder halfuur. Hij ijsbeerde door de kamer. Hij mompelde tegen het plafond in de taal die op dat moment het best bij zijn grillige humeur paste. Uiteindelijk, om twee uur die middag, gooide hij de deur van het nepkantoor van al-Siddiqi open en schreeuwde in het Arabisch dat hij een besluit moest nemen.

Dat was het moment dat Eli Lavon ingreep. Hij pakte Gabriel zacht bij de elleboog en leidde hem naar het eind van de lange steiger. 'Ga,' zei hij, naar de andere kant van het meer gebarend. 'En kom geen minuut voor vijven terug.'

Met tegenzin stapte Gabriel in de sloep en ging voor de wind in de richting van het Höllengebirge, zeilen aan beide kanten, de bedwelmende geur van rozen achter zich aan. Het kostte hem maar een uur om de zuidkant van het meer te bereiken. In een beschutte inham liet hij de zeilen zakken en koesterde zich in de zon, uit alle macht de verleiding weerstaand zijn mobiele telefoon te pakken. Om halfvier hees hij de zeilen weer en laveerde noordwaarts. Om tien voor vijf bereikte hij het stadje Seeberg, waarvandaan hij in één ruk het meer overstak naar het safehouse. Terwijl hij dichterbij kwam, zag hij de kleine gestalte van Eli Lavon aan het eind van de steiger staan, één hand opgestoken in een stille groet.

'En?' vroeg Gabriel.

'Het schijnt dat het Mr. al-Siddiqi een eer zal zijn het European Business Initiative bij te wonen.'

'Is dat alles?'

'Nee.' Lavon fronste zijn voorhoofd. 'Hij wil Miss Nawaz ook onder vier ogen spreken.'

'Waarover?'

'Kom binnen,' zei Lavon. 'Dat zullen we zo weten.'

45

LINZ, OOSTENRIJK

Ze had vijf minuten de tijd gevraagd. Vijf minuten om haar laatste dossiers weg te bergen. Vijf minuten om haar opgeruimde bureau op te ruimen. Vijf minuten om haar op hol geslagen hart weer een beetje tot bedaren te brengen. En nu was die tijd om. Ze kwam overeind, iets abrupter dan normaal, en streek haar rok glad. Of veegde ze haar klamme handen af? Ze controleerde of ze geen vochtige plek had achtergelaten op de stof en keek toen even naar de bodyguards voor de deur van Mr. al-Siddiqi. Hun blikken waren strak op haar gericht. De blik van Mr. al-Siddiqi ook, vermoedde ze. Glimlachend liep ze op de deur af. Ze klopte bedrieglijk vastberaden: drie korte klopjes waarvan haar knokkels pijn deden.

'Kom binnen,' was alles wat hij zei.

Ze bleef recht voor zich uit kijken, terwijl de bodyguard rechts van haar – de lange die Yusuf heette – de toegangscode intoetste. De sloten sprongen open en de deur gaf mee onder haar aanraking. De kamer die ze binnen ging, was in halfduister gehuld, slechts verlicht door een enkele halogeen bureaulamp. Ze constateerde dat de lamp iets verschoven was, maar verder zag het bureau eruit zoals het er altijd uitzag: de computer links, de leren bureau-onderlegger in het midden, de telefoon met verschillende lijnen rechts. De hoorn zat op dat moment tegen het oor van Mr. al-Siddiqi geklemd. Hij droeg een antracietgrijs pak, een wit overhemd, en een donkere das, die glansde als gepolijst graniet. Zijn kleine, donkere ogen waren gericht op een punt boven Jihans hoofd, zijn wijsvinger lag tegen de zijkant van zijn haviksneus, alsof hij ergens over nadacht. Het volgende moment haalde hij die vinger even van zijn neus om hem als een pistool op een stoel te richten.

Jihan ging stijfjes zitten en trok haar kleren recht. Ze realiseerde zich dat ze nog steeds glimlachte. Terwijl ze haar e-mail checkte op haar mobiele telefoon, deed ze haar uiterste best er niet over na te denken met wie Mr. al-Siddiqi belde.

Eindelijk mompelde hij een paar Arabische woorden en legde de hoorn weer op de telefoon. 'Neem me niet kwalijk, Jihan,' zei hij in dezelfde taal, 'maar ik vrees dat dat niet kon wachten.'

'Een probleem?'

'Niets bijzonders.' Hij plaatste zijn ineengeslagen handen onder zijn kin en keek haar een ogenblik lang ernstig aan. 'Er is iets waarover ik met je wil praten,' zei hij uiteindelijk. 'Het is zowel zakelijk als persoonlijk. Ik hoop dat je het goed vindt dat ik vrijuit spreek.'

'Is er iets?'

'Zeg jij het maar, Jihan.'

De achterkant van haar nek leek wel in brand te staan. 'Ik begrijp het niet,' zei ze echter kalm.

'Mag ik je iets vragen?'

'Natuurlijk.'

'Ben je gelukkig hier in Linz?'

Ze fronste haar voorhoofd. 'Waarom vraagt u dat?'

'Omdat je vaak niet echt gelukkig overkomt.' Zijn kleine, harde mond vertrok tot iets wat voor een glimlach moest doorgaan. 'Je lijkt me een bijzonder serieus iemand, Jihan.'

'Dat ben ik ook.'

'En eerlijk?' vroeg hij. 'Beschouw je jezelf als een eerlijk persoon?'

'Heel eerlijk.'

'Je zou nooit de privacy van onze klanten schenden?'

'Natuurlijk niet.'

'En je zou nooit met iemand van buiten de bank over onze zaken praten?'

'Nooit.'

'Ook niet met een familielid?'

'Nee.'

'Of met een vriend?'

Ze schudde haar hoofd.

'Weet je dat zeker, Jihan?'

'Ja, Mr. al-Siddiqi.'

Hij keek naar de televisie, die zoals gewoonlijk op Al Jazeera stond. Het geluid was uit. 'En hoe zit het met loyaliteit?' vroeg hij na een tijdje. 'Beschouw je jezelf als een loyaal persoon?'

'Heel loyaal.'

'Aan wie of wat ben je loyaal?'

'Daarover heb ik nooit zo nagedacht.'

'Denk daarover dan alsjeblieft nu even na.' Hij richtte zijn blik op het computerscherm, alsof hij haar een momentje voor zichzelf wilde geven.

'Ik denk dat ik loyaal ben aan mezelf,' verklaarde ze.

'Interessant antwoord.' Zijn donkere ogen gingen van het computerscherm naar haar gezicht. 'Op welke manier ben je loyaal aan jezelf?'

'Ik probeer volgens bepaalde regels te leven.'

'Zoals?'

'Ik zal iemand nooit met opzet pijn doen.'

'Ook niet als die jou pijn heeft gedaan?'

'Nee,' zei ze. 'Dan ook niet.'

'En wat nu als je vermoedt dat iemand iets verkeerds heeft gedaan, Jihan? Zou je hem dan pijn kunnen doen?'

Ze slaagde erin een glimlachje tevoorschijn te toveren. 'Is dit het zakelijke of het persoonlijke deel van wat u wilde bespreken?' vroeg ze.

Haar vraag leek hem enigszins van zijn stuk te brengen. Zijn blik ging weer naar de geluidloze televisiebeelden. 'En hoe zit het met je land?' vroeg hij toen. 'Ben je loyaal aan je land?'

'Ik ben erg op Duitsland gesteld.'

'Je hebt een Duits paspoort en spreekt de taal alsof je in Duitsland bent geboren, Jihan, maar je bent niet Duits. Je bent Syrisch.' Na een korte pauze voegde hij eraan toe: 'Net als ik.'

'Hebt u me daarom aangenomen?'

'Ik heb je aangenomen,' verklaarde hij op scherpe toon, 'omdat ik iemand nodig had met jouw taalkundige capaciteiten om hier in Oostenrijk goed te kunnen werken. Je bent bijzonder waardevol voor me gebleken, Jihan, en daarom overweeg ik ook een nieuwe functie voor je te creëren.'

'Wat voor functie?'

'Je zou direct voor mij komen te werken.'

'Als wat?'

'Als wat ik je ook maar nodig heb.'

'Ik ben geen secretaresse, Mr. al-Siddiqi.'

'Als zodanig zou ik je ook niet behandelen. Je zou me helpen met het beheren van de investeringsportefeuilles van mijn klanten.' Hij keek haar doordringend aan, alsof hij haar gedachten probeerde te lezen. 'Zou je daarvoor belangstelling hebben?'

'Wie moet dan het werk van de accountmanager doen?'

'Een nieuw iemand.'

Ze sloeg haar blik neer en praatte tegen haar handen, toen ze zei: 'Ik ben bijzonder gevleid dat u aan mij denkt voor zo'n functie, Mr. al-Siddiqi.'

'Je lijkt niet bijster enthousiast. Eerlijk gezegd lijkt het alsof je je er nogal ongemakkelijk bij voelt, Jihan.'

'Nee, hoor,' zei ze. 'Ik vroeg me alleen af waarom u uitgerekend mij voor zo'n belangrijke functie zou willen.'

'Waarom niet?' was zijn wedervraag.

'Ik heb helemaal geen ervaring in het beheren van vermogen.'

'Je hebt iets wat veel waardevoller is dan ervaring.'

'Wat dan, Mr. al-Siddiqi?'

'Loyaliteit en eerlijkheid, de twee eigenschappen die ik het meest waardeer in een werknemer. Ik heb iemand nodig die ik kan vertrouwen.' Hij bracht zijn handen naar elkaar toe, plaatste de vingertoppen tegen elkaar, en raakte het puntje van zijn neus aan. 'Ik kán je toch vertrouwen, hè, Jihan?'

'Uiteraard, Mr. al-Siddiqi.'

'Wil dat zeggen dat je geïnteresseerd bent?'

'Absoluut,' antwoordde ze. 'Maar ik zou er graag een paar dagen over nadenken.'

'Ik ben bang dat ik niet zolang op een antwoord kan wachten.'

'Hoelang heb ik dan?'

'Ik zou zeggen zo'n tien seconden.' Weer glimlachte hij. Het zag eruit alsof hij zich dat voor de spiegel had aangeleerd.

'En als ik ja zeg?' vroeg Jihan.

'Dan moet ik eerst nog een antecedentenonderzoek doen.' Hij zweeg even. 'Dat vind je toch geen probleem, of wel?'

'Ik nam aan dat u dat al had gedaan voordat u me had aangenomen.'

'Dat is ook zo.'

'Waarom dan nog een keer?'

'Omdat dit een ander onderzoek zal zijn.'

Het klonk als een dreigement. Misschien was het dat ook wel.

In de zitkamer van het safehouse aan de Attersee had Gabriel onbewust dezelfde houding aangenomen als Waleed al-Siddiqi: zijn vingertoppen tegen zijn neus, zijn blik recht vooruit. Alleen was zijn blik niet op Jihan Nawaz gericht, maar op de computer waaruit het geluid van haar stem kwam. Eli Lavon zat naast hem op de binnenkant van zijn wang te bijten. En naast Lavon zat Yaakov Rossman, degene van het team die het Arabisch het best beheerste. Zoals gewoonlijk zag hij eruit alsof hij iets gewelddadigs overwoog.

'Het zou toeval kunnen zijn,' zei Lavon zonder al te veel overtuiging.

'Dat zou kunnen,' beaamde Gabriel. 'Het zou ook kunnen dat Mr. al-

Siddiqi niet blij is met het gezelschap waarin Jihan de laatste tijd verkeert.'

'Ze mag toch wel een vriendin hebben?'

'Niet als die vriendin voor de geheime dienst van de Staat Israël werkt. Ik vermoed dat hij daarmee wel problemen zou hebben.'

'Waarom zou hij denken dat Dina Israëlisch is?'

'Hij is een Syriër, Eli. Hij denkt automatisch het ergste.'

Uit de computer kwam het geluid van Jihan die het kantoor van al-Siddiqi verliet en terugging naar haar bureau.

Gabriel schoof de tijdbalk terug en klikte op PLAY.

'Beschouw je jezelf als een eerlijk persoon?'

'Heel eerlijk.'

'Je zou nooit de privacy van onze klanten schenden?'

'Natuurlijk niet.'

'En je zou nooit met iemand van buiten de bank over onze zaken praten?'

'Nooit.'

'Ook niet met een familielid?'

'Nee.'

'Of met een vriend?'

Gabriel klikte op STOP en keek Lavon aan.

'Laten we zeggen dat het niet bemoedigend klinkt,' zei Lavon.

'En dit?' Gabriel klikte op PLAY.

'Op welke manier ben je loyaal aan jezelf?'

'Ik probeer volgens bepaalde regels te leven.'

'Zoals?'

'Ik zal iemand nooit met opzet pijn doen.'

'Ook niet als die jou pijn heeft gedaan?'

'Nee. Dan ook niet.'

'En wat nu als je vermoedt dat iemand iets verkeerds heeft gedaan, Jihan? Zou je hem dan pijn kunnen doen?'

STOP.

'Als hij vermoedt dat ze niet loyaal is,' zei Lavon, 'waarom biedt hij haar dan een promotie aan? Waarom schopt hij haar er niet uit?'

'Hou je vrienden dichtbij, maar je vijanden nog dichterbij.'

'Heeft Shamron dat gezegd?'

'Dat zou heel goed kunnen.'

'En wat wil jij ermee zeggen?'

'Dat al-Siddiqi haar niet kan ontslaan, omdat hij bang is dat ze te veel weet. Dus gebruikt hij die promotie als excuus om haar nog eens grondig te kunnen doorlichten.'

'Daarvoor heeft hij helemaal geen excuus nodig. Hij hoeft alleen maar een paar telefoontjes te plegen met zijn vriendjes van de Moeghabarat.'

'Hoelang hebben we, Eli?'

'Moeilijk te zeggen. Ze hebben het per slot van rekening op het ogenblik nogal druk.'

'Hoelang?' drong Gabriel aan.

'Een paar dagen, misschien een week.'

Gabriel zette het geluid van de liveverbinding met Jihans telefoon nog iets harder. Ze was haar tas aan het inpakken en wenste Herr Weber vervolgens een prettige avond.

'We kunnen haar natuurlijk gewoon daar weghalen en het voor gezien houden,' zei Lavon.

'Dan hebben we ook geen geld.'

Lavon beet weer op de binnenkant van zijn wang. 'Wat gaan we doen?' vroeg hij uiteindelijk.

'We gaan zorgen dat haar niets overkomt.'

'Laten we hopen dat al-Siddiqi's vriendjes van de Moeghabarat het te druk hebben om zijn telefoontje aan te nemen.'

'Ja,' zei Gabriel. 'Laten we dat maar hopen.'

Het was een paar minuten over vijf, toen Jihan Bank Weber AG verliet. Ze stapte in de tram die al op de rotonde stond te wachten, en reed daarmee naar de andere kant van de Donau. Nadat ze in de Mozartstrasse was uitgestapt, liep ze door de rustige straten van de Innere Stadt, zachtjes in zichzelf neuriënd in een poging haar angst te onderdrukken. Het was een liedje dat de hele zomer op de radio te horen was geweest, het soort liedje dat Jihan als kind nooit had gehoord. In Barudi, in Hama, was geen muziek geweest, alleen de Koran.

Toen ze haar straat in liep, viel haar oog op de lange, slungelige man met een bleke huid en grijze ogen op het trottoir aan de overkant. Die had ze de afgelopen dagen al verschillende keren gezien. Om precies te zijn had hij die ochtend nog achter haar in de tram gezeten. De ochtend daarvoor was het de man met het pokdalige gezicht geweest die haar was gevolgd. En de dag daar weer voor een kleine, vierkante man die eruitzag alsof hij een metalen staaf met zijn handen kon buigen. Maar haar favoriet was de man die als Feliks Adler een bezoek aan de bank had gebracht. Hij was anders dan de anderen, dacht ze. Hij was een kunstenaar.

Ze haalde haar post uit de brievenbus, over de folders heen stappend die over de vloer verspreid lagen. Daarna liep ze de trap op naar haar appartement en ging naar binnen. De woonkamer zag er nog precies zo uit als ze hem had achtergelaten, en dat gold ook voor de keuken en de slaapkamer. Ze ging achter haar computer zitten, checkte Facebook en Twitter, en heel even wist ze zichzelf ervan te overtuigen dat het gesprek met Mr. al-Siddiqi een volkomen normaal gesprek op de werkvloer was geweest. Toen sloeg de angst weer toe en begonnen haar handen te trillen.

En wat nu als je vermoedt dat iemand iets verkeerds heeft gedaan, Jihan? Zou je hem dan pijn kunnen doen?

Ze pakte haar telefoon en toetste het nummer in van de vrouw die zij kende als Ingrid Roth. 'Ik heb niet zo'n zin om alleen te zijn. Kan ik naar jou toe komen?'

'Misschien beter van niet.'

'Is er een probleem?'

'Ik ben gewoon aan het werk.'

'Is alles in orde?'

'Ja hoor.'

'Weet je dat zeker, Ingrid?'

'Ik weet het zeker.'

De verbinding werd verbroken. Jihan legde de telefoon naast de computer en liep naar het raam. Heel even ving ze een glimp op van het gezicht van een man die van de overkant van de straat naar haar stond te kijken. Misschien werk jij wel voor Mr. al-Siddiqi, dacht ze, terwijl het gezicht alweer was verdwenen. Misschien ben ik al dood.

46

LUCHTHAVEN HEATHROW, LONDEN

De delegatie van het Duitse ministerie kwam als eerste aan. Dat vond Viktor Orlov wel passend, aangezien hij de Duitsers altijd als typische aanhangers van de expansiepolitiek had beschouwd. Er was iemand om ze snel de paspoortcontrole door te loodsen en naar de aankomsthal te brengen, waar een knappe jonge vrouw – Russisch, maar dat lag er niet al te dik bovenop – achter een balie stond met daarop EUROPEAN BUSINESS INITIATIVE. Ze streepte hun namen af en stuurde ze door naar de luxe bus die stond te wachten om hen naar het Dorchester Hotel te brengen, het officiële hotel van de conferentie. Slechts één lid van de delegatie, een kamerlid dat iets met handel deed, klaagde over de accommodatie. Voor de rest was het een prima begin.

Daarna kwamen de Nederlanders, gevolgd door de Fransen, de Italianen, de Spanjaarden, en de Noren, die eruitzagen alsof ze naar Londen waren gekomen voor een begrafenis. Ook het Duitse staal, de Duitse auto's en de Duitse huishoudelijke apparaten maakten hun opwachting. De meest flitsende entree kwam voor rekening van de delegatie van de Italiaanse mode-industrie, de onopvallendste voor die van de Zwitserse bankiers, die door niemand werden gezien. De Grieken stuurden één enkele onderminister met één enkele opdracht: geld vragen. Orlov noemde hem Minister Met de Pet Rond.

Nadat er ook nog een delegatie van Maersk, het Deense scheepvaart- en energieconcern was gearriveerd, landde met een middagvlucht van British Airways uit Wenen een man die Waleed al-Siddiqi heette, oorspronkelijk afkomstig uit Damascus, maar nu uit Linz, waar hij een aandeel had in een kleine particuliere bank. Vreemd genoeg was hij de enige die met bodyguards aankwam, afgezien dan van de Italiaanse premier, die niemand dood wilde.

Het meisje aan de balie had nog even moeite zijn naam op de lijst te vinden, omdat er geen 'al' voor stond. Een foutje, met opzet gemaakt, door het Bureau beschouwd als hét kenmerk van een goed geplande operatie.

Lichtelijk geïrriteerd liepen al-Siddiqi en zijn bodyguards naar buiten, waar een limousine op hen stond te wachten. De auto was afkomstig van MI6, net als de chauffeur. Een meter of vijftig achter de limousine stond een rode Vauxhall Astra. Nigel Whitcombe zat achter het stuur, Gabriel zat naast hem, met een oortje in. Dat oortje bleek, samen met de verborgen zender waarmee het was verbonden, volkomen nutteloos, aangezien Waleed al-Siddiqi zich de hele rit naar Londen in oorverdovend stilzwijgen hulde.

Voor de rest was het een prima begin, dacht Gabriel.

Ze volgden hem naar het Dorchester, waarna Whitcombe Gabriel afzette bij een niet-zo-safe safehouse van het Bureau aan Bayswater Road. In de woonkamer, met uitzicht op Lancaster Gate en Hyde Park, zette Gabriel zijn bescheiden commandopost op. Hij had een beveiligde telefoon en twee laptops, de een verbonden met het netwerk van MI6, de ander met het team in Linz. Via de verbinding met MI6 kreeg hij de gegevens van de zender binnen die in de hotelkamer van al-Siddiqi was geplaatst; de opnames van Jihans telefoon kwamen via de andere computer binnen. Op dat moment liep ze zacht neuriënd over de Mozartstrasse. Volgens het begeleidende bewakingsschema liep Mikhail Abramov achter haar, en Yaakov Rossman op het trottoir aan de overkant. Geen spoor van de tegenpartij. Geen spoor van problemen.

En zo bracht Gabriel een lange nacht door met het luisteren naar de levens van anderen, het lezen van surveillancerapporten, en het herbeleven van operaties uit het verleden. Hij ijsbeerde door de kamer, maakte zich druk over honderdeneen details, en dacht aan zijn vrouw en zijn ongeboren kinderen. En om twee uur, toen Jihan met een gekwelde kreet wakker werd, overwoog hij heel even haar te laten verdwijnen. Maar dat kon niet, nog niet. Hij wilde niet alleen het notitieboekje van Waleed al-Siddiqi, maar ook de inhoud van zijn computer. En daarvoor had hij het kind van Hama nodig.

Het begon al licht te worden in het oosten, toen hij op de bank ging liggen om te slapen. Drie uur later werd hij wakker van een reportage op Al Jazeera over de laatste gruwelijkheden in Syrië, gevolgd door het klotsen van water in de luxe jacuzzi van Waleed al-Siddiqi.

Om halfnegen verliet de bankier, vergezeld door zijn bodyguards, zijn kamer om het rijk gevulde buffet van het Dorchester eer aan te doen. Terwijl hij de ochtendkranten las, doorzocht een team van MI6 zijn kamer om te kijken of hij heel misschien zijn notitieboekje was vergeten. Dat was niet het geval.

Om tien voor halftien kwam hij het hotel uit, zonder bodyguards, een blauw-gouden lint met daaraan een paar pasjes om zijn nek. Dit wist Gabriel, omdat twee minuten later een foto van MI6 op zijn scherm verscheen. Op de volgende foto gaf al-Siddiqi zijn naam door aan hetzelfde Russische meisje dat hem op de luchthaven had ontvangen. En op de foto daarna stapte hij in de luxe touringcar die hem naar de andere kant van Londen bracht, naar de ingang van Somerset House.

Daar werd hij vastgelegd door weer een andere MI6-man, terwijl hij de bus uit stapte en zwijgend langs een groepje verslaggevers liep. In zijn ogen stond arrogantie te lezen en misschien, dacht Gabriel, iets van misplaatste trots. Waleed al-Siddiqi leek de top van de Europese zakenwereld te hebben bereikt. Lang zou hij daar echter niet mogen bivakkeren, dacht Gabriel. En zijn val zou hard zijn.

Vervolgens zag Gabriel de bankier de met keien bestrate binnenplaats oversteken. Twee minuten daarna nam hij plaats in de luisterrijke conferentiezaal met het schitterend hoge plafond en een prachtig uitzicht op de Theems. Links van hem, gekleed in verschillende tinten grijs, zat Martin Landesmann, de Zwitserse private-equity-miljardair. Ze begroetten elkaar – zoals Gabriel via een verborgen zender kon horen – gereserveerd maar vriendelijk. Daarna raakte Landesmann al snel in gesprek met een van de directeuren van Maersk, en bladerde al-Siddiqi de stapel informatie even door die voor hem was klaargelegd, waarna hij verveeld een telefoontje pleegde, aan wie was niet duidelijk.

Het volgende wat Gabriel hoorde, was een luid gehamer, alsof iemand spijkers in een doodkist stond te slaan. Het was Viktor Orlov die het European Business Initiative met zijn hamer tot stilte maande.

Op dit soort momenten was Gabriel altijd blij dat hij was geboren in een kunstzinnig gezin, in plaats van in een zakenfamilie. De daaropvolgende vier uur was hij gedwongen te luisteren naar een slaapverwekkende discussie over Europees consumentenvertrouwen, winstmarges vóór belasting, genormaliseerde waarde, schuld-inkomen-ratio, Eurobonds, Eurodollarbonds, en Euro-equity-emissies. Hij was blij toen het middagpauze was. Die besteedde hij aan het luisteren naar Jihan en Dina, die op de Hauptplatz zaten te lunchen, onder het toeziend oog van Oded en Eli Lavon.

De middagsessie van de conferentie begon om twee uur en werd onmiddellijk gekaapt door Martin Landesmann, die een gloedvol betoog hield over de opwarming van de aarde en fossiele brandstoffen, waarbij door de mannen van Maersk hevig met ogen werd gerold en met hoofden werd geschud. Om vier uur werd een haastig opgestelde lijst met aanbevelingen met unanieme stemmen aangenomen, net als het voorstel het jaar daarop nogmaals in Londen samen te komen. Na afloop verklaarde Viktor Orlov buiten tegen de pers dat de conferentie een doorslaand succes was geweest.

In het safehouse onthield Gabriel zich van commentaar.

Iedereen keerde terug naar het Dorchester om een beetje bij te komen. Al-Siddiqi pleegde twee telefoontjes vanuit zijn kamer, een naar zijn vrouw, en de ander naar Jihan. Daarna stapte hij weer in de bus voor een diner in de Turbine Hall van het Tate Modern.

Hij zat tussen twee Zwitserse bankiers, die steen en been klaagden over nieuwe Europese bankvoorschriften die een bedreiging vormden voor hun businessmodel. Al-Siddiqi gaf de Amerikanen de schuld. Binnensmonds voegde hij er iets aan toe over Joden, waarom de Zwitsers hard moesten gniffelen. 'Hoor eens, Waleed,' zei een van de magnaten, 'je moet de volgende keer dat je in Zürich bent echt bij ons langskomen. Ik weet zeker dat we iets voor jou en je cliënten kunnen betekenen.' Aangezien de Zwitsers de volgende ochtend vroeg een afspraak hadden, vertrokken ze al voor het dessert.

Al-Siddiqi praatte nog even met een man van Lloyds over het risico van zakendoen met Russen en hield het toen ook voor gezien. Hij sliep die nacht goed, net als Gabriel, en samen werden ze de volgende ochtend wakker met het nieuws dat Syrische regeringstroepen een belangrijke overwinning op de rebellen hadden behaald in Homs.

Terwijl al-Siddiqi in alle luxe een bad nam en ontbeet, nam Gabriel een snelle douche en dronk een kop sterke oploskoffie. Daarna ging hij naar beneden en stapte in een gereedstaande Vauxhall Astra.

Achter het stuur, gekleed in het blauwe uniform van een luchthavenbeveiliger, zat Nigel Whitcombe. Hij voegde in in het ochtendverkeer en zette koers naar Heathrow.

Het regende zacht, toen Waleed al-Siddiqi om twee minuten over halfnegen door de monumentale ingang van het Dorchester Hotel naar buiten kwam, geflankeerd door zijn bodyguards. Zijn MI6-limousine stond al op de oprit te wachten, samen met zijn MI6-chauffeur, die naast de open kofferbak stond, zacht balancerend op de bal van zijn voet, zijn armen op zijn rug. 'Mr. Siddiqi,' riep hij, expres het lidwoord weglatend. 'Laat me u helpen, heren.' En dat deed hij. Hij zette de bagage in de koffer, en de eigenaren daarvan in de auto: een bodyguard voorin, de ander op de achterbank op de plaats achter de chauffeur, en 'Mr. Siddiqi' achter de bijrijdersstoel. Om vier minuten over halfnegen reed de auto Park Lane op. OBJECT ONDERWEG was de boodschap die op het communicatienetwerk van MI6 verscheen. FOTO'S OP AANVRAAG.

De rit naar Heathrow duurde drie kwartier en verliep extra soepel doordat de limo van al-Siddiqi in alle stilte door nog vijf andere MI6-auto's werd geëscorteerd. Zijn vlucht, British Airways 700 naar Wenen, vertrok van Terminal 3. De chauffeur haalde de bagage uit de kofferbak, wenste zijn klant een goede reis, en kreeg slechts een uitdrukkingsloze blik terug.

Aangezien de Syrische bankier eersteklas vloog, kostte het inchecken maar tien minuten. Het meisje achter de balie omcirkelde het gatenummer op zijn instapkaart en wees hem waar hij de beveiliging door moest. 'U hebt geluk, Mr. al-Siddiqi. De rijen vallen mee vanochtend.'

Of Waleed al-Siddiqi ook vond dat hij geluk had, viel onmogelijk te zeggen. Het gezicht waarmee hij de glanzende hal vol schermen door liep, was dat van een man die met gewichtiger zaken worstelde. Met zijn bodyguards in zijn kielzog bood hij zijn paspoort en vluchtdocumenten nogmaals ter controle aan, waarna hij in de kortste van de drie rijen ging staan. Ervaren reiziger als hij was, trok hij rustig de kledingstukken uit die uit moesten en haalde hij alle apparatuur en vloeistoffen uit zijn koffertje en handbagage. Op sokken en in hemdsmouwen keek hij toe terwijl de band zijn bezittingen de buik van het röntgenapparaat in trok. Zodra hij daartoe instructies kreeg, stapte hij de lichaamsscanner in, lusteloos zijn armen omhoogstekend alsof hij zich overgaf na een langdurige belegering.

Aangezien er niets gevaarlijks of verbodens op hem werd aangetroffen, mocht hij naar het eind van de band lopen om zijn spullen op te halen. Voor hem stond een jong, welvarend uitziend Amerikaans stel, dat haastig hun spullen uit de bakjes viste, en het volgende moment was verdwenen. Met een superieure frons in zijn voorhoofd deed Waleed al-Siddiqi een stap naar voren. Afwezig klopte hij op de voorkant van zijn overhemd. Vervolgens keek hij naar de stilstaande band en wachtte.

Dertig lange seconden lang keken drie beveiligingsmensen met een moeilijk gezicht naar het scherm van het röntgenapparaat, alsof ze bang waren dat de patiënt niet lang meer te leven had. Uiteindelijk liep een van de mannen met het plastic bakje in zijn hand naar al-Siddiqi toe. Op zijn naamplaatje stond CHARLES DAVIES. Zijn echte naam was Nigel Whitcombe. 'Zijn dit uw spullen?' vroeg Whitcombe.

'Inderdaad,' antwoordde al-Siddiqi kortaf.

'We moeten nog even een extra screening doen. Het duurt niet lang,' voegde Whitcombe er vriendelijk aan toe. 'U kunt zo weer verder.'

'Mag ik misschien mijn jasje alvast?'

'Het spijt me.' Whitcombe schudde zijn hoofd. 'Is er een probleem?'

'Nee,' zei Waleed al-Siddiqi, zich tot een glimlach dwingend. 'Geen enkel probleem.'

Whitcombe liet de bankier en zijn bodyguards in de wachtruimte plaatsnemen. Toen verdween hij met het plastic bakje achter een afscheiding, en zette het op een tafel, naast al-Siddiqi's koffertje en tas. Het leren notitieboekje zat in het linkerborstzakje van zijn jasje, precies zoals Jihan Nawaz had gezegd. Snel gaf Whitcombe het aan een jonge MI6-medewerker, Clarissa genaamd, die ermee naar een deur liep die automatisch voor haar openging.

Aan de andere kant van de deur was een kleine ruimte met kale, witte muren, waar twee mannen zaten. Een daarvan was haar chef. De ander was een man met heldergroene ogen en grijzende slapen, over wiens heldendaden ze in de kranten had gelezen. Iets maakte dat ze het notitieboekje aan de man met de groene ogen gaf, in plaats van aan haar chef.

Zwijgend nam hij het van haar aan, sloeg het open op de eerste pagina, en legde het onder de lens van een documentcamera met een hoge resolutie. Toen drukte hij zijn oog tegen de zoeker en maakte de eerste foto.

'Sla de pagina om,' zei hij kalm, en zodra de chef van MI6 dat deed, nam hij weer een foto.

'Nog een, Graham.'

Klik...

'De volgende.'

Klik...

'Sneller, Graham.'

Klik.

'Nog een.'

Klik...

47

LINZ, OOSTENRIJK

HET BERICHT VERSCHEEN OM HALFELF Oostenrijkse tijd op het scherm van Jihans mobiele telefoon: IK BEN VRIJ VOOR DE LUNCH. ZIN IN FRANZESCO? De boodschap was onschuldig genoeg. De keuze van het restaurant echter niet. Dat was een vooraf afgesproken signaal. Een paar seconden lang had Jihan het gevoel geen adem meer te kunnen halen. Het leek of Hama haar hart in zijn greep had. Het kostte een paar pogingen het antwoord foutloos te typen: WEET JE HET ZEKER? Het antwoord kwam met de snelheid van een pistoolschot: ABSOLUUT! KAN NIET WACHTEN.

Met trillende hand legde Jihan haar mobiel op het bureau en pakte de hoorn van de vaste kantoortelefoon. Verschillende nummers zaten onder de snelkeuzetoetsen, waaronder het nummer van MR. AL-SIDDIQI MOBIEL. Nog een laatste keer oefende ze haar tekst. Toen drukte ze de toets in. Er werd niet opgenomen, en heel even voelde Jihan zich opgelucht. Ze hing op zonder een boodschap achter te laten. Vervolgens haalde ze nog eens diep adem, en drukte nogmaals de toets in.

Dat Waleed al-Siddiqi de eerste keer niet opnam, kwam doordat zijn mobiele telefoon op dat moment nog in handen was van een beveiligingsman van Heathrow, Charles Davies genaamd, ook wel bekend als Nigel Whitcombe. Toen Jihan voor de tweede keer belde, had hij zijn telefoon net terug, maar had hij even geen tijd om op te nemen. Hij moest eerst controleren of zijn leren notitieboekje nog in het linkerborstzakje van zijn jasje zat, en dat was zo. Bij Jihans derde poging was hij inmiddels bij de taxfree-winkels en niet meer te genieten. Met niet meer dan een grauw nam hij op.

'Mr. al-Siddiqi,' riep Jihan uit, alsof ze dolblij was zijn stem te horen.

'Wat fijn dat ik u nog te pakken heb gekregen voordat u het vliegtuig in gaat. Ik ben bang dat we een probleempje op de Kaaimaneilanden hebben. Hebt u even?'

Het probleem, zei ze, waren de notarieel bekrachtigde oprichtingsdocumenten van een bedrijf dat LXR Investments of Luxembourg heette.

'Wat is daarmee?' vroeg al-Siddiqi.

'Die zijn weg.'

'Waar heb je het over?'

'Ik ben net gebeld door Dennis Cahill van de Trade Winds Bank in Georgetown.'

'Die naam ken ik, ja.'

'Mr. Cahill zegt dat hij de registratiedocumenten van het bedrijf niet kan vinden.'

'Ik weet toevallig dat mijn vertegenwoordiger hem die documenten persoonlijk heeft overhandigd.'

'Dat spreekt Mr. Cahill ook niet tegen.'

'Wat is het probleem dan?'

'Ik kreeg de indruk dat ze per ongeluk in de versnipperaar zijn beland,' zei Jihan. 'Hij vroeg of we een nieuw setje konden sturen.'

'Hoe snel?'

'Onmiddellijk.'

'Vanwaar die haast?'

'Het schijnt iets met de Amerikanen te maken te hebben. Hij is niet in detail getreden.'

Binnensmonds mompelde al-Siddiqi een oude Syrische verwensing over ezels en verre familieleden.

Jihan glimlachte. Die enkele keer dat haar moeder haar zelfbeheersing was verloren, had ze dezelfde uitdrukking gebruikt.

'Ik geloof dat ik kopieën van die documenten in mijn computer heb,' zei hij na een tijdje. 'Dat weet ik wel zeker, ja.'

'Wat wilt u dat ik doe, Mr. al-Siddiqi?'

'Ik wil dat je ze naar die idioot van de Trade Winds Bank stuurt, natuurlijk.'

'Is het goed als ik u terugbel met mijn mobiel? Dat is misschien makkelijker.'

'Snel dan, Jihan. Ik moet eigenlijk al boarden.'

Ja, dacht ze, terwijl ze ophing. Laten we het snel doen.

Ze deed de bovenste la van het bureau open en haalde er twee dingen uit: een zwartleren hoes en een externe harde schijf, ook zwart, zo'n acht bij twaalf centimeter. Ze hield de harde schijf onder de hoes, zodat die voor de beveiligingscamera's niet zichtbaar was. Met de beide dingen tegen haar borst geklemd kwam ze overeind, en liep naar de deur van het kantoor van Mr. al-Siddiqi. Onder het lopen toetste ze zijn nummer in.

Hij nam onmiddellijk op.

'Klaar,' zei ze.

'De code is acht, zeven, negen, vier, één, twee. Heb je dat?'

'Ja, Mr. al-Siddiqi. Een ogenblikje, alstublieft.'

Met de hand waarmee ze haar telefoon vasthield, toetste ze snel de zes cijfers in en drukte op ENTER. De klik waarmee de sloten opengingen, was aan de andere kant van de lijn hoorbaar.

'Ga naar binnen,' zei Mr. al-Siddiqi.

Jihan duwde de deur open. Duisternis kwam haar tegemoet. Ze deed niets om daarin verandering te brengen. 'Ik ben binnen,' zei ze.

'Zet de computer aan.'

Ze ging in zijn grote bureaustoel zitten. Die voelde warm aan, alsof hij er net uit was opgestaan. Het computerscherm stond links, het toetsenbord een paar centimeter ervoor, de computer zelf op de grond onder het bureau. Ze stak haar hand ernaar uit en deed zonder haperen wat ze al zo vaak had geoefend in het huis aan de Attersee… wat ze in het donker had geoefend, en terwijl de naamloze Duitser tegen haar stond te schreeuwen dat Mr. al-Siddiqi haar kwam vermoorden. Maar hij kwam haar niet vermoorden, hij was aan de andere kant van de telefoonlijn en vertelde haar kalm wat ze moest doen.

'Klaar?' vroeg hij.

'Nog niet, Mr. al-Siddiqi.'

Even bleef het stil. 'Nu, Jihan?'

'Ja, Mr. al-Siddiqi.'

'Zie je het inlogvakje?'

Ze zei dat ze dat zag.

'Ik ga je nog een getal van zes cijfers geven. Ben je er klaar voor?'

'Ik ben er klaar voor,' beaamde ze.

Hij noemde zes cijfers.

Daarmee kwam Jihan in het hoofdmenu van de verborgen wereld van Mr. al-Siddiqi. Toen ze weer iets zei, slaagde ze erin haar stem kalm, verveeld bijna, te laten klinken. 'Gelukt,' zei ze.

'Zie je mijn documentenbestand?'

'Ja, ik geloof het wel.'

'Klik erop, alsjeblieft.'

Dat deed ze. De computer vroeg nog een keer om een wachtwoord.

'Dat is hetzelfde als het vorige,' zei hij.

'Ik ben bang dat ik dat alweer ben vergeten, Mr. al-Siddiqi.'

Hij herhaalde de cijfers.

Nadat ze die had ingetypt, ging de map open. Ze zag de namen van tientallen bedrijven: investeringsbedrijven, holdingcompanies, projectontwikkelingsbedrijven, import-exportbedrijven. Sommige namen herkende ze, omdat ze daarvoor blindelings transacties had gedaan. De meeste waren haar echter niet bekend.

'Typ nu LXR Investments in het zoekvenster alsjeblieft.'

Dat deed ze. Er verschenen tien mappen.

'Open de map waarbij registratie staat.'

Ze probeerde het. 'Hij vraagt weer een wachtwoord.'

‘Probeer hetzelfde nog een keer.’

‘Kunt u dat dan alstublieft nog een keer herhalen?’

Dat deed hij.

Maar toen Jihan dat intypte, bleef de map dicht en er verscheen een boodschap over ongeautoriseerde toegang.

‘Wacht even, Jihan.’

Ze drukte de telefoon stevig tegen haar oor en hoorde de laatste boardingsoproep voor de vlucht naar Wenen en het geritsel van papier.

‘Ik zal je nog een ander getal geven,’ zei al-Siddiqi toen.

‘Ik ben er klaar voor,’ zei ze.

Hij noemde zes nieuwe cijfers op.

Ze typte ze in en zei: ‘Ik ben binnen.’

‘Zie je het pdf-bestand met de oprichtingsstukken?’

‘Ja.’

‘Mail dat in een bijlage aan die idioot bij Trade Winds. Maar wil je me een lol doen?’ voegde hij er haastig aan toe.

‘Natuurlijk, Mr. al-Siddiqi.’

‘Stuur het vanaf jouw account.’

‘Doe ik.’

Ze deed het document als bijlage bij een lege e-mail, typte haar eigen adres in en klikte op SEND. ‘Weg,’ zei ze.

‘Ik moet nu ophangen.’

‘Een goede vlucht.’

Hij had al opgehangen. Jihan legde haar telefoon op het bureau van al-Siddiqi naast het toetsenbord en liep het kantoor uit. De deur viel automatisch achter haar in het slot. Kalm keerde ze terug naar haar bureau, zes cijfers echoënd door haar hoofd: acht, zeven, negen, vier, één, twee…

Achter een onopvallende deur ver weggestopt in Terminal 3 van Heathrow zat Gabriel naar een geopende laptop te staren, Graham Seymour naast zich. In zijn hand had hij een flashdrive met daarop de inhoud van al-Siddiqi's notitieboekje, en op het computerscherm had hij live videoverbinding met de bank in Linz, met dank aan Yossi Gavish, die daar voor de deur in een geparkeerde auto zat. De beelden toonden geen spoor van de vijand, geen spoor van problemen. Naast de beelden was een klok zichtbaar, die aftelde: 8:27, 8:26, 8:25, 8:24... De tijd die nog nodig was voor het downloaden van de gegevens uit de computer van al-Siddiqi.

'Wat nu?' vroeg Seymour.

'Wachten tot alle cijfers op 0 staan.'

'En dan?'

'Dan bedenkt Jihan dat ze haar telefoon op het bureau van Mr. al-Siddiqi heeft laten liggen.'

'Laten we hopen dat al-Siddiqi de toegangscode van de deur van zijn kantoor niet op afstand kan wijzigen.'

Gabriel keek naar de klok: 8:06, 8:05, 8:04...

Zeven minuten later begon Jihan Nawaz naar haar telefoon te zoeken. Het was een schijnvertoning, een leugen, opgevoerd met het oog op de camera's van Mr. al-Siddiqi, en misschien ook wel op haar eigen zenuwen. Ze zocht op haar bureau, in de laden, op de vloer, in de prullenbak. Ze zocht zelfs op het toilet en in de koffiekamer, al wist ze bijna zeker dat ze daar niet was geweest sinds ze haar telefoon het laatst had gebruikt. Uiteindelijk toetste ze haar eigen nummer in op de vaste telefoon op haar bureau, en hoorde haar mobiel overgaan aan de andere kant van de deur van Mr. al-Siddiqi's kantoor. Ze mompelde een verwensing, nog steeds bestemd voor de camera's van Mr. al-Siddiqi, en belde hem op zijn mobiele telefoon om hem toestemming te vragen zijn kantoor binnen te gaan. Er werd niet opgenomen. Ze belde nog een keer, met hetzelfde resultaat.

Ze legde de hoorn weer op de haak. Mr. al-Siddiqi zou het vast niet erg vinden, dacht ze, als ze zijn kantoor in zou gaan om haar telefoon te pakken. Per slot van rekening had hij haar net al toegang gegeven tot zijn persoonlijke bestanden. Ze keek op haar horloge en zag dat er tien minuten waren verstreken. Weer pakte ze een zwartleren hoes en kwam overeind. Ze dwong zich zonder haast naar de deur te lopen. Haar hand voelde als verdoofd aan toen ze de zes cijfers intoetste: acht, zeven, negen, vier, één, twee... Onmiddellijk sprong het slot met een scherpe klik open. Ze stelde zich voor dat dit de klik was van de slagpin van het pistool waarmee de dodelijke kogel in haar hoofd werd geschoten. Ze duwde de deur open en liep naar binnen, zacht in zichzelf neuriënd in een poging haar angst te onderdrukken.

Het duister was ondoordringbaar, volledig. Ze liep naar het bureau en legde haar rechterhand op haar mobiele telefoon. Vervolgens legde ze met haar linkerhand onder het bureau de leren hoes op de identieke hoes die ze daar tien minuten eerder had achtergelaten, de hoes die de externe harde schijf aan het oog van Mr. al-Siddiqi's camera's onttrok. Met een snelle, geoefende beweging trok ze de harde schijf uit de USB-poort en drukte de drie voorwerpen – de harde schijf en de twee identieke leren hoezen – tegen haar borst. Toen liep ze weer naar buiten en deed de deur achter zich dicht. Weer klonk de klik als een pistoolschot. Terwijl ze terugliep naar haar bureau, speelden er opnieuw cijfers door haar hoofd. Die stonden voor het aantal dagen, het aantal uren dat ze nog te leven had.

Om één uur die middag zei Jihan tegen Herr Weber dat ze ging lunchen. Ze pakte haar tas en zette haar grote filmsterrenzonnebril op. Met nog een knikje naar Sabrina, de receptioniste, liep ze de straat op. Op de rotonde stond al een tram te wachten. Snel stapte ze in, een paar seconden later gevolgd door de lange met de bleke huid en de grijze ogen. Hij ging dichter bij Jihan zitten dan normaal, alsof hij probeerde haar gerust te stellen. En toen ze op de Mozartstrasse uitstapte, stond de man met het pokdalige gezicht al te wachten om haar naar Franzesco te begeleiden.

De vrouw die ze kende als Ingrid Roth zat aan een tafeltje in de zon D.H. Lawrence te lezen. Toen Jihan tegenover haar plaatsnam, liet ze het boek zakken en glimlachte. 'Hoe was je ochtend?' vroeg ze.

'Productief.'

'Zit het in je tas?'

Jihan knikte.

'Zullen we bestellen?'

'Ik kan geen hap door mijn keel krijgen.'

'Eet iets, Jihan. En glimlach,' voegde ze eraan toe. 'Het is belangrijk dat je glimlacht.'

Vlucht 316 van El AL vertrekt iedere middag om tien voor halfdrie vanaf Terminal 1 van Heathrow. Net op tijd ging Gabriel aan boord, legde zijn bagage in de daarvoor bestemde ruimte, en nam plaats in zijn stoel in de eersteklas. De stoel naast hem was nog leeg. Even later liet Chiara zich daarin zakken.

'Hé, jij ook hier?' zei ze.

'Hoe heb je dit voor elkaar gekregen?'

'Vrienden op de juiste plaatsen.' Ze glimlachte. 'Hoe is het gegaan?'

Zwijgend hield hij de flashdrive omhoog.

'En Jihan?'

Hij knikte.

'Hoelang hebben we om het geld te vinden?'

'Niet lang,' zei hij.

48

KING SAUL BOULEVARD, TEL AVIV

De afdeling die in kamer 414c van King Saul Boulevard zat te zwoegen, had geen officiële naam, omdat de afdeling officieel niet bestond. Degenen die van het bestaan ervan op de hoogte waren, verwezen naar de mensen die er werkten als de Minyan, omdat ze met zijn tienen waren, en allemaal van het mannelijk geslacht. Ze wisten weinig van puur spionagewerk of speciale gevechtsoperaties, al hadden ze daaraan wel heel wat termen ontleend. Ze drongen netwerken binnen via de achterdeur, of met bruut geweld. Daarbij maakten ze gebruik van Trojaanse paarden, tijdbommen en criminele hackers. Met het aanslaan van slechts een paar toetsen konden ze een stad in het donker zetten, een luchtverkeersleidingsnetwerk misleiden, of de centrifuges van een Iraanse nucleaire verrijkingsinstallatie op hol laten slaan. Kort gezegd waren ze in staat de machines tegen hun eigenaars op te zetten. Persoonlijk omschreef Uzi Navot de Minyan als tien goede redenen voor een weldenkend mens om nooit een computer of mobiele telefoon te gebruiken.

Ze zaten allemaal klaar voor hun scherm, een zootje ongeregeld in spijkerbroeken en sweatshirts, toen Gabriel op King Saul Boulevard terugkeerde met de inhoud van Waleed al-Siddiqi's notitieboekje en computer. Als eerste begonnen ze te spitten bij de Trade Winds Bank op de Kaaimaneilanden, een instelling die ze al verschillende keren eerder hadden bezocht. Daar deden ze de eerste belangrijke ontdekking: de nummers van de twee onlangs geopende rekeningen voor LXR Investments kwamen niet overeen met de rekeningnummers die al-Siddiqi in zijn notitieboekje had geschreven. Hij had een niet bepaald geraffineerde code gebruikt, het verwisselen van cijfers, die ze al snel hadden gekraakt. Blijkbaar was hij nogal dol op Trade Winds, want hij had er nog tien andere rekeningen geopend op naam van diverse niet-bestaande bedrijven. Alles bij elkaar stond er op de kleine bank op de Kaaimaneilanden meer dan driehonderd miljoen aan vermogen van Evil Incorporated.

Uit de gegevens uit het notitieboekje en de computer bleek dat er nóg vijf banken op de Kaaimaneilanden waren met rekeningen van LXR Investments of andere nepbedrijven. Daarmee kwam het totaal op één buitenlandse banklocatie alleen al op één komma twee miljard dollar. En dat was nog maar het begin.

Ze werkten geografisch, systematisch, en voortdurend op de vingers gekeken door Gabriel. Van de Kaaimaneilanden gingen ze naar het noorden, naar Bermuda, waar nog drie banken meer dan zeshonderd miljoen beheerden. Na een bliksembezoek aan de Bahama's gingen ze naar Panama, waar ze nog een half miljard wisten op te diepen, weggestopt op veertien rekeningen die in al-Siddiqi's opschrijfboekje stonden. Hun reis over het westelijk halfrond kwam ten einde in Buenos Aires, de stad van schurken en oorlogsmisdadigers, waar ze nog eens vierhonderd miljoen ontdekten, op een tiental rekeningen. Nergens haalden ze ook maar een cent weg. Het enige wat ze deden was de valluiken en onzichtbare codes installeren, waarmee ze, op het moment dat zij dat wilden, de grootste bankroof van de geschiedenis zouden kunnen plegen.

Maar het geld was niet Gabriels enige zorg. En dus ging hij, terwijl de hackers hun zoektocht uitbreidden naar de banken van Hong Kong, naar zijn lege hol om de laatste berichten uit Linz te bekijken. Het liep tegen het eind van de ochtend in Oberösterreich. Jihan zat aan haar bureau, Waleed al-Siddiqi was in rap tempo iets aan het intypen op zijn computer. Dat wist Gabriel, omdat hij op Heathrow niet alleen de pagina's van al-Siddiqi's geheime notitieboekje had gefotografeerd. Hij had ook met zijn mobiele telefoon geknoeid, zodat die nu, net als die van Jihan, fulltime als zender fungeerde. Bovendien kon het team alle e-mail- en sms-berichten van al-Siddiqi lezen, en foto- en video-opnames maken met de camera van de telefoon wanneer ze maar wilden. Waleed al-Siddiqi, bankier van de heersende familie van Syrië, was nu van het Bureau. Ze hadden hem in hun zak.

Toen Gabriel weer bij de hackers naar binnen liep, had hij zijn oude houten schrijfbord bij zich. De cyberspionnen vonden het maar een merkwaardig ding. Sterker nog, de meesten van hen hadden nog nooit zoiets gezien. Gabriel schreef er de totale waarde van de tot dan toe ontdekte en bewerkte rekeningen op: twee komma negen miljard dollar. En toen de hackers klaar waren met hun werk in Hong Kong, veranderde hij dat in drie komma zes miljard. Dubai bracht het op vier komma zeven miljard, Amman en Beiroet verhoogden het naar vijf komma vier miljard. Liechtenstein en Frankrijk voegden nog achthonderd miljoen dollar toe, en het was natuurlijk geen verrassing dat de banken van Zwitserland nog zo'n slordige twee miljard bijdroegen, waardoor het totaal op acht komma twee miljard dollar kwam. Op banken in Londen stond nog eens zeshonderd miljoen pond. Ook daar installeerden de hackers, daartoe geïnstrueerd door Gabriel, hun valluiken en onzichtbare codes, voor het onwaarschijnlijke geval dat Graham Seymour zijn belofte dat geld te bevriezen niet zou nakomen.

Tegen die tijd waren er dertig uur verstreken, dertig uur waarin Gabriel en de hackers niet hadden geslapen en alleen maar koffie hadden gedronken. In Oberösterreich was het nu eind van de middag. Jihan maakte zich klaar om naar huis te gaan, en Waleed al-Siddiqi liet zijn vingers alweer over het toetsenbord vliegen. Vermoeid uit zijn ogen kijkend gaf Gabriel de hackers nog opdracht een officiële knop te creëren, waarmee ze in één klap acht miljard dollar zouden kunnen laten verdwijnen. Toen ging hij naar boven, naar de directiesuite. Het licht boven de deur was groen.

Uzi Navot zat aan zijn bureau een dossier te lezen. 'Hoeveel?' vroeg hij.

Gabriel vertelde het hem.

'Als het minder dan acht miljard was geweest,' zei Navot op spottende toon, 'zou ik zelf wel toestemming hebben gegeven. Maar onder deze omstandigheden wil ik graag even met de premier onder vier ogen praten, voordat iemand ook maar een vinger naar die knop uitsteekt.'

'Helemaal mee eens.'

'Misschien kun jíj beter met de premier gaan praten. Per slot van rekening,' voegde Navot eraan toe, 'wordt het wel tijd dat jullie elkaar wat beter leren kennen.'

'Daarvoor hebben we nog alle tijd, Uzi.'

Navot deed het dossier dicht en staarde door de lamellen van zijn jaloezie naar de zee. 'Hoe gaan we te werk?' vroeg hij na een korte stilte. 'We pakken het geld, en dan pakken we het meisje?'

'Om precies te zijn,' zei Gabriel, 'ben ik van plan het geld en het meisje tegelijkertijd te laten verdwijnen.'

'Is ze er klaar voor?'

'Ze is er al een tijdje klaar voor.'

'Je wilt haar in rook laten opgaan? Is dat hoe je het wilt doen?'

Gabriel knikte. 'Geen bagage, geen boekingen, niets wat erop kan wijzen dat ze van plan was op reis te gaan. We brengen haar met de auto naar Duitsland, en dan vanuit München naar Israël.'

'Aan wie de weinig benijdenswaardige taak haar te vertellen dat ze voor ons heeft gewerkt?'

'Dat had ik gehoopt zelf te kunnen doen.'

'Maar?'

'Ik ben bang dat Jihans goede vriendin Ingrid Roth dat van me zal moeten overnemen.'

'Je wilt dat geld vanavond binnenhalen?'

Gabriel knikte.

'Dan kan ik maar beter met de premier gaan praten.'

'Dat lijkt me ook, ja.'

Langzaam schudde Navot zijn hoofd. 'Acht miljard dollar,' zei hij na een tijdje. 'Dat is heel veel geld.'

'En ik ben ervan overtuigd dat er nog méér is.'

'Acht miljard is meer dan genoeg,' zei Navot. ' Wie weet? Misschien is het wel genoeg om die Caravaggio terug te kopen.'

Gabriel reageerde niet.

'Wie gaat er op die knop drukken?' vroeg Navot.

'Dat is een taak voor de chef, Uzi.'

'Dat zou niet juist zijn.'

'Waarom niet?'

'Omdat het van begin tot eind jouw operatie was.'

'Wat dacht je van een compromis-kandidaat?'

'Wie had je in gedachten?'

' 's Lands grootste deskundige op het gebied van Syrië en de Ba'ath-partij.'

'Dat zou ze vast leuk vinden.' Navot keek weer uit het raam. 'Ik wilde maar dat jíj Jihan zou kunnen vertellen dat ze voor ons heeft gewerkt.'

'Ik ook, Uzi. Maar daar hebben we de tijd niet voor.'

'Wat nu als ze niet in dat vliegtuig stapt?'

'Dat doet ze wel.'

'Hoe kun je daarvan zo zeker zijn?'

'Ze heeft geen enkele keus.'

'Ik zou Waleed al-Siddiqi ook graag in een vliegtuig zetten,' zei Navot. 'Bij voorkeur in een houten kist.'

'Iets zegt me dat Evil Incorporated wel voor ons met Waleed afrekent, wanneer ze erachter komen dat er acht miljard van hun geld is verdwenen.'

'Hoelang denk je dat hij nog te leven heeft?'

Gabriel keek op zijn horloge.

Het duurde niet lang voordat binnen het hechte Israëlische veiligheids- en verdedigingsnetwerk het gerucht ging dat er iets bijzonder groots te gebeuren stond. De niet-ingewijden konden er alleen maar naar raden wat dat zou zijn. De ingewijden konden alleen maar verwonderd hun hoofd schudden. Het was, zo zeiden ze, een kunststuk van Shamroniaanse proporties, misschien wel grootser dan alles wat hij ooit had gedaan. Het werd echt tijd de arme Uzi uit zijn lijden te verlossen, en de wisseling van de wacht op King Saul Boulevard te laten plaatsvinden waar iedereen naar uitkeek.

Als Navot zich al van dit gepraat bewust was, liet hij dat in ieder geval niet merken tijdens zijn gesprek met de premier. Hij was kordaat, dwong respect af, en vertelde heel nuchter over wat de gevolgen zouden kunnen zijn als ze acht miljard dollar in rook zouden laten opgaan. Het was een stoutmoedige actie, zei hij, die ongetwijfeld aanleiding zou kunnen geven tot represailles, mocht ooit bekend worden wie er achter de operatie zat. Hij adviseerde de premier de Israëlische troepen aan de noordgrenzen in verhoogde staat van paraatheid te brengen en de beveiliging van Israëlische ambassades overal ter wereld te verhogen, vooral in de steden waar Hezbollah en de Syrische geheime dienst het actiefst waren. De premier stemde met allebei de maatregelen in. Ook gaf hij opdracht tot het verhogen van de beveiliging van alle essentiële Israëlische computer- en communicatienetwerken. Toen, met een simpel knikje, gaf hij zijn uiteindelijke goedkeuring.

'Zou u degene willen zijn die op de knop drukt?' vroeg Navot.

'Heel verleidelijk,' antwoordde de premier met een glimlach, 'maar waarschijnlijk niet zo verstandig.'

Tegen de tijd dat Navot op King Saul Boulevard terugkeerde, had Gabriel zijn team de laatste instructies gegeven. Het plan was het geld binnen te halen wanneer het in Linz negen uur 's avonds was, en in Tel Aviv tien uur. Zodra het geld zijn bestemming had bereikt, wat naar verwachting niet meer dan vijf minuten zou duren, zou hij Dina en Christopher Keller berichten dat ze Jihan moesten meenemen. De afdelingen Huishoudelijke dienst en Transport zouden in alle stilte de rotzooi opruimen.

Tegen negen uur Tel Aviv-tijd konden ze alleen nog maar wachten. Dat laatste uur bracht Gabriel in kamer 414C door, waar hij zich door de hackers voor de zoveelste keer liet uitleggen hoe acht miljard dollar van tientallen rekeningen van over de hele wereld naar één rekening van de Israel Discount Bank Ltd. zou gaan, zonder ook maar een enkel digitaal spoortje achter te laten. En voor de zoveelste keer deed hij alsof hij snapte wat ze hem vertelden, terwijl hij zich in werkelijkheid afvroeg hoe zoiets in vredesnaam mogelijk was. Hij begreep de taal die de hackers spraken niet, en wilde die ook niet per se begrijpen. Hij was alleen maar blij dat ze aan zijn kant stonden.

Wat er in kamer 414C werd gedaan lag zo gevoelig, dat zelfs de directeur van het Bureau de cijfercode van de deur niet kende. En dus moest Uzi Navot kloppen om te worden binnengelaten. Samen met Bella en Chiara betrad hij de ruimte om tien voor tien, waarna hij dezelfde briefing kreeg als Gabriel een paar minuten eerder. In tegenstelling tot Gabriel, die zichzelf als een man van de zestiende eeuw beschouwde, wist Navot wel degelijk hoe computers en internet functioneerden. Hij stelde verschillende vragen die blijk gaven van inzicht in de materie, vroeg nog een laatste keer naar de garantie alles te kunnen ontkennen, en gaf toen officieel het bevel het geld te confisqueren.

Bella ging achter dé computer zitten en wachtte totdat Gabriel zou zeggen dat ze op de knop moest drukken. Het was vijf voor tien in Tel Aviv, vijf voor negen in Linz.

Jihan Nawaz was alleen in haar appartement, zacht in zichzelf neuriënd in een poging haar angst te onderdrukken. Twee minuten later, om drie minuten voor negen, werd ze gebeld door Waleed al-Siddiqi. Het gesprek dat volgde, duurde tien minuten. Nog voordat het was afgelopen, blies Gabriel de zaak af. Niemand zou op een knop gaan drukken, zei hij. Niet vanavond.

49

DE ATTERSEE, OOSTENRIJK

Later die avond brak er een nieuwe burgeroorlog uit in het Midden-Oosten. Kleiner van omvang dan de andere, en gelukkig zonder bommen en bloedvergieten, aangezien dit een oorlog van woorden was, uitgevochten tussen mensen van hetzelfde geloof, kinderen van dezelfde God. De partijen stonden echter wel lijnrecht tegenover elkaar. De een wilde incasseren nu ze nog met geld van het huis speelden. De ander wilde nog één keer met de dobbelsteen gooien, om nog iets meer over Evil Incorporated te weten te komen. De leider van deze laatste partij was Gabriel Allon, de toekomstige chef van de Israëlische geheime dienst, al had hij geen idee wat het zou opleveren. En dus ging hij, na een discussie die bijna de hele nacht had geduurd, aan boord van vlucht 353 van El Al naar München en bevond hij zich aan het begin van de middag weer in de zitkamer van het safehouse aan de Attersee, in de gedaante van de naamloze belastingman uit Berlijn. Op de salontafel stond een geopende laptop, waaruit de stem van een Arabisch sprekende Waleed al-Siddiqi klonk. Hij zette het geluid maar een klein beetje zachter, toen Jihan en Dina binnenkwamen.

'Jihan,' riep hij uit, alsof hij haar nog niet had verwacht. 'Welkom thuis. Ik ben blij dat je er zo goed uitziet. Je hebt onze stoutste verwachtingen overtroffen. Echt. We kunnen je niet genoeg bedanken voor alles wat je hebt gedaan.' Hij had in het Duits gesproken, met zijn Berlijnse accent, een wezenloze glimlach op zijn gezicht, alsof hij een hoteleigenaar was die haar begroette.

Jihan keek naar Dina, en toen naar de laptop. 'Heb je me daarom weer mee hiernaartoe genomen?' vroeg ze uiteindelijk. 'Omdat jullie me wilden bedanken?'

'Nee,' was alles wat hij zei.

'Waarom ben ik hier dan wel?'

'Je bent hier,' zei hij, langzaam op haar af lopend, 'vanwege het telefoontje dat je gisteravond om drie minuten voor negen kreeg.' Hij hield zijn hoofd een beetje scheef en keek haar vragend aan. 'Je herinnert je dat telefoontje toch nog wel?'

'Hoe zou ik dat nu kunnen vergeten?'

'Daarover zijn we het dus eens.' Hij hield zijn hoofd nog steeds scheef, maar nu met zijn rechterhand nadenkend tegen zijn kin. 'De timing van dat telefoontje was op zijn zachtst gezegd opmerkelijk. Een paar minuten later, en je zou nooit hebben opgenomen.'

'Waarom niet?'

'Omdat je weg zou zijn geweest. Net als een groot deel van het geld,' voegde hij er haastig aan toe. 'Acht komma twee miljard dollar om precies te zijn. En dat allemaal dankzij jouw dappere werk.'

'Waarom hebben jullie het niet gepakt?'

'Het was heel verleidelijk,' antwoordde hij. 'Maar als we dat hadden gedaan, zouden we geen gebruik meer hebben kunnen maken van de gelegenheid die Mr. al-Siddiqi ons heeft geboden.'

'Gelegenheid?'

'Heb je geluisterd naar wat hij gisteravond allemaal tegen je zei?'

'Ik heb geprobeerd dat niet te doen.'

Gabriel leek oprecht verbijsterd door haar antwoord. 'Hoezo?'

'Omdat ik het geluid van zijn stem niet meer kan verdragen.' Na een korte stilte voegde ze eraan toe: 'Ik wil echt nooit meer naar binnen bij die bank. Laat dat geld alsjeblieft verdwijnen. En laat mij dan ook verdwijnen.'

'Laten we samen naar de opname van dat gesprek luisteren, oké? En als je er dan nog hetzelfde over denkt, vertrekken we vanmiddag nog met zijn allen uit Oostenrijk, om er nooit meer terug te komen.'

'Ik heb nog niets ingepakt.'

'Dat hoeft ook niet. Wij zorgen voor alles.'

'Waar willen jullie me mee naartoe nemen?'

'Naar een veilige plek. Een plek waar niemand je ooit zal vinden.'

'Waar?' vroeg ze nogmaals, maar Gabriel reageerde niet.

Hij ging achter de computer zitten en legde Waleed al-Siddiqi, met een klik van de muis, het zwijgen op. Vervolgens opende hij, met nog een klik, een geluidsbestand dat INTERCEPTIE 238 heette. Het was drie minuten voor negen de vorige avond. Jihan was alleen in haar appartement, zacht in zichzelf neuriënd in een poging haar angst te onderdrukken. En toen ging haar telefoon.

De telefoon ging vier keer over voordat ze opnam, en toen ze dat deed, klonk ze een tikje buiten adem. 'Hallo.'

'Jihan?'

'Mr. al-Siddiqi?'

'Het spijt me dat ik je zo laat bel. Komt het ongelegen?'

'Nee hoor, helemaal niet.'

'Is er iets?'

'Nee, hoezo?'

'Je klinkt alsof je ergens door van streek bent.'

'Ik moest gewoon rennen naar mijn telefoon, meer niet.'

'Weet je dat zeker? Weet je zeker dat er niets aan de hand is?'

Gabriel klikte op PAUZE. 'Maakt hij zich altijd zoveel zorgen om je welzijn?'

'Dat is iets nieuws.'

'Waarom liet je de telefoon zo vaak overgaan?'

'Omdat ik, toen ik zijn naam zag, niet wilde opnemen.'

'Was je bang?'

'Waar brengen jullie me naartoe?'

Gabriel klikte op PLAY.

'Het gaat prima met mij, Mr. al-Siddiqi. Wat kan ik voor u doen?'

'Ik wil iets belangrijks met je bespreken.'

'Natuurlijk, Mr. al-Siddiqi.'

'Zou ik misschien bij je appartement mogen langskomen?'

'Het is al laat.'

'Dat besef ik, ja.'

'Het spijt me, maar het komt echt niet zo goed uit. Kan het niet tot maandag wachten?'

Gabriel klikte op PAUZE. 'Ik moet zeggen dat ik bewondering heb voor je *tradecraft*. Je wist hem vrij gemakkelijk af te schepen.'

'*Tradecraft?*'

'Een vakterm uit de wereld van de geheime diensten.'

'Ik wist niet dat dit een operatie van de geheime dienst was. En met *tradecraft* had het niets te maken,' voegde ze eraan toe. 'Een soennitisch moslimmeisje uit Hama zou een getrouwde man nooit naar haar appartement laten komen zonder dat er iemand anders bij is, zelfs niet wanneer die getrouwde man toevallig haar werkgever is.'

Gabriel glimlachte en klikte op PLAY.

'Ik ben bang dat het niet tot maandag kan wachten. Ik wil dat je maandag ergens naartoe gaat voor me.'

'Waarnaartoe?'

'Genève.'

STOP.

'Heeft hij je ooit eerder gevraagd voor hem op reis te gaan?'

'Nooit.'

'Weet je wat er maandag nog meer in Genève gebeurt?'

'Dat weet iedereen,' antwoordde ze. 'De Amerikanen, de Russen, en de Europeanen gaan proberen een vredesakkoord tot stand te brengen tussen het regime en de Syrische rebellen.'

'Een mijlpaal, toch?'

'Het zal een dialoog tussen doven worden.'

Weer een glimlach.

PLAY.

'Waarom Genève, Mr. al-Siddiqi?'

'Ik wil dat je wat documenten voor me ophaalt. Je zult er maar een uur of twee zijn. Ik had het wel zelf willen doen, maar ik moet die dag in Parijs zijn.'

STOP.

'Voor de goede orde,' zei Gabriel, 'Mr. al-Siddiqi heeft geen ticket voor een vlucht naar Parijs geboekt voor maandag.'

'Dat doet hij altijd op het laatste moment.'

'En waarom moeten die documenten door iemand persoonlijk worden opgehaald?' vroeg Gabriel, haar opmerking negerend. 'Waarom ze niet per koerier laten bezorgen? Waarom kunnen ze niet via e-mail worden gestuurd?'

'Het is niet ongebruikelijk dat vertrouwelijke financiële papieren persoonlijk worden afgeleverd.'

'Vooral als ze voor iemand als Waleed al-Siddiqi bestemd zijn.'

PLAY.

'Wat moet ik precies voor u doen?'

'Het is eigenlijk heel eenvoudig. Ik wil dat je naar een cliënt gaat, in Hotel Métropole. Die geeft je een pakketje documenten, en dat neem jij mee terug naar Linz.'

'En hoe heet die cliënt?'

'Kemel al-Farouk.'

STOP.

'Wie is hij?' vroeg Jihan.

Gabriel glimlachte. 'Kemel al-Farouk heeft de sleutels van het koninkrijk,' zei hij. 'Kemel al-Farouk is de reden dat je naar Genève moet.'

50

DE ATTERSEE, OOSTENRIJK

Ze verplaatsten zich naar het terras, waar ze onder een parasol gingen zitten. Een voorbijvarende motorboot maakte een scheur in het wateroppervlak, maar daarna waren ze weer alleen. Ze hadden kunnen denken dat ze de enige twee mensen op de wereld waren, als de stem van Waleed al-Siddiqi niet nog steeds uit de laptop in de kamer was gekomen.

'Ik zie dat je er nog een boot bij hebt gekocht,' zei Jihan, met een hoofdgebaar in de richting van de sloep.

'Eerlijk gezegd hebben mijn collega's die voor me gekocht.'

'Waarom?'

'Omdat ze gek van me werden.'

'Hoezo?'

'Ik maakte me vreselijk druk over jou, Jihan. Ik wilde zeker weten dat we jou niet in gevaar brachten.'

Ze zweeg even. 'Het moet hier wel heel anders zeilen zijn dan op de Oostzee.' Glimlachend keek ze hem aan. 'Daar had je toch gezeild? Op de Oostzee?'

Hij knikte traag.

'Ik heb er nooit van gehouden.'

'Van de Oostzee?'

'Van zeilen. Ik hou niet van het gevoel iets niet onder controle te hebben.'

'Ik kan overal naartoe met dat bootje.'

'Dan ben je er vast goed in dingen onder controle te houden.'

Gabriel reageerde niet.

'Waarom?' vroeg Jihan na een tijdje. 'Waarom is het zo belangrijk dat we die documenten van Kemel al-Farouk krijgen?'

'Vanwege zijn relatie met de heersende familie,' antwoordde Gabriel. 'Kemel al-Farouk is de onderminister van Buitenlandse Zaken van Syrië. Om precies te zijn zal hij maandagmiddag aan de onderhandelingstafel zitten. Zijn titel geeft geen goede indruk van de invloed die hij heeft. De heerser neemt geen enkele beslissing, politiek of financieel, zonder eerst met Kemel te praten. We denken dat er nog meer geld is,' zei Gabriel. 'Veel meer. En we denken dat die documenten van Kemel ons de weg daarnaartoe kunnen wijzen.'

'Denken?'

'In deze business zijn er geen garanties, Jihan.'

'En over welke business hebben we het dan?'

Weer deed Gabriel er het zwijgen toe.

'Maar waarom wil Mr. al-Siddiqi dat ík die documenten ophaal?' vroeg Jihan. 'Waarom doet hij dat zelf niet?'

'Omdat de Syrische delegatie, zodra die in Genève arriveert, onder voortdurend toezicht van de Zwitserse geheime dienst zal staan, om nog maar te zwijgen van de Amerikanen en hun Europese bondgenoten. Al-Siddiqi zal onmogelijk ook maar bij die delegatie in de buurt kunnen komen.'

'Ik wil óók niet bij ze in de buurt komen. Dat zijn immers de mensen die mijn stad hebben verwoest, die mijn familie hebben vermoord? Dat ik nu Duits tegen jou praat, komt door mensen zoals zij.'

'Waarom voeg je je dan niet bij de Syrische rebellen, Jihan? Waarom wreek je de moord op je familie niet door ons die documenten te bezorgen?'

'Is acht miljard dollar niet genoeg?' vroeg ze na een korte stilte.

'Het is heel veel geld, Jihan, maar ik wil meer.'

'Waarom?'

'Omdat we dan meer invloed zouden hebben op wat hij doet.'

'De heerser?'

Hij knikte.

'Neem me niet kwalijk,' zei ze met een glimlach, 'maar dat klinkt niet als iets wat een Duits belastingman zou zeggen.'

Hij glimlachte ook, maar zei niets.

'Hoe zou het in zijn werk gaan?' vroeg ze.

'Je doet alles wat Mr. al-Siddiqi zegt,' antwoordde Gabriel. 'Je vliegt maandagochtend vroeg naar Genève. Een auto met chauffeur brengt je van de luchthaven naar Hotel Métropole, waar je de documenten ophaalt. Daarna ga je weer naar de luchthaven en vlieg je terug naar Linz.' Hij zweeg even en voegde er toen aan toe: 'En ergens onderweg maak je met je telefoon foto's van die documenten, die je naar mij stuurt.'

'En dan?'

'Als die documenten, zoals we verwachten, nog meer rekeningnummers bevatten, pakken wij die rekeningen aan terwijl jij in de lucht zit. Tegen de tijd dat je in Wenen landt, is alles voorbij. En dan laten we jou verdwijnen.'

'Waarheen?' vroeg ze. 'Waar brengen jullie me naartoe?'

'Een veilige plek. Een plek waar niemand je iets kan doen.'

'Ik ben bang dat ik daarmee geen genoegen neem,' zei ze. 'Ik wil weten waar jullie van plan zijn me naartoe te brengen, als dit allemaal voorbij is. En als je dan toch bezig bent, kun je me ook meteen vertellen wie je werkelijk bent. En deze keer wil ik de waarheid horen. Ik ben een kind van Hama. Ik hou er niet van als mensen tegen me liegen.'

Ze gingen aan boord van de motorboot met de geforceerde beleefdheid van een stel dat ruzie heeft, en voeren in zuidelijke richting het meer op. Jihan zat stijf rechtop op het achterdek, haar benen over elkaar geslagen, haar armen gekruist, met haar ogen twee gaten brandend in zijn nek. Ze had zijn bekentenis in een razend stilzwijgen aangehoord, zoals een vrouw luistert naar haar man die opbiecht ontrouw te zijn geweest.

Hij had op dat moment niets meer te zeggen. Het was nu aan haar.

'Klootzak,' zei ze uiteindelijk.

'Voel je je nu beter?' vroeg hij, zonder zich naar haar om te draaien.

Blijkbaar vond ze het niet nodig daarop antwoord te geven.

'En wat nu als ik je van het begin af aan de waarheid had verteld?' vroeg hij. 'Wat zou je dan hebben gedaan?'

'Dan zou ik hebben gezegd dat je kon doodvallen.'

'Waarom?'

'Omdat jullie precies zo zijn als zij.'

Hij wachtte een moment voordat hij daarop reageerde. 'Je hebt het recht kwaad te zijn, Jihan. Maar waag het niet mij te vergelijken met die slagersjongen van Damascus.'

'Je bent nog erger!'

'Bespaar me de loze kreten. Als het conflict in Syrië iets duidelijk heeft gemaakt, is het wel dat we echt anders zijn dan onze tegenstanders. Honderdvijftigduizend doden, miljoenen vluchtelingen, allemaal veroorzaakt door mede-Arabieren.'

'Jullie hebben precies hetzelfde gedaan!' beet ze hem toe.

'Bullshit.' Hij had zich nog steeds niet naar haar omgedraaid. 'Je vindt dit misschien moeilijk te geloven,' zei hij, 'maar ik wil ook dat de Palestijnen een eigen staat krijgen. Sterker nog, ik ben van plan alles te doen wat in mijn macht ligt om dat te realiseren. Op dit moment is dat echter niet mogelijk. Voor vrede heb je twee partijen nodig.'

'Jullie hebben hun land bezet!'

Hij deed geen moeite daarop te reageren, aangezien hij al lang geleden tot de conclusie was gekomen dat dat soort discussies nog het meest weghadden van een kat die achter zijn eigen staart aan liep. In plaats daarvan zette hij de motor uit en draaide hij zijn stoel naar haar om.

'Doe die vermomming af,' zei ze. 'Laat me je gezicht zien.'

Hij deed zijn bril af.

'Nu de pruik.'

Hij deed wat ze vroeg.

Ze boog zich naar hem over en keek hem aandachtig aan.

'Doe die contactlenzen uit. Ik wil je ogen kunnen zien.'

Een voor een haalde hij de lenzen uit zijn ogen en gooide ze in het meer. 'Tevreden, Jihan?'

'Waarom spreek je zo goed Duits?'

'Mijn voorouders kwamen uit Berlijn. Mijn moeder is de enige die de Holocaust heeft overleefd. Toen ze in Israël aankwam, sprak ze geen Hebreeuws. Duits was de eerste taal die ik hoorde.'

'Hoe zit het met Ingrid?'

'Haar ouders hadden zes kinderen, één voor ieder miljoen mensen dat tijdens de Holocaust was vermoord. Haar moeder en twee van haar zussen zijn gedood bij een zelfmoordaanslag van Hamas. Ingrid was zwaargewond. Daarom loopt ze mank. Daarom draagt ze nooit een korte broek of een jurk.'

'Wat is haar echte naam?'

'Dat is niet belangrijk.'

'En de jouwe?'

'Wat maakt het uit. Je haat me om wie ik ben. Je haat me om wát ik ben.'

'Ik haat je omdat je tegen me hebt gelogen.'

'Ik had geen keus.'

De wind trok een beetje aan, de geur van rozen met zich mee voerend.

'Heb je echt nooit een vermoeden gehad dat we uit Israël kwamen?'

'Jawel,' gaf ze toe.

'Waarom heb je er dan niet naar gevraagd?'

Ze gaf geen antwoord.

'Misschien heb je er niet naar gevraagd omdat je het antwoord niet wilde weten. En misschien dat we, nu je de gelegenheid hebt gehad tegen me tekeer te gaan en me uit te schelden, weer aan het werk kunnen gaan. Ik ga de slager van Damascus in een armoedzaaier veranderen. Ik ga ervoor zorgen dat hij nooit meer gifgas tegen zijn eigen volk gebruikt, dat hij nooit meer een stad verwoest. Maar dat kan ik niet alleen. Ik heb jouw hulp nodig.' Na een korte stilte vroeg hij: 'Wil jij me helpen, Jihan?'

Als een kind liet ze haar hand door het water slepen. 'Waar ga ik naartoe, als het voorbij is?'

'Waar denk je?'

'Daar kan ik onmogelijk leven.'

'Het is niet zo erg als ze je hebben wijsgemaakt. Eerlijk gezegd is het er best prettig. Maar maak je geen zorgen,' voegde hij eraan toe, 'je hoeft niet lang te blijven. Zodra het veilig is om daar weer weg te gaan, kun je gaan wonen waar je maar wilt.'

'Vertel je me nu de waarheid, of is dit weer een van je leugens?'

Gabriel zei niets.

Jihan schepte water uit het meer en liet het tussen haar vingers door lopen. 'Ik doe het,' zei ze uiteindelijk, 'maar in ruil daarvoor wil ik iets van jou.'

'Wat je maar wilt, Jihan.'

Een tijdlang keek ze hem zwijgend aan. Toen zei ze: 'Ik wil je naam weten.'

'Die is niet belangrijk.'

'Voor mij wel,' verklaarde ze. 'Vertel me je naam, of anders kun je iemand anders gaan zoeken om die documenten in Genève op te halen.'

'Zo werken wij niet.'

'Vertel me je naam,' zei ze nogmaals. 'Ik zal hem in het water schrijven, en hem dan vergeten.'

Hij glimlachte naar haar en vertelde hoe hij heette.

'Net als de aartsengel?' vroeg ze.

'Ja,' zei hij. 'Net als de aartsengel.'

'En je achternaam?'

Die vertelde hij haar ook.

'Komt me bekend voor.'

'Dat verbaast me niets.'

Ze boog zich over de rand van de boot en schreef zijn naam op het donkere oppervlak van het meer. Toen kwam er een windvlaag uit het Höllengebirge die alles weer wegvaagde.

51

DE ATTERSEE - GENÈVE

NA AFLOOP ZOU GABRIEL ZICH nog maar weinig van de daaropvolgende vierentwintig uur herinneren, omdat die voorbijgingen in een roes van plannen, verhitte discussies, en nerveuze gesprekken via beveiligde kanalen. Op King Saul Boulevard ontketende zijn spoedaanvraag voor nieuwe safehouses en ongebruikte transportmiddelen een kleine opstand, die Uzi Navot met een dreigende blik en een paar strenge woorden de kop in wist te drukken. Alleen de afdeling Financiën verblikte of verbloosde niet bij Gabriels verzoek om meer geld. Zijn operatie draaide al met een flinke winst en er werden nog wel wat extra inkomsten verwacht.

Van al deze interne commotie binnen het Bureau had Jihan Nawaz geen enkele weet; het enige waarvan zij op de hoogte moest zijn waren de instructies voor de laatste opdracht die ze voor hen ging doen. Zondagmiddag ging ze terug naar het safehouse aan de Attersee voor een laatste briefing en om te oefenen met het fotograferen van de documenten, terwijl ze door Gabriel op zijn geheel eigen wijze onder druk werd gezet.

Daarna lunchten ze met het hele team in de tuin, met uitzicht op het meer. De valse vlag waaronder ze in haar tegenwoordigheid hadden gevaren werd niet langer gehesen. Ze waren nu gewoon Israëliërs, die werkten voor een geheime dienst waarnaar de meeste Arabieren met een paradoxale mengeling van haat en ontzag keken. Zo was er de erudiete Yossi, de nepbureaucraat van de Britse belastingdienst. En de enigszins verfomfaaide kleine man die ze had leren kennen als Feliks Adler. Dan had je nog Mikhail, Yaakov en Oded, de mannen die in de straten van Linz over haar hadden gewaakt. En natuurlijk Ingrid Roth, haar buurvrouw, haar vertrouweling, de door het leven getekende vrouw met wie ze haar geheimen had gedeeld, de vrouw die een verlies had meegemaakt dat Jihan maar al te goed kon begrijpen.

En aan de korte kant van de tafel zat, zwijgend en oplettend, de man met de groene ogen wiens naam ze op het water had geschreven. Hij was niet het monster dat de Arabische pers van hem had gemaakt. Dat waren ze geen van allen. Ze waren aardig. Ze waren ad rem. Ze waren intelligent. Ze hielden van hun land en hun volk. Ze vonden het heel erg wat er met Jihan en haar familie in Hama was gebeurd. Ja, gaven ze toe, Israël had sinds de stichting van de staat fouten gemaakt, verschrikkelijke fouten. Maar het Israëlische volk wilde niets liever dan in vrede leven, en geaccepteerd worden door hun buren. Heel even had de Arabische Lente de belofte in zich gehad van een verandering in het Midden-Oosten, maar helaas was die ontaard in een strijd op leven en dood tussen soennieten en sjiieten, tussen over de hele wereld verspreide jihadisten en de oude orde van Arabische machthebbers. Ze waren het er echter over eens dat er toch ook plaats moest zijn voor een gematigder aanpak, een modern Midden-Oosten waar religie en familiebanden minder belangrijk waren dan een fatsoenlijk regime en vooruitgang. Een paar uur lang leek alles mogelijk, die middag aan de Attersee.

Vroeg in de avond verliet ze hen voor de laatste keer, om, vergezeld van haar vriendin Ingrid, terug te keren naar haar appartement.

Die nacht was Keller de enige die over haar waakte, aangezien de rest van het team begonnen was aan een verplaatsing van het slagveld, later door iemand van het Bureau gevat de Grote trek naar het Westen genoemd. Gabriel en Eli Lavon reisden samen in één auto; Gabriel zat achter het stuur en Lavon zat naast hem te piekeren en zich druk te maken, zoals ze dat al honderden keren eerder hadden gedaan. Die nacht was echter anders. Hun doelwit was geen terrorist met Israëlisch bloed aan zijn handen, maar miljarden dollars die het Syrische volk rechtmatig toekwamen. Lavon de vermogensjager kon zijn opwinding nauwelijks bedwingen. Als ze over het geld van de slager van Damascus zouden beschikken, konden ze hem laten doen wat ze wilden. Ze zouden hem in hun zak hebben.

Tijdens het vage moment tussen duisternis en dageraad kwamen ze in

Genève aan, waar ze naar een oud safehouse van het Bureau aan de Boulevard de Saint-Georges reden. Mordecai was al voor hen gearriveerd en had in de woonkamer een commandopost ingericht, compleet met computers en een beveiligde radioverbinding. Gabriel stuurde een kort activeringsbericht naar King Saul Boulevard. Vervolgens, om even voor zeven, luisterde hij naar een vermoeid klinkende Waleed al-Siddiqi die op de Weense luchthaven Schwechat aan boord ging van vlucht 411 van Austrian Air. Terwijl zijn vliegtuig over Linz vloog, stopte er een zwarte personenauto voor een appartementengebouw aan de rand van de Innere Stadt. Vijf minuten later kwam Jihan Nawaz, het kind van Hama, naar buiten.

De daaropvolgende drie uur kromp Gabriels wereld tot een beeldscherm met een diameter van amper veertig centimeter. Er was geen oorlog in Syrië, geen Israël, geen Palestina. Zijn vrouw was niet zwanger van een tweeling. Sterker nog, hij had niet eens een vrouw. Het enige wat voor hem bestond, waren de knipperende rode lichtjes die aangaven waar Jihan Nawaz en Waleed al-Siddiqi zich bevonden, en de knipperende blauwe lichtjes die de posities van de teamleden aangaven. Geordend, netjes, een wereld zonder gevaar. Het had er alle schijn van dat er niets kon misgaan.

Om kwart over acht kwam Jihans rode lichtje aan op de luchthaven van Wenen, en om negen uur verdween het, toen ze braaf gehoorzaamde aan de instructie alle elektronische apparatuur aan boord uit te schakelen.

Onmiddellijk richtte Gabriel al zijn aandacht op Waleed al-Siddiqi, die op dat moment het Parijse kantoor van een vooraanstaande Franse bank betrad, waar hij in het geheim een paar honderd miljoen van het Syrische vermogen had ondergebracht. De bank zat aan een elegant stuk van de Rue Saint-Honoré, in het eerste arrondissement. De Mercedes van al-Siddiqi bleef voor de deur staan. Een team van de Parijse afdeling van het Bureau had de chauffeur geïdentificeerd als een in Frankrijk gestationeerd lid van de Syrische geheime dienst, die voornamelijk beveiligingswerk deed, maar ook wel eens iets gewelddadigs. Gabriel vroeg om een foto, en vijf minuten later verscheen er op zijn beeldscherm een afbeelding van een man met een dikke nek die zijn handen grimmig om een luxe stuur geklemd hield.

Om tien over negen Parijse tijd ging al-Siddiqi het kantoor binnen van Monsieur Gérard Beringer, een van de onderdirecteuren van de bank. Lang bleef de Syriër daar niet, aangezien hij om zeventien over negen een telefoontje kreeg waarvoor hij de privacy van de gang opzocht. Het telefoontje kwam van een nummer in Damascus. De beller was een man met een melodieuze maar autoritaire stem. Na afloop van het gesprek – dat maar twintig seconden duurde en werd gevoerd in het alawitische dialect van Syrisch Arabisch – zette al-Siddiqi zijn telefoon uit en verdween het rode lichtje van het computerscherm.

Gabriel luisterde vijf keer naar het opgenomen gesprek, maar kwam er niet achter wat er precies werd gezegd. Hij vroeg King Saul Boulevard om een vertaling en kreeg te horen dat de man al-Siddiqi instructies had gegeven hem met een andere telefoon terug te bellen. Een stemanalyse leverde geen matches op, maar de luistervinken van Unit 8200 waren al druk bezig het nummer in Damascus te lokaliseren.

'Mensen zetten hun telefoon wel vaker uit,' zei Eli Lavon. 'Vooral mensen als Waleed al-Siddiqi.'

'Dat is waar,' beaamde Gabriel. 'Maar dat doen ze meestal wanneer ze bang zijn te worden afgeluisterd.'

'Hij wordt ook afgeluisterd.'

Gabriel zei niets. Hij staarde naar het computerscherm, alsof hij zo het lichtje van al-Siddiqi weer tot leven kon brengen.

'Dat telefoontje had vast iets te maken met die man in Hotel Métropole,' zei Lavon na een tijdje.

'Dat is nu precies waarover ik me zorgen maak.'

'Het is nog niet te laat ermee te stoppen, Gabriel. Je kunt acht miljard dollar laten verdwijnen. En je kunt ook het meisje laten verdwijnen.'

'Maar stel je voor dat er nog acht miljard is, Eli. Of tachtig miljard.'

Een tijdlang zei Lavon niets. Toen vroeg hij: 'Wat ga je doen?'

‘Ik ga nadenken over alle redenen waarom Waleed al-Siddiqi zijn telefoon kan hebben uitgezet. En dan neem ik een beslissing.’

‘Ik ben bang dat we daarvoor de tijd niet hebben.’

Gabriel keek weer naar het computerscherm. Het kind van Hama was net in Genève aangekomen.

In de aankomsthal van de luchthaven van Genève was het drukker dan normaal: diplomaten, verslaggevers, extra politie en beveiliging, een groepje Syrische vluchtelingen dat een protestlied zong geschreven door een man wiens keel was doorgesneden door de geheime politie. Daarom duurde het ook even voordat Jihan haar chauffeur in het oog kreeg. Hij was halverwege de dertig, had donker haar en een licht getinte huid, en zag er iets te intelligent uit voor een chauffeur. Zijn blik vestigde zich op haar zodra ze dichterbij kwam – kennelijk had hij een foto van haar gezien – en hij schonk haar een snelle glimlach, een regelmatige rij witte tanden ontblotend.

Hij sprak haar aan in het Arabisch, met een Syrisch accent. ‘Ik hoop dat u een prettige vlucht hebt gehad, Miss Nawaz.’

‘Ja hoor, prima,’ antwoordde ze koeltjes.

‘De auto staat voor. Loopt u met me mee?’ Hij gebaarde in de richting van de uitgang die ze moesten hebben.

Onderweg naar buiten kwamen ze langs het protestgroepje, dat nog steeds stond te zingen, en langs de kleine, vierkante Israëliër die eruitzag alsof hij een metalen staaf met zijn handen kon buigen. Jihan keek door hem heen alsof hij onzichtbaar was en liep naar buiten. Een zwarte Mercedes met donker getinte ramen en een diplomatiek kenteken stond aan de stoeprand te wachten. Toen de chauffeur het achterportier voor haar openhield, aarzelde Jihan heel even alvorens in te stappen. Zodra het portier achter haar was dichtgevallen, richtte ze haar blik op de man die naast haar zat. Hij was ouder dan de chauffeur, met zwart, dunner wordend haar, een woeste snor, en de handen van een metselaar. ‘Wie bent u?’ vroeg Jihan.

'Beveiliging,' antwoordde hij.

'Waarom heb ik beveiliging nodig?'

'Omdat u op het punt staat iemand van het Syrische ministerie van Buitenlandse Zaken te ontmoeten. En omdat er op dit moment veel vijanden van de Syrische regering in Genève zijn, inclusief dat tuig daarbinnen,' voegde hij er met knikje in de richting van de terminal aan toe. 'Het is belangrijk dat u veilig aankomt op uw plaats van bestemming.'

De chauffeur ging achter het stuur zitten en trok het portier achter zich dicht.

'Yallah,' zei de man op de achterbank, en de auto schoot weg.

Pas nadat ze van de luchthaven waren vertrokken, stelde hij zich voor. Hij zei dat hij Mr. Omari heette en dat hij als hoofd Beveiliging werkte voor Syrische diplomatieke posten in West-Europa. Een zware baan, voegde hij er met een ernstige knik aan toe, gezien de politieke spanningen van dat moment. Zijn accent liet er geen twijfel over bestaan dat hij een alawiet was. Het leed ook geen twijfel dat de chauffeur, die helemaal geen naam leek te hebben, allesbehalve de meest rechtstreekse route naar het centrum van Genève nam. Minutenlang reed hij over een industrieterrein, voortdurend in zijn spiegels kijkend, totdat hij eindelijk de Route de Meyrin opzocht. Die voerde hen door een groene woonwijk en uiteindelijk naar de oever van het meer.

Terwijl ze over de Pont du Mont-Blanc reden, realiseerde Jihan zich dat ze haar tas zo stijf vasthield, dat haar knokkels helemaal wit waren geworden. Ze dwong zich een beetje te ontspannen en met een glimlachje naar buiten te kijken, naar de mooie, door de zon gekoesterde stad. De aanblik van Zwitserse politiemannen op de brug ervoer ze als een kleine geruststelling. En zodra ze de overkant van het meer hadden bereikt, zag ze de Israëliër met het pokdalige gezicht aandachtig in de etalage van een Armaniwinkel aan de Quai du Général-Guisan staan kijken.

De auto reed hem voorbij en stopte toen voor de grijsgroene gevel van het Métropole.

Na een korte stilte vroeg Mr. Omari: 'Ik neem aan dat Mr. al-Siddiqi u de naam heeft verteld van de man die boven op u zit te wachten?'

'Mr. al-Farouk.'

Hij knikte ernstig. 'Hij logeert in kamer 312. Gaat u alstublieft rechtstreeks naar zijn kamer. Praat niet met de portier of met wie dan ook in het hotel. Is dat duidelijk, Miss Nawaz?'

Ze knikte.

'Zodra u de documenten hebt, verlaat u zijn kamer en komt u onmiddellijk terug naar de auto. U stopt nergens onderweg. U praat met niemand. Begrepen?'

Weer knikte ze. 'Verder nog iets?' vroeg ze.

'Ja.' Hij hield zijn hand voor haar op. 'Geef me alstublieft uw mobiele telefoon, en alle andere elektronische apparaten die u eventueel in uw tas hebt.'

Tien seconden later verdween het rode lichtje van Jihans telefoon van Gabriels computerscherm. Onmiddellijk nam hij contact op met Yaakov, die achter haar aan het hotel in was gegaan, om hem bevel te geven de operatie af te blazen.

Maar daarvoor was het al te laat. Jihan liep reeds met kordate passen de drukke lobby door, haar kin uitdagend in de lucht gestoken, haar tas over een schouder. Ze glipte nog net tussen twee dichtgaande liftdeuren door en verdween daarmee uit het zicht.

Haastig nam Yaakov de volgende lift en drukte op het knopje voor de derde etage. Het leek wel een eeuwigheid te duren voordat hij boven was, en toen de deuren eindelijk opengingen, zag hij een Syrische beveiligingsman in de gang staan, zijn handen in elkaar geklemd, zijn voeten op schouderbreedte, alsof hij zich schrap zette voor een frontale aanval. De mannen wisselden een lange, kille blik. Toen schoven de deuren weer dicht, en zakte de lift langzaam terug naar de lobby.

52

HOTEL MÉTROPOLE, GENÈVE

Zacht klopte ze aan, misschien wel té zacht, aangezien er een paar seconden lang niets gebeurde. Toen ging de deur een stukje open en keken een paar donkere ogen haar argwanend aan. De ogen behoorden toe aan weer een andere beveiligingsman. Hij had meer weg van de chauffeur dan van de meedogenloze Mr. Omari: jong, perfect gekleed en verzorgd, een moordenaar in een mooie verpakking. In het halletje doorzocht hij haar tas, om zich ervan te verzekeren dat ze geen wapen of explosieven had meegenomen. Vervolgens vroeg hij haar hem te volgen naar de zitkamer van de luxe suite.

Er waren nog vier beveiligingsmensen aanwezig, verspreid over de ruimte, en op de bank zat Kemel al-Farouk, onderminister van Buitenlandse Zaken, voormalig lid van de Moeghabarat, vriend en vertrouweling van de heerser. In een hand hield hij een kop en schotel in evenwicht, terwijl hij zijn hoofd schudde om iets wat een verslaggever van Al Jazeera op televisie zei. Overal om hem heen, op de bank en op de salontafel, lagen dossiers.

Jihan kon alleen maar gissen naar wat daarin stond. Standpunten voor de ophanden zijnde vredesbesprekingen? Een verslag van recente bloederige overwinningen? Een lijst van onlangs gedode tegenstanders?

Eindelijk draaide hij zijn hoofd een stukje en nodigde hij haar met een knikje uit te gaan zitten. Hij kwam niet overeind en maakte ook geen aanstalten haar de hand te drukken. Mannen als Kemel al-Farouk waren te machtig om zich druk te maken over zoiets als goede manieren. 'Voor het eerst in Genève?' vroeg hij.

'Nee,' antwoordde ze.

'Je bent hier al eerder voor Mr. al-Siddiqi geweest?'

‘Op vakantie, om precies te zijn.’

‘Wanneer ben je hier op vakantie geweest, Jihan?’ Plotseling glimlachte hij en hij vroeg: ‘Mag ik Jihan tegen je zeggen?’

‘Natuurlijk, Mr. al-Farouk.’

Zijn glimlach vervaagde. Nogmaals vroeg hij naar haar vakantie in Genève.

‘Ik was nog maar een kind,’ zei ze. ‘Zoveel herinner ik me er niet van.’

‘Mr. al-Siddiqi vertelde dat je bent opgegroeid in Hamburg.’

Ze knikte.

‘Dat is een van de grootste tragedies van ons land, de grote Syrische diaspora. Hoeveel van ons zijn naar alle windstreken uitgewaaierd? Tien miljoen? Vijftien miljoen? Als iedereen nu eerst maar weer eens naar huis zou komen, dan zou Syrië een waarlijk grote natie zijn.’

Het liefst had ze hem uitgelegd dat dat nooit zou gaan gebeuren, zolang mannen als hij het in het land voor het zeggen hadden. In plaats daarvan knikte ze echter bedachtzaam, alsof hij wijze woorden had gesproken.

Hij zat zoals de vader van de heerser ook altijd had gezeten: zijn voeten plat op de grond, zijn handpalmen op zijn knieën. Over zijn kortgeknipte haar lag een roodachtige gloed, net als over zijn keurig verzorgde baard. In dat maatpak en met die beschaafde stropdas om zijn nek zou je bijna gaan geloven dat hij echt een diplomaat was, en niet een man die zijn tegenstanders voor de lol aan het kruis nagelde.

‘Koffie?’ vroeg hij, alsof hij zich plotseling bewust werd van zijn slechte manieren.

‘Nee, dank u,’ antwoordde ze.

‘Iets te eten, misschien?’

‘Ik heb opdracht gekregen de documenten op te halen en onmiddellijk weer te vertrekken, Mr. al-Farouk.’

‘O, ja, de documenten.’ Hij legde zijn hand op een grote envelop die naast hem op de bank lag. ‘Vond je het prettig in Hamburg op te groeien, Jihan?’

'Ja, ik geloof het wel.'

'Er woonden daar nog veel meer Syriërs, nietwaar?'

Ze knikte.

'Vijanden van de Syrische regering?'

'Dat zou ik niet weten.'

Zijn glimlach maakte duidelijk dat hij haar niet helemaal geloofde. 'Je woonde aan de Marienstrasse, toch?'

'Hoe weet u dat?'

'Het zijn moeilijke tijden,' zei hij na een korte stilte, alsof Syrië een periode van bar weer doormaakte. 'Mijn beveiligingsmensen hebben me verteld dat je in Damascus bent geboren.'

'Dat klopt.'

'In 1976.'

Ze knikte langzaam.

'Ook moeilijke tijden,' zei hij. 'We hebben Syrië toen van de extremisten kunnen redden, en nu gaan we Syrië wéér redden.' Hij keek haar even aan. 'Jij wilt toch ook dat de regering deze oorlog wint, of niet, Jihan?'

Ze stak haar kin een beetje naar voren en keek hem recht in de ogen. 'Wat ik wil, is vrede voor ons land.'

'We willen allemáál vrede,' verklaarde hij. 'Maar het is onmogelijk vrede te sluiten met monsters.'

'Helemaal mee eens, Mr. al-Farouk.'

Glimlachend legde hij de envelop voor haar op tafel. 'Hoelang heb je nog voor je vlucht weer vertrekt?'

Ze wierp een blik op haar horloge. 'Anderhalf uur.'

'Weet je zeker dat je geen koffie wilt?'

'Ja. Dank u, Mr. al-Farouk,' zei ze stijfjes.

'En iets te eten dan?'

Ze slaagde erin een glimlachje te produceren. 'Ik eet wel iets in het vliegtuig.'

Een paar minuten lang leek het statige, oude Hotel Métropole het centrum van de wereld, die mooie maandagmorgen in Genève. Zwarte auto's reden af en aan, grijze diplomaten en bankiers liepen in en uit. Een beroemde BBC-verslaggever gebruikte het hotel als achtergrond voor een live reportage. Een groep demonstranten stond leuzen te roepen naar het hotel, omdat het onderdak bood aan moordenaars.

In het hotel was het een soort gekkenhuis. Na zijn korte bezoek aan de derde etage had Yaakov nog net het laatste vrije tafeltje van de Mirror Bar weten te bemachtigen, vanwaar hij vanachter zijn lauwe koffie ingespannen naar de liftdeuren zat te staren.

Om tien over half twaalf schoven de deuren open en kwam Jihan plotseling weer tevoorschijn. Toen ze het hotel binnen was gegaan, had ze haar tas over haar rechterschouder gedragen. Nu hing hij aan haar linkerschouder. Dat was een afgesproken signaal. Linkerschouder wilde zeggen dat ze de documenten had. Linkerschouder wilde zeggen dat ze veilig was. Yaakov vroeg Gabriel snel om instructies en Gabriel zei dat hij haar moest laten gaan.

Het hotel was aan alle kanten omsingeld door het team, maar niemand had eraan gedacht ook foto's te maken. Dat deed er ook niet toe: op het moment dat Jihan het hotel uit kwam, liep ze voor de camera van de BBC langs. Dat beeld, live uitgezonden over de hele wereld en tot op de dag van vandaag opgeslagen in de digitale archieven van de omroep, was het laatste dat ooit van haar werd gemaakt. Haar gezicht stond kalm en resoluut en ze liep met snelle, vastberaden passen. Even bleef ze staan, alsof ze zich afvroeg welke van de vele Mercedessen voor het hotel de hare was. Toen gebaarde er een man van halverwege de dertig naar haar, en ze verdween in een van de auto's. De man van halverwege de dertig wierp een blik omhoog, naar het hotel, alvorens achter het stuur te stappen. De auto reed weg, en het kind van Hama was verdwenen.

Een van de vele aspecten van Jihans vertrek die niet door de camera van de BBC werden vastgelegd was de zilverkleurige Toyota die haar volgde. Kemel al-Farouk zag de auto echter wel, omdat hij op dat moment voor het raam van zijn kamer op de derde verdieping van het hotel stond. Als voormalig lid van de geheime dienst keek hij onwillekeurig met enige bewondering naar de manier waarop de chauffeur van de Toyota zijn auto zonder enige haast in het verkeer invoegde. Dat moest wel een professional zijn, daarvan was Kemel al-Farouk overtuigd.

Hij haalde een mobiele telefoon uit zijn zak, toetste een nummer in, en mompelde een paar woorden die de man aan de andere kant van de lijn moesten duidelijk maken dat hij werd gevolgd. Vervolgens verbrak hij de verbinding en staarde naar de beroemde Jet d'Eau, die een straal water hoog boven het meer uit spoot. Zijn gedachten waren echter bij wat er nu ging gebeuren. Eerst zou Mr. Omari haar aan het praten krijgen. Daarna zou Mr. Omari haar vermoorden. Het beloofde een gezellige middag te worden. Kemel al-Farouk vond het alleen wel jammer dat hij geen tijd kon vrijmaken in zijn drukke schema om het zelf te doen.

In het safehouse aan de Boulevard de Saint-Georges stond Gabriel bewegingloos voor de computer, een hand onder zijn kin, zijn hoofd een beetje scheef. Eli Lavon ijsbeerde achter hem, een beker thee in zijn hand, als een schrijver op zoek naar het perfecte woord. De beveiligde radioverbinding vertelde hun alles wat er te weten viel. De computer was slechts ter bevestiging. Jihan Nawaz zat weer veilig achter in de auto op weg naar de luchthaven van Genève. Mikhail Abramov zat tweehonderd meter achter hen op de Route de Meyrin, met Yossi als navigator en tweede paar ogen. Oded en Rimona Stern hadden de terminal onder controle. De rest van het team was onderweg. Alles verliep volgens plan, op één ding na.

'Wat dan?' vroeg Eli Lavon.

'Haar telefoon,' antwoordde Gabriel.

'Wat is daarmee?'

'Ik vraag me af waarom Mr. Omari die nog niet aan haar heeft teruggegeven.'

Er ging nog een minuut voorbij waarin haar knipperende rode lichtje niet op het scherm verscheen. Gabriel bracht de zender naar zijn lippen en gaf Mikhail opdracht de afstand te verkleinen.

Later, tijdens het geheime onderzoek dat volgde op de gebeurtenissen in Genève, was nog even de vraag hoe laat Mikhail en Yossi die opdracht van Gabriel precies hadden ontvangen. Uiteindelijk was iedereen het erover eens dat dat zeventien over twaalf was geweest. Hun locatie op dat moment was duidelijk: ze reden langs restaurant Les Asters aan de Route de Meyrin, nummer 88. Een vrouw met donker haar stond op het balkon van het appartement erboven. Een tram kwam op hen af. Lijn 14. Dat wisten Mikhail en Yossi zeker.

Ze wisten ook zeker dat de Mercedes waarin Jihan Nawaz zich bevond honderd meter voor hen reed, met een behoorlijke snelheid. Die snelheid was zelfs zo behoorlijk, dat Mikhail moeite had de afstand tussen de twee auto's te verkleinen. Hij scheurde door rood op de Avenue Wendt en torpedeerde bijna een roekeloze voetganger, maar het hielp allemaal niets. De Mercedes raasde met onverantwoorde snelheid over de boulevard, alsof de chauffeur bang was dat Jihan haar vlucht zou missen.

Eindelijk, aan de rand van het compacte stadscentrum van Genève, kon Mikhail het gaspedaal vol indrukken. En toen kwam het witte busje, spiksplinternieuw en zonder enige herkenningstekens, een smalle zijstraat uit. Mikhail had amper een seconde om te bedenken hoe hij om dat busje heen kon, én om tot de conclusie te komen dat dat niet mogelijk was. In het midden van de boulevard was een tramhalte, en er was heel veel tegemoetkomend verkeer. Het enige wat hij kon doen was keihard op de rem gaan staan, terwijl hij zijn stuur naar links draaide, daarmee de auto in een gecontroleerde slip brengend.

Ook de chauffeur van het busje remde, waardoor hij beide banen van de boulevard blokkeerde. En toen Mikhail gebaarde dat hij uit de weg moest gaan, kwam de man zijn busje uit en begon te ratelen in een taal die klonk als een mengeling van Frans en Arabisch. Heel even overwoog Mikhail, die ook was uitgestapt, zijn wapen te trekken, maar dat was niet nodig. Met nog een laatste obsceen handgebaar stapte de man weer in zijn busje, waarna hij de weg tergend langzaam vrijmaakte.

Van de Mercedes was geen spoor meer te bekennen en Jihan Nawaz was officieel van hun radar verdwenen.

De mobiele telefoon van Mr. Omari, voornaam onbekend, liet na hun vertrek uit Hotel Métropole twee keer van zich horen. Eerst terwijl ze over de Pont du Mont-Blanc reden, en daarna nog een keer toen ze bijna bij de luchthaven waren. Tijdens het eerste telefoontje zei hij niets. Het tweede ontlokte hem slechts een grommend geluidje, voordat hij de verbinding verbrak.

Jihans telefoon lag naast hem op de armleuning. Hij had nog geen aanstalten gemaakt die aan haar terug te geven.

'Je bent vast nieuwsgierig naar wat er in die documenten staat,' zei hij na een tijdje.

'Absoluut niet.'

'Meen je dat?' Hij draaide zich naar haar toe om haar aan te kijken. 'Dat kan ik maar moeilijk geloven.'

'Waarom?'

'Omdat iedereen van nature wel nieuwsgierig is naar de financiële situatie van invloedrijke mensen.'

'Ik heb voortdurend met invloedrijke mensen te maken.'

'Geen mensen zoals Mr. al-Farouk.' Hij schonk haar een onaangename glimlach. 'Ga je gang. Kijk maar.'

'Er is mij gezegd dat niet te doen.' Jihan verroerde zich niet.

De glimlach verdween van zijn gezicht. 'Kijk naar die documenten,' zei hij nogmaals.

'Dat mag ik niet.'

'Mr. al-Farouk heeft zojuist tegen me gezegd dat hij wil dat je die envelop openmaakt voordat je in het vliegtuig stapt.'

'Zolang ik dat niet zelf van hem heb gehoord, kan ik dat niet doen.'

'Kijk nu maar, Jihan. Het is belangrijk.'

Ze haalde de envelop uit haar tas en stak hem die toe.

Hij hief zijn handen in een verdedigend gebaar, alsof ze hem een giftige slang aanbood. 'Ik mag er niet aankomen,' zei hij. 'Alleen jij.'

Ze maakte de envelop open en haalde de stapel papieren eruit, een stapel van ruim een centimeter dik, bij elkaar gehouden met een metalen klem. De bovenste pagina was blanco. 'Zo,' zei ze, 'ik heb ernaar gekeken. Kunnen we dan nu naar het vliegveld gaan?'

'Kijk eens naar de volgende pagina,' zei hij, wederom met een glimlach.

Dat deed ze. Die was ook blanco. Net als de derde. En de vierde. Toen ze opkeek naar Mr. Omari, zag ze dat hij een wapen in zijn hand had, een wapen dat op haar borst was gericht.

53

GENÈVE

Om twee uur die middag kwamen de deelnemers van de conferentie over Syrië bijeen in het aan het meer gelegen hoofdkwartier van de Verenigde Naties. De onbuigzame Amerikaanse minister van Buitenlandse Zaken eiste een vreedzame overgang van het regime naar een democratie, iets wat volgens de Syrische minister van Buitenlandse Zaken nooit zou gaan gebeuren. Het kwam niet als een verrassing dat die daarin werd gesteund door zijn Russische collega, die waarschuwde dat het Kremlin zijn veto zou uitspreken over iedere poging, militair of diplomatiek, om zijn enige bondgenoot in de Arabische wereld uit de macht te ontzetten.

Aan het eind van de zitting noemde de secretaris-generaal van de VN de onderhandelingen goedmoedig een 'veelbelovend begin'. Daarover dachten de media heel anders. Zij vonden het een enorme verspilling van tijd en geld, vooral van hún tijd en geld, en gingen op zoek naar écht nieuws.

Elders in de stad ging het leven zijn gewone gang. De bankiers deden zaken aan de Rue du Rhône, de cafés in het oude centrum liepen vol en weer leeg, en witte vliegtuigen tekenden zich af tegen de blauwe lucht boven Geneva International Airport. Onder de vluchten die die middag vertrokken, was ook vlucht 577 van Austrian Airlines. Het enige wat niét helemaal normaal was aan die vlucht, was dat er een passagier ontbrak, een vrouw, negenendertig jaar oud, geboren in Syrië en opgegroeid in een straat in Hamburg die voor altijd met moslimterrorisme verbonden zou zijn.

Gezien de ongewone achtergrond van de vrouw en de gebeurtenissen van die dag in Genève, stuurde de luchtvaartmaatschappij een melding naar de Zwitserse luchthavenautoriteit, die de informatie weer doorstuurde naar de NDB, de Zwitserse geheime dienst. Daar kwam de zaak op een gegeven moment terecht op het bureau van Christoph Bittel, die heel toevallig de leiding had gekregen over de beveiliging tijdens de vredesonderhandelingen voor Syrië. Hij stuurde een standaardverzoek om informatie naar zijn vakgenoten in Berlijn en Wenen, en kreeg te horen dat er niets te melden was. Voor de zekerheid stuurde hij nog een kopie van haar dossier en haar foto naar de politie in Genève, naar de Amerikaanse en Russische diplomatieke veiligheidsdiensten, en zelfs naar de Syriërs. Daarna richtte hij zijn aandacht weer op dringender zaken.

In het safehouse aan de Boulevard de Saint-Georges maakten twee mannen zich beduidend méér zorgen over de vrouw die niet in het vliegtuig naar Wenen had gezeten. Binnen een paar minuten was hun stemming omgeslagen van blind vertrouwen naar blinde paniek. Ze hadden haar gerekruteerd, tegen haar gelogen, en haar vervolgens verteld wie ze werkelijk waren. Ze hadden beloofd haar te beschermen, ze hadden beloofd haar een nieuw leven te geven op een plek waar de monsters die haar familie hadden vermoord haar nooit zouden kunnen vinden. En nu, in een fractie van een seconde, waren ze haar kwijtgeraakt. Maar waarom hadden de monsters haar eigenlijk naar Genève gehaald? En waarom hadden ze haar in één ruimte gelaten met Kemel al-Farouk, de onderminister van Buitenlandse Zaken van Syrië, de vertrouweling en adviseur van de heerser?

'Het is wel duidelijk,' zei Eli Lavon, 'dat het een val was.'

'Duidelijk?' vroeg Gabriel.

Lavon keek naar het beeldscherm. 'Zie jij een rood lichtje?' vroeg hij. 'Ik namelijk niet.'

'Dat betekent nog niet dat het een val was.'

'Wat betekent het dan wel?'

'Waarom hebben ze haar hier, tijdens de vredesconferentie, gepakt? Waarom niet gewoon in Linz?'

'Omdat ze wisten dat wij haar bewaakten, en ze bang waren dat ze haar niet netjes te pakken zouden kunnen krijgen.'

'En dus hebben ze een excuus gecreëerd om haar naar Genève te krijgen? Iets waaraan wij geen weerstand zouden kunnen bieden? Is dat wat je nu zegt, Eli?'

'Klinkt het je bekend in de oren?'

'Hoe bedoel je?'

'Dit is precies zoals we het zelf ook zouden hebben gedaan.'

Gabriel was niet overtuigd. 'Heb jij in Linz mensen van de Syrische geheime dienst gezien?'

'Dat wil nog niet zeggen dat ze er niet waren.'

'Heb jij ze gezien, Eli?'

'Nee.' Lavon schudde zijn hoofd. 'Dat kan ik niet zeggen, nee.'

'Ik ook niet,' verklaarde Gabriel. 'Waleed al-Siddiqi en Jihan Nawaz waren de enige Syriërs in de stad. Er was niets aan de hand, totdat haar vliegtuig in Genève landde.'

'Wat is er dan gebeurd?'

'Dit.' Gabriel klikte op het PLAY-icoontje op de computer en een paar seconden later hoorden ze Waleed al-Siddiqi mompelen in het Arabisch.

'Het telefoontje uit Damascus?' vroeg Lavon.

Gabriel knikte. 'Ik heb zo'n vermoeden,' zei hij, 'dat het iemand van de Moeghabarat was die Waleed vertelde dat hij een vrouw uit Hama had ingehuurd als zijn accountmanager.'

'Een grove fout.'

'En dus belde Waleed Kemel al-Farouk in het Métropole om te zeggen dat hij de afspraak moest cancelen.'

'Maar al-Farouk had een beter idee?'

'Misschien was het allemaal het idee van al-Farouk. Of misschien wel van Mr. Omari. Waar het om gaat,' vervolgde Gabriel, 'is dat ze alleen maar van haar weten dat ze over haar geboorteplaats heeft gelogen.'

'Iets zegt me dat het niet lang zal duren voor ze de waarheid ontdekken.'

'Mee eens.'

'Dus wat ga je doen?'

'Een deal sluiten, uiteraard.'

'Hoe?'

'Zo.' Gabriel typte een bericht van enkele woorden aan King Saul Boulevard en klikte op SEND.

'Daarmee moeten we hun aandacht wel trekken,' zei Lavon. 'Nu hebben we alleen nog iemand nodig met wie we kunnen onderhandelen.'

'Die hebben we al, Eli.'

'Wie dan?'

Gabriel draaide de computer om, zodat Lavon het scherm kon zien. Een rood lichtje knipperde op de Rue Saint-Honoré, in het eerste arrondissement van Parijs. Waleed al-Siddiqi had eindelijk zijn telefoon aangezet.

Uzi Navot had een lichaam dat gebouwd was voor kracht, niet voor snelheid. Toch zou iedereen die getuige was van zijn sprint van zijn kamer naar kamer 414C later zeggen dat ze een chef nog nooit zo hard hadden zien lopen. Hij bonkte zo heftig op de deur dat het leek alsof hij hem wilde inslaan, en zodra hij binnen was, haastte hij zich naar de computer die voor de roof was gereserveerd. 'Staat hij nog steeds startklaar?' vroeg hij aan niemand in het bijzonder, en van ergens in de ruimte kwam het antwoord dat dat zo was. Navot boog zich voorover en drukte, met veel meer kracht dan nodig was, op de knop. Het was acht minuten voor half vijf in Tel Aviv, acht minuten voor half vier in Genève, en overal ter wereld gingen valluiken open en begon geld te stromen.

Ongeveer vijf minuten nadat ze de grens met Frankrijk waren gepasseerd, sleurde Mr. Omari een schreeuwende Jihan de auto uit en de kofferbak in. Met een doffe klap sloot de klep zich boven haar, en haar hele wereld werd zwart. Het was net Hama tijdens de belegering, dacht ze. Alleen waren er hier in de kofferbak van de auto geen explosies of kreten die het donker doorbraken, alleen het gekmakende eentonige suizen van banden over het wegdek. Ze beeldde zich in dat ze weer in de armen van haar moeder lag, zich vastklampend aan haar hijab. Ze beeldde zich zelfs in dat ze haar moeders rozenparfum kon ruiken. Het volgende moment was er echter alleen nog maar de doordringende stank van benzine. Ze kon de herinnering aan haar moeder niet langer vasthouden en voelde alleen nog maar angst. Ze wist welk lot haar wachtte. Ze had het allemaal al eerder gezien, in de donkere dagen die op de belegering waren gevolgd. Ze zou worden ondervraagd en daarna werd ze gedood. Er was niets meer aan te doen. Het was Gods wil.

Aangezien Jihan in het donker niet op haar horloge kon kijken, had ze geen idee van de tijd. Ze neuriede in zichzelf in een poging haar angst te onderdrukken. En heel even dacht ze aan de man van de Israëlische geheime dienst wiens naam ze op het oppervlak van de Attersee had geschreven. Hij zou haar nooit laten stikken, dat wist ze zeker. Maar op de een of andere manier moest ze lang genoeg in leven zien te blijven om hem de kans te geven haar te vinden. Toen dacht ze aan een man die ze als studente in Hamburg had ontmoet, een Syrische dissident die door de Moeghabarat was gemarteld. Hij had het overleefd, had hij gezegd, omdat hij zijn ondervragers had verteld wat hij dacht dat ze wilden horen. Dat zou Jihan ook gaan doen. Ze zou hun natuurlijk niet de waarheid gaan vertellen, maar een leugen die zo onweerstaanbaar was dat ze er alles van wilden horen. Ze twijfelde geen moment aan haar vermogen hen voor de gek te houden. Ze hield haar hele leven al mensen voor de gek.

En dus schreef ze, terwijl ze daar zo in het donker lag, het asfalt onder haar weg zoevend, het verhaal dat, naar ze hoopte, haar leven zou redden. Het was het verhaal van een onwaarschijnlijk verbond tussen een machtig man en een eenzame, jonge vrouw, een verhaal over hebzucht en bedrog. Ze herschreef het begin, bewerkte zo hier en daar nog iets, en tegen de tijd dat de auto eindelijk tot stilstand kwam, was het af. Toen de klep van de kofferbak openging, zag ze nog net het gezicht van Mr. Omari, voordat hij een zwarte kap over haar hoofd trok. Die kap had ze wel verwacht. De Syrische dissident had haar verteld dat ze bij de Moeghabarat mensen graag van hun zintuiglijke waarnemingen beroofden.

Ze werd uit de kofferbak getild en ruw over een stuk grind geleid. Daarna moest ze een trap af die zo steil was, dat ze het uiteindelijk maar opgaven en haar naar beneden droegen, waar ze op een betonnen vloer werd gedumpt. Even later hoorde ze een deur dichtslaan, gevolgd door het geluid van zich verwijderende voetstappen. Enkele seconden bleef ze nog bewegingloos liggen, toen trok ze de kap van haar hoofd, om tot de ontdekking te komen dat ze zich wederom in volslagen duisternis bevond. Ze probeerde niet te huiveren, maar kon het niet onderdrukken. Ze probeerde niet te huilen, maar al snel was haar gezicht nat van tranen. Toen dacht ze aan haar verhaal. Het was de schuld van Mr. al-Siddiqi, hield ze zich voor. Dit zou allemaal niet zijn gebeurd, als Mr. al-Siddiqi haar geen baan had aangeboden.

54

TEL AVIV - HAUTE-SAVOIE, FRANKRIJK

Uiteindelijk bleken de tien computergenieën beter bekend als de Minyan toch nog verkeerd te hebben ingeschat hoelang het zou gaan duren. Het hele proces nam geen vijf minuten in beslag, maar net iets meer dan drie. Dat wilde zeggen dat het Bureau om vijf minuten voor halfvijf Tel Aviv-tijd kon beschikken over acht komma twee miljard dollar van het vermogen van de Syrische heerser. Een minuut later stuurde Uzi Navot een bericht aan Gabriel in het safehouse in Genève dat de transactie was voltooid.

Onmiddellijk gaf Gabriel opdracht tot nog een transactie: er moest vijfhonderd miljoen dollar worden overgemaakt naar een rekening van de TransArabian Bank in Zürich. Het geld kwam binnen om één minuut voor halfvier plaatselijke tijd, terwijl de rekeninghouder, Waleed al-Siddiqi vastzat in de Parijse middagspits.

Gabriel probeerde de bankier op zijn mobiel te bellen, maar hij kreeg geen gehoor. Hij verbrak de verbinding, wachtte even, en deed toen nog een poging.

Lang lieten ze haar niet wachten, hooguit vijf minuten. Er werd op de deur gebonsd en een mannenstem beval Jihan de kap weer over haar hoofd te doen. Het was de man die op het vliegveld van Genève op haar had staan wachten. Ze herkende zijn stem en het luchtje dat hij op had, toen hij haar even later overeind trok. Hij loodste haar de steile trap weer op, en vervolgens over een marmeren vloer. Ze nam aan dat ze in een of ander groot, officieel gebouw waren, aangezien de echo van het geluid van haar voetstappen van ver leek te komen.

Uiteindelijk liet hij haar abrupt stoppen en duwde haar op een harde houten stoel. Daar liet hij haar even zitten, verblind door de kap en door een allesverterende angst voor wat er zou komen. Ze vroeg zich af hoelang ze nog te leven had. Of misschien was ze al dood.

Nog een minuut kroop voorbij. Toen trok een hand de kap van haar hoofd, hardhandig een pluk haar meenemend. Voor haar stond Mr. Omari, een rubberen knuppel in zijn hand. In plaats van naar hem te kijken, keek Jihan om zich heen. Ze bevonden zich in een grote, weelderig ingerichte ruimte van een groot château. Nee, geen château realiseerde ze zich plotseling, maar een paleis. Het zag er allemaal nog heel nieuw uit, alsof er nog niet in was geleefd. 'Waar ben ik?' vroeg ze.

'Doet dat er iets toe?'

Nogmaals ging haar blik de ruimte door. 'Van wie is dit?'

'De president van Syrië.' Hij zweeg even en voegde er toen aan toe: 'Jouw president, Jihan.'

'Ik ben Duits staatsburger. Jullie hebben het recht niet mij vast te houden.'

De twee mannen keken elkaar even glimlachend aan. Vervolgens legde Mr. Omari zijn mobiele telefoon op het sierlijke tafeltje naast Jihans stoel.

'Bel je ambassade maar, Jihan. Of misschien nog beter,' vervolgde hij, 'bel de Franse politie. Ik weet zeker dat die binnen de kortste keren op de stoep staan.'

Jihan verroerde zich niet.

'Bel dan,' zei hij. 'Het alarmnummer in Frankrijk is één, één, twee. En dan zeventien voor de politie.'

Nu ging haar hand naar de telefoon, maar voordat ze die had kunnen pakken was de knuppel al als een moker op de rug van haar hand neergedaald. Onmiddellijk klapte ze dubbel, haar mishandelde hand omklemmend alsof het een vleugellam vogeltje was. Het volgende moment raakte de knuppel haar nek, en ze viel op de vloer. Daar bleef ze liggen, zich zo klein mogelijk makend, niet in staat zich te bewegen, niet in staat iets anders te produceren dan een gesmoorde, doodsbange snik. Hier ga ik dus dood, dacht ze. In het paleis van de heerser, in een land dat niet het mijne is. Ze wachtte op de volgende klap, maar die kwam niet. In plaats daarvan werd ze ruw bij haar haar gegrepen en met haar gezicht naar dat van Mr. Omari gedraaid.

'Als we in Syrië waren geweest,' zei hij, 'zouden we allerlei middelen tot onze beschikking hebben gehad om je aan het praten te krijgen. Maar hier hebben we alleen dit.' Hij zwaaide met de knuppel heen en weer. 'Het kan even duren, en je ziet er ongetwijfeld niet meer uit wanneer ik met je klaar ben, maar uiteindelijk zul je praten, Jihan. Iedereen praat.'

Een ogenblik lang was ze nog niet tot spreken in staat. Toen slaagde ze erin te vragen: 'Wat willen jullie weten?'

'Ik wil weten voor wie je werkt.'

'Ik werk voor Waleed al-Siddiqi bij Bank Weber AG in Linz, in Oostenrijk.'

De knuppel raakte de zijkant van haar gezicht. Even zag ze niets meer.

'Wie is je vanochtend gevolgd, naar het hotel in Genève?'

'Ik wist niet dat ik werd gevolgd.'

Deze keer kwam de knuppel tegen de zijkant van haar nek terecht. Het zou haar niet hebben verbaasd haar hoofd over de marmeren vloer te hebben zien rollen.

'Je liegt, Jihan.'

'Ik lieg niet! Alstublieft,' smeekte ze, 'sla me niet meer.'

Hij hield haar nog steeds bij haar haar vast. Zijn gezicht was rood van woede en inspanning. 'Ik ga je een simpele vraag stellen, Jihan. Wees ervan overtuigd dat ik het antwoord op die vraag ken. Als je me de waarheid vertelt, zal je niets gebeuren. Maar als je tegen me liegt, zal er weinig van je over zijn wanneer ik met je klaar ben.' Hij schudde haar hoofd ruw heen en weer. 'Heb je dat begrepen, Jihan?'

'Ja.'

'Vertel me waar je bent geboren.'

'In Syrië.'

'Waar in Syrië, Jihan?'

'In Hama,' antwoordde ze. 'Ik ben geboren in Hama.'

'Hoe heette je vader?'

'Ibrahim Nawaz.'

'Was hij lid van de Moslimbroederschap?'

'Ja.'

'Is hij omgekomen tijdens de opstand in Hama in februari 1982?'

'Nee,' zei ze. 'Hij is vermoord door het regime in 1982, net als mijn broers en mijn moeder.'

Mr. Omari was duidelijk niet van plan in discussie te gaan over details. 'Maar jij niet,' constateerde hij.

'Nee,' zei ze. 'Ik heb het overleefd.'

'Waarom heb je Mr. al-Siddiqi hierover niets verteld toen hij je aannam bij Bank Weber?'

'Hoe bedoelt u?'

'Speel geen spelletjes met me, Jihan.'

'Dat doe ik niet,' verklaarde ze.

'Heb je Mr. al-Siddiqi verteld dat je in Hama bent geboren?'

'Ja.'

'Heb je Mr. al-Siddiqi verteld dat je familie is omgekomen tijdens de opstand?'

'Ja.'

'Heb je hem verteld dat je vader lid was van de Moslimbroederschap?'

'Natuurlijk,' zei ze. 'Ik heb Mr. al-Siddiqi alles verteld.'

Pas bij de vierde poging nam Waleed al-Siddiqi zijn telefoon op. Enkele seconden lang zei hij niets, terwijl het rode lichtje als een nerveuze hartslag op Gabriels computerscherm bleef knipperen. Toen vroeg hij in het Arabisch: 'Met wie spreek ik?'

'Ik bel in verband met een probleem met een van je rekeningen,' zei Gabriel op kalme toon. 'Of liever gezegd met meerdere rekeningen.'

'Waar gaat dit over?'

'Als ik jou was, Waleed, zou ik Dennis Cahill van de Trade Winds Bank op de Kaaimaneilanden maar even bellen om te vragen of er onlangs nog iets met de rekeningen van LXR Investments is gebeurd. En als je toch bezig bent, bel dan ook gelijk met Gérard Beringer, de man die je net bij Société Générale hebt gesproken. En dan wil ik dat je mij terugbelt. Je hebt vijf minuten. En schiet een beetje op, Waleed. Laat me niet wachten.' Na die woorden verbrak Gabriel de verbinding.

'Dat moet wel werken,' zei Eli Lavon.

Gabriel keek naar het beeldscherm en glimlachte. Het werkte al.

Hij belde met Trade Winds en met Société Générale. Daarna belde hij ook nog met Credit Suisse, de Centrum Bank in Liechtenstein, en de First Gulf Bank in Dubai. Overal kreeg hij hetzelfde verhaal te horen. Uiteindelijk, tien minuten later dan hem was gezegd, belde hij Gabriel. 'Hiermee kom je echt niet ongestraft weg.'

'Toch wel,' zei Gabriel.

'Wat heb je gedaan?'

'Ik heb niets gedaan, Waleed. Jij bent degene die het geld van de heerser achterover heeft gedrukt.'

'Waar heb je het over?'

'Volgens mij moet je nog één telefoontje plegen, Waleed.'

'Met wie?'

Gabriel zei het hem. Daarna verbrak hij de verbinding en zette het geluid van zijn computer harder. Tien seconden later ging bij de Trans-Arabian Bank in Zürich de telefoon.

55

HAUTE-SAVOIE, FRANKRIJK

Ze brachten haar een schaal ijswater voor haar hand. Een grote, zilveren schaal voor haar bloederige, gezwollen hand. De plotselinge kou verdoofde wel de pijn, maar niet de woede die door haar heen raasde. Mannen als Mr. Omari hadden haar alles afgenomen: haar familie, haar leven, haar stad. Nu, na al die tijd, kreeg ze eindelijk de kans de confrontatie met zo'n man aan te gaan. En heel misschien, dacht ze, zou ze hem zelfs kunnen verslaan.

'Sigaret?' vroeg hij.

En ja, ook dat gebaar van genade van de moordenaar nam ze aan.

Hij plaatste een Marlboro tussen haar geopende lippen en stak die aan.

Ze nam een trek, en haalde de sigaret toen onhandig, met haar linkerhand, tussen haar lippen vandaan.

'Gaat het goed met je, Jihan?'

Zonder iets te zeggen haalde ze haar hand even uit het ijswater.

'Dat zou niet zijn gebeurd wanneer je me de waarheid had verteld.'

'Daartoe heb ik ook niet echt de kans gekregen.'

'Nu wel.'

Ze besloot zijn ongeduld nog een beetje te voeden. Ze nam nog een trek van de sigaret, en blies de rook naar het rijkversierde plafond van de heerser. 'En als ik vertel wat ik weet? Wat dan?'

'Dan ben je vrij om te gaan.'

'Waarheen?'

'Die keuze is aan jou.'

Langzaam liet ze haar hand weer in het water zakken. 'Neem me niet kwalijk, Mr. Omari,' zei ze, 'maar zoals u zich misschien wel kunt voorstellen, heb ik niet veel vertrouwen in wat u zegt.'

‘Dan rest mij niets anders dan ook je andere hand te breken.’ Een wrede glimlach speelde om zijn lippen. ‘En daarna breek ik je ribben en alle botten in je gezicht.’

‘Wat wilt u van me?’ vroeg ze na een korte stilte.

‘Ik wil dat je me alles vertelt wat je over Waleed al-Siddiqi weet.’

‘Hij is geboren in Syrië. Hij heeft veel geld verdiend. Hij heeft een aandeel gekocht in een kleine particuliere bank in Linz.’

‘Weet je waarom hij die bank heeft gekocht?’

‘Die gebruikt hij om geld te investeren en vermogen te verbergen van invloedrijke klanten uit het Midden-Oosten.’

‘Weet je ook namen van die klanten?’

‘Eentje maar,’ antwoordde ze, om zich heen kijkend.

‘Hoe ben je achter de identiteit van die klant gekomen?’

‘Die heeft Mr. al-Siddiqi me verteld.’

‘Waarom zou hij je zoiets vertellen?’

‘Ik neem aan dat hij indruk op me wilde maken.’

‘Weet je ook waar het geld is geïnvesteerd?’

‘Zürich, Liechtenstein, Hong Kong, Dubai… de gebruikelijke plekken.’

‘En de rekeningnummers? Ken je die ook?’

‘Nee.’ Ze schudde haar hoofd. ‘Alleen Mr. al-Siddiqi kent de rekeningnummers.’ Ze legde haar hand op haar hart. ‘Die informatie draagt hij met zich mee, in een zwartleren notitieboekje.’

Op datzelfde moment zat de man die het middelpunt vormde van Jihans opmerkelijke verhaal alleen op de achterbank van zijn auto, overwegend wat hem nu te doen stond – of zoals Christopher Keller later zou zeggen: overwegend hoe hij een zo pijnloos mogelijke dood zou kunnen sterven. Uiteindelijk belde al-Siddiqi Gabriel en ging overstag. ‘Wie ben jij?’ vroeg hij.

‘Daar zul je snel genoeg achter komen.’

'Wat wil je van me?'

'Ik wil dat je Kemel al-Farouk belt en dat je hem vertelt dat acht miljard dollar van het vermogen van de heerser door jouw toedoen op een verkeerde plek terecht is gekomen. Ik wil dat je hem daarna vertelt dat een aanzienlijk deel van dat geld op een rekening onder jouw naam is beland.'

'En dan?'

'Dan bied ik je een fantastische investeringskans,' zei Gabriel. 'Het is een voorstel waarbij je niets te verliezen hebt, een unieke kans om heel snel heel veel geld te verdienen. Hoor je wat ik zeg, Waleed? Heb ik je volle aandacht?'

Mr. Omari wilde Jihan net vragen wat voor relatie ze met Waleed al-Siddiqi had, toen zijn telefoon begon te trillen. Hij luisterde even zwijgend, gromde iets, en verbrak de verbinding. Vervolgens knikte hij naar zijn jonge chauffeur en handlanger, die de zwarte kap weer over Jihans hoofd trok en haar naar beneden, naar haar cel terugbracht.

Daar lieten ze haar achter, in het pikkedonker, haar hand kloppend van de pijn, haar hoofd gevuld met angst. Misschien was ze al dood. Of misschien, dacht ze, had ze hen uiteindelijk toch nog verslagen.

56

ANNECY, FRANKRIJK

Gabriel en Eli Lavon maakten nog een laatste ritje samen, Gabriel zat achter het stuur en Lavon zat naast hem te piekeren en zich druk te maken, zoals gewoonlijk. Ze reden naar het westen, de Franse grens over, en toen naar het zuiden, via het platteland van de Haute-Savoie, naar Annecy. Het begon al een beetje donker te worden tegen de tijd dat ze aankwamen. Gabriel zette Lavon in de buurt van de *prefecture de police* af en parkeerde de auto vlak bij de Saint-François de Sales-kerk, een mooi wit bouwwerk aan de oever van de Thiou. Onwillekeurig moest Gabriel denken aan de San Sebastiano in Venetië. Hij wierp een blik naar binnen, zich afvragend of hij een restaurateur voor een Veronese zou aantreffen, en liep toen naar het nabijgelegen café, de Savoie Bar genaamd.

Het was een tentje van niks met een eenvoudig menu en een paar tafeltjes onder een rode luifel. Aan een van de tafeltjes zat Christopher Keller. Hij droeg wederom de blonde pruik en de bril met blauw getinte glazen van Peter Rutledge, de meester-kunstdief die nooit had bestaan. Gabriel ging tegenover hem zitten en legde zijn BlackBerry op tafel. Toen er eindelijk een ober opdook, bestelde hij koffie.

'Ik moet toegeven,' zei Keller na een tijdje, 'dat ik niet had verwacht dat het zo zou aflopen.'

'Hoe had jij dan gehoopt dat het zou aflopen, Christopher?'

'Met die Caravaggio in jouw handen, natuurlijk.'

'We kunnen niet alles hebben. Bovendien heb ik iets veel beters gevonden dan de Caravaggio. Iets veel waardevollers ook.'

'Jihan?'

Gabriel knikte.

'Het meisje van acht miljard,' mompelde Keller.

'Acht komma twee,' zei Gabriel. 'Maar ach, wat maakt het uit.'

'Je hebt je nog niet bedacht?'

'Waarover?'

'Het sluiten van een deal.'

'Absoluut niet.'

Op dat moment liep Eli Lavon langs, en hij ging bij het café naast het hunne aan een tafeltje bij Yaakov zitten.

Mikhail en Yossi hadden zich strategisch opgesteld in een smal straatje dat de Rue Grenette heette en Oded hield de auto in de gaten vanuit de onvermijdelijke kebabtent.

'Het is een goed team,' zei Keller, het plein rondkijkend. 'Allemaal prima mensen. Dit was niet hun fout. Je had die operatie in Linz uitstekend georganiseerd, Gabriel. Er moet iets zijn misgegaan aan het eind.'

Zonder antwoord te geven keek Gabriel op zijn BlackBerry.

'Waar is hij?' vroeg Keller.

'Zo'n anderhalve kilometer ten noorden van de stad en hij komt snel dichterbij.'

'Ik geloof dat ik dit wel leuk ga vinden.'

'Iets zegt me dat Waleed dat heel anders zal ervaren.' Gabriel legde de BlackBerry weer op tafel en schonk Keller een glimlachje. 'Het spijt me dat ik je hierbij heb betrokken,' zei hij.

'Eerlijk gezegd had ik het voor geen goud willen missen.'

'Misschien is er toch nog hoop voor je, Christopher. Je bent er zowaar in geslaagd deze keer niemand te doden.'

'Weet je zeker dat we niemand hebben gedood?'

'Nog niet.' Gabriel keek weer op de BlackBerry. Het knipperende rode lichtje bevond zich inmiddels binnen de stadsgrenzen van Annecy.

'Hij komt nog steeds onze kant op?' vroeg Keller.

Gabriel knikte.

'Misschien kun je de onderhandelingen beter aan mij overlaten.'

'Waarom zou ik dat doen?'

‘Omdat het misschien niet zo’n goed idee is ze jouw gezicht te laten zien. Per slot van rekening,’ voegde Keller eraan toe, ‘hebben ze er nog geen idee van dat het Bureau hierbij op een of andere manier betrokken is.’

‘Tenzij ze dat er bij Jihan uit geslagen hebben.’

Keller deed er het zwijgen toe.

‘Ik waardeer je aanbod, Christopher, maar ik moet dit echt zelf doen. Bovendien,’ voegde Gabriel eraan toe, ‘wil ik dat de slager en zijn trawanten weten dat ik hierachter zat. Iets zegt me dat dat mijn werk er straks, als ik het Bureau overneem, makkelijker op maakt.’

‘Dat ga je toch niet echt doen, of wel?’

‘Ik heb niet veel keus.’

‘We kiezen allemaal het leven dat we leiden,’ verklaarde Keller. ‘Zelfs ik,’ voegde hij er nog aan toe.

Even bleef het stil. ‘Mijn aanbod geldt nog steeds,’ zei Gabriel toen.

‘Voor jou komen werken bij het Bureau?’

‘Nee,’ zei Gabriel. ‘Je kunt voor Graham Seymour gaan werken bij MI6. Hij zal je een nieuwe identiteit geven, een nieuw leven. Dan kun je weer naar huis. En belangrijker nog, je kunt je ouders vertellen dat je nog leeft. Het is echt zo verschrikkelijk wat je hun hebt aangedaan. Als ik je niet zo graag mocht, zou ik je –’

‘Denk je dat dat echt iets zou worden?’ vroeg Keller, hem in de rede vallend.

‘Wat?’

‘Ik als MI6-man?’

‘Waarom niet?’

‘Ik hou van mijn leven op Corsica.’

‘Dan hou je daar toch gewoon een huis?’

‘Qua geld zou het een stuk minder worden.’

‘Inderdaad,’ beaamde Gabriel, ‘maar je hebt al meer dan genoeg geld.’

‘Het zou een enorme verandering zijn.’

'Soms zijn veranderingen goed.'

Keller deed alsof hij erover nadacht. 'Weet je, ik heb het nooit echt leuk gevonden mensen te doden. Het is gewoon iets waar ik goed in ben.'

'Ik weet precies wat je bedoelt, Christopher.' Gabriel wierp weer een blik op zijn BlackBerry.

'Waar is hij?'

'Dichtbij,' zei Gabriel. 'Heel dichtbij.'

'Waar?' vroeg Keller nogmaals.

Gabriel knikte naar de Rue Grenette. 'Daar.'

57

ANNECY, FRANKRIJK

Het was dezelfde Mercedes als die waarmee hij naar zijn afspraak bij Société Générale was gebracht, met dezelfde man van de Parijse afdeling van de Syrische geheime dienst achter het stuur. Mikhail schoof op de achterbank en fouilleerde Waleed al-Siddiqi grondig, zijn wapen op de rug van de chauffeur gericht. Zodra hij daarmee klaar was, stapten beide mannen uit en reed de auto weg. Mikhail loodste al-Siddiqi het plein over, naar het tafeltje van de Savoie Bar waaraan Gabriel en Keller op hem zaten te wachten.

De Syriër zag er niet echt goed uit, maar dat was natuurlijk niet zo gek. Bankiers die in één middag acht miljard dollar kwijtraakten zagen er meestal niet zo lekker uit.

'Waleed,' zei Gabriel opgewekt. 'Fijn dat je er bent. Sorry dat ik je helemaal hiernaartoe heb laten komen, maar dit soort dingen kun je het best persoonlijk doen.'

'Waar is het geld?'

'Waar is mijn meisje?'

'Dat weet ik niet.'

'Verkeerde antwoord.'

'Het is de waarheid.'

'Geef me je telefoon.'

De Syrische bankier gaf hem het toestel.

Gabriel opende de lijst met de laatste gesprekken en zag welke nummers al-Siddiqi herhaaldelijk had gebeld sinds de ontdekking dat er acht miljard dollar, toebehorend aan de leider van Syrië, was verdwenen.

'Welke?' vroeg Gabriel.

'Die.' De bankier raakte het scherm even aan.

'Wie krijg ik dan aan de telefoon?'

'Een man die Mr. Omari heet.'

'Wat doet die man voor de kost?'

'Moeghabarat.'

'Heeft hij haar pijn gedaan?'

'Ik ben bang dat dat zijn specialiteit is.'

Gabriel toetste het nummer in. Twee keer ging hij over, toen hoorde hij een mannenstem. 'Mr. Omari?'

'Met wie spreek ik?'

'Mijn naam is Gabriel Allon. Misschien hebt u weleens van mij gehoord.'

Stilte.

'Ik neem aan dat dat ja betekent?' zei Gabriel. 'Wilt u dan nu zo vriendelijk zijn de telefoon aan Jihan te geven? Ik wil zeker weten dat u haar hebt.'

Weer bleef het even stil. Toen was daar de stem van Jihan. 'Met mij,' was alles wat ze zei.

'Waar ben je?'

'Dat weet ik niet.'

'Hebben ze je pijn gedaan?'

'Het viel wel mee.'

'Blijf bij me, Jihan. Je bent bijna thuis.'

De telefoon ging weer in andere handen over en Mr. Omari vroeg: 'Waar moeten we naartoe?'

'De Rue Grenette in het centrum van Annecy. Vlak bij de kerk is een restaurant dat Chez Lise heet. Parkeer daar en wacht tot ik bel. En waag het niet ook nog maar een vinger naar haar uit te steken. Als je dat doet, maak ik er mijn levenswerk van jou te vinden en je te doden. Dat je het weet.' Gabriel verbrak de verbinding en gaf de telefoon terug aan al-Siddiqi.

'Ik dacht al dat je me bekend voorkwam,' zei de Syriër. Hij richtte zijn blik op Keller en voegde eraan toe: ‘Hij ook. Om precies te zijn lijkt hij verdacht veel op een man die een paar weken geleden in Parijs een gestolen Van Gogh probeerde te verkopen.’

‘En jij was zo dom die te kopen. Maar maak je geen zorgen,’ zei Gabriel. ‘Hij was niet echt.’

‘En het European Business Initiative in Londen? Ik neem aan dat dat ook een farce was?’

Gabriel zei niets.

‘Mijn complimenten, Allon. Ik had al gehoord dat je creatief was.’

‘Hoeveel heb je er, Waleed?’

‘Schilderijen?’

Gabriel knikte.

‘Genoeg om een klein museum te vullen.’

‘Genoeg om de heersende familie het leven te laten leiden dat ze gewend zijn,’ zei Gabriel op kille toon. ‘Voor het geval iemand de bankrekeningen zou vinden.’

‘Ja,’ beaamde de Syriër. ‘Voor het geval dat.’

‘Waar zijn de schilderijen op dit moment?’

‘Overal en nergens,’ antwoordde al-Siddiqi. ‘Voornamelijk in bankkluizen.’

‘En de Caravaggio?’

‘Ik zou het niet weten.’

Dreigend boog Gabriel zich over de tafel heen. ‘Ik beschouw mezelf als een redelijk man, Waleed, maar mijn vriend Mr. Bartholomew staat bekend om zijn korte lontje. Daarnaast is hij ook nog eens een van de weinige mensen ter wereld die gevaarlijker is dan ik. Dit is dus geen moment om je van de domme te houden.’

‘Ik vertel je de waarheid, Allon. Ik weet niet waar de Caravaggio is.’

‘Wie heeft hem het laatst in handen gehad?’

‘Moeilijk te zeggen, maar ik vermoed dat het Jack Bradshaw was.’

‘En daarom heb je hem laten vermoorden.’

‘Ik?’ Al-Siddiqi schudde zijn hoofd. ‘Ik heb niets met de dood van Bradshaw te maken. Waarom zou ik hem vermoorden? Hij was mijn enige verbinding met het louche deel van de kunstwereld. Ik was van plan hem te gebruiken om van de schilderijen af te komen, mocht ik ooit snel geld nodig hebben.’

‘Wie heeft hem dan wel vermoord?’

‘Mr. Omari.’

‘Waarom zou iemand uit het middenkader van de Moeghabarat een man als Jack Bradshaw vermoorden?’

‘Omdat hij daartoe opdracht had gekregen.’

‘Van wie?’

‘Van de president van Syrië, natuurlijk.’

Gabriel wilde Jihan niet langer in de handen van de moordenaars laten dan strikt noodzakelijk was, maar hij kon nu niet meer terug. Hij moest het weten. En dus luisterde hij, terwijl de avond viel en de kerkklokken luidden, naar de bankier, die vertelde dat het nooit de bedoeling was geweest dat de Caravaggio gebruikt zou gaan worden als onderwereldcash. Het was de bedoeling geweest dat hij, gerestaureerd en al, naar Syrië zou gaan om daar te worden opgehangen in een van de paleizen van de heerser. En toen het schilderij was verdwenen, was de heerser in heftige woede ontstoken. Hij gaf Mr. Omari, gerespecteerd lid van de Moeghabarat en voormalig bodyguard van zijn vader, opdracht uit te zoeken waar het schilderij was. Die begon zijn zoektocht bij de villa van Jack Bradshaw aan het Comomeer.

‘Het was dus echt Omari die Bradshaw heeft vermoord?’ vroeg Gabriel.

‘En zijn vervalser,’ antwoordde al-Siddiqi.

‘En hoe zit het met Samir?’

‘Die was niet langer nodig.’

Net als jij, dacht Gabriel. Toen vroeg hij: ‘Waar is de Caravaggio nu?’

‘Omari heeft hem nooit kunnen vinden. De Caravaggio is weg. Wie weet?' voegde al-Siddiqi er schouderophalend aan toe. 'Misschien is er nooit een Caravaggio geweest.'

Op dat moment stopte er een auto in de Rue Grenette, een zwarte Mercedes met getinte ramen. Gabriel pakte al-Siddiqi's telefoon en belde Omari weer, die onmiddellijk opnam. Gabriel zei dat hij de telefoon aan Jihan moest geven.

'Met mij,' zei ze weer.

'Waar ben je?' vroeg Gabriel.

'In een geparkeerde auto in een straat in Annecy.'

'Zie je een restaurant?'

'Ja.'

'Hoe heet het?'

'Chez Lise.'

'Nog een paar minuten, Jihan. Dan mag je naar huis.'

Het volgende moment was de lijn weer dood. Gabriel gaf de telefoon aan al-Siddiqi en vertelde hem de voorwaarden van de deal.

Die waren heel simpel: acht komma twee miljard dollar voor één vrouw, minus vijftig miljoen dollar om haar een nieuw leven te geven en beveiliging voor de rest van dat leven. Al-Siddiqi stemde er zonder tegenstribbelen mee in. Eerlijk gezegd was hij verbaasd over het gulle aanbod.

'Waar moet het geld naartoe?'

'Gazprombank in Moskou.'

'Rekeningnummer?'

Al-Siddiqi gaf Gabriel een papiertje met het nummer erop.

Gabriel gaf het door aan King Saul Boulevard en zei vervolgens tegen Uzi Navot dat hij nog een keer op de knop moest drukken. Het duurde maar tien seconden. Toen was het geld weg.

'Bel je man bij de Gazprombank maar,' zei Gabriel tegen al-Siddiqi. 'Hij zal je vertellen dat het saldo van de bank zojuist behoorlijk is gestegen.'

Het was middernacht in Moskou, maar al-Siddiqi's contactpersoon zat achter zijn bureau, te wachten op zijn telefoontje. Gabriel kon van een afstandje horen hoe opgewonden hij was. Hij vroeg zich af hoeveel van het geld de Russische president zich zou toeëigenen, voordat de Syriër het naar veiliger water zou kunnen loodsen.

'Tevreden?' vroeg Gabriel.

'Bijzonder indrukwekkend,' zei de bankier.

'Laat de complimentjes maar zitten, Waleed. Bel Mr. Omari en zeg dat hij die verdomde deur moet opengooien.'

Dertig seconden later ging het portier open en kwam er een voet in een degelijke pump tevoorschijn. Het volgende moment was ze de auto uit, haar filmsterrenzonnebril op om de blauwe plekken op haar gezicht te verbergen, haar tas over haar schouder. Haar linkerschouder, want haar rechterhand was te dik ingepakt om er ook maar iets mee te kunnen doen, constateerde Gabriel. Ze liep het plein op, haar hakken klikkend op de keien, maar Mikhail loodste haar snel naar een gereedstaande auto, en het volgende moment was ze verdwenen.

Even later nam al-Siddiqi haar plaats in de Mercedes in, en toen was ook hij verdwenen, Gabriel en Keller alleen in het café achterlatend.

'Denk je dat ze bij MI6 ook zo werken?' vroeg Keller.

'Alleen wanneer wij erbij betrokken zijn.'

'Je hebt je nog niet bedacht?'

'Waarover, Keller?'

'Of één leven acht miljard dollar waard is.'

'Nee,' zei Gabriel met een glimlach. 'De beste deal die ik ooit heb gesloten.'

DEEL VIJF

NOG ÉÉN RAAM

58

VENETIË

De daaropvolgende negen dagen draaide de kunstwereld soepel om haar vergulde as, in zalige onwetendheid van de verloren rijkdommen die spoedig haar kant op zouden komen. Toen, op een zwoele middag begin augustus kondigde de directeur van het Van Gogh Museum aan dat Zonnebloemen, olieverf op doek, 95 bij 73 centimeter, weer thuis was. De directeur weigerde te vertellen waar het meesterwerk precies was gevonden, maar later zou bekend worden dat het in een Amsterdamse hotelkamer was achtergelaten. Het schilderij had geen schade opgelopen in de tijd dat het weg was geweest. De directeur had zelfs het idee dat het er beter uitzag dan vóór de diefstal. Het hoofd van de Nederlandse politie eiste alle eer op voor het terugvinden, hoewel hij er in werkelijkheid niets mee te maken had.

Julian Isherwood, voorzitter van de Commissie voor de Bescherming van de Kunst, gaf in Londen een hoogdravende verklaring af, waarin hij het 'een grote dag voor de mensheid en voor alles wat mooi en goed is in de wereld' noemde. Die avond werd hij gesignaleerd aan zijn gebruikelijke tafel in Green's Restaurant, in gezelschap van Amanda Clifton van Sotheby's. Iedereen die daarbij aanwezig was geweest zou later zeggen dat ze hem ronduit verrukt had zitten aankijken. En dat Oliver Dimbleby groen had gezien van jaloezie.

Julian Isherwood, geheim hulpje van spionnen en van één spion in het bijzonder, wist echter dat er nog meer zou komen. Er ging nog een week voorbij, lang genoeg, zoals later werd gezegd, om de euforie over Zonnebloemen een beetje te laten wegebben. Toen onthulde generaal Cesare Ferrari van Kunstzaken in een crèmekleurig palazzo in het centrum van Rome nog drie teruggevonden schilderijen, die lange tijd vermist waren geweest: *De heilige familie* van Parmigianino, *Jonge vrouwen op het platteland* van Renoir, en Klimts *Portret van een vrouw*. Maar dat was nog niet alles. De generaal maakte ook nog de vondst bekend van *Strand bij Pourville* van Monet en *Vrouw met waaier* van Modigliani, samen met werken van Matisse, Degas, Picasso, Rembrandt, Cézanne, Delacroix en iets wat van Titiaan zou kunnen zijn. De persconferentie werd gegeven met alle flair en gevoel voor drama waarom generaal Ferrari bekendstond, maar het opmerkelijkste was misschien nog wel wat de kunstspeurder niet vertelde, namelijk waar en hoe de werken waren gevonden. Hij zinspeelde wel op een groot, geraffineerd netwerk van dieven, smokkelaars en helers, en suggereerde dat er nog meer schilderijen zouden komen. Vervolgens maakte hij aanstalten te vertrekken, zich verschuilend achter het excuus van het lopende onderzoek. Hij bleef alleen nog even staan om te reageren op de gebruikelijke vraag naar de zoektocht naar wat nog steeds het belangrijkste doelwit was van Kunstzaken: *De geboorte van Christus met de Heiligen Laurentius en Franciscus van Assisi* van Caravaggio. 'Ik zeg liever geen nooit,' zei hij op treurige toon, en daarna was hij verdwenen.

De blijde gebeurtenissen in Amsterdam en Rome stonden in sterk contrast met het nieuws uit Oostenrijk, waar de autoriteiten een heel ander mysterie probeerden op te lossen: de verdwijning van twee mensen, een man van begin vijftig, en een vrouw van negenendertig, uit Linz, oude handelsstad aan de Donau. De man was Waleed al-Siddiqi, mede-eigenaar van een kleine particuliere bank. De vrouw was Jihan Nawaz, accountmanager bij diezelfde bank. Dat ze allebei in Syrië waren geboren was grond voor speculaties over kwade opzet, net als de activiteiten van Jihan Nawaz de dag van haar verdwijning. Volgens de autoriteiten was ze van Linz naar Genève gereisd, waar de beveiligingscamera's van Hotel Métropole haar hadden vastgelegd toen ze de kamer binnen ging van Kemel al-Farouk, onderminister van Buitenlandse Zaken van Syrië en vertrouweling en adviseur van de president van het land. Dat leidde onvermijdelijk tot het vermoeden dat Miss Nawaz voor de Syrische regering werkte. Sterker nog, een ooit gerespecteerd Duits tijdschrift publiceerde een langdradig artikel, waarin ze ervan werd beschuldigd een spion van de Syrische geheime dienst te zijn. Dat verhaal werd twee dagen later volledig onderuitgehaald, toen een familielid uit Hamburg bekende dat de gegevens op de immigratiepapieren van de vermiste vrouw niet helemaal klopten. Ze was niet geboren in Damascus, zoals werd aangenomen, maar in Hama, waar regeringstroepen haar hele familie in februari 1982 hadden vermoord. Jihan Nawaz was geen werktuig van het regime, verklaarde het familielid, maar een overtuigd tegenstander.

Die ontwikkeling deed al snel het vermoeden rijzen dat Jihan Nawaz niet voor de Syrische regering had gewerkt, maar voor een westerse geheime dienst. Een vermoeden dat sterker werd naarmate er bij de pers meer over haar verdwenen werkgever bekend werd, met name dat hij betrokken zou zijn geweest bij het verbergen en beheren van vermogen van de Syrische heerser.

Toen kwam een computerbeveiligingsbedrijf met het nieuws over een serie financiële transacties die ze tijdens een routinecontrole van internet hadden ontdekt. Miljarden dollars zouden van rekeningen van vooraanstaande banken van over de hele wereld in ongewoon korte tijd naar één enkele locatie zijn verplaatst. Om hoeveel geld het precies ging kon het bedrijf niet zeggen, net zomin als wie er achter de transacties zat. Wel wisten ze zo hier en daar nog iets van de gebruikte code te traceren, een code die iedereen verbijsterde. Dit was niet het werk van gewone hackers, maar van professionals die voor een overheid werkten, werd gezegd. Eén deskundige vergeleek de code met het Stuxnet-virus waarmee het computernetwerk van het Iraanse atoomprogramma was besmet.

Op dat moment bleef het licht van een onwelkome schijnwerper onwillekeurig rusten op de geheime dienst waarvan het hoofdkwartier in een anoniem kantoorpand in Tel Aviv zat. Deskundigen zagen onweerlegbaar bewijsmateriaal, een volmaakte combinatie van mogelijkheden en beweegredenen, en voor één keer hadden de deskundigen gelijk. Geen van hen zou echter ooit een verband leggen tussen de verdachte geldbewegingen en de onlangs teruggevonden gestolen meesterwerken. Ook vermoedde niemand de betrokkenheid van de man van gemiddelde lengte en bouw, de zon tussen kleine sterren, die op de derde woensdag van augustus terugkeerde naar een kerk in Venetië.

Het houten platform op de stellage zag er nog precies zo uit als hij het maanden geleden had achtergelaten: flessen chemicaliën, een pluk watten, een bos stokjes, een vergrootbril, twee krachtige halogeenlampen. Hij stopte een cd van La Bohème in de met verf besmeurde draagbare stereo-installatie en begon te werken. Dopen, draaien, weggooien... Dopen, draaien, weggooien...

Er waren dagen dat hij niet kon wachten tot het af was, en dagen dat hij hoopte dat er nooit een einde aan zou komen. Die wisselende stemmingen projecteerde hij ook op het doek. De ene keer werkte hij met de traagheid van Veronese, de andere keer met de roekeloze haast van Van Gogh, wanneer die probeerde de essentie van zijn onderwerp vast te leggen voordat het zou verwelken en doodgaan. Gelukkig waren er geen getuigen van zijn grillige gedrag. De andere leden van het team hadden hun werk tijdens zijn lange afwezigheid al afgerond. Hij was alléén in het huis van een andere godsdienst, een ander volk.

De operatie was nooit lang uit zijn gedachten. Voor zijn geestesoog nam die de gedaante aan van een serie stillevens, landschappen en portretten: de gevallen spion, de kunstdief, de huurmoordenaar, het kind van Hama dat zijn naam op het water van het meer schreef. Het meisje van acht miljard... Hij had geen moment spijt gehad van zijn besluit het geld op te geven in ruil voor haar vrijheid. Geld kon je verdienen en kwijtraken, je kon het vinden en je kon het bevriezen. Maar Jihan Nawaz, het enige overlevende lid van een uitgemoorde familie, was onvervangbaar. Ze was uniek. Ze was een meesterwerk.

De San Sebastiano-kerk zou op 1 oktober weer opengaan voor het publiek, wat betekende dat Gabriel geen andere keus had dan van 's ochtends vroeg tot 's avonds laat te werken, zonder pauze. De meeste dagen kwam Francesco Tiepolo rond het middaguur langs met een zak *cornetti* en een thermosfles verse koffie. Als Gabriel in een royale bui was liet hij Tiepolo zelf iets aan het schilderij doen, maar meestal keek de Italiaan alleen maar mee over zijn schouder, hem aansporend sneller te werken. En nooit kon hij het laten voorzichtig naar Gabriels toekomstplannen te informeren.

'We staan op het punt een mooie opdracht binnen te halen,' zei hij op een middag, terwijl een onweersbui de stad geselde. 'Iets belangrijks.'

'Hoe belangrijk?' vroeg Gabriel.

'Dat mag ik nog niet zeggen.'

'Kerk of *scuola*?'

'Kerk,' zei Tiepolo. 'En het altaarstuk schreeuwt om jou.'

Gabriel glimlachte en ging zwijgend verder met zijn werk.

'Je komt zelfs niet even in de verleiding?'

'Het wordt tijd dat ik naar huis ga, Francesco.'

'Hier ben je thuis,' verklaarde Tiepolo. 'Je moet je kinderen hier in Venetië grootbrengen. En als je dood bent, begraven we je onder een cipres op de begraafplaats van San Michele.'

'Zo oud ben ik nu ook weer niet, Francesco.'

'Je bent ook niet meer zo jong.'

'Heb je niets beters te doen?' vroeg Gabriel, het penseel van zijn rechter- naar zijn linkerhand verplaatsend.

'Nee.' Tiepolo glimlachte. 'Wat kan er nu beter zijn dan toekijken terwijl jij schildert?'

Overdag was het warm en vochtig, maar 's avonds stak er een aangename bries op vanuit de lagune. Dan haalde Gabriel Chiara op bij haar kantoor en gingen ze samen eten. Tegen de tijd dat het half september was, was ze zes maanden zwanger en kon ze dat onmogelijk nog verborgen houden voor de rest van de kleine maar praatgrage Joodse gemeenschap van Venetië. Gabriël vond dat ze er nog nooit zo mooi had uitgezien. Haar huid straalde, haar ogen glinsterden als goudpoeder, en zelfs wanneer ze zich niet helemaal lekker voelde, kon ze alleen maar glimlachen. Ze was van nature iemand die dingen plande, die lijstjes maakte, en iedere avond had ze het tijdens het eten over alles wat ze nog moesten doen. Ze hadden besloten tot de laatste week van oktober, hooguit de eerste week van november, in Venetië te blijven. Dan zouden ze naar Jeruzalem terugkeren om het appartement aan Narkiss Street in gereedheid te brengen voor de geboorte van de kinderen.

'Weet je, ze moeten nog wel een naam hebben,' zei Gabriel, toen ze op een avond in het schemerduister over de Zattere liepen.

'Je moeder had een mooie naam.'

'Inderdaad,' beaamde Gabriel. 'Maar Irene is niet echt een naam voor een jongen.'

'Misschien moeten we het meisje dan maar Irene noemen.'

'Goed idee.'

'En de jongen?'

Gabriel zweeg. Het was nog te vroeg om een naam voor de jongen te kiezen.

'Ik heb Ari vanochtend gesproken,' zei Chiara na een tijdje. 'Het zal je niet verbazen dat hij ongeduldig naar onze thuiskomst uitkijkt.'

'Heb je hem verteld dat ik eerst die Veronese moet afmaken?'

'Ja.'

'En?'

'Hij begrijpt niet waarom een altaarstuk jullie op een moment als dit nog bij elkaar vandaan kan houden.'

'Omdat ik hierna misschien wel nooit meer een altaarstuk kan restaureren.'

'Misschien,' zei Chiara.

Een ogenblik lang liepen ze zwijgend verder. Toen vroeg Gabriel: 'Hoe klonk hij?'

'Ari?'

Hij knikte.

'Niet zo goed, eerlijk gezegd.' Ze keek hem ernstig aan en vroeg: 'Weet jij iets wat ik niet weet? '

'De *signadora* heeft me verteld dat hij niet lang meer heeft.'

'Heeft ze je nóg iets verteld wat ik moet weten?'

'Ja,' zei hij. 'Ze heeft me verteld dat het dichtbij is.'

Het was inmiddels eind september en Gabriel liep hopeloos achter op schema. Tiepolo bood hem nog aan de opening uit te stellen, maar daar wilde Gabriel niets van weten: hij wilde niet dat zijn laatste restauratie in de hem zo dierbare stad van water en schilderijen in de herinnering zou voortleven als de klus die hij niet op tijd had kunnen klaren. En dus sloot hij zich op in de kerk, zonder enige afleiding, en werkte met een uithoudingsvermogen en snelheid die hij zelf niet voor mogelijk had gehouden. Hij slaagde erin op één dag zowel Maria als het Christuskind te retoucheren, en de laatste middag repareerde hij nog het gezichtje van een jongetjesengel met krullend haar, die over de rand van een hemelse wolk naar het aardse lijden beneden gluurde. De jongen leek zo erg op Dani, dat Gabriel tijdens het werken zijn tranen niet in bedwang kon houden. Toen hij klaar was, droogde hij zijn penselen en zijn gezicht, en bleef bewegingloos voor het enorme doek staan, een hand onder zijn kin, zijn hoofd een beetje scheef.

'Is het klaar?' vroeg Francesco Tiepolo, die van onder aan de stelling naar hem stond te kijken.

'Ja,' zei Gabriel. 'Ik denk het wel.'

59

VENETIË

IN DE NOORDWESTELIJKE HOEK VAN de Campo di Ghetto Nuovo bevindt zich een klein, grimmig gedenkteken voor de Joden van Venetië die in december 1943 met een razzia werden opgehaald, in concentratiekampen werden gezet, en in Auschwitz werden vermoord. Toen Gabriel om halfzeven die avond het plein op liep, stond generaal Cesare Ferrari ernaar te kijken. Zijn beschadigde rechterhand zat in zijn broekzak, en zijn norse blik leek een kritischer tintje te hebben dan gewoonlijk.

'Nooit geweten dat dit hier in Venetië is gebeurd,' zei hij, nadat Gabriel zich bij hem had gevoegd. 'De razzia in Rome was anders. Rome was veel te groot om ooit te worden vergeten. Maar hier...' Hij nam het rustige plein in zich op. 'Het lijkt gewoon niet mogelijk.'

Gabriel zweeg.

De generaal deed een stap naar voren en liet zijn beschadigde hand over een van de zeven stenen platen met bas-reliëf gaan. 'Waarvandaan zijn ze meegenomen?' vroeg hij.

'Daarvandaan,' zei Gabriel. Hij gebaarde naar een gebouw met twee verdiepingen rechts van hen. Op het bord boven de deur stond CASA ISRAELITICA DI RIPOSO. Het was een verzorgingshuis voor oude leden van de gemeenschap.

'Tegen de tijd dat de razzia plaatsvond,' zei Gabriel na een tijdje, 'waren de meeste Joden uit Venetië al ondergedoken. De enigen die nog in de stad waren achtergebleven waren oud en ziek. Ze zijn van hun bed gelicht door de Duitsers en hun Italiaanse helpers.'

'Hoeveel mensen wonen daar nu?' vroeg de generaal.

'Een stuk of tien.'

'Niet veel.'

'Er zijn er niet veel meer over.'

De generaal keek nogmaals naar het gedenkteken. 'Ik snap niet dat je op zo'n plek kunt wonen.'

'Dat doe ik ook niet,' zei Gabriel. Toen vroeg hij de generaal waarom hij terug in Venetië was.

'Ik moest wat huishoudelijke zaken regelen bij het filiaal van Kunstzaken hier. En ik wilde de heropening van de San Sebastiano-kerk bijwonen.' Na een korte stilte voegde hij eraan toe: 'Ik heb gehoord dat het grote altaarstuk er behoorlijk goed uitziet. Het is je toch nog gelukt het af te krijgen?'

'Op het nippertje.'

'Mazzeltof.'

'*Grazie.*'

'En nu?' vroeg de generaal. 'Wat zijn je plannen?'

'De komende maand ga ik proberen de beste echtgenoot te zijn die er bestaat. En dan ga ik terug naar huis.'

'De kinderen komen binnenkort, toch?'

'Binnenkort,' herhaalde Gabriel.

'Als vader van vijf kan ik je vertellen dat je leven nooit meer hetzelfde zal zijn.'

Aan de andere kant van het plein ging de deur van het gemeenschapscentrum open. Chiara kwam naar buiten, keek even naar Gabriel, en verdween toen weer, in het gettomuseum.

De generaal leek haar niet te hebben gezien. Hij staarde met gefronst voorhoofd naar het groen metalen bouwsel naast het gedenkteken, waar een man van de carabinieri achter kogelwerend glas zat. 'Het is toch erg dat we op zo'n prachtige plek een beveiligingspost moeten zetten.'

'Ik vrees dat dat er nu eenmaal bij hoort.'

'Waarom toch die eeuwige haat?' vroeg de generaal, traag zijn hoofd schuddend. 'Waarom houdt het nooit op?'

‘Wie het weet, mag het zeggen.’

Toen het stil bleef, vroeg Gabriel de generaal nogmaals waarom hij naar Venetië was gekomen.

‘Ik ben al heel lang naar iets op zoek,’ zei de Italiaan, ‘en ik had gehoopt dat jij me kon helpen het te vinden.’

‘Ik heb het geprobeerd,’ zei Gabriel. ‘Maar het lijkt tussen mijn vingers door te zijn geglipt.’

‘Ik heb gehoord dat je dichtbij bent gekomen.’ Op zachtere toon voegde de generaal eraan toe: ‘Dichterbij dan je zelf besefte.’

‘Hoe hebt u dat gehoord?’

‘Via de gebruikelijke wegen.’ De generaal keek Gabriel ernstig aan en vroeg: ‘Enige kans dat je toestemt in een debriefing voordat je het land verlaat?’

‘Wat wilt u weten?’

‘Alles wat er is gebeurd nadat je Zonnebloemen hebt gestolen.’

‘Ik heb het niet gestólen. Ik heb het geleend op aanraden van de chef van Bureau Kunstzaken. En het antwoord is nee,’ voegde Gabriel eraan toe, zijn hoofd schuddend. ‘Ik ga geen debriefings doen, nu niet en later ook niet.’

‘Misschien dat we dan gewoon onze aantekeningen even naast elkaar kunnen leggen?’

‘Ik vrees dat mijn aantekeningen vertrouwelijk zijn.’

‘Dat komt goed uit.’ De generaal glimlachte. ‘De mijne namelijk ook.’

Ze staken het plein over naar het koosjere café naast het gemeenschapscentrum en deelden een fles pinot grigio, terwijl het om hen heen steeds donkerder werd. Gabriel begon met de generaal een eed van stilzwijgen af te dwingen, en hem te dreigen met de vreselijkste dingen mocht hij die eed ooit verbreken. Toen vertelde hij hem alles wat er was gebeurd sinds ze elkaar voor het laatst hadden gezien, te beginnen met de dood van Samir Basara in Stuttgart, en eindigend met het vinden – en uiteindelijk ook weer het opgeven – van acht miljard dollar toebehorend aan de president van Syrië.

'Ik neem aan dat dit iets te maken heeft met die twee Syrische bankmensen die in Oostenrijk zijn verdwenen?' vroeg de generaal, zodra Gabriel was uitgepraat.

'Welke Syrische bankmensen?'

'Dat vat ik op als een bevestiging.' De generaal dronk wat van zijn wijn. 'Jack Bradshaw weigerde dus die Caravaggio te leveren omdat de Syriërs de enige vrouw van wie hij ooit heeft gehouden hebben vermoord? Probeer je me dat te vertellen?'

Gabriel knikte traag, zijn blik gericht op een paar in het zwart geklede jesjiva-studenten die het plein overstaken.

'Nu snap ik waarom je me liet zweren Bradshaws naam niet te noemen tijdens de persconferentie,' zei de generaal. 'Je wilde niet dat ik zijn naam na zijn dood nog door het slijk zou halen.' Hij zweeg even, zei toen: 'Je wilde hem in vrede laten rusten.'

'Dat had hij verdiend.'

'Waarom?'

'Omdat ze hem genadeloos hebben gemarteld en hij ze niet heeft verteld wat hij met het schilderij heeft gedaan.'

'Geloof jij dat alles en iedereen te redden is, Allon?'

'Ik ben restaurateur,' zei Gabriel.

De generaal glimlachte. 'En de schilderijen die je in de Ports Francs van Genève hebt gevonden?' vroeg hij. 'Hoe heb je die zo stilletjes Zwitserland uit gekregen?'

'Met de hulp van een vriend.'

'Een Zwitserse vriend?'

Gabriel knikte.

'Ik wist niet dat zoiets bestond.'

Deze keer was het Gabriel die glimlachte. De studenten liepen een *sottoportego* in en verdwenen uit het zicht. Het plein was nu weer leeg, op twee kinderen na, een jongen en een meisje, die met een bal speelden onder de waakzame blik van hun ouders.

'De vraag is nu,' zei de generaal, in zijn wijnglas turend, 'wat Jack Bradshaw met de Caravaggio heeft gedaan.'

'Ik neem aan dat hij die ergens heeft verstopt, op een plek waar hij dacht dat niemand hem zou vinden.'

'Misschien,' zei de generaal. 'Maar dat is niet wat er wordt gezegd.'

'Wat hebt u gehoord?'

'Dat hij het schilderij aan iemand in bewaring heeft gegeven.'

'Iemand aan de duistere kant van de business?'

'Moeilijk te zeggen. Maar zoals je misschien wel had verwacht,' voegde de generaal er haastig aan toe, 'zijn andere mensen er nu ook naar op zoek. Die moeten wij dus vóór zijn.'

Gabriel zweeg.

'Zelfs niet in de verleiding gebracht, Allon?'

'Mijn betrokkenheid bij deze zaak is officieel ten einde.'

'Dat klinkt alsof je het deze keer ook echt meent.'

'Dat is ook zo.'

Het gezinnetje van vier vertrok, de *campo* leeg achterlatend. De generaal leek de stilte niet prettig te vinden. Hij keek naar het licht dat achter de ramen van het Casa Israelitici di Riposo brandde en schudde zijn hoofd. 'Ik snap niet waarom je ervoor kiest in het getto te wonen,' zei hij.

'Het is een leuke buurt,' verklaarde Gabriel. 'De leukste van Venetië, als je het mij vraagt.'

60

VENETIË

DE DAAROPVOLGENDE DAGEN WEEK GABRIEL niet van Chiara's zijde. Iedere ochtend maakte hij ontbijt voor haar. 's Middags ging hij met haar mee naar het kantoor van de Joodse gemeenschap. 's Avonds zat hij in de keuken naar haar te kijken terwijl ze aan het koken was.

In eerste instantie vond ze al die aandacht wel leuk, maar langzaam maar zeker begonnen de voortdurende uitingen van genegenheid haar te irriteren. Het was, zou ze later zeggen, iets te veel van het goede. Heel even overwoog ze Francesco Tiepolo om een te restaureren schilderij te vragen – iets kleins, niet al te beschadigd – maar toen stelde ze in plaats daarvan voor een tripje te maken. Niet overdreven duur of luxe, en vliegen wilde ze ook niet. Twee dagen, hooguit drie.

Gabriel had een idee. Die avond belde hij Christoph Bittel en vroeg hem toestemming de Zwitserse grens over te gaan.

En Bittel, die heel goed wist waarom zijn nieuwbakken vriend en handlanger naar zijn land wilde terugkeren, vond dat onmiddellijk goed. 'Het is misschien wel beter als ik naar je toe kom,' zei hij.

'Ik hoopte al dat je dat zou zeggen.'

'Ken je de omgeving een beetje?'

'Helemaal niet,' loog Gabriel.

'Vlak buiten de stad is een hotel dat Alpenblick heet. Daar wacht ik op je.'

En dus verlieten Gabriel en Chiara de volgende ochtend hun geliefde stad van water en schilderijen, en zetten koers naar het aan alle kanten door land ingesloten land van rijkdom en geheimen, dat in hun beider leven zo'n prominente rol had gespeeld. Halverwege de ochtend gingen ze bij Lugano de grens over en reden noordwaarts de Alpen in. Op de hoge passen kwamen ze af en toe een vlaag sneeuw tegen, maar tegen de tijd dat ze Interlaken bereikten, scheen de zon uit een wolkeloze hemel. Gabriel gooide zijn tank nog eens vol en reed toen het dal in richting Grindelwald.

Hotel Alpenblick bleek een rustiek gebouw aan de rand van de stad. Gabriel zette de auto op de kleine parkeerplaats en liep toen samen met Chiara de trap op naar het terras.

Bittel zat koffie te drinken, zijn blik gericht op de indrukwekkende toppen van de Mönch en de Eiger. Hij stond op om Gabriel de hand te drukken. Toen keek hij Chiara glimlachend aan. 'Je hebt ongetwijfeld een prachtige naam, maar ik zal niet de fout begaan daarnaar te vragen.' Zijn blik ging weer naar Gabriel. 'Je hebt me nooit verteld dat je weer vader werd, Allon.'

'Eerlijk gezegd,' zei Gabriel, 'is ze alleen maar mijn voorproever.'

'Wat jammer nou.'

Bittel ging weer zitten en wenkte een ober. Toen wees hij in de richting van een groene weide aan de voet van de bergen. 'Daar staat het chalet,' zei hij tegen Gabriel. 'Een geweldige plek, prachtig uitzicht, bijzonder schoon en comfortabel.'

'Je kunt altijd nog makelaar worden, Bittel.'

'Ik bescherm liever mijn land.'

'Ik neem aan dat iemand de boel daar stilletjes in de gaten houdt?'

'We hebben het chalet ernaast gehuurd,' zei Bittel. 'We hebben hier twee mensen fulltime zitten, en anderen komen en gaan naar behoeven. Ze gaat nooit ergens naartoe zonder begeleiding.'

'Nog verdachte bezoekers?'

'Van Syrische komaf?'

Gabriel knikte.

'Hier in Grindelwald loopt echt van alles rond,' antwoordde Bittel, 'dus dat is nogal lastig te zeggen. Maar tot nu toe is er niemand in haar buurt geweest.'

'Hoe is haar stemming?'

'Ze lijkt nogal eenzaam,' verklaarde Bittel op ernstige toon. 'De bewakers brengen zo veel mogelijk tijd met haar door, maar...'

'Maar wat, Bittel?'

De Zwitserse politieman glimlachte treurig. 'Ik kan het mis hebben,' zei hij, 'maar ik denk dat ze wel een vriend kan gebruiken.'

Gabriel kwam overeind. 'Ik kan je niet genoeg bedanken, Bittel, dat je erin hebt toegestemd haar onderdak te verschaffen.'

'Dat was wel het minste wat we konden doen, nadat jij de troep bij de Ports Francs had opgeruimd. Je had echter wel toestemming moeten vragen voor die operatie in Hotel Métropole.'

'Zou je die hebben gegeven?'

'Natuurlijk niet,' antwoordde Bittel. 'Wat zou betekenen dat je nog steeds acht miljard dollar van de Syriërs op je rekening zou hebben staan.'

Acht komma twee, dacht Gabriel, terwijl hij naar zijn auto liep. Maar ach, wat maakte het uit?

Gabriel liet Chiara en Bittel achter bij het hotel en reed in zijn eentje naar het huis, dat aan het eind van een landweggetje lag. Het was klein en knus, opgetrokken uit donker hout, met een steil puntdak en bloembakken aan de balkonrand.

Op dat balkon verscheen Jihan Nawaz, toen Gabriel de oprit op reed en de motor uitzette. Ze droeg een spijkerbroek en een dikke, wollen trui. Haar haar was langer en lichter en een plastisch chirurg had de vorm van haar neus, haar jukbeenderen en haar kin veranderd. Ze was nog steeds niet knap, maar ze zag er ook niet langer gewoontjes uit. Toen ze even later de voordeur uit kwam stormen, hing er een vage geur van rozen om haar heen. Ze sloeg haar armen om zijn nek, omhelsde hem stevig, en kuste hem op beide wangen. 'Mag ik je bij je echte naam noemen?' fluisterde ze in zijn oor.

'Nee,' antwoordde hij. 'Niet hier.'

'Hoelang kun je blijven?'

'Zolang je maar wilt.'

'Kom,' zei ze, hem bij de hand pakkend. 'Ik heb koffie.'

Het interieur van het chalet oogde warm en comfortabel, maar niets wees erop dat degene die daar woonde een familie of een verleden had. Even voelde Gabriel iets van spijt. Hij had haar met rust moeten laten. Dan had Waleed al-Siddiqi nog steeds het geld van de slechtste man ter wereld beheerd, en had Jihan nog gewoon haar leventje in Linz gehad. Maar ja, ze had wel geweten wie al-Siddiqi's speciale klant was, dacht hij. En ze was bij de bank gebleven met een reden.

'Die uitdrukking heb ik eerder op je gezicht gezien,' zei ze, aandachtig naar hem kijkend. 'In Annecy, toen ik die auto uit kwam. Jij zat bij het café aan de andere kant van het plein en je keek...' Ze maakte haar zin niet af.

'Hoe keek ik?' vroeg hij.

'Schuldig,' verklaarde ze zonder ook maar de geringste aarzeling.

'Ik was ook schuldig.'

'Waarom?'

'Ik had je nooit dat hotel in moeten laten gaan.'

'Mijn hand is mooi genezen,' zei ze, de hand als bewijs omhoog houdend.

'En mijn blauwe plekken zijn ook verdwenen. Bovendien was het niets vergeleken bij wat de meeste Syriërs te verduren hebben gekregen sinds het begin van de oorlog. Ik vind het alleen maar jammer dat ik niet méér heb kunnen doen.'

'Jouw oorlog is voorbij, Jihan.'

'Jij was degene die me aanmoedigde de opstand in Syrië te steunen.'

'En onze opstand heeft gefaald.'

'Je hebt veel te veel betaald om me vrij te krijgen.'

'Ik was niet in de stemming voor lange onderhandelingen,' zei Gabriel. 'Het was een eenmalig aanbod.'

‘Ik wilde maar dat ik het gezicht van Mr. al-Siddiqi had kunnen zien, toen hij erachter kwam dat jullie dat geld hadden laten verdwijnen.’

‘Ik moet zeggen dat ik genoot van zijn ellende, ja,’ zei Gabriel, ‘maar het enige gezicht dat ik op dat moment wilde zien was het jouwe.’

Bij die woorden draaide ze zich om en ging ze hem vóór de tuin in. Daar stond een tafeltje klaar met koffie en Zwitserse chocola. Jihan ging met haar gezicht naar het chalet toe zitten, Gabriel had uitzicht op de indrukwekkende bergen.

Zodra ze zaten, vroeg hij haar naar haar verblijf in Israël.

‘De eerste twee weken zat ik opgesloten in een appartement in Tel Aviv,’ zei ze. ‘Dat was vreselijk.’

‘We doen altijd ons uiterste best het onze gasten naar de zin te maken.’

Jihan glimlachte. ‘Ingrid is me een paar keer komen opzoeken,’ vervolgde ze, ‘maar jij niet. Ze weigerden me te vertellen waar je was.’

‘Ik ben bang dat mijn aanwezigheid elders vereist was.’

‘Een andere operatie?’

‘Zo zou je het kunnen noemen.’

Ze schonk koffie in. ‘Uiteindelijk,’ besloot ze, ‘mochten Ingrid en ik samen een uitstapje maken. We logeerden in een hotel op de Golanhoogten. ’s Nachts konden we de beschietingen en luchtaanvallen aan de andere kant van de grens horen. Ik kon alleen maar denken aan al die mensen die werden gedood, iedere keer dat de hemel oplichtte.’

Daarop had Gabriel niets te zeggen.

‘Ik las vanochtend in de krant dat de Amerikanen opnieuw militaire acties tegen het regime overwegen.’

‘Dat heb ik ook gelezen.’

‘Denk je dat ze het deze keer ook echt zullen doen?’

‘Het regime aanvallen?’

Ze knikte.

Gabriel had het hart niet haar de waarheid te vertellen, dus loog hij in plaats daarvan nog een laatste keer. ‘Ja,’ zei hij. ‘Ik denk het wel.’

‘En zal het regime ten onder gaan, als de Amerikanen het aanvallen?’

‘Dat zou kunnen.’

‘Als dat zou gebeuren,’ zei ze na een tijdje, ‘zou ik teruggaan naar Syrië om te helpen mijn land weer op te bouwen.’

‘Dit is nu je land.’

‘Nee,’ zei ze. ‘Dit is de plek waar ik me verstop voor slagers. Maar Hama zal altijd mijn thuis blijven.’

Een plotselinge windvlaag blies een lok van haar vers geblondeerde haar voor haar gezicht. Die veegde ze weg, intussen ook háár blik op de bergen vestigend. De onderkant was al helemaal donker, maar de met sneeuw bedekte toppen kleurden roze in het licht van de ondergaande zon. ‘Ik ben erg op die bergen gesteld,’ verklaarde ze onverwacht. ‘Ze geven me het gevoel dat ik hier veilig ben, het gevoel dat me niets kan gebeuren.’

‘Ben je hier gelukkig?’

‘Ik heb een nieuwe naam, een nieuw gezicht, een nieuw thuisland. Mijn vierde. Dat is het lot van de Syriërs.’

‘En van de Joden.’

‘Maar de Joden hebben inmiddels een eigen land.’ Ze hief haar hand om naar de uitgestrekte weiden aan de voet van de bergen te gebaren. ‘En ik heb dit.’

‘Kun je hier gelukkig zijn?’

‘Ja,’ antwoordde ze na een lange stilte. ‘Dat denk ik wel. Maar ik heb erg genoten van de tijd die we aan de Attersee hebben doorgebracht, vooral van de boottochtjes.’

‘Ik ook.’

Ze glimlachte en vroeg toen: ‘En jij? Ben jij gelukkig?’

‘Ik zou willen dat ze je geen pijn hadden gedaan.’

‘Maar we hebben ze verslagen, toch? In ieder geval voor heel even.’

‘Ja, Jihan, we hebben ze verslagen.’

Het laatste licht verdween van de bergtoppen en de avond viel als een gordijn over het dal.

'Eén ding heb je me nooit verteld.'

'En dat is?'

'Hoe je mij hebt gevonden.'

'Dat geloof je niet.'

'Is het een goed verhaal?'

'Ja,' zei hij. 'Ik vind van wel.'

'Hoe loopt het af?'

Hij kuste haar op de wang en liet haar alleen met haar verleden.

61

HET COMOMEER, ITALIË

GABRIEL EN CHIARA BRACHTEN TWEE nachten door in een klein hotel aan een van de meren bij Interlaken. Daarna verlieten ze Zwitserland op dezelfde manier als ze waren gekomen. Ergens hoog in de bergen ontving Gabriel een beveiligd bericht van King Saul Boulevard waarin stond dat hij de radio moest aanzetten. Terwijl ze bij Lugano Italië in reden, hoorde hij dat Kemel al-Farouk, onderminister van Buitenlandse Zaken, voormalig lid van de Moeghabarat, vriend en vertrouweling van de Syrische president, was gedood bij een raadselachtige explosie in Damascus. Hoewel het een operatie van Uzi Navot was geweest, kon dit in vele opzichten ook worden beschouwd als de eerste moord van het Allon-tijdperk. Om de een of andere reden vermoedde hij dat het niet de laatste zou zijn.

Tegen de tijd dat ze Como bereikten, regende het. In plaats van de *autostrada* naar Milaan te nemen, volgde Gabriel de slingerende weg boven het meer, totdat hij weer voor het hek van de villa van Jack Bradshaw stond. Dat zat stevig op slot, en ernaast hing een bord waarop stond dat het huis te koop was. Met zijn handen op het stuur bleef Gabriel een tijdje voor het hek staan, in tweestrijd over wat hij zou gaan doen. Toen belde hij generaal Ferrari in Rome, vroeg hem de toegangscode, en toetste die in. Een paar seconden later zwaaide het hek open en reed Gabriel de oprijlaan naar het huis op.

De deur zat ook op slot. Met een klein metalen stukje gereedschap dat hij altijd bij zich had, wist hij die echter snel open te maken, waarna hij Chiara mee naar binnen nam. Het rook muf in de hal, maar het bloed was van de marmeren vloer geschrobd. Toen Chiara het lichtknopje probeerde, ging de kroonluchter waaraan Jack Bradshaw had gehangen onmiddellijk aan.

Gabriel deed de deur achter hen dicht en liep naar de salon. Alle kunstwerken waren van de muren gehaald, die van een fris laagje verf waren voorzien. Er waren wat meubels verwijderd om de ruimte groter te laten ogen. Bradshaws antieke schrijfbureau stond echter nog op dezelfde plaats, zij het zonder de twee foto's van hemzelf in beter tijden. De telefoon was er nog wel, bedekt met een laagje stof. Gabriel bracht de hoorn naar zijn oor. Geen kiestoon. Hij legde de hoorn weer op het toestel en keek Chiara aan.

'Waarom zijn we hier?' vroeg ze.

'Omdat hét hier is geweest.'

'Misschien,' zei ze.

'Misschien,' gaf hij toe.

In de dagen na Gabriels ontdekking hadden de mannen van generaal Ferrari de villa van Jack Bradshaw binnenstebuiten gekeerd, op zoek naar nog meer gestolen schilderijen. Het was niet erg waarschijnlijk dat een schilderij van ruim twee bij tweeënhalve meter op de een of andere manier aan hun aandacht was ontsnapt. Toch wilde Gabriel nog één keer zelf kijken, al was het alleen maar voor zijn gemoedsrust. De afgelopen maanden hadden in het teken gestaan van zijn zoektocht naar 's werelds beroemdste verdwenen meesterwerk. En de enige oogst tot nu toe waren een paar andere gestolen schilderijen en een dode Syrische schurk.

En dus doorzocht hij, terwijl de schemering al begon te vallen op die herfstige middag, nogmaals het huis van een man die hij nooit had ontmoet, met zijn zwangere vrouw voortdurend aan zijn zijde... kamer voor kamer, kast voor kast, la voor la, kruipruimtes, luchtkanalen, de zolder, de kelder. Hij speurde de muren af naar vers gepleisterde stukken. Hij speurde de vloeren af naar nieuwe spijkers. Hij speurde de tuin af naar onlangs omgewoelde aarde. Totdat hij uiteindelijk moe, gefrustreerd en enigszins smoezelig weer voor Bradshaws schrijfbureau stond. Weer bracht hij de hoorn van de telefoon naar zijn oor, maar zoals verwacht hoorde hij nog steeds geen kiestoon. Toen haalde hij zijn BlackBerry uit zijn zak en toetste uit zijn hoofd een nummer in.

Een paar seconden later zei een mannenstem in het Italiaans: ‘Pastor Marco. Wat kan ik voor u doen?’

62

BRIENNO, ITALIË

De San Giovanni Evangelista-kerk was klein en wit, en lag pal aan de straat. Rechts ervan was een gietijzeren hek, met daarachter de kleine tuin van de pastorie. Pastor Marco stond Gabriel en Chiara bij het hek op te wachten. Hij was nog jong, hooguit vijfendertig, met een volle bos keurig gekamd, donker haar en een gezicht dat bereid leek je al je zonden maar al te graag te vergeven. 'Welkom,' zei hij, hen om de beurt de hand schuddend. 'Loopt u met me mee?'

Hij ging hen voor over het tuinpad, naar de keuken van de pastorie. Het was een frisse, sober ingerichte ruimte met witte muren, een robuuste houten tafel, en planken met daarop keurig gerangschikte blikjes eten. De enige luxe was een automatische espressomachine, die pastor Marco gebruikte om drie kopjes koffie te zetten. 'Ik herinner me nog dat u me belde,' zei hij, een kopje voor Gabriel neerzettend. 'Dat was twee dagen nadat Signor Bradshaw was vermoord, toch?'

'Ja,' beaamde Gabriel. 'En om de een of andere reden verbrak u eerst twee keer de verbinding, voordat u iets zei.'

'Bent u ooit gebeld door een man die net bruut vermoord was, Signor Allon?' De priester ging tegenover Gabriel zitten en deed een schep suiker in zijn koffie. 'Het was op zijn zachtst gezegd een nogal verwarrende ervaring.'

'U had rond het tijdstip van zijn dood blijkbaar nogal veel contact met hem?'

'Ja.'

'Ervoor én erna.'

'Afgaand op wat ik in de kranten heb gelezen,' zei de priester, 'heb ik hem waarschijnlijk geprobeerd te bellen, terwijl hij dood aan die kroonluchter hing. Een vreselijk idee.'

'Hoorde hij bij uw parochie?'

'Jack Bradshaw was niet katholiek. Hij is opgegroeid met de anglicaanse kerk, maar ik weet eigenlijk niet of hij überhaupt nog geloofde.'

'Jullie waren vrienden?'

'Ik geloof het wel, ja. Maar ik was voornamelijk zijn biechtvader. Niet in de waarachtige zin van het woord,' voegde de priester er haastig aan toe. 'Ik kon hem geen absolutie geven voor zijn zonden.'

'Er zat hem iets dwars, ten tijde van zijn dood?'

'Heel erg, ja.'

'Heeft hij u ook verteld wat?'

'Hij zei dat het iets met zijn werk te maken had. Hij was consultant, voor het een of ander.' De priester schonk hem een verontschuldigende glimlach. 'Het spijt me, Signor Allon, maar van zaken of financiën weet ik niet zoveel af.'

'Dan kunnen we elkaar de hand geven.'

De priester glimlachte nogmaals, intussen zijn koffie roerend. 'Hij zat altijd waar u nu zit. Dan bracht hij een mand met eten en wijn mee en praatten we.'

'Waarover?'

'Het verleden.'

'Hoeveel heeft hij u verteld?'

'Genoeg om te weten dat hij betrokken was bij bepaalde geheime activiteiten voor zijn regering. Jaren geleden, toen hij in het Midden-Oosten zat, is er iets gebeurd. Er is een vrouw gedood. Volgens mij was ze Frans.'

'Nicole Devereaux heette ze.'

Abrupt keek de priester naar hem op. 'Heeft Signor Bradshaw u dat verteld?'

Even kwam Gabriel in de verleiding daarop een bevestigend antwoord te geven, maar hij had geen zin te gaan liegen tegen een man in een soutane compleet met priesterboord. 'Nee,' zei hij dus. 'Ik heb hem nooit ontmoet.'

'Ik denk dat u hem wel zou hebben gemogen. Hij was bijzonder intelligent en wereldwijs, en had gevoel voor humor. Maar hij torste ook een enorm schuldgevoel met zich mee over wat er met Nicole Devereaux was gebeurd.'

'Heeft hij u over hun relatie verteld?'

De priester aarzelde even, maar knikte toen. 'Hij hield blijkbaar heel veel van haar, en heeft zichzelf haar dood nooit vergeven. Hij is nooit getrouwd, heeft nooit kinderen gekregen. Op een bepaalde manier leefde hij het leven van een priester.' Hij keek eens om zich heen en voegde eraan toe: Maar dan wel met de nodige luxe, uiteraard.'

'Bent u ook in de villa geweest?'

'Heel vaak. Een prachtig huis. Maar het zei weinig over hoe Mr. Bradshaw in werkelijkheid was.'

'Hoe was hij dan in werkelijkheid?'

'Buitengewoon royaal. Hij heeft deze kerk bijna in zijn eentje overeind gehouden. Hij gaf ook met gulle hand aan onze scholen en ziekenhuizen, en aan projecten die voor eten en kleding voor de armen zorgden.' De priester glimlachte treurig. 'En dan was er natuurlijk nog ons altaarstuk.'

Gabriel wierp een snelle blik op Chiara, die aan de tafel zat te plukken alsof ze niet luisterde. Toen keek hij de jonge priester weer aan en vroeg: 'Wat is er met het altaarstuk?'

'Dat is ongeveer een jaar geleden gestolen. Signor Bradshaw heeft heel veel moeite gedaan het voor ons terug te vinden. Meer dan de politie,' voegde de priester eraan toe. 'Ik vrees dat ons altaarstuk weinig artistieke of financiële waarde had.'

'Is hij erin geslaagd het op te sporen?'

'Nee,' zei de priester. 'En dus heeft hij er een altaarstuk uit zijn eigen collectie voor in de plaats gehangen.'

'Wanneer was dat?' vroeg Gabriel.

'Een paar dagen voor zijn dood, droevig genoeg.'

‘Waar is dat altaarstuk nu?’

‘Daar.’ De priester gebaarde met zijn hoofd. ‘In de kerk.’

Ze gingen naar binnen door een zijdeur en haastten zich door het middenschip naar het koor. Een verzameling offerkaarsen wierp een flakkerend rood licht op een nis met het beeld van Johannes, maar het altaarstuk was in het donker nog niet goed te onderscheiden. Wel kon Gabriel al zien dat de afmetingen ongeveer klopten. Toen klonk het geluid van een lichtschakelaar die werd overgehaald, en zag hij in het plotselinge licht een kruisiging in de stijl van Guido Reni, kundig geschilderd, maar niet bepaald opwindend, de verkoperskosten niet echt waard. Zijn hart maakte een sprongetje. Uiterlijk kalm keek hij de priester aan en vroeg: ‘Hebt u een ladder?’

Bij een bedrijf in chemische artikelen op een industrieterrein van Como kocht Gabriel aceton, alcohol, gedestilleerd water, een bril, een maatbeker, en een beschermend masker. Daarna schafte hij bij een kunstnijverheidswinkel in het centrum nog houten staafjes en een pak watten aan. Tegen de tijd dat hij bij de kerk terug was, had pastor Marco een ladder gevonden en die voor het schilderij uitgeklapt.

Snel mengde Gabriel een basisoplosmiddel, waarna hij, gewapend met een paar stokjes met watten, de ladder op klom. Terwijl Chiara en de priester van beneden toekeken, opende hij een raampje in het midden van het schilderij en zag de hand van een engel, zwaar beschadigd, die een wit zijden lint vasthield. Vervolgens opende hij nog een raampje, een centimeter of dertig lager en een stukje naar rechts, en hij zag het gezicht van een vrouw, uitgeput na een bevalling. Het derde raampje liet nog een gezicht zien, het gezicht van een pasgeboren kind, een jongetje, beschenen door een hemels licht. Gabriel legde zijn vingertoppen voorzichtig op het doek en begon, tot zijn eigen verbijstering, onbeheerst te huilen. Toen kneep hij zijn ogen stijf dicht en slaakte een vreugdekreet die door de lege kerk weergalmde.

De hand van een engel, een moeder, een kind…

Het was de Caravaggio.

DANKWOORD

Deze roman zou, net als de vorige dertien boeken in de Gabriel Allon-serie, niet geschreven hebben kunnen worden zonder de hulp van David Bull, zonder enige twijfel een van de beste kunstrestaurateurs ter wereld. Ieder jaar offert David heel wat uren van zijn kostbare tijd op om mij advies te geven over technische zaken die met het restauratieambacht te maken hebben, en om mijn manuscript na te lezen op eventuele onjuistheden. Het enige wat zijn kennis van de kunstgeschiedenis nog overtreft, is zijn aangename gezelschap. Zijn vriendschap heeft ons gezin in vele opzichten verrijkt.

Ik heb ter voorbereiding van dit manuscript veel mensen van de Israëlische en Amerikaanse geheime dienst gesproken, die ik daarvoor graag in alle anonimiteit wil bedanken, zoals zij dat ook het liefst zouden willen.

Mijn speciale dank gaat uit naar de geweldige Patrick Matthiesen, eigenaar van een charmante oudemeestersgalerie in Mason's Yard, niet ver van die van Julian Isherwood. Het enige wat ze verder nog gemeen hebben, is een bepaalde welvoeglijkheid, die je tegenwoordig in Londen, of waar dan ook, niet veel meer ziet.

Ook sta ik in het krijt bij T, internationaal investeerder en zakenman met uitgebreide ervaring in het Midden-Oosten, die me vertelde over de stille helpers van de dictators die met lijstjes rekeningnummers in hun zak rondlopen. Louis Toscano, mijn dierbare vriend en sinds lang mijn persoonlijke editor, heeft talloze verbeteringen in mijn manuscript aangebracht, net als Kathy Crosby, mijn copy editor. Uiteraard rust alle verantwoordelijkheid voor eventuele onjuistheden of typefouten die in het boek zijn terechtgekomen op mijn schouders, niet op die van hen.

Ik heb honderden boeken, kranten- en tijdschriftartikelen, en websites geraadpleegd voor het schrijven van dit manuscript, té veel om hier allemaal te noemen. Ik zou echter ernstig tekortschieten, als ik hier niet de buitengewone kundigheid zou roemen van Andrew Graham-Dixon, Helen Langdon, Edward Dolnick, Peter Watson, Patrick Seale, Thomas L. Friedman, Francine Prose, Jonathan Harr, Simon Houpt en Fouad Ajami. Ook gaat mijn respect en dank uit naar de verslaggevers en fotojournalisten die zo moedig waren zich in deze tijd van oorlog en vernietiging in Syrië te wagen. Zij illustreren nog eens heel duidelijk waarom de wereld behoefte heeft aan kwaliteitsjournalistiek.

We zijn gezegend met vele vrienden, die ons leven vullen met liefde en plezier op kritieke momenten tijdens het schrijven, met name Betsy en Andrew Lack, Andrea en Tim Collins, Enola en Stephen Carter, Stacey en Henry Winkler, Mirella en Dani Levinas, Elsa Walsh en Bob Woodward, Jane en Burt Bacharach, Nancy Dubuc en Michael Kizilbash, Joy en Jim Zorn, Caryn en Jeff Zucker, Elliott Abrams en Fred Zeidman. Mijn oprechte dank aan Michael Gendler en Linda Rappaport voor al hun steun en wijze raad. En ook aan het geweldige team van ter zake kundige mensen bij Harper-Collins, met name Jonathan Burnham, Brian Murray, Michael Morrison, Jennifer Barth, Josh Marwell, Tina Andreadis, Leslie Cohen, Leah Wasielewski, Mark Ferguson, Kathy Schneider, Brenda Segel, Carolyn Bodkin, Doug Jones, Karen Dziekonski, David Watson, Shawn Nicholls, Amy Baker, Mary Sasso, David Koral, Leah Carlson-Stanisic en Archie Ferguson.

Tot slot wil ik mijn intense dankbaarheid en liefde uitspreken voor mijn kinderen, Nicholas en Lily, en mijn vrouw, Jamie Gangel, die geduldig heeft geluisterd terwijl ik bezig was met het opbouwen van mijn plot, en vervolgens op deskundige wijze mijn manuscript heeft geredigeerd. Zonder haar geduld en aandacht voor detail zou De Roof nooit op tijd klaar zijn geweest. De dank die ik haar verschuldigd ben, is eindeloos, evenals mijn liefde voor haar.

NAWOORD VAN DE AUTEUR

De roof is geschreven ter vermaak en dient ook als zodanig te worden gelezen. De namen, personages, plaatsen en gebeurtenissen die in het boek voorkomen zijn ontsproten aan de verbeelding van de schrijver, of in fictieve zin gebruikt. Iedere gelijkenis met bestaande personen, nog in leven of reeds overleden, zaken, bedrijven, gebeurtenissen, of locaties berust op louter toeval.

Er staat inderdaad een San Sebastiano-kerk in het *sestiere* Dorsoduro – een van de vijf pestkerken van Venetië, gewijd in 1562 – en het grote altaarstuk van Veronese, Maria en Christuskind verheven in glorie met heiligen, is beschreven zoals het is. Bezoekers aan de stad zullen vergeefs zoeken naar het restauratiebedrijf van Francesco Tiepolo, en ook zullen ze geen rabbi Zolli in het oude Joodse getto vinden. Aan de Narkiss Street in Jeruzalem staan verschillende kleine, kalkstenen appartementengebouwen, maar naar mijn weten woont daar niemand die Gabriel Allon heet. Het hoofdkwartier van de Israëlische geheime dienst is niet langer gevestigd aan de King Saul Boulevard in Tel Aviv. Ik heb die locatie nog wel gekozen als hoofdkwartier van mijn fictieve geheime dienst, deels omdat ik het altijd zo'n mooie straatnaam heb gevonden.

De Rue de Miromesnil in Parijs kent veel prachtige antiekwinkels en kunstgaleries, maar Antiquités Scientifiques zit daar niet bij. Maurice Durand heeft inmiddels in drie Gabriel Allon-boeken zijn opwachting gemaakt, maar hij bestaat nog steeds niet. Net zomin als Pascal Rameau, zijn handlanger uit de onderwereld van Marseille. Het Bureau Bescherming Cultureel Erfgoed van de carabinieri, beter bekend als Bureau Kunstzaken, heeft inderdaad zijn hoofdkwartier in een elegant palazzo aan de Piazza di Sant'Ignazio in Rome. Het wordt echter geleid door de uitermate kundige Mariano Mossa, en niet door de eenogige Cesare Ferrari. Nederige excuses aan het Van Gogh Museum in Amsterdam voor het lenen van Zonnebloemen uit de indrukwekkende collectie, maar soms is de beste manier om een gestolen meesterwerk terug te vinden het stelen van een ander meesterwerk.

Er is geen San Giovanni Evangelista-kerk in Brienno. En dus kan Caravaggio's roemrijke Geboorte van Christus, gestolen uit het Oratorio di San Lorenzo in Palermo in oktober 1969, ook niet zijn ontdekt boven het altaar, vermomd als kruisiging in de stijl van Guido Reni. De beschrijving van Caravaggio's turbulente leven is volkomen op feiten gebaseerd, al zal misschien niet iedereen het eens zijn met de keuzes die ik heb gemaakt wat betreft data en details van bepaalde gebeurtenissen, aangezien die ruim vier eeuwen geleden plaatsvonden en dus gevoelig zijn voor verschillen in interpretatie. Zelfs nu nog zijn de precieze omstandigheden van Caravaggio's dood in raadselen gehuld. Net als de verblijfplaats van de Geboorte van Christus. Met ieder jaar dat verstrijkt, wordt de kans dat het grote doek onbeschadigd wordt teruggevonden kleiner. De impact van de verdwijning kan niet worden onderschat. Caravaggio heeft maar negenendertig jaar geleefd en heeft minder dan honderd werken achtergelaten waarvan zeker is dat ze aan hem kunnen worden toegeschreven. De verdwijning van ook maar één enkel schilderij slaat een gat in de westerse canon dat nooit meer kan worden opgevuld.

Er is geen in Luxemburg geregistreerd bedrijf dat LXR Investments heet, en ook geen particuliere bank in Linz, in Oostenrijk, die bekendstaat onder de naam Bank Weber AG. De banken in Oostenrijk behoorden ooit tot de minst mededeelzame ter wereld, ze namen het bankgeheim zelfs nog strikter dan hun Zwitserse collega's. Maar in mei 2013 stemden de Oostenrijkse banken er, onder druk van de Europese Unie en de Verenigde Staten, in toe informatie over hun rekeninghouders te gaan delen met de belastingautoriteiten van andere landen. Instellingen als Bank Weber – kleine, intieme familiebedrijven die zich op de extreem rijken richten – worden met uitsterven bedreigd. Op het moment dat dit boek werd geschreven, stonden er in het Zwitserse register van particuliere banken nog maar 148 namen, en werd verwacht dat dit aantal door fusies en natuurlijk verloop in de toekomst nog verder zou afnemen. De dagen van de geldmagnaten lijken geteld, nu Amerikaanse en Europese overheden steeds agressievere maatregelen nemen om belastingontduiking tegen te gaan.

In 1982 heeft er inderdaad een bloedbad plaatsgevonden in de Syrische stad Hama, en ik heb, met behulp van talloze bronnen, geprobeerd de verschrikkingen daarvan naar waarheid weer te geven. De man die opdracht gaf tot de verwoesting van de stad en de moord op meer dan twintigduizend inwoners was niet de naamloze dictator die in De Roof wordt neergezet. Het was Hafez al-Assad, heerser over Syrië van 1970 tot zijn dood in 2000, waarna zijn middelste zoon, de in Londen opgeleide Bashar, het van hem overnam. Sommige Midden-Oostenexperts zagen in Bashar ten onrechte een hervormer. In maart 2011, toen de Arabische Lente eindelijk ook Syrië bereikte, reageerde hij buitengewoon wreed, er niet voor terugdeinzend gifgas tegen vrouwen en kinderen te gebruiken. Meer dan honderdvijftigduizend mensen hebben de dood gevonden in de Syrische burgeroorlog, en nog eens twee miljoen zijn dakloos geworden of gevlucht naar buurlanden, met name Libanon, Jordanië en Turkije. Het aantal Syriërs dat als vluchteling leeft, zou binnenkort weleens de vier miljoen kunnen passeren, en daarmee de grootste vluchtelingenpopulatie ter wereld worden. Dat is het erfgoed van vierenhalf decennium heerschappij van de familie Assad. Als de moordpartijen en ontwrichtingen zo doorgaan, zijn de Assads op een dag heersers over een land zonder volk.

Maar waarom gaan de Assads door, terwijl het overgrote deel van hun volk duidelijk klaar met hen is? En vanwaar dat moedwillige negeren van alle normen van beschaving? Dat heeft ongetwijfeld iets met geld te maken. 'Het is een typisch familiebedrijf,' zei Jules Kroll, internationaal corporate investigator en specialist op het gebied van het terugvorderen van corruptiegeld, in september 2013 tegen CNBC. 'Alleen is dit familiebedrijf een land.' Schattingen van het vermogen van de familie Assad lopen behoorlijk uiteen. Bashar is naar verluidt goed voor een miljard dollar, al schatten deskundigen het totale familiekapitaal op zo'n vijfentwintig miljard dollar. Wat er in Egypte is gebeurd is hierbij illustratief. Voormalig president Hosni Mubarak, die ruim dertig jaar lang mocht profiteren van de goedgeefsheid van de Amerikaanse belastingbetaler, heeft naar schatting een vermogen opgebouwd van rond de zeventig miljard dollar – dit in een land waar de gemiddelde inwoner leeft van acht dollar per dag.

Een klein deel van het geld van het Syrische regime is door de Verenigde Staten en de Europese bondgenoten bevroren, maar miljarden dollars worden nog steeds zorgvuldig verborgen gehouden. Terwijl dit boek werd geschreven, waren gespecialiseerde speurders druk op zoek naar het geld. Net als Steven Perles, een advocaat uit Washington DC die slachtoffers vertegenwoordigt van door Syrië gesponsord terrorisme. Deskundigen zijn het erover eens dat de zoektocht waarschijnlijk pas resultaat kan opleveren, als er hulp komt van iemand binnen Assad Incorporated. Misschien iemand die een aandeel heeft gekocht in een kleine particuliere bank in Oostenrijk. En misschien is er een dappere, jonge vrouw, een kind van Hama, die hem nauwlettend in de gaten houdt.